De laatste van ons

www.boekerij.nl

ADÉLAÏDE DE CLERMONT-TONNERRE

De laatste van ons

Een verboden liefde in tijden
dat alles geoorloofd was

De vertaalsters bedanken het Collège International des Traducteurs Littéraires te Arles voor de genoten gastvrijheid (www.atlas-citl.org).

ISBN 978-90-225-8137-7
ISBN 978-94-023-0966-9 (e-book)
NUR 302

Oorspronkelijke titel: *Le dernier des nôtres*
Vertaling: Saskia Taggenbrock en Geertrui Marks
Omslagontwerp: DPS Design & Prepress Studio, Amsterdam
Omslagbeeld, vrouw: © Mark Owen | Trevillion Images
Omslagbeeld, skyline: © David & Myrtille | Arcangel Images
Zetwerk: Mat-Zet bv, Soest

© 2016 Editions Grasset & Fasquelle
Nederlandstalige uitgave © 2017 Meulenhoff Boekerij bv, Amsterdam

Voor Laurent

MANHATTAN, 1969

Het eerste wat ik van haar zag, was haar enkel, slank en sierlijk met een bandje van een blauw sandaaltje eromheen. Tot die dag in mei was ik nooit een fetisjaanbidder geweest, en als ik me zou moeten concentreren op een bepaald deel van de vrouwelijke anatomie, zou ik spontaan voor de billen, het kruis, de hals of misschien het gezicht hebben gekozen, maar in ieder geval niet voor de voeten. Die zag ik alleen als ze lelijk waren, of onverzorgd, maar dat kwam niet vaak voor. Gelukkig werd ik altijd bemind door knappe vrouwen, en ik stelde er een eer in hun liefde te beantwoorden. Daar hadden we het net over.

'Voor jou is geen vrouw veilig, hè,' zei Marcus plagerig terwijl we zaten te lunchen. 'Op elke vrouwelijke maan in dit zonnestelsel moet jij zo nodig je vlag planten!' Mijn vriend en compagnon, voor wie één vrouw versieren al een hele toer was, zei ook nog: 'Jij gaat ergens zitten, kijkt wat rond, drinkt een paar glazen, en hopla! Na een kwartier draaien er al een paar heupwiegend om je heen.'

Hij zette net grote ogen op en trok een pruimenmondje om na te doen hoe de meisjes op mij reageerden, toen een serveerster, een kleine, verlegen brunette, naar me glimlachte.

'Onuitstaanbaar,' zei Marcus verontwaardigd. 'Als ik haar was kwam ik niet graag bij je in de buurt. Met dat enorme lijf van je, die Slavische kop en die fletse ogen.'

'Mijn ogen zijn niet flets! Ze zijn lichtblauw.'

'Ze zijn flets. De mijne zijn blauw, maar ze hebben helemaal niet hetzelfde effect. Aan mij vertellen ze het liefst over hun leven, hun ellende, hun ouders en hun eerste tandje. Wekenlang hoor ik hun ontboezemingen aan voordat ik mijn doel eindelijk heb bereikt, en jij bent in een kwartier tijd hun minnaar.'

'Ik heb nooit iemand van je afgepakt!'

'Erger nog! Je hoeft ze niet eens van me af te pakken, ze vallen gewoon in je armen.'

'Als je zei wie je leuk vond zou ik niet eens naar haar kijken.'

'Ik wil geen vriendin die mij à la minute vergeet zodra jij binnenkomt. Dan hoef ik haar niet meer.'

Het beeld dat Marcus van mij schetste was zwaar overtrokken. Ik zat heus niet alleen te wachten tot ze me besprongen. Ik moest er moeite voor doen. Ik had hem vaak genoeg mijn gulden regels verteld, maar mijn directe benadering leek hem te 'simplistisch'. Liever voerde hij mijn vermeende aantrekkingskracht aan als excuus voor zijn eigen verlegenheid. Hoewel hij rijker was dan ik, was het tegen zijn principes daar gebruik van te maken. Hij zat verstrikt in een ingewikkeld denkpatroon, terwijl vrouwen, anders dan men beweert, juist voorspelbaar zijn. Om met een meisje naar bed te gaan, moest je:

A) Ontdekken wat er mooi aan haar is – want in elk meisje zit schoonheid – en haar laten zien dat je haar bewondert.

B) Vragen, nee, smeken om seks.

C) Altijd genoeg humor in dat verzoek stoppen om geen gezichtsverlies te lijden als ze nee zegt.

D) Eenvoudig en concreet blijven, en zeker niet drie pagina's literaire citaten sturen, waardoor ze denkt dat je gestoord bent.

Ik had Marcus al honderd keer gezegd dat hij duidelijker moest zijn, maar het zat niet in zijn aard. Hij had talent om geheimen los te krijgen, bij mannen en bij vrouwen, maar hij wist er geen munt uit te slaan. Zelf had ik de gave om meisjes mijn bed in te lokken.

Ik was net veertien toen de meisjes aandacht voor me kregen, op de middelbare school, na mijn vechtpartij met Billy Melvin. Hij was twee jaar ouder dan ik en terroriseerde de leerlingen van Hawthorne

High School. Op een dag noemde Billy me een 'zielenpoot', een toespeling op mijn achternaam, Zilch. Dat pikte ik niet.

Zijn gezicht was vertrokken van haat, alsof de zon recht in zijn ogen scheen. Hij zei dat hij niet wilde dat mensen boven hem uit staken. Ik was al bijna net zo lang als hij en dat irriteerde hem. Wat ik over hem dacht was niet veel beter. Ik haatte die types die denken dat ze alles kunnen maken omdat ze alles hebben. Het ontzag waarmee ze omringd worden, hun minachting tegenover de rest van de mensheid doen mijn bloed koken. Ik hou van geld, maar dan moet het wel zelf verdiend zijn, en niet geërfd zoals bij types als Billy. Je zag in één oogopslag dat hij dom was. Ik hield niet van zijn vierkante kop en zijn rossige huid. Ik hield niet van zijn maniertjes. Ik hield er niet van hoe hij liep, praatte en naar anderen keek, hooghartig en arrogant. Eigenlijk was er in die tijd maar weinig waar ik van hield.

Toen ik Billy Melvin weer hoorde zeggen: 'Je bent een zielenpoot, Zilch, een enorme zielenpoot die door een paar stumpers uit liefdadigheid is opgevangen', kreeg ik, zoals wel vaker, een enorme driftbui. Volgens Marcus trekt dan alle kleur uit mijn gezicht, het lijkt of iemand anders bezit van me neemt, en ik heb mezelf niet meer onder controle. Ik greep Billy bij zijn arm, zwaaide hem twee keer rond zoals we geleerd hadden met kogelstoten en smeet hem tegen een van de grote ramen die de trots van onze school waren. Billy lag een paar seconden buiten westen. Toen schudde hij zich uit, als een dobermann die uit een vijver komt, en vloog op me af. We lagen te vechten op de grond. We gingen helemaal door het lint. De surveillant en de aanvoerder van het voetbalteam moesten ons uit elkaar trekken. Billy Melvins oor was gescheurd, hij had een bloedneus, hij strompelde en vloekte. Mijn T-shirt hing van mijn hals tot mijn buik aan flarden, de knokkels van mijn linkerhand waren gehavend en onder mijn kin zat een snee waaruit rode druppels op het beton van het schoolplein vielen. De slordig gehechte wond heeft een litteken in de vorm van een w achtergelaten, van Werner, waar ik zeer tevreden mee ben.

We werden beiden een week geschorst. De directeur van de school maakte van de gelegenheid gebruik om ons een taakstraf op te leggen. Hij wilde de burgemeester van Hawthorne een plezier doen. Twee dagen lang moesten we, zonder een woord met elkaar te wisselen, op Lafayette Avenue – waar de burgemeester woonde – bladeren vegen en opruimen, de verf van zijn tuinhek afbijten, het schuren en weer schilderen, om vervolgens honderden archiefdozen naar het stadhuis te verplaatsen zodat hij meer ruimte kreeg in zijn werkkamer. Deze schorsing leverde me een flinke uitbrander op van Armande, mijn moeder, en de bedekte complimenten van Andrew, mijn vader. Al sinds mijn jongste jaren kon hij me ineens vertederd aankijken. Hij betastte dan mijn schouders of mijn spierballen en zei verheugd: 'Dat is nog eens een mooie bouw! Lekker stevig.' Hij vond het een leuk idee dat ik een twee jaar oudere jongen een mep had verkocht, ook al raakte ik erdoor in de problemen. Toen we terugkwamen op school voerde Marcus de vredesonderhandelingen; hij had destijds al affiniteit met rechten, ook al zag hij zich liever als concertmusicus dan als advocaat. Die onderhandelingen leidden tot het ondertekenen van een plechtig verdrag dat hij zelf had opgesteld. Deze overeenkomst, met daarbij een plattegrond van de school, verdeelde de hal door een diagonaal te trekken van de garderobedeur tot de kantinedeur. De jongens- en meisjes-wc's waren gearceerd en tot neutraal terrein verklaard. Marcus, die bovendien dol was op geschiedenis, had ze omgedoopt tot 'Zwitserland'. Dat is een grap tussen Marcus en mij gebleven. Als we gaan pissen, gaan we nog steeds 'naar Zwitserland'.

Deze opzienbarende daad, en de betrekkelijke overwinning omdat ik me niet had laten inmaken door Billy, leverden me nieuwe vrienden en mijn eerste vriendinnetje op: Lou. Ze greep me op een dag vast in de gymzaal en stak haar tong in mijn mond. Dit meisje smaakte naar kersenbonbons en had een tong die, als hij de barrière van deze kus eenmaal had genomen, een beetje slap bleek. Ik vond de ervaring te nat en ik verleidde liever zelf dan dat ik verleid werd, maar Lou was het mooiste meisje van Hawthorne. Ze had lang bruin haar, een brutale uitstraling die niet paste bij haar plooirok, ze was twee jaar ouder dan ik – namelijk net zo oud als Billy – en ze had borsten in haar strakke truitje waar de jongens van het lyceum naar omkeken. Lou was een kans die je niet aan je voorbij kon laten gaan. In de ondernemersclub van school waar de 'toekomstige zakenelite' gevormd werd, zei de docent altijd dat je 'kansen moest herkennen en grijpen'. Hoewel ik overrompeld was door Lou's aanval, maakte ik terwijl ik mijn mond opende en haar verzoek beantwoordde een nauwkeurige conjunctuuranalyse. Daaruit concludeerde ik dat Lou beantwoordde aan het model van type 2: 'kans met beperkt risico', een van de gevallen waarbij de potentiële winst het grootst is. Trots op het feit dat ik in de voetsporen trad van de grote ondernemers die dit land gebouwd hadden, en ook wel enigszins in verwarring, greep ik het meisje vast dat zich zo gewillig aanbood. Ik begon aan haar borsten te voelen zoals je het warme en koude water onder de douche regelt, en verbaasde me erover hoe zacht haar meloenen waren, ik had ze steviger verwacht, daarna greep ik met volle handen haar achterwerk en begon het, niet wetende hoe ik te werk moest gaan, krachtig op en neer te schudden. Deze probeersels brachten geen enkele reactie teweeg bij mijn proefkonijn; ik wist al snel niet hoe ik verder moest. Dus greep ik na een korte aarzeling mijn kans en betastte het kruis van Lou, die zo vriendelijk was om me tegen te houden. Bij het verlaten van de gymzaal had ik dit mooie stuk aan mijn arm hangen. Voor de school kronkelde ze om me heen als klimop rond een boom. De leraar geschiedenis, een oude mopperkont, die alleen gesteld was op Marcus (de enige die warmliep voor de veroveringen van koningen met onuitspreekbare namen in piepkleine landjes en zo lang geleden dat de mensachtigen nog maar net uit hun boom gekomen waren), kwam ons vragen ons 'fatsoenlijk te gedragen'. Ik gaf hem een bijdehand antwoord waaruit niets bleek van mijn onzekerheid en de mannelijke hormonen die door mijn lijf gierden, en Lou deed mee met mijn opstandige houding. Ze liet zich ontvallen: 'Kom op, zeg! We leven toch in een democratie!' Terwijl ze de stoffige docent strak aankeek, likte ze eerst aan mijn oor en zoog het daarna helemaal naar binnen, zodat ik de rest van de dag vervelende oorsuizingen had. Bij dit schouwspel, een handeling die hij in zijn stoutste dromen nog niet had durven proberen bij zijn protestantse vrouw, werd de leraar zo paars als zijn gebreide das en maakte zich uit de voeten.

Lou was een zeer benijdenswaardige buit. Ze maakte mijn aanzien na de vechtpartij en het vredesverdrag met Billy alleen nog maar groter. Mijn vrienden dichtten me een bovenmatige verleidingskracht toe. Daar was ik zelf niet zo van overtuigd, maar toch moest ik vaststellen dat de meisjes me met verliefde ogen aankeken sinds ik met Lou uitging, een raar woord, want het spel met Lou draaide niet zozeer om het uitgaan als wel om het ingaan, wat ze hardnekkig bleef weigeren. Ze giechelden als ik langsliep en vertrouwden Marcus toe dat ze dol waren op mijn blauwe ogen of mijn 'te schattige' glimlach. Eentje van wie ik de naam vergeten ben, bakte zelfs elke dag een taart voor me nadat ze mijn enorme eetlust had opgemerkt. Lou ergerde zich dood aan die cadeaus, maar mijn vriendinnetje had geen enkele zin om zelf in de keuken te gaan staan. Ze stelde zich tevreden met haar deel. Omdat ze op haar lijn lette, gaf ze het aan haar vriendinnen en keek hoe ze het opaten, met de voldoening van een slank meisje dat zich kan beheersen terwijl voor haar neus andere, dikkere meisjes zwichten voor hun snoeplust.

Sinds die tijd had ik geen problemen meer met vrouwen. Daar was ik aan gewend geraakt. Ze kwamen makkelijk op me af, en als er eens eentje weerstand bood, duurde dat nooit lang. De koppigste meisjes lieten zich bidden. Hoeveel tijd het ook kostte, voor mij was het een aangename afleiding, meer niet, een lichtzinnigheid die me in de loop van de jaren mijn slechte reputatie bezorgde. Ik heb respect, maar zelden gevoelens. Ik hecht me niet makkelijk. Een van mijn vriendinnen, een studente psychologie – ik was dol op haar gewoonte om haar bril op te houden als we de liefde bedreven – had deze karaktertrek geanalyseerd. Volgens haar had het feit dat ik geadopteerd was me achterdochtig gemaakt. Ze legde uit dat ik verlatingsangst had, en daardoor verschillende relaties tegelijkertijd aanging. Ik geloofde eerder dat alle vrouwen obsessief met een exclusieve relatie bezig waren, met de vorm en met de 'vastigheid'. Ze wilden dat mannen verliefd werden, en als dat niet lukte, zagen ze hen als smeerlappen. Ze dachten dat liefde de vleselijke zonde zou kunnen schoonwassen. In tegenstelling tot Marcus, en daarom kwam hij ook niet ver, kon ik heel goed buiten dat archaïsche bleekwater dat gevoel is. Ik was jong op het juiste moment. In de jaren zestig stelden meisjes er een eer in om van hun vrijheid te genieten. Ze waren een soort competitie aangegaan, waarbij ze hun seksualiteit in de praktijk brachten en niet onderdrukten. Ik geef toe dat ik daarvan geprofiteerd heb. Liefde was slechts een spel, maar aan die gezegende tijd kwam een einde op de dag dat in restaurant Gioccardi een jonge vrouw mijn zorgeloosheid met haar blauwe sandaaltjes vertrapte.

Ik zat met Marcus te lunchen op de benedenverdieping van de trattoria in SoHo. Daar kwamen we bijna dagelijks. De eigenaar ontving Shakespeare, mijn hond, als een godheid. Hij maakte overvloedige bakken voer voor hem klaar. Dat was prettig, want menigeen was bang voor Shakespeare. Als hij op zijn achterpoten stond was hij één meter tachtig. Zijn beige-rode berenvacht deed niets af aan zijn bek die, als hij niet zo'n lief karakter had, in een paar seconden met een mens zou kunnen afrekenen. Ik boog me vol verlangen over mijn spaghetti al pesto toen op de zeshoekige rode tegeltjes van de trap de enkel verscheen die het beeld dat ik van vrouwen had zou veranderen. Ze had me meteen in haar greep. Degene aan wie de enkel toebehoorde, die van de zaal op de eerste verdieping kwam, bleef even staan. Ze praatte tegen iemand. Het duurde even voordat ik in het geroezemoes van de gesprekken en de geluiden van bestek haar spottende stem kon onderscheiden. Haar voeten draaiden langzaam. Ik bewonderde haar kinderlijke tenen met glimmende nagels. Ze wilde beneden lunchen. Boven was het bijna leeg. Er zat niemand, dat was ongezellig. Ik hoorde een man, die bruine mocassins bleek te dragen, protesteren. Boven was het rustiger. Het meisje deed met haar linkervoet een stap naar beneden waardoor het begin van een kuit zichtbaar werd. De voet ging weer omhoog, kwam weer naar beneden en liep toen eindelijk door. Naarmate ze meer in beeld kwam, streelde ik met mijn blik de fijne lijnen van haar schenen, haar knieën, het begin van haar dijen, waar die schuine spier doorheen liep waar ik zo stapel op was bij een vrouw. Haar lichtgebruinde huid, van een onwerkelijke gaafheid, verdween onder een wijd uitlopende blauwe stof. Een ceintuur accentueerde haar taille, waar ik meteen mijn handen op had willen leggen. In haar mouwloze blouse waren haar mollige armen te zien die van een aantrekkelijke frisheid waren. Iets hoger, in de uitsnijding, verhief zich een sierlijke hals die ik met één hand had kunnen breken. De laatste drie treden liep ze lachend af. Haar entree bracht een stralend licht binnen dat uit haar haren leek te komen. Ze trok een man van een jaar of veertig, gekleed in een beige broek en een donkerblauwe blazer met een gele pochet, aan zijn stropdas achter zich aan. Hij werd voortgesleept aan zijn boord, liep rood aan en deed ontstemd zijn best om haar te volgen zonder te vallen. Ze liet hem weer los, waarbij ze de das tussen haar dunne, bijna doorschijnende vingers liet glijden, en riep: 'Ernie, je bent zo saai!'

Ik keek haar zo aandachtig aan dat haar blik, gewekt door een dierlijk instinct, de mijne kruiste en daar een fractie van een seconde bleef rusten. Zodra ze haar brutale ogen mijn kant op draaide, wist ik dat dit meisje me meer beviel dan alle meisjes die ik had kunnen kennen of simpelweg begeren. Ik had het gevoel dat er lava door mijn lijf stroomde, maar de jonge vrouw leek onaangedaan, of misschien had mijn schitterende schepsel genoeg terughoudendheid om het niet te tonen. De vent in blazer ergerde zich aan mijn belangstelling voor haar. Hij nam me geïrriteerd op. Mijn lichaam spande zich direct. Ik was klaar om te vechten. Hij had niets te zoeken in dit restaurant. Hij verdiende deze godin niet. Ik wilde dat hij haar aan mij liet en opdonderde. Ik glimlachte spottend naar hem in de hoop dat hij me zou uitdagen, maar Ernie was een lafaard. Hij wendde zijn blik af. Mijn schoonheid draaide zich elegant om toen de ober, net zo verblind als ik, haar naar hun tafel voorging. Hij trok de stoelen in het voorbijgaan naar achteren, terwijl zij aan kwam lopen, het hoofd licht gebogen op de bescheiden manier van meisjes die weten dat ze bewonderd worden.

'Je weet dat ik je iets vroeg, hè, al één minuut en vijftien seconden geleden?' zei Marcus, die op zijn nieuwe horloge keek, een verjaardagscadeau van zijn vader, waarvan hij de stopwatch had aangezet.

Ik kon me niet van haar losmaken, ook al probeerde Ernie haar met zijn grote, dikke lijf aan mijn blik te onttrekken. Ze zat met haar rug naar de zaal. Half dromend antwoordde ik: 'Vind je haar niet grandioos?'

Marcus, die had begrepen waardoor ik werd afgeleid, inmiddels al één minuut en vijfenveertig seconden, antwoordde zonder van zijn klokje op te kijken: 'Inderdaad, ze is heel knap, en heel erg bezet, dat zal je niet ontgaan zijn.'

'Denk je dat ze iets hebben?'

De gedachte alleen al aan dit stralende meisje met die oude dandy – destijds leek veertig me het begin van de aftakeling – was onverdraaglijk.

'Ik heb geen idee, Wern,' antwoordde Marcus, 'maar ik zou graag eens één keer lunchen en een gesprek voeren zonder dat jij een stijve nek krijgt van het kijken naar alles wat een rok draagt; dat zou mijn ego enorm goeddoen.'

'Sorry schat, ik geef je niet genoeg aandacht,' zei ik spottend terwijl ik mijn hand op de zijne legde.

Mijn vriend keek beledigd en trok zijn hand terug.

'Jij geeft me de indruk dat ik onzichtbaar ben. Dat is heel naar. Vooral omdat we nog wat dingetjes te regelen hebben voor onze afspraak van vanmiddag.'

Ons pas gestarte vastgoedbedrijf zat in een gevaarlijke fase. Wat we met onze eerste opdracht hadden verdiend, hadden we met een maximum aan leningen weer geïnvesteerd in de renovatie van twee beleggingspanden in Brooklyn. Toen we de sloop- en bouwvergunningen hadden bemachtigd, en de problemen waren opgelost waar alle vastgoedprojecten in New York mee te maken hadden, waren de werkzaamheden door een gemeenteambtenaar opgeschort met een vaag verhaal over kadasters. Die klotestreek had me razend gemaakt. De voorzitter van het stadsdeel Brooklyn had maling aan de wet, hij wilde voor de tweede keer smeergeld van ons. We hadden die middag om vier uur een afspraak staan, en moesten argumenten bedenken en een toekomst redden, maar ik had moeite om me te

concentreren: een paar tafels verder eiste het object van mijn begeerte mijn aandacht op. Ze zat kaarsrecht. Haar schouders raakten
de rug van de stoel niet. Haar handen fladderden alle kanten op en
begeleidden haar woorden met complexe choreografieën. Mijn
compagnon keek me bevreemd aan. Hij kende mijn belangstelling
voor vrouwen, maar hij wist ook dat ons bedrijf altijd voorrang had.
De onbekende dame boog haar hoofd achterover en rekte zich
schaamteloos uit met de soepele en trage bewegingen van een pan-
ter. Ze trok haar ronde schouders naar achteren. Haar lange haar
leidde een eigen leven. Ik had het willen vastgrijpen en mijn gezicht
erin willen drukken.

'Is er iets niet in orde, meneer Werner?' vroeg Paolo, de eigenaar.

Hij stond met een fles marsala in zijn hand en keek naar mijn
onaangeroerde bord. Ik was een van zijn favoriete klanten en hij
was zo trots als een Siciliaanse moeder wanneer hij me meerdere
keren per week een kilo pasta, een vol bord lasagne, een rundersteak
of twee pizza's in mijn eentje zag verzwelgen. Die dag had ik de spaghetti die voor me stond koud te worden niet aangeraakt.

'Is de pasta niet lekker? Niet zout genoeg? Te gaar?' Hij bedolf me
onder een spervuur van vragen, en keek naar mijn bord om een
diagnose te stellen.

Ik besteedde geen aandacht aan zijn woorden. De onbekende
vrouw had zojuist met een snelle handbeweging haar volle haar
over haar ene schouder gevlijd, waarbij de aanzet van haar nek
zichtbaar was geworden. Waarom kwam ze me zo bekend voor?
Hoe kon ik met haar in gesprek raken? Paolo pakte mijn bord. Hij
trok als een jachthond zijn neus op om eraan te ruiken en ontplofte.

'Giulia! Wat heb je met de pasta van signor Zilch gedaan!'

Bij de woede-uitbarsting van de eigenaar draaiden de mensen in
de zaak zich om, ook mijn onbekende. Ik verslond haar met mijn
ogen met een gretigheid die ze blijkbaar vermakelijk vond, want ze
glimlachte naar me voordat ze me weer haar rug toekeerde. Ik moest
haar hebben. Ik wilde alles van haar weten, haar geur, haar stem,
haar ouders, haar vriendinnen, waar ze woonde, met wie, de inrichting van haar slaapkamer, de jurken die ze droeg, de textuur van

haar lakens, of ze naakt sliep, of ze praatte in haar slaap. Ik wilde dat ze me haar verdriet en haar dromen toevertrouwde, haar behoeften en haar verlangens.

'Ik heb het haar al twintig keer uitgelegd!' zei Paolo geërgerd. 'Pesto maken leert ze nooit! Je moet het in de vingers hebben. Je hebt kracht nodig, je moet pletten en draaien in de vijzel,' legde hij uit terwijl hij de ronddraaiende beweging woest voordeed. 'Giulia klopt pesto met gebogen pols, als een vinaigrette, in plaats van haar arm krachtig gestrekt te houden!'

Ik had overeind willen komen, voor haar willen gaan staan. De idioot die ze bij zich had op zijn bek rammen, haar bij de hand pakken, meenemen, wegvoeren, haar helemaal leren kennen.

'Is-ie ziek? Voelt-ie zich niet goed?' vroeg Paolo bezorgd nadat hij de spaghetti had geproefd, waar niets op aan te merken viel, een capitulatie die een triomfantelijke glimlach liet verschijnen op het gezicht van Giulia, die zich uit haar keuken had gespoed.

Marcus probeerde het bord terug te pakken. 'Maak je geen zorgen, Paolo, de pasta is heerlijk en Wern is in topvorm, hij is gewoon verliefd.'

'Verliefd!' riepen Paolo en Giulia in koor.

Het idee dat ik verliefd was, viel in hun ogen niet te rijmen met het aantal meisjes dat ze de afgelopen maanden aan mijn tafel hadden zien zitten. Ze namen deze liefdeskwelling op mijn gezicht taxerend op.

'Verliefd,' bevestigde Marcus.

'Op wie dan?' mopperde de eigenaar, die de identiteit wilde weten van het verwerpelijke schepsel dat de eetlust van zijn beste klant bedierf.

'Die blonde in het blauw en wit,' vatte Marcus nuchter samen, met een knikje naar de onbekende vrouw.

We rekten de lunch. Paolo probeerde meer over het meisje te weten te komen door een beetje met haar te praten, maar Ernie zette hem op zijn nummer. We bestelden onze vierde koffie. Shakespeare, die gewend was dat we ons eten in twintig minuten naar binnen werkten, werd ongeduldig. Hij kreeg een halfslachtige aai over zijn kop en ging met een zucht weer aan mijn voeten liggen. Ik kon mijn ogen niet van dat meisje afhouden, en antwoordde afwezig op de vragen van Marcus, die met zijn zilveren pen in een leren zakboekje de lijst argumenten noteerde die de stadsdeelvoorzitter moesten overtuigen. Toen ik zag dat Ernie de rekening betaalde, steeg mijn adrenaline. Mijn schoonheid zou verdwijnen in de jungle van Manhattan en ik had geen idee wat ik moest doen. Ze stonden op. Ik volgde ze in de hoop dat ze me zou zien en dat ik nogmaals door haar blik in vervoering zou raken. Ik zocht een smoes om haar tegen te houden, toen bij toeval de schouderriem van haar handtas achter de deurklink bleef haken en brak, waardoor een deel van haar spullen op de grond belandde. Ze hurkte neer. Ik schoot toe om haar te helpen. Ik raakte gebiologeerd toen de v-vormige hanger die ze om haar hals droeg klem kwam te zitten tussen haar borsten. De hoekjes van het gouden sieraad drukten in haar huid. Het leek haar niet te storen, terwijl deze aanblik mij deed duizelen. Ik griste alles wat ik kon pakken bij elkaar. Viltstiften, een inktgum, losse blaadjes volgekrabbeld met vreemde schetsen, een haarborstel, lipbalsem van Carmex, een pet van spijkerstof en, wat me zeer verbaasde, ook een kurkentrekker. Door dat gebruiksvoorwerp en de rommel in haar tas werd ze voor mij menselijker en nog begeerlijker. Ernie werd naar buiten gestuurd. De doorgang was zo smal dat hij niets kon betekenen en hij zou uit zijn te krappe pak gescheurd zijn als hij had willen hurken. Hij probeerde me af te poeieren.

'Dank u, we redden het verder wel. Kom, sta op! Ik zeg toch dat we uw hulp niet nodig hebben!'

Ik reikte mijn schoonheid een handvol spullen aan die ik had opgeraapt. Ze keek op en ik was onder de indruk van de kleur van haar ogen. Ze waren diepviolet, sprankelend van intelligentie en fijngevoeligheid. Ze deed haar tas wijd open zodat ik de losse spullen erin kon gooien, ik liet een notitieboekje vallen waarin ik schetsen van naakte mannen zag staan. Ze sloeg het met een geamuseerde glimlach dicht, en keek me indringend aan.

'Dank u wel.'

Haar stem was krachtiger en zwaarder dan haar tengere gestalte deed vermoeden, en bezorgde me een rilling. Evenals de blik waarmee ze me aankeek. Die was direct en open, alsof ze me in een paar tellen volledig probeerde in te pakken, wat haar ook lukte. Toen ze overeind kwam ving ik een vleugje van haar parfum op, amber en bloesem. Het speet me dat ik haar hand niet had weten aan te raken, maar Ernie boog zich, pakte haar pols en trok haar mee naar buiten. Voordat ik een excuus kon bedenken om haar tegen te houden, verdween mijn onbekende in de Rolls met chauffeur van die ontaarde dandy. Haar verdwijning achter de getinte ramen deed me fysiek pijn. Het vooruitzicht dat ik haar nooit meer zou zien benam me letterlijk de adem. Ik begon als een bezetene te rennen, met Shakespeare op mijn hielen. Sommige mensen begonnen te gillen toen ze zagen dat die enorme hond er over de stoep vandoor ging. Marcus, die van het intermezzo gebruik had gemaakt om 'naar Zwitserland' te gaan, spurtte achter me aan: 'Wacht! Wat doe je nou?' Ik liet Shakespeare in onze gele Chrysler stappen. Ik gaf vol gas terwijl mijn vriend in het rijdende voertuig sprong en me uitmaakte voor 'ontoerekeningsvatbaar' en 'psychisch gestoord'. Ik zocht wanhopig naar de Rolls. Toen Marcus de machteloze woede op mijn gezicht zag, mompelde hij bezorgd: 'Wern, soms word ik bang van je.'

SAKSEN, DUITSLAND, 1945

Het was een nacht in februari, voor de mensheid opnieuw een nacht des onheils. Hectaren ruïnes brandden onder een bittere, asachtige regen. Urenlang was Dresden niets dan een eindeloze vlammenzee geweest die lichamen, hoop en levens had vernietigd. Zover het oog reikte was de stad in deze tijd van wereldwijde verslagenheid de belichaming van de chaos. De bombardementen waren zo hevig geweest dat in het hele centrum geen pand meer overeind stond. De bommen hadden de gebouwen weggeblazen als dorre bladeren. Een opeenvolging van brandbommen wakkerde de verslindende vuurzee aan, die zich voedde met mannen, vrouwen, kinderen en gewonden die teruggekeerd waren van het oostfront en zich veilig hadden gewaand. Het duister werd verlicht door knetterende flitsen, alsof het een kermisschouwspel betrof. Hoewel het helemaal donker was, had de hemel de kleuren aangenomen van een zonsondergang in de herfst, scharlaken en goudgeel. Langzamerhand hadden de afzonderlijke kleurvegen zich verenigd in een gloeiende zee. Zelfs op een hoogte van tweeëntwintigduizend voet voelden de piloten van deze vluchten des doods in hun cockpit de warmte van de vlammenzee.

Op de grond werd iedereen in de nabijheid die geen weerstand kon bieden aan de zuurstofwinden waarmee de vlammen zich voedden gegrepen door een vuurstorm. Er leek geen einde aan te komen. In de loop der uren trokken de rook en de as op en legden een sluier over het Florence aan de Elbe. In deze mist, die etmalen lang bleef hangen en de longen en ogen prikkelde, stond alleen de Notre-Dame met haar barokke, spookachtige silhouet nog overeind. Een paar reddingswerkers van het Rode Kruis hadden er een groot aantal gewonden bijeengebracht. Victor Klemp, chirurg van het eerste uur op deze hulppost, probeerde orde te brengen in de verschrikking. Even had hij gedacht dat God zijn volk strafte voor een zonde die hij aanvoelde, maar die hij niet onder ogen had willen zien. Sinds de dood hem op de gruwelijkste manier elk uur vernederde, geloofde hij niet meer dat God dit lijden had gewild. Hij geloofde niet meer dat God zich nog interesseerde voor deze wereld, hij zag de kerk die nog als enige uittorende boven het puin van de vernieling niet langer als een wonder of een teken uit de hemel, maar als een ultieme en weerzinwekkende provocatie. Victor Klemp had al tweeënzeventig uur niet geslapen. Zijn witte jas, zijn gezicht en zijn hals zaten onder het bloed en de ingewanden van zijn mislukte pogingen. Zijn handen trilden van vermoeidheid. Hij had al lang geen moeilijke operaties meer gedaan. Zijn ijzeren koelbloedigheid verbaasde hem. In een paar seconden stelde hij een diagnose. Hij vocht alleen voor de mensen die de meeste kans hadden om te overleven. De gewonden en stervenden dienden zich in zo groten getale aan, en het tekort aan medische voorzieningen was zo nijpend, dat hij gedwongen was om met één blik tien keer zo veel mensen af te schrijven als te redden. Hij had niets meer om de pijn van de stervenden of de op een operatie wachtenden te verlichten. Geen morfine, geen alcohol, geen menselijke woorden. Soms dacht hij dat hij de gewonden beter uit hun lijden kon verlossen. Dat was de enige daad van barmhartigheid die hij nog kon verrichten. Victor Klemp had zich tot de kapitein gewend van een van de weinige regimenten die nog ter plaatse waren. Hij had zijn verzoek duidelijk geformuleerd, verbijsterd dat hij deze woorden uit zijn mond kreeg: 'Schiet ze een kogel door hun hoofd. Alle mensen die ik naar u toe stuur zijn ten dode opgeschreven.'

De militair had hem recht in de ogen gekeken en had zonder hem te veroordelen, met een volstrekte, wanhopige kalmte die Victor nooit zou vergeten, geantwoord: 'We hebben niet genoeg kogels, dokter, om mededogen te kunnen hebben.'

Met een lugubere regelmaat brachten burgers en soldaten hem steeds meer slachtoffers. Hij zag in deze ongelukkige mensen alleen nog maar wonden, breuken, gehavende organismen en in de toekomst geamputeerden. In de stroom gewonden die geen naam of gezicht hadden, stuitte hij op een provisorische brancard. Het gebeurde na de derde golf bombardementen. Hij werd gedragen door twee jongens in uniform en er lag een vrouw op. De modder, het stof op haar gezicht en haar bleekheid konden haar harmonieuze trekken, en haar heldere, staalblauwe ogen, niet verhullen. Hoewel haar haren vuil waren, leken ze licht te geven. Vanonder de deken die de soldaten over haar heen hadden gespreid staken een schouder en een arm uit, waar zich op een paar centimeter naakte huid de zachtheid van de hele wereld leek te concentreren. Lager was het aan haar gezwollen borsten en buik onder de dikke stijve stof te zien dat ze zwanger was. Ze leek nog geen vijfentwintig jaar. De jonge vrouw was zo rustig dat de dokter aan de dragers vroeg: 'Wat mankeert ze?'

Hij zag het afgrijzen op de gezichten van de twee mannen. De langste probeerde het uit te leggen: 'Ze lag op de Freibergerstraat, gedeeltelijk onder het puin... We hebben haar eronderuit gehaald...'

De woorden bleven steken in de keel van de jonge soldaat, die naar het onderste gedeelte van de deken wees, waarop zich donkere, kleverige vlekken vormden. Ongeduldig hervond de dokter zijn hardheid weer. Met een resoluut gebaar tilde hij de stof op. Onder de aan stukken gescheurde kleding, net boven de knie, waren de benen van de vrouw afgerukt. Ondanks de noodverbanden bloedde ze leeg. De aanblik was vooral schokkend omdat tussen de twee rode, verbonden stompjes, waarop losgescheurd ondergoed en verbrande stukken van een bloemetjesjurk aan de wonden plakten, nog een gapende wond dreigde. Ze was bezig te bevallen. De ogen van het slachtoffer boorden zich in die van Victor Klemp. Met onverwacht duidelijke stem zei ze: 'Ik ben ten dode opgeschreven, dokter, mijn kind niet.'

Het gereutel en gekerm dat de kerk vulde leek te verstommen. De jonge vrouw riep: 'Help me.'

Het was geen smeekbede, het was een bevel. Medelijden zou hem zonder meer van deze vrouw hebben verwijderd. Maar de energie die ze uitstraalde met haar blik en haar stem was voor de arts beslissend. Hij kwam in beweging. Met hulp van de twee soldaten bracht hij de knevelverbanden weer aan op de stompen. Zonder een kik te geven raakte ze bewusteloos. Er werden twee gewonden uit een zijkapel weggehaald om daar het slachtoffer neer te leggen. Met de rug van zijn hand veegde Klemp een houten tafel schoon waarop zich glasscherven, gruis uit de koepel, vuile verbanden en stompjes kaars hadden opgehoopt. Daarop legde hij de vrouw, die weer bij bewustzijn kwam.

'Hoe heet u?' vroeg de dokter.

'Luisa.'

'Luisa. Ik beloof u dat u uw kind zult zien.'

De baby was al ingedaald, maar de dokter besloot ondanks zijn geringe gynaecologische kennis een keizersnee te proberen. Hij was bang dat hij het kind zou verwonden, hij wist dat hij de moeder zou doden, maar ze was niet in staat een bevalling tot een goed einde te brengen. De soldaten, die zo jong als ze waren al heel wat hadden meegemaakt, keken weg toen hij in de huid sneed, vlak onder haar buik. Uit angst de baby te raken ging hij niet diep met zijn scalpel, maar sneed hij de vliezen een voor een door, waarna hij ze met zijn vingers opentrok. Het was een bloedbad. Luisa raakte bewusteloos en kwam weer bij. De drie mannen durfden zich geen voorstelling te maken van haar pijn. Ze waren opgelucht als ze even buiten bewustzijn was. Victor Klemp praatte onophoudelijk op haar in, woorden zonder veel betekenis die alleen bedoeld waren om zichzelf moed in te spreken en Luisa in leven te houden. Eindelijk dacht hij met zijn vingers de baarmoeder te hebben bereikt, want dit weefsel kreeg hij met zijn vingers niet open. Hij maakte een nieuwe snede. Wat hij deze vrouw, met wie hij net nog een blik had gewisseld, liet doorstaan leek hem barbaarser dan alle slachtingen van de afgelopen uren. Er spoot vocht omhoog toen hij zijn handen in de warme, natte holte stak en naar het kind tastte. Hij voelde het kleine lichaampje en zonder goed te weten wat hij aanraakte pakte hij het vast. Victor Klemp moest trekken om het hoofdje vrij te maken, dat vastzat in het bekken van de moeder. Het kind was blauw. De dokter sneed zo goed als hij kon de navelstreng door, waardoor de zuigeling, die plotseling geen zuurstof meer had gekregen, een keel opzette en de moeder weer bij bewustzijn kwam.

'Het is een jongen, Luisa, een mooie, grote knul,' liet Victor Klemp weten.

Ze was alweer weggezakt. De dokter ging zitten met de zuigeling op zijn schoot en maakte een onhandige knoop op de buik van de baby. Hij vond een doek en een beetje water om het kindje schoon te maken, deed zijn ooit witte doktersjas uit, en trok zijn hemd uit om het kind erin te wikkelen. Luisa werd wakker toen ze het gewicht van haar zoon tussen haar borsten voelde.

'Leeft hij?'

'Nou en of, Luisa.'

Omdat ze te veel naar achteren lag om de baby te kunnen zien en te zwak was om hem in haar armen te nemen, drong ze aan: 'Zit alles erop en eraan?'

'Alles, ja. Het is een jongen, hij is prachtig,' antwoordden de drie mannen door elkaar met verstikte stem.

Ze vermeden discreet om te kijken, ze hadden de doorweekte deken weer over haar heen gelegd. Een van de soldaten hield het kindje boven het gezicht van zijn moeder. Hij bracht een soort kattengemiauw uit tot hij op de borst van Luisa werd gelegd. Victor Klemp steunde de elleboog van de jonge vrouw en legde haar hand op haar baby zodat ze hem kon voelen. Bij deze aanraking bewoog het kindje een beetje, en de drie mannen zagen dat de ogen van de vrouw vochtig werden.

Opnieuw wist ze de blik van Victor Klemp te vangen en ze zei: 'U moet hem onder uw hoede nemen, dokter.'

Nog voordat de arts kon antwoorden, voegde ze eraan toe: 'Marthe Engerer, mijn schoonzus. Ze is hier.'

Op de geruststellende woorden van Victor Klemp volgde een

nieuwe stilte en Luisa wees naar de baby: 'Hij heet Werner. Werner Zilch. Verander zijn naam niet. Hij is de laatste van ons.'

Ze deed haar ogen dicht en streelde met haar wijsvinger het nekje van haar baby, terwijl Victor Klemp op zijn hurken haar vrije hand vasthield. De ogen van de vrouw vielen weer dicht. Deze rust duurde een, misschien twee minuten, toen viel Luisa's vinger die over haar zoontje streek plotseling stil, en in de gevouwen handen van Victor Klemp verslapte de smalle hand van de vrouw. Hoe absurd het voor een rationalist als hij ook was, hij had sterk het gevoel dat de ziel van de stervende vrouw door hem heen ging. Een fractie van een seconde, een tastbare golfbeweging, en ze was er niet meer. De dokter legde Luisa's arm, die nog slap was, op de tafel langs haar lichaam. Hij keek naar het kind, dat opgerold tegen zijn moeder lag, gerustgesteld door een warmte die spoedig zou uitdoven, en op een hart dat niet meer klopte. De twee soldaten zochten een bevestiging in zijn ogen. De dokter wendde zijn blik af. Hij had de laatste dagen de afschuwelijkste dingen gezien, maar nooit had hij zich zo kwetsbaar gevoeld. Toen hij opkeek ontmoetten zijn ogen de afbeelding van de Maagd Maria met kind. De Madonna, die gespaard was gebleven bij de bombardementen, had over hen gewaakt tijdens dit verschrikkelijke wonder. Een ongelovige en wanhopige lach ontsnapte hortend uit de borst van de dokter. Victor Klemp kwam weer tot zichzelf door het geschreeuw van de gewonden en het gereutel van de stervenden, geluiden die hij gedurende die oneindige ogenblikken niet meer had gehoord, en ging op de grond zitten. Naast de tafel, waarop deze dode halve vrouw met haar kind lag, voelde hij hoe zijn lichaam stuipachtig schokte, terwijl naast hem de twee soldaten huilden als kinderen, en dat waren ze ook.

MANHATTAN, 1969

Marcus zag de Rolls eerder dan ik.

'Daar!' schreeuwde hij terwijl hij naar rechts wees. Ik sneed twee automobilisten, die antwoordden met een toeterconcert.

Marcus maakte met een bleek gezicht zijn gordel vast, wat hij anders nooit deed, terwijl Shakespeare achterin bij elke bocht jankend omviel. Ik slaagde erin achter de Rolls van Ernie te komen, die over Madison Avenue vijfendertig straten naar het noorden reed.

'Dit is niet echt onopvallend,' waarschuwde Marcus, 'je moet er één auto tussen laten.'

'Ik kan geen enkel risico nemen,' mompelde ik.

'We verstaan niet hetzelfde onder het woord "risico",' zei hij spottend, met een toespeling op de gevaarlijke manoeuvre die ik net had uitgehaald.

Er was weinig verkeer, en we passeerden de straten met hoge snelheid. Marcus leek met de minuut gespannener. Toen we langs Rockefeller Center reden, waar de verkeersopstoppingen begonnen, kon hij zich niet meer inhouden. 'We hebben geen tijd, Werner, we moeten binnen drie kwartier in Brooklyn zijn!'

'We hebben wel tijd,' zei ik bezwerend, met mijn handen om het metalen stuur geklemd en mijn blik gericht op de Rolls.

De chauffeur voor ons sloeg linksaf 51st Street in, kruiste 5th Avenue en vervolgens Avenue of the Americans, en hield toen eindelijk halt. Marcus zei niets. Zwijgen was voor hem de ultieme uiting van afkeuring. Gedurende een paar minuten gebeurde er niets. Ik stelde me voor dat Ernie daarbinnen de jonge vrouw kuste, dat hij haar streelde, misschien uitkleedde, en dat maakte me gek. Gelukkig stapte ze uit. Ze legde een meter of tien af met soepele en gedecideerde passen. De blauwe rok tikte tegen haar dijen. Ze haalde sleutels uit haar tas, stapte in een groene Ford en reed weg. Ik volgde haar. Marcus keek benauwd op zijn horloge. Toen ze doorreed naar de westkant van Central Park, nog verder weg van Brooklyn, zei hij: 'Als je binnen vijf minuten haar adres niet gevonden hebt, dan geven we het op, Wern. We kunnen niet te laat komen, dan maken ze ons af!'

Al mijn aandacht was gericht op de groene auto, die ons steeds verder uit de buurt bracht. Hij reed zoals hij eruitzag: snel en soepel.

'Wern, nu is het genoeg! Je zet alles op het spel! Ik wil niet dat je een project van tien miljoen dollar de grond in boort voor een meisje dat je vijf minuten in een restaurant hebt gezien.'

'Het is de vrouw van mijn leven,' antwoordde ik.

Ik wist hoe pathetisch het klonk, maar nooit eerder was ik zo zeker van mijn zaak geweest.

'Je hebt haar niet eens gesproken!' bracht Marcus uit, die vooral verbijsterd was omdat het in de liefde bij mij tot nu toe om begeren en vergeten ging, en zeker niet om gevoelens.

'Zij is het, Marcus.'

'Dat geraaskal van je, het is gewoon niet te geloven.'

De groene auto parkeerde dubbel voor een bakstenen pand. Mijn blonde obsessie stapte uit de Ford met een plat, vierkant pakket onder haar arm. Ze ging naar binnen. Ik zette de motor af.

'Geen sprake van dat je op haar gaat wachten! Hoor je me, Werner? Als het de vrouw van je leven is, brengt het lot haar wel weer op je pad. Je start nu de auto en maakt rechtsomkeert.'

Het was voor het eerst dat Marcus zo duidelijk aangaf dat dit een breekpunt in onze vriendschap kon zijn. Ik zat met klamme handen en een verhitte kop voor het gebouw waar zij naar binnen was gegaan. Ik zocht naar een oplossing. Marcus wierp me een blik toe die ik onder minder kritieke omstandigheden had weggewuifd, maar ik wist dat hij gelijk had. We hadden alles op de ene kaart van dit project in Brooklyn gezet. Als de werkzaamheden niet snel her-vat werden, gingen we failliet. Ik startte de motor weer en reed vijf meter achteruit. Marcus slaakte een zucht. Ter bemoediging zei hij: 'Bedankt, Wern, we...' Zijn gezicht vertrok toen hij zag hoe ik de auto in zijn één zette en op de Ford in reed. De klap was harder dan ik had verwacht. De linkerzijkant van de auto zat volledig in de kreukels, en onze voorkant ook. Shakespeare was tussen ons door geschoten en stond met zijn voorpoten op het dashboard en met de versnellingspook onder zijn buik. Marcus was met stomheid ge-slagen. Ik sprong naar buiten en schreef steunend op de motorkap van de groene auto op de achterkant van twee visitekaartjes:

Meneer,
In een moment van onoplettendheid heb ik dit spijtige ongeluk veroorzaakt. Ik hoop dat u me de schade aan uw auto kunt ver-geven. Neem alstublieft zo snel mogelijk contact met me op om de schade vast te stellen en tot een minnelijke schikking van dit pro-bleem te komen.
Nogmaals mijn nederige excuses,
Werner Zilch

Het briefje leek me leesbaar, ondanks mijn 'belabberde handschrift', iets wat ik mijn hele schooltijd had moeten horen. Ik bevestigde het op de voorruit, en reed alsof de duivel me op de hielen zat naar Brooklyn. Marcus zei de hele rit geen woord. De voorbumper hield het uit tot onze aankomst bij het stadhuis, waar hij aan één kant losraakte en bij het parkeren een hels kabaal maakte.

'Je weet je entree wel aan te kondigen,' zei mijn compagnon zuur.

We hadden geen tijd gehad om Shakespeare thuis te brengen. Hij moest alleen in de auto achterblijven, en daar hield hij niet van. We haastten ons naar de zitting. We waren tien minuten te laat. Marcus zag er zoals altijd tiptop uit. Bij mij leek het nergens naar. Door de spanning van de achtervolging was mijn jasje gekreukt en mijn overhemd doorweekt. Ik had geen tijd meer gehad om mijn haar te fatsoeneren, waardoor het weer alle kanten op stond. Mijn compagnon gebaarde met twee handen dat ik het naar achteren moest kammen, wat ik deed, maar zonder resultaat; zodra mijn ragebol was bevrijd uit de kam van mijn vingers zat mijn haar weer in de war.

De stadsdeelvoorzitter ontving ons in een kamer met een protserige lambrisering. Toen hij me binnen zag komen trok hij met een vragende blik een wenkbrauw op, maar hij was zo uitgeblust door zijn functie en enkele tientallen jaren in de politiek dat hij zich nergens meer over verbaasde. Hij wees naar twee stoelen aan zijn vergadertafel, ver van zijn met koper ingelegde bureau, waarachter hij bleef zitten zonder iets te doen.

'Mijn medewerker komt zo,' kondigde hij aan.

Het was of zijn droefgeestige blik door neergelaten luiken heen schemerde. Hij zat me strak en ongegeneerd op te nemen. Ik ergerde me aan een vlieg die telkens weer tegen een lampenkap achter ons vloog. Hij scheerde twee keer voor me langs, bij de derde keer ving ik hem en plette het beestje in mijn hand.

'U hebt mijn gezelschapsvlieg vermoord,' protesteerde de stadsbestuurder.

'Pardon?'

'Dat was mijn vlieg.'

Ik zag hoe Marcus verbleekte, hij stamelde een paar excuses, maar ik onderbrak hem: 'U had toch geen speciale band met die vlieg?'

'Ik maak een grapje. Leuk toch?'

'Best wel...' antwoordde ik, en ik probeerde in te schatten hoe seniel hij was, terwijl ik ondertussen de resten van de vlieg op het donkere parket liet vallen.

'Hoe lang bent u?'

'Eén meter tweeënnegentig.'

'U hebt ook grote voeten,' ging hij verder.

Marcus gaf me een spottende knipoog.

'Niet voor mijn lengte,' zei ik terwijl ik een been vooruitstak om hem een van mijn schoenen te tonen.

Ik ving een geïrriteerde blik van Marcus op omdat hij niet gepoetst was. De ambtenaar, die meer geïnteresseerd was in het formaat van mijn voet dan in het omhulsel, zat op zijn stoel te wippen.

Anders dan we hadden verwacht, ging geen van zijn vragen over de technische details van onze zaak.

'U lijkt me ook heel sterk. Boeven komen vast niet graag met u in aanvaring,' merkte hij op.

'Niemand komt graag met mij in aanvaring als ik uit mijn humeur ben.'

'Waar komt u vandaan? U hebt een zeer Germaans uiterlijk.'

Marcus leek van zijn stuk gebracht. Ik antwoordde rustig: 'Inderdaad, ik kom waarschijnlijk uit Duitsland.'

'Waarschijnlijk?' herhaalde de voorzitter.

'Mijn ouders hebben me geadopteerd toen ik drie was.'

'En hoe oud bent u nu?'

'Vierentwintig.'

'Zo jong! En zo gezond!' riep hij verrukt uit. 'Is het niet een beetje te ambitieus om u zo snel op een zo omvangrijk project te storten, vijfentachtig appartementen in twee gebouwen?'

'U was ook pas drieëntwintig toen u voor het eerst gekozen werd,' reageerde ik ad rem, blij dat ik dit gesprek met Marcus had voorbereid.

We zagen dat hij een hoge borst opzette en met zijn rechterhand een paar keer over zijn das streek. Met zijn andere hand betastte hij onwillekeurig de binnenkant van zijn bovenbeen.

'Ik was in die tijd heel aantrekkelijk, hoor. Ik had veel succes. De oude heren zaten achter me aan...' liet hij zich ontvallen om ons te peilen.

Gelukkig kwam de medewerker van de voorzitter binnen. Aan hem hadden we een paar maanden geleden voor het eerst smeergeld betaald, om hem te laten ophouden met zijn administratieve tegenwerking. In een mandje van bruin plastic had deze handlanger de dossiers bij zich die betrekking hadden op onze bouwwerkzaamheden. Hij was mager, bleek, had een spitse neus en een gluiperig voorkomen. Zodra hij binnenkwam werd de sfeer gespannen.

'U bent te laat, mijn vriend,' merkte de voorzitter op.

De medewerker reageerde vinnig: 'U weet best dat ik ook een andere bijeenkomst had, die net is afgelopen.'

'Waarom moesten deze charmante jongemannen dan zo vroeg komen? U hebt ze laten wachten.'

De spitsmuis ging bij ons aan tafel zitten, terwijl de voorzitter opstond en met slepende pas naar ons toe liep. Ze hadden de rollen duidelijk verdeeld. De voorzitter speelde de zachtaardige vader, zijn medewerker blafte, beet en zocht de zwakke plekken. Eerst probeerde hij te bluffen met zijn juridische termen. Daarbij had hij buiten Marcus' knowhow op rechtskundig gebied gerekend. Vervolgens stortte hij een technisch abracadabra over ons uit dat ik met hetzelfde gemak kon ontcijferen. Uiteindelijk werd hun eis duidelijker. Ze wilden een extraatje en hadden geen boodschap aan de geldigheid van hun argumenten. Ze hadden ons in hun macht, en dat wisten ze. Ik had ze ter plekke willen wurgen, maar ik zag de voorzitter genieten in zijn leren stoel, en ik begreep dat zijn genot nog groter werd als ik hem strenger verbaal, en mogelijk zelfs fysiek, aanpakte. Dat is het probleem met masochisten, je kunt ze geen kwaad doen zonder ze een dienst te bewijzen. Die gedachte gaf mij rust. Geld hadden we niet meer. We moesten een compromis vinden. Ik bood een van onze appartementen aan. De hebzucht van de oude baas kwam weer boven: hij wilde een loft met terras. Dat was een van de duurste vastgoedobjecten, dus de onderhandeling verhardde zich. Terwijl wij elke vierkante centimeter van ons fort verdedigden, vroeg ik me af welke protegé de voorzitter in zijn toekomstige penthouse wilde huisvesten. Voor zover ik wist, woonde zijn vrouw, die hij had getrouwd met het oog op een carrière in de politiek, inmiddels in hun riante huis in Manhattan, en waren hun twee kinderen ook onder de pannen. De spitsmuis nam genoegen met een studio, niet uit plotselinge bescheidenheid, maar omdat zijn baas gevoelig was voor hiërarchische verhoudingen. Als hij een appartement met terras kreeg, kon zijn medewerker aanspraak maken op niet meer dan een vijfde deel van het woonoppervlak, en minstens drie verdiepingen lager. Voor de parkeerplaats en het installeren van de keuken hield ik mijn poot stijf, daarvan waren de kosten voor hem, en dat gold ook voor de privélift. De voorzitter had trek, te oordelen naar het gerommel in zijn dikke buik. Daar speelde ik op in door te beknibbelen op ieder detail, en door duidelijk te maken dat ik onze andere afspraken voor de rest van de middag, en zelfs voor de avond, had afgezegd om tot een oplossing van dit probleem te komen. Hij zag zijn vieruurtje en avondeten de mist in gaan, hij voelde zich ineens vreselijk moe, en gaf het op. Terwijl hij ons net een van de mooiste appartementen van het project had afgetroggeld, had hij het lef te zeggen dat ik 'een keiharde zakenman was, en dat ik die onbuigzaamheid vast van mijn voorouders had geërfd'. Hij voegde er nog aan toe: 'Let wel, onbuigzaamheid is belangrijk voor een jonge man...' waardoor ik zin had hem op zijn bek te slaan. Tijdens de onderhandeling had ik al mijn charmes uitgespeeld, maar nu hij ons had genaaid, had ik hem zijn toespelingen graag door de strot geduwd, met zijn stropdas erbij. Vooral omdat hij er nog steeds met een obsceen gebaar aan zat te trekken. Marcus maakte zich zorgen en bracht de discussie weer op het juridische aspect van de zaak. We konden geen standaardovereenkomst tekenen, daarin zou het gesjoemel zichtbaar worden. De voorzitter en zijn medewerker legden ons uit hoe het verder zou gaan. De volgende dag moesten we de overdrachtscontracten van de bewuste appartementen aan hun malafide notaris overleggen, zodat de eigendomsbewijzen, die op naam van een tussenpersoon kwamen te staan, konden worden opgesteld. Aan het begin van de middag konden we dan op het bouwterrein de vergunning voor het hervatten van de werkzaamheden in ontvangst nemen. We stonden op. Ik groette ze met een moordlustige blik. Hoe wist ik nog niet, maar ik nam me heilig voor deze twee maffiosi, die zich voordeden als notabelen, een kopje kleiner te maken. Mijn compagnon wenkte me. We vertrokken zonder een woord te zeggen. Marcus, die niet van stilte hield, zei als eerste iets. 'Uiteindelijk zijn we er nog goed vanaf gekomen.' Omdat ik niet reageerde, zei hij fatalistisch: 'Voor iedereen geldt: eten en gegeten worden.' Op de parkeerplaats bond ik de bumper van de Chrysler weer vast met mijn riem. Shakespeare had uit woede omdat hij opgesloten zat de achterbank en een deel van de hoofdsteunen aan flarden gescheurd. In drie uur tijd was Marcus' auto totaal geruïneerd. Hij kon niet tegen rommel en schade – daar was zijn bevoorrechte jeugd debet aan – en hij sloeg lijdzaam zijn ogen ten hemel.

'Ik vraag me nog steeds af waarom we geld betalen aan sloopbedrijven, zolang we jou en Shakespeare hebben.'

Ik kon het niet over mijn hart verkrijgen om mijn hond te bestraffen. Ik wist maar al te goed hoe het was om verlaten worden.

DRESDEN, FEBRUARI 1945

Victor Klemp hervatte het vellen van zijn gruwelijke vonnissen, die beslisten over leven en dood. Hij droeg de ene soldaat op het levenloze lichaam van Luisa bij de andere slachtoffers te leggen. Aan de andere soldaat vertrouwde hij de baby toe en daarmee een nieuwe zorg: hij moest aan voeding zien te komen. Het verhaal van de wonderbaarlijke geboorte deed de ronde onder de overlevenden die hier in de kerk nog vochten voor anderen of tegen zichzelf. In deze uitgeputte mensen was een enorme geestkracht gevaren. Het was zaak snel een vrouw te vinden die het kind zou kunnen voeden. De jonge soldaat droeg de zuigeling onder zijn hemd tegen zijn huid om hem warm te houden. Hij vroeg aan iedereen die bij bewustzijn was of ze ergens een moeder met een baby hadden gezien. Zonder succes. Na een uur begon het kindje, dat zich steeds rustig had gehouden, te huilen. Het drukte zijn mondje tegen de huid van de wanhopige soldaat en zocht instinctief naar een borst die hij niet vond. De jongeman liep de kerk uit. Het werd al licht. Overal was vuur, vuur en nog eens vuur. Het was midden februari, maar de hitte was ondraaglijk. Hij zag gruwelijke dingen: verteerde volwassenen die zo gekrompen waren dat ze wel kinderen leken, stukken van armen en benen, hele families die verbrand waren, bussen vol verkoolde burgers en reddingswerkers. Hij trok wit weg toen hij vrienden zag die onmiskenbaar hetzelfde uniform droegen als hij. Wezenloze silhouetten doken soms op uit het puin. Velen zochten hun kinderen en familieleden. Een moeder om deze baby te voeden? Nee, die hadden ze niet gezien. Ze hadden er niet op gelet. Ze wisten het niet meer. Melk? Nee, geen druppel. Hij moest de stad uit, hulp vragen in de nabijgelegen dorpen. Het kind bleef maar huilen, zijn roze keeltje was helemaal uitgedroogd. Een oude man gaf de soldaat een suikerklontje. Hij liet het smelten in het laatste bodempje water in zijn veldfles, en sprenkelde, nadat hij zijn wijsvinger zo goed mogelijk had schoongewreven aan zijn wollen hemd, een paar druppels op zijn wijsvinger en stopte hem in de mond van de kleine Werner. De baby zoog gulzig aan de vinger en begon weer te huilen zodra hij hem terugtrok. De soldaat drukte hem tegen zich aan terwijl hij doelloos rondliep op zoek naar een nieuw en steeds onwaarschijnlijker wonder. Al snel werd het kindje stil. Door die stilte raakte de soldaat nog meer in paniek dan door het gehuil. Hij werd wanhopig omdat hij voelde hoe zwak de baby was. Op een gebroken zuil, die een paar dagen eerder de gevel van het gerechtsgebouw nog had gesierd, ging hij zitten. Omdat hij de moed niet had om de baby in zijn armen te zien sterven, besloot hij hem achter te laten. Hij wilde geen getuige zijn van zijn doodsstrijd. Zijn oog viel op een platte steen in het puin en hij legde het kind in deze apocalyptische wieg. Verscheurd door tegenstijdige gevoelens liep hij een paar meter door. Toen de baby kermde, keerde hij haastig om, vol wroeging dat deze gedachte in zijn hoofd was opgekomen. Zelf had hij ook zo'n honger. Hij ging weer op weg en werd opgeschrikt door een verschrikkelijk lawaai. Abrupt draaide hij zich om en zag op de plaats van de Notre-Dame, waar hij een uur geleden nog was, een enorme zuil van bruin stof opstijgen. De laatste kerk die in de chaos overeind was gebleven, die machtige stenen koningin die al twee eeuwen waakte over de stad, was nu ook ingestort. Even zag hij de gezichten voor zich van de dokter die het kind had gehaald, van zijn kameraad die hem had geholpen om Luisa te bevrijden, van de mensen die hij had aangeklampt, van de kinderen en verpleegsters die hij was tegengekomen. Hij verstijfde en kon niet geloven dat deze mensen, die net nog tegen hem hadden gepraat en geglimlacht, er nu niet meer waren. Hij bleef zitten, te verslagen om te huilen of te beseffen hoeveel geluk hij had dat hij nog in leven was.

Een paar uur later zag hij aan het eind van wat een drukke winkelstraat in de stad was geweest twee vrouwen en een meisje lopen, alle drie grijs van het stof. Hij rende zo hard op ze af dat ze schrokken. Een vrouw stak trillend een mes omhoog en schreeuwde dat hij weg moest gaan. Hij knoopte zijn hemd open om te laten zien wat erin zat en vroeg smekend: 'Hebt u geen melk?'

Ze schudden van nee en kwamen dichterbij. De oudste constateerde laconiek: 'Hij is ziek.'

'Zijn moeder is dood. Hij heeft sinds zijn geboorte nog niets gedronken.'

'Is het uw zoon?' vroeg de andere vrouw.

'Nee,' antwoordde de soldaat. 'Het is niet mijn zoon, maar ik wil niet dat hij doodgaat.'

'We zouden een koe moeten hebben,' zei het meisje nuchter.

'Die zijn allang allemaal opgegeten, kind,' zei de vrouw van een jaar of vijftig.

'Dan een moeder,' ging het kind door.

'Zijn moeder is dood,' herhaalde de soldaat, en hij veegde zijn neus af aan zijn stoffige manchet.

'Ik heb er vannacht een gezien.'

'Een koe?' vroegen de drie volwassenen in koor.

'Nee, een moeder.'

'Wanneer? Waar?'

'Vannacht in de kelder, een vrouw met een baby in een mand.'

'Welke kelder, schat? Ik weet het niet meer,' vroeg de moeder van het meisje.

'Jawel, die vrouw die me opgetild heeft toen jij buiten was, weet je nog, mama, zodat jij me uit het gat kon trekken.'

'Die vrouw in een rode jas?'

'Ja.'

'Maar die had geen baby!'

'Er lag een baby in haar mand. Dat zag ik toen we wegrenden voor het vuur. Ook de moeder rende, met haar mand. Overal hoorde je gedonder.'

De jonge vrouw ging op haar hurken zitten om het meisje beter aan te kunnen kijken.

'Vertel eens, Allestria. Dit is heel belangrijk.'

'De moeder werd op de grond gesmeten. Ik zag de baby. Hij maakte een reuzezwaai,' zei het meisje terwijl ze een grote cirkelbeweging met haar armen maakte. 'Ik zag hem in de lucht. Ik zag hem vliegen. Toen viel hij op de grond.'

'Lieve schat,' zei de moeder, en ze drukte haar dochtertje tegen zich aan.

'Ik hoorde de moeder schreeuwen, maar jij zei dat ik moest rennen,' zei ze nog.

De jonge vrouw draaide zich om naar de soldaat: 'We zaten in een kelder vlak bij het stadhuis. Het gebouw stortte in. We konden er nog maar net uit komen. Nu herinner ik me die vrouw. Ik weet niet of ze nog leeft. Ze had een rode jas aan.'

'Hij viel,' zei het meisje nog een keer, met grote verschrikte ogen.

De vrouwen waren wel zo goed om met de soldaat terug te lopen. Hij rende meer dan hij liep, waardoor hij telkens stil moest staan om zijn gezelschap over en om versperringen te helpen. Het kostte ze twintig minuten om de restanten van het stadhuis te bereiken. Af en toe keek de soldaat in zijn hemd. Werner bewoog niet, maar ademde nog wel. Het meisje wees de plek aan. Alle vier klampten ze voorbijgangers aan om te vragen naar die vrouw in de rode jas. De meeste mensen liepen wezenloos door en gaven geen antwoord. Anderen haalden gewoon hun schouders op. Niemand had de vrouw gezien. Totdat een oude man hun weer hoop gaf. Hij kwam van de rivier, waar zijn vrouw vannacht de jonge moeder had gered, die op het punt stond in het water te springen.

'Mijn vrouw heeft haar met kracht tegen de grond geduwd. Een groot deel van de nacht heeft ze haar zitten wiegen. Zo is mijn Julia. Altijd staat ze klaar voor anderen. De jonge vrouw wilde zelfmoord plegen, maar Julia heeft het voorkomen. Er zijn de laatste dagen al genoeg doden gevallen.'

'Waar zijn ze?' onderbrak de soldaat hem.

'U kunt het beste zoeken langs de oever, bij de oude brug,' zei de oude man.

Zelf was hij vertrokken om voedsel te zoeken. Hadden zij soms wat te eten bij zich? De vrouwen schudden spijtig hun hoofd. De soldaat was al op weg naar de rivier. De vrouwen volgden hem op zo'n vijftig meter afstand. Het kostte een kwartier om er te komen. Honderden overlevenden zaten in groepjes op de oevers om het water in te kunnen vluchten als het vuur zover zou komen. Even verloren ze de soldaat uit het oog, maar algauw zagen ze hem weer. Hij liep op twee vrouwen af. De ene was oud, dat moest Julia zijn, de andere, die een stuk jonger was, droeg een jas die ondanks het stof nog duidelijk rood was. Hij dwong ze naar het kind te kijken, maar de jonge vrouw liep weg. De soldaat ging haar achterna en praatte op haar in. Toen hij haar probeerde tegen te houden, draaide ze zich woedend om: 'Het is Thomas niet. Het is mijn zoon niet!'

De vrouwen die met de soldaat waren meegelopen vormden een kring rond Julia en probeerden haar om te praten. Niemand beweerde toch dat het haar kind was. Ze hadden alle begrip voor haar verdriet, maar deze baby was bijna dood, zij alleen kon hem redden. Hij had sinds zijn geboorte vannacht niets gedronken. Zonder haar hulp zou hij binnen het uur sterven. Zou het uit kuisheid zijn dat de jonge vrouw zich zo vreemd gedroeg? Op Julia's verzoek vertrouwde de soldaat hun het kind toe en liep zelf een eindje door. Opnieuw wilden ze haar de baby laten vasthouden, maar de vrouw schreeuwde weer dat ze het niet wilde en sloeg naar de zuigeling. Na een verwijtende opmerking van een getuige werd ze zo hysterisch dat Julia haar flink door elkaar schudde.

'Jij gaat dit kind voeden, punt uit.'

Ze zetten de tegenstribbelende vrouw neer en knoopten haar rode jas open. Op haar dure jurk onder een beige vest zaten grote kringen ter hoogte van haar borsten. 'Het zal je vast goeddoen,' zei de oude vrouw stellig.

De voedster tegen wil en dank gaf haar verzet op. Het meisje, dat tegenover haar was gaan zitten, keek haar smekend aan. Haar moeder knoopte het lijfje open, dat onder de melkvlekken zat, waarna Julia de kleine Werner aan de borst legde. De vrouwen keken gespannen toe, klaar om hem te beschermen als de voedster agressief zou worden. Het kind was te zwak om de tepel te pakken. De vrouw met de rode jas keek strak voor zich uit, met op elkaar geklemde kaken en een lege blik. De oude vrouw kneep voorzichtig in de borst om een paar druppels op de mond en het gezicht van de baby te spuiten. Hij bewoog niet meteen, maar door de geur van de melk kwam hij langzaam tot leven. Toen zijn lippen zich om de bruine tepelhof sloten, schreeuwden de vrouwen van vreugde. De soldaat, die gerustgesteld was door hun blikken van verstandhouding, hief zijn gezicht en zijn vuisten ten hemel als teken van overwinning. Een traan van opluchting rolde naar zijn oor en verdween in zijn hals, gevolgd door een tweede, die hij wegveegde. Hij ging op een paar meter afstand zitten kijken hoe Werner met elke slok meer op krachten kwam. Het duurde even voordat de weerspannige vrouw haar ogen op het kind richtte dat de vrouwen tegen haar aan hielden. De baby legde een handje op haar borst. Hij keek met zijn wazige ogen naar haar op. Die blik, die nog niets zag, leek de jonge vrouw te raken. Ook zij huilde, maar om het kind dat ze verloren had, toen ze uiteindelijk haar arm om dit weeskind sloeg dat het leven aan haar zorg had toevertrouwd.

MANHATTAN, 1969

Donna zat trouw op haar post in het appartement dat dienstdeed als ons kantoor. Ze was een alleenstaande moeder, en onze assistente sinds ze de deur van het advocatenkantoor aan Madison Avenue waar ze werkte achter zich had dichtgeslagen. Ze had nooit verteld waarom. Het salaris dat wij haar konden betalen was een stuk minder interessant dan dat van haar vorige baan, maar ze had het geaccepteerd zonder een spier te vertrekken, in ruil voor een percentage van de winstdeling – mocht die er zijn – en op voorwaarde dat ze haar dochtertje mee mocht nemen als haar oppas verhinderd was. We vermoedden dat ze een affaire met een van haar vorige bazen had gehad, maar ze sprak nooit over de vader van het meisje. Als iemand ernaar vroeg, antwoordde ze: 'Er is geen papa.' Als iemand beweerde dat er biologisch gezien een vader moest zijn, kon je een boze blik van haar krijgen, waardoor de lust om aan te dringen je verging. Zolang je haar niet in het nauw dreef, was Donna een parel. Je kon je geen competentere assistente wensen en ze had ons behoed voor talloze beginnersfouten. Ze hechtte waarde aan een zekere distantie tot ons, sprak over zichzelf als een oude dame en leek ongevoelig voor mijn charme, waardoor ik me aanvankelijk beledigd had gevoeld. Naderhand prees ik me gelukkig, want ze handelde de telefoontjes van mijn vriendinnen tactvol en diplomatiek af – afgezien van haar stille verwijten – wat me een hoop scènes bespaarde. Zodra we terug waren van onze onderhandeling in Brooklyn, nadat we de auto bij de garage hadden afgeleverd, vroeg ik of er een vrouw voor me gebeld had. Ze glimlachte vragend en antwoordde dat, jammer genoeg, de enigen die geprobeerd hadden ons te bereiken waren: 'Meneer Ramirez van het sloopbedrijf om 14.35 uur, meneer Roover in verband met de levering van de stalen balken om 15.45 uur, en meneer Hoffman met een dringende kwestie over het afwateringssysteem van pand B. En je vader, Marcus, die een alarmerend gesprek had met een van onze leveranciers, en wilde weten of hij je kon helpen.'

Marcus kon het niet uitstaan als zijn vader zich met ons project bemoeide. Zelf realiseerde ik me hoeveel we aan hem te danken hadden. De handtekening van de beroemde Frank Howard op de tekeningen van onze twee eerste projecten en de internationale reputatie van zijn architectenbureau hadden veel deuren geopend. Frank stelde zich regelmatig op de hoogte van ons bouwproject, hij bleef zijn hulp aanbieden, die zijn zoon consequent weigerde. Mijn vriend begreep zijn vaders plotselinge interesse niet, want het grootste deel van zijn jeugd was hij overgelaten geweest aan de zorg van gouvernantes. Hij was halsstarrig in zijn onafhankelijkheid en gereserveerdheid op elk gebied van zijn leven. Mijn compagnon was niet mededeelzaam. Met iedereen en in elke situatie wist hij een gespreksonderwerp te vinden, maar hij wendde zijn vermogen om mensen aan het praten te krijgen alleen aan om zijn privéleven af te schermen. Marcus interesseerde zich voor de ander om ervoor te zorgen dat die ander zich niet voor hem interesseerde.

'Je kunt hem zeggen dat de werkzaamheden vanmiddag worden hervat,' bromde hij.

Donna veerde op. 'Wat een goed nieuws!'

'We hebben ons als een stel groentjes laten afzetten,' temperde ik haar enthousiasme. Ik voelde mijn wrevel weer opkomen.

'Maar gaan we weer verder?' drong ze aan.

'We gaan weer verder. Je zou het jammer hebben gevonden als je weg had gemoeten, geef het maar toe.'

'Zeker, ik zou het spijtig hebben gevonden als Z&H zijn deuren had moeten sluiten,' kapte ze hem af, op haar bekende zuinige toontje.

Donna gebruikte de naam van de firma, die toch slechts uit ons drieën bestond, om het gesprek weer op zakelijk terrein te brengen, en onze toekomstige multinational meer gewicht te geven. Ze gunde zich nauwelijks een minuut van vreugde en pakte direct de telefoon om onze partners in te lichten. Ik concentreerde me op de logistiek van de hervatting van de werkzaamheden, maar mijn maag protesteerde zo luidruchtig en onbeschaamd dat Marcus en Donna in lachen uitbarstten. Ik at eerst de ijskast leeg, zoet en hartig door elkaar, en belde daarna Paolo van Gioccardi. Ik bestelde antipasti, twee flessen chianti en vier pizza's: een voor Marcus, een voor Donna, en twee voor mezelf. Paolo was zo goed om deze maaltijd aan huis te bezorgen en de rest van de avond waren we bezig onze machinerie weer op oorlogssterkte te brengen. Marcus stelde de overdrachtsovereenkomsten van de twee appartementen op, de prijs die we moesten betalen voor de bouwhervatting. Hij leek bijzonder tevreden met zijn werk waarbij hij, naar hij zei, 'een granaat in de contracten had verstopt', maar hopelijk voldoende verborgen voor die twee rotzakken. Ik vond het geweldig. Ikzelf maakte afspraken met alle onderaannemers, die inmiddels elders aan de slag waren. Ze moesten overtuigd, gepaaid of botweg bedreigd worden – door in de hoorn te braken, zoals alleen ik dat kon – om te zorgen dat ze de volgende dag present zouden zijn. Toen ik klaar was, schor van het mobiliseren van die luie donders, bleef ik rond de telefoon draaien, met Shakespeare op mijn hielen. Marcus moest vreselijk lachen om mijn nervositeit.

'Echt waar, DVVJL heeft je al gedrild!'

'DVVJL?' vroeg ik.

'De Vrouw Van Je Leven.'

Deze afkorting werd algauw DV, uitgesproken als 'dévé', en werd daarmee opgenomen in de taal van herinneringen en ondoorgrondelijke verwijzingen die we samen in de loop van onze vriendschap hadden opgebouwd.

Het vurig gewenste telefoontje kwam pas de volgende ochtend. Marcus en ik maakten aanstalten om naar buiten te gaan. Donna was er nog niet. Ik stortte me op het toestel. Shakespeare dacht dat ik wilde spelen. Hij begon blaffend rond te springen en gooide bijna een stoel om die ik met mijn voet overeind hield, met de telefoon in mijn handen. Ik herkende haar stem meteen.

'Goedemorgen, zou ik alstublieft meneer Zilch mogen spreken?'

'Daar spreekt u mee,' zei ik, waarbij ik onwillekeurig mijn stem liet zakken, waar Marcus om lachte, vooral omdat Shakespeares geblaf mijn geloofwaardigheid ondermijnde.

'Ik ben de eigenaresse van de groene Ford. U hebt uw gegevens op de voorruit achtergelaten.'

'Dank u voor het terugbellen, het spijt me zeer. Uw auto is er beroerd aan toe! Ik was op weg om een belangrijk contract af te sluiten.'

Marcus keek me bestraffend aan. Hij vond het onfatsoenlijk om zo op te scheppen en, zoals hij me streng uitlegde: 'Je zegt niet dat het je spijt. Je vraagt de benadeelde partij om het je alsjeblieft niet kwalijk te nemen.'

'Waar kan ik u treffen om het schadeformulier in te vullen?'

De jonge vrouw stelde de bar van hotel Pierre voor. Gelukkig had ik nog de tegenwoordigheid van geest om haar naam te vragen.

'Rebecca,' fluisterde ze, met een tederheid die me een rilling bezorgde. Haar achternaam noemde ze niet.

'Hoe kan ik u herkennen?' vroeg ik vervolgens, om mijn verhaal over het ongeluk kracht bij te zetten.

'Ik draag een bordeauxrood leren jasje,' was haar antwoord.

Ze sprak met me af elkaar anderhalf uur later te ontmoeten. Ik had nog niet opgehangen, of ik pakte gejaagd mijn sleutels en portemonnee om op weg te gaan. Marcus greep me bij mijn kraag.

'Wil je zo gaan? Ik mag toch hopen van niet! Je overhemd is gekreukeld, je broek heeft een valse plooi, je hebt geen jasje aan, geen stropdas om...'

'Ik doe geen das om, daar krijg ik het benauwd van,' zei ik als verweer, terwijl ik nerveus over mijn hals wreef.

'En je schoenen zijn niet gepoetst, je hebt je niet geschoren, en dan heb ik het nog niet eens over je haar, en ik mag hopen dat je je tanden hebt gepoetst.'

Ik blies mijn adem, die naar menthol rook, met open mond recht in zijn gezicht.

'Ik geloofde je zo ook wel, maar vooruit,' besloot hij. 'Wat de rest betreft...'

Marcus had een aangeboren gevoel voor smaak en stijl, en hij had een onberispelijke opvoeding genoten. Zijn moeder was overleden toen hij pas acht was. Zijn vader, Frank Howard, bouwde in die tijd zijn eerste belangrijke ontwerpen. Hij was continu op reis, monomaan bezig met zijn revolutionaire constructies, waaronder het beroemde Institute of Modern Art in Vancouver en de hangbrug in Rio de Janeiro, en hij had zijn zoon toevertrouwd aan de beste leraren. Omdat zijn opvatting over opvoeding aanzienlijk conservatiever was dan zijn visie op de openbare ruimte, had hij deze opvoeders opgedragen Marcus te veranderen in een soort aartshertog. Hij kon dansen, een handkus geven en Frans spreken, en hij was daarin het tegenovergestelde van mij, want ondanks mijn Normandische moeder sprak ik nauwelijks drie woorden van de taal van die kikkerbilleneters. Hij speelde piano, blonk uit in bridge en tennis – een sport waarin we elkaar zo'n vijftien jaar geleden hadden ontmoet – en kende de geschiedenis van de Verenigde Staten en Europa op zijn duimpje, evenals de kunst- en architectuurgeschiedenis. Marcus was een wandelend anachronisme, ofwel slecht toegerust voor het leven. Sinds de homo sapiens uit zijn grot is gekropen is de wereld voor niemand aardig geweest, maar in New York bleken integriteit en discretie bijzonder grote handicaps te zijn. Ik had besloten hem te leren voor zichzelf op te komen. Hij zag het als zijn taak mij te civiliseren.

Dus waar het mijn liefdestoekomst betrof, gaf ik gevolg aan Marcus' bevelen. Donna, die niet gewend was om me netjes gekleed te zien, complimenteerde me met mijn outfit toen we haar op de trap tegenkwamen. Zelfs Marcus zei dat ik 'toonbaar' was toen hij me met een taxi bij het Pierre afzette en de schadeformulieren onder mijn arm drukte. Hij nam het op zich om de contracten bij de corrupte notaris af te leveren. Het was de eerste keer dat ik de schoenen droeg die ik op verzoek van mijn compagnon een paar weken geleden had aangeschaft. Omdat de zool nog nieuw was, gleed ik bijna een meter door over het geblokte marmer van de luxueuze lobby en ik kon op het nippertje voorkomen dat ik viel. Terwijl ik de paar treden af liep die naar de lounge leidden, keek ik rond in de gedempt verlichte ruimte. De barman leek niets te doen te hebben achter zijn koperen toog. Links van hem zaten twee zakenlieden te praten. Mijn hart sloeg over toen ik de vrouw van mijn leven al aan een tafeltje zag zitten achter een van de vierkante pilaren. Ze had haar haren losjes opgestoken, wat haar gratie accentueerde. Ze droeg een beige pantalon en een bordeauxrood leren jasje. De stof van haar blouse was zo dun dat haar vormen en huid erdoorheen schemerden. Ze zat in een boekje te tekenen. Ik liep naar haar toe.

'Rebecca?' vroeg ik terwijl ik mijn hand uitstak.

Ze keek, nam me even op en zei toen verbluft: 'Ik ken u! U was gisteren in dat Italiaanse restaurant.'

'Ja, u was ook bij Gioccardi!'

'Precies! Gioccardi!' herhaalde ze.

Ze stond op en gaf me een hand. 'U hebt een grote hond,' vervolgde ze.

'Hij heet Shakespeare.'

'U hebt me geholpen...' Ik zag haar nadenken. 'U bent toch niet...'

Haar violette ogen werden groot. Het ging nu om mijn toekomst. Ze ging weer zitten. Ik volgde haar voorbeeld. We bleven elkaar even aankijken, toen zag ik om haar lippen een klein glimlachje verschijnen, waarin al snel enig ongeloof doorbrak.

'Goed, meneer Zilch, u laat er geen gras over groeien! U had ook gewoon mijn nummer kunnen vragen.'

'Dat durfde ik niet,' zei, ik terwijl ik haar vanonder mijn haarlok aankeek, met een blik waarmee ik al vaker succes had gehad.

'U rijdt liever mijn Ford in de kreukels?'

'Dat is het enige wat in me opkwam,' gaf ik toe.

'En een briefje schrijven aan "meneer", dat was uitgekookt.'

Ik had moeten reageren, het heft in handen moeten nemen, maar ik was verlamd door een verlegenheid die me vreemd was. Door de stilte wist ik niets meer te zeggen.

'Biedt u me iets te drinken aan?' zei ze aanmoedigend.

Ik sprong op om de ober te halen.

'Waar hebt u zin in? Champagne, om het goed te maken?'

Rebecca glimlachte. Ze maakte haar pols vrij, keek op haar horloge, en vond dat het wel kon op dit tijdstip.

'Een bloody mary, alstublieft.'

Een cocktail met wodka om half twaalf in de morgen leek me niet zo geschikt, en ook niet erg vrouwelijk, maar later zou ik ontdekken dat Rebecca zich meestal weinig aantrok van de beperkingen die de maatschappij oplegde aan het zwakke geslacht. Ik vroeg of ze kunstenares was, en ze antwoordde ja. Ik wilde de tekeningen in haar boekje zien. Ze barstte in lachen uit.

'Dat lijkt me geen goed idee.'

'Hoezo?'

'Omdat u al geshockeerd was dat ik op dit tijdstip een wodka bestelde, dus mijn tekeningen...'

'Integendeel, ik vind het juist geweldig dat u wodka drinkt,' stamelde ik ongemakkelijk.

'Toch zou u liever hebben gezien dat ik een glaasje grenadine had genomen.'

Ik raakte verstrikt in vage beschouwingen over de vitamines in wodka, betoogde met flair dat kunstenaars uit kunstmatige paradijzen putten, hield een uiteenzetting over de Russische geest om te belanden, vraag me niet hoe, bij het verbouwen van aardappels, die nodig zijn voor de productie van deze alcohol. Ik was pathetisch. Rebecca haalde toegeeflijk het boekje uit haar tas en reikte het me aan.

'Op eigen risico,' waarschuwde ze.

Ik bladerde door de pagina's met studies van naakte mannen, waarvan ik de vorige dag al een glimp had opgevangen. Ik kon een gevoel van jaloezie niet onderdrukken.

'Stelt u me even gerust, deze tekeningen zijn toch zeker de vruchten van uw verbeelding?'

'Ik heb modellen.'

'Naaktmodellen?'

'Ziet u wel, u bent geshockeerd.'

'Helemaal niet, ik ben jaloers.'

'U kan ik ook tekenen, als u wilt.'

'Inspireer ik u?'

Rebecca nam me met half dichtgeknepen ogen van top tot teen op, ongegeneerd, zoals je naar een monument of een dier kijkt.

'Met dat rechtopstaande haar, die hoekige bouw en die lange armen hebt u wel iets van Egon Schiele. Maar uw gezicht heeft meer karakter. Ik ben dol op jukbeenderen,' voegde ze eraan toe terwijl ze met een vinger over haar eigen wangen streek. 'En de kaak. Alsof uw gezicht is opgebouwd uit een driehoek in een vierkant. U bent interessant,' besloot ze.

'Ik heb geen idee wie die meneer Chile is,' reageerde ik scherp, want ik was beledigd dat ik zo koel werd gekeurd.

'Goed, laten we het over de auto hebben,' besloot ze.

De vrouw van mijn leven was lang niet zo in de war als ik. Ik vervloekte mezelf. Ze had me een hand toegestoken en ik was zo stom geweest die niet te grijpen. Van haar seksegenoten was ik wel wat aanstellerij gewend, maar normaal gesproken wist ik aan zet te blijven. Bij Rebecca voelde ik me een slechte tennisspeler die wordt bekogeld met ballen en zich het hele veld over laat jagen. Ik wilde net terugkomen op haar atelier en haar werk, in de hoop dat ze haar uitnodiging zou herhalen, toen we werden gestoord door een zwaarlijvige kerel die ik meteen herkende. Het was de vadsige playboy uit Gioccardi die Rebecca had vergezeld. Hij zag er net zo opgedirkt uit als de dag ervoor, maar leek zijn goede manieren te hebben afgezworen. Hij stoof op ons af.

'Mag ik weten wat hier gebeurt?'

'Ah! Ernie! Daar ben je,' riep Rebecca uit, schijnbaar opgewekt.

Hij nam niet de moeite om te antwoorden.

'Wat doet hij hier?'

'Nou, Ernie, meneer hier is tegen mijn auto aan gereden, daarom vroeg ik je te komen. Je weet dat ik niets begrijp van die papierwinkel. Meneer Zilch, mag ik u voorstellen aan meester Gordon, de rechterhand van mijn vader. Ernie, meneer Zilch.'

'Rebecca, je gaat me toch niet vertellen dat je hem niet herkent!' zei de advocaat tegen haar zonder mij aan te kijken.

Qua omvang kon hij niet om me heen, maar hij deed alsof ik tot het meubilair behoorde.

'Wie herken ik niet?'

'Die vent! Hij zat gisteren al achter je aan in Gioccardi!'

'Ach kom, Ernie, je ijlt,' antwoordde ze indrukwekkend onoprecht. 'Dat zou ik me toch wel herinneren!'

Ernie, die zo rood werd als het zijden pochet in zijn jasje, wendde zich tot mij.

'U bent flink ziek, mannetje. Als u denkt uw doel te bereiken door de auto van mijn cliënte te vernielen, dan bent u niet goed bij uw hoofd. Hier is mijn kaartje. Als uw verzekeringsmaatschappij niet binnen twee uur contact heeft opgenomen met mijn kantoor, laat ik u dagvaarden wegens stalken en poging tot moord. Goed, Rebecca, pak je spullen, we gaan.'

Rebecca leek de situatie uiterst vermakelijk te vinden. Ze maakte het nog wat bonter.

'Ernie, echt, wat haal je je in je hoofd? Meneer Zilch is heel aardig. Ga zitten en drink wat met ons.'

'We gaan!' kondigde hij aan, en hij pakte haar bij de elleboog.

Bij die aanraking spande mijn lichaam zich. Ik hield hem met één arm tegen. 'U doet uw cliënte pijn. Laat haar los.'

'Luister eens, kereltje,' stootte hij uit terwijl ik een kop boven hem uitstak, 'ik ken Rebecca al vanaf de wieg, toen u nog aan uw moeders rokken hing. U gaat mij niet vertellen hoe ik met haar om moet gaan.'

'Rebecca, moet ik ingrijpen?' vroeg ik, waarbij ik een voor mij ongewone ridderlijke houding aannam.

'Ik verzoek u mijn cliënte aan te spreken met juffrouw Lynch,' onderbrak de jurist.

'Ik wist de achternaam van uw cliënte niet, maar nu u zo vriendelijk bent me die mede te delen, richt ik me met alle plezier en egards tot juffrouw Lynch. Trouwens, u bent nogal gevoelig voor protocol en etiquette, daarom wil ik u graag waarschuwen: als u nog één keer "kereltje", "mannetje" of een woord van dien aard gebruikt, dan ram ik mijn vuist in uw bek.'

Hij leek onder de indruk, maar hernam zich snel.

'Ik doorzie uw spelletje, smerige centenjager.'

Ik draaide me spottend naar Rebecca. 'Centenjager, dat is niet zo aardig. Dat is nog erger dan kereltje of mannetje, vindt u niet, Rebecca?'

'Ernie, ik ben het met hem eens. Je bent heel onredelijk. Vergeet niet dat meneer Zilch me pas een half uur kent, en tot vijf minuten geleden zelfs niet wist hoe ik heette.'

Onder haar onschuldige uiterlijk amuseerde mijn schoonheid zich kostelijk. Ernie liep rood aan. Hij stikte bijna van woede. Eindelijk keek hij me aan.

'U weet heel goed wie ze is. En nu gaan we, Rebecca,' beval hij, en hij pakte haar bij de arm.

Ik werd woedend toen ik zag dat hij haar opnieuw aanraakte. Met een onverwachte beweging greep ik hem bij de knoop van zijn das en duwde hem tegen de pilaar achter onze tafel. Ik hoorde hoe zijn hoofd tegen het steen sloeg en zijn ademhaling versnelde. Achter mijn rug voelde ik de paniek van het personeel. De barman kwam haastig achter zijn toog vandaan. Een ober pakte de telefoon al van de haak om de beveiliging te bellen. Ik keek Rebecca vragend aan. De situatie beviel haar wel, zo te zien, maar verder wilde ze niet gaan.

'Maakt u zich geen zorgen, meneer Zilch. Hij zal me niets aandoen. Laat u hem maar los,' zei ze rustig, en met opgeheven hand en een glimlach brak ze de spanning van het moment en riep de mensen die tussenbeide wilden komen een halt toe.

Ernie hoestte. Trillend fatsoeneerde hij zijn kleding. 'Wacht maar, we weten u te vinden,' verklaarde hij met een grijns die voor meedogenloos moest doorgaan.

Hij durfde Rebecca niet te benaderen, maar verordonneerde dat ze haar tas pakte en meekwam. Ze gehoorzaamde.

'Tot ziens, meneer Zilch. Het was me een genoegen,' riep ze bij de uitgang.

'Tot ziens, juffrouw Lynch,' antwoordde ik, terwijl Ernie, die zich buiten mijn bereik wist, hard aan Rebecca's arm trok en zei: 'Ik weet dat je je speciaal aangetrokken voelt tot alle verschoppelingen der aarde, maar ik verbied je met hem te praten.'

'Zo kan-ie wel weer, Ernie. Je bent mijn vader niet, je bent alleen maar bij hem in dienst.'

Toen Rebecca verdwenen was, werd ik overvallen door een gevoel van neerslachtigheid. Ik had een hekel aan mezelf omdat ik zo verkeerd had gereageerd tijdens onze ontmoeting. Ik had de indruk dat ik sinds gisteren weer terug was bij af, erger nog, dat ik nieuwe problemen had veroorzaakt. Ernie zou Rebecca ervan willen overtuigen dat ik een onbetrouwbaar, ja zelfs een gevaarlijk sujet was. Ik had niet eens de tegenwoordigheid van geest gehad om de jonge vrouw om haar nummer te vragen toen ze me een paar uur geleden belde. Ik wist haar naam en haar beroep. Ik vermoedde dat ze uit een invloedrijke familie kwam, maar dat gaf me weinig hoop dat ik haar ooit terug zou zien. Toen ik hotel Pierre verliet, had ik geen geld om de metro te nemen. Door de tegenslagen met het bouwproject had ik geen dollar meer op zak en mijn laatste biljetten had ik achtergelaten bij de barman van het hotel. Hij had me duidelijk gemaakt, met de discretie die eigen is aan het personeel van grote hotels, dat de beroemde Ernie een vaste gast was en een onuitstaanbare klant. Ik gaf hem een ruime fooi, waardoor ik gedwongen was om lopend naar huis te gaan. Onderweg, terwijl ik met grote passen langs de huizenblokken liep, draaide ik de scène van deze eerste ontmoeting wel honderd keer in mijn hoofd af. De wind die over de avenue joeg, dwong me voorovergebogen te lopen, waarbij ik mijn kraag met mijn hand vasthield. Ik sloeg linksaf 47th Street in om beschutting te zoeken. De wasserettes in de souterrains van de gebouwen spuwden wolken stoom door de kelderramen. Ik herkauwde de woorden van Rebecca, haar kleinste gebaren en blikken, in een poging er iets in te ontdekken wat me ontgaan zou zijn. Al deze analyses stelden me niet gerust, maar bezorgden me juist een steeds grotere hekel aan mezelf. Ik zag geen enkele reden waarom de vrouw van mijn leven behoefte zou kunnen krijgen me weer te bellen.

DUITSLAND, FEBRUARI 1945

'Jullie moeten Marthe Engerer zoeken, mijn schoonzus. Ze is hier,' had Luisa gezegd nadat ze Werner het leven had geschonken en voordat ze was gestorven.

In deze onbevattelijke loterij van rampspoed was Marthe op wonderbaarlijke wijze in leven gebleven. Als verpleegster bij het Rode Kruis had ze urenlang opgesloten gezeten in een kelder. De deur was geblokkeerd door een ingestorte muur. De tralies van de kelderramen zaten zo vast dat haar pogingen om ze los te trekken niets hadden opgeleverd. Ze had daarna de bakstenen naar de kelder van het buurhuis losgewrikt en daar slechts lijken aangetroffen en een onbegaanbare trap. Toen de tweede golf bombardementen losbarstte, ging ze weer met haar hoofd tussen haar knieën zitten. Marthe wist dat de bommen met vier tegelijk neervielen. Ze luisterde naar het naargeestige gefluit, naar de explosie en telde: één, twee, drie, vier. Als de eerste bom niet raak was, hield ze haar adem in en bad dat ook de volgende niet op haar hoofd terecht zou komen; na iedere explosie telde ze opnieuw. Er zat een lange tussenpoos tussen de tweede golf bombardementen en de derde. Het tijdstip waarop het dag werd liet zich aflezen aan het kleine stipje licht op een van de stenen die de smalle opening versperden, het tijdstip waarop je durfde geloven dat het ergste voorbij was. Het was bloedheet in de kelder. De watervoorraad verdampte voor haar ogen.

Marthe maakte zich meer zorgen over haar schoonzuster dan over zichzelf. De twee vrouwen waren onafscheidelijk. Ze waren al

bevriend vanaf hun kindertijd en ze waren op dezelfde dag getrouwd met de broers Zilch. Marthe was gehuwd met de oudste,
Kasper, een keuze waar ze altijd spijt van had gehad sinds die vervloekte zaterdag in juni 1938. Luisa was bestemd voor de jongste,
Johann, misschien wel de aardigste echtgenoot van Silezië, waar ze
alle vier geboren waren. Uiterlijk leken de broers zo sprekend op
elkaar dat ze gemakkelijk verward werden. Ze hadden een tweeling
kunnen zijn, maar ze scheelden elf maanden. Elf maanden en een
aantal lichtjaren. Johann was rustig en vriendelijk, altijd bezig met
zijn wetenschappelijk onderzoek. Kasper, dat was een ander verhaal.

Een volgende bom deed de muren schudden, stukken cement
vielen op Martha's hoofd. Haar angst verjoeg haar herinneringen.
In deze kelder, die als het zo doorging haar graf zou worden, had de
verpleegster geen enkele informatie over de omvang van de schade.
Haar schoonzuster was alleen in de stad en stond op het punt te
bevallen. Sinds Johanns arrestatie was Luisa nog slechts een schim
van zichzelf. Op een ochtend hadden ss'ers op de deur van het appartement van het echtpaar gebonkt, op de basis Peenemünde. Zogenaamde vrienden hadden verteld dat Johann zich had verzet tegen de oorlogsinspanning en zelfs praatjes had verkondigd die op
sabotage duidden, waarop hij zonder enige vorm van proces werd
gearresteerd. Johann werkte al vier jaar samen met Von Braun, de
uitvinder van de v2, de eerste ballistische raket met een bereik van
bijna driehonderd kilometer. Hitler rekende erop dat hij met dit
wapen de oorlog een nieuwe wending zou kunnen geven, en de basis werd door de Gestapo op paranoïde wijze bewaakt. Niemand
leek boven elke verdenking verheven te zijn, zelfs Von Braun niet.
Toen Johann gevangen was genomen, had de wetenschapper alles
in het werk gesteld om zijn vriend en werknemer vrij te krijgen. In
paniek had Luisa zich aan de voeten van generaal Hans Kammler
geworpen, die de supervisie had over de raketprojecten. De generaal
had haar beloofd dat hij zijn best zou doen. De jonge vrouw, al vier
maanden zwanger, was naar het hoofdkwartier van de geheime politie gegaan. Ze had geëist dat ze nieuws te horen zou krijgen over

haar man. Toen niemand op haar vragen antwoordde, was ze in de wachtruimte gaan zitten. Luisa was er tot de avond gebleven, zonder resultaat. De volgende dag was ze teruggekomen en de dag erna weer. Ze kwam iedere morgen als de kantoren opengingen en vertrok pas weer als ze sloten. Uiteindelijk werd haar vasthoudendheid hinderlijk. Zonder rekening te houden met haar toestand bedreigden de ss'ers haar, duwden haar weg en zetten haar ten slotte zelfs een nacht in een cel om 'haar respect bij te brengen en te zorgen dat ze niet weg kon'. Marthe, die regelmatig met Luisa telefoneerde, smeekte haar om onder te duiken.

'Kom naar mij in Dresden. Je kunt daar niet blijven. Denk aan de baby. Ik zal voor je zorgen. Hier is alles rustig. Geen gevechten, geen politie, alleen vluchtelingen.'

Vanwege de baby die in haar groeide, besloot Luisa uiteindelijk om te vertrekken. Zonder het kind zou ze zich hebben laten vermoorden voor de deur van generaal Kammler of in het hoofdkwartier van de Gestapo. Marthe had haar opgevangen in een toestand van angst die grensde aan waanzin. Overdag liep Luisa rond als een gekooid dier. 's Nachts werd ze schreeuwend wakker en riep in haar slaap om Johann. Marthe had haar urenlang heen en weer gewiegd alsof ze een klein, doodsbang meisje was dat gerustgesteld moest worden.

Toen er geen bommen meer vielen, vrat de verpleegster zich op van ongerustheid in die kelder waar ze duizelig werd van de hitte. Haar lieve Luisa, zo mooi en zo kwetsbaar! Wie zorgde er voor haar? Terwijl ze op de grond tegen een muur zat, draaide haar hart om, haar benen waren van watten. Ze werd gek van de hitte. Dorstig en benauwd sprong ze van de ene gedachte op de andere, van het ene beeld op het andere, zonder dat ze de stroom kon beheersen. Ze dacht aan Kasper, huiverde en wenste hem dood.

Het kleine rondje licht was uit de kelder verdwenen toen haar vrienden van het Rode Kruis haar ontdekten. Ze riep aan één stuk door. De zuurstof was schaars geworden. Ze hoorde hoe de hulptroepen zich inspanden om het puin en de opeengehoopte brokken steen naar boven te halen. Het zou uren duren voordat ze het eerste beetje buitenlucht zou inademen. Een eeuwigheid voordat er licht zou binnendringen. Uitgeput viel ze in de armen van haar collega's. Ze ondersteunden haar tot in de keuken van hun kantoorgebouw. Marthe dronk zo gulzig dat het water langs haar wangen in haar hals liep. Zodra ze haar veldfles leeg had, zette ze hem op de tafel en stilde haar honger met droge biscuitjes die ze sopte in een mok koffie, die zoet was als stroop. Suiker was het enige schaarse voedsel waar het Rode Kruis ruimschoots over beschikte. Ze trok een schoon uniform aan en stapte in de eerste hulpvrachtwagen die zich bevoorraad had.

Het drama greep haar aan. De rookwolken die opstegen uit de puinhopen prikkelden haar neus, haar luchtpijp en haar longen. Niemand kon zich afschermen voor het gruwelijke schouwspel. Marthe wilde het ergste nog niet onder ogen zien. Ze moest Luisa zoeken, ze moest haar terugvinden. Telkens als de auto stopte stelde ze de mensen vragen. Het verlenen van eerste hulp vertraagde haar radeloze zoektocht, maar het was de enige manier om in de hulpauto te blijven en naar het centrum te komen.

'Luisa Zilch? Hebt u haar soms gezien? Een jonge vrouw van vierentwintig, blond, blauwe ogen die je niet gauw vergeet, zwanger, bijna uitgerekend, misschien zelfs al met een baby. Ze was in de Freibergerstraat toen de bombardementen begonnen.'

'De Freibergerstraat? Ach, arme juffrouw.'

'Mevrouw,' verbeterde Marthe.

'Arme mevrouw, er staat niets meer overeind. Geen enkel gebouw.'

Marthe onderzocht, ontsmette, maakte schoon, verbond terwijl ze telkens weer dezelfde vragen stelde. Hebt u Luisa Zilch gezien? Bent u mensen tegengekomen die uit het centrum kwamen? Zijn er overlevenden? Hebt u Luisa Zilch gezien, een jonge, knappe vrouw, zwanger of met een kind? Hebt u overlevenden gezien in het centrum? Het antwoord kwam telkens op hetzelfde neer. De Freibergerstraat? Mijn god, nee. Het centrum, dat is moeilijk te zeggen. Maar de wonderen zijn de wereld niet uit. We moeten geloven in wonderen, weet u, we hebben geen keuze. Sommigen, die de angst in haar ogen lazen, speldden haar liever wat op de mouw. Ja, ze hadden gehoord dat er overlevenden waren. Ze moest verder zoeken. Dan zweeg Marthe, nog ongeruster dan wanneer mensen haar hadden proberen te ontmoedigen. Met het verstrijken van de uren werd haar voorgevoel dat er geen hoop meer was sterker. Zwijgend maakte ze wonden schoon, verwijderde scherven met een pincet, sneed, hechtte, verbond, voordat ze anderen vroeg of ze soms een jonge vrouw van vierentwintig hadden gezien met blauwe ogen die je niet gauw vergeet, zwanger of met een baby.

Tegelijkertijd vormde zich rondom Werner aan de oever van de Elbe een bijzondere kring van mensen die hulp wilden bieden. Zijn onschuld werd de strohalm waaraan zij die alles kwijt waren zich vastklampten. Het wonder van zijn geboorte verbreidde zich onder de duizenden overlevenden. Ze voelden allemaal dat ze het moesten doorvertellen aan nieuwkomers en ook aan de hulpverleners die hen met drinkwater, voedselpakketten, kleren en dekens wisten te bereiken. Anke, de voedster tegen wil en dank, was weer bij zinnen en beschermde het kind met werktuiglijke gebaren die ze talloze keren voor een ander kind had gemaakt. Verzadigd sliep het tegen haar aan, weggedoken in haar rode jas. Er werd haar meer eten en drinken opgedrongen dan ze wilde. Al die uren liet ze zich opslokken door dat wezentje dat zo snel doorhad hoe het weer tot leven kon komen.

Terwijl Marthe bezig was de brandwonden op de rug van de zoveelste zwaargewonde te verzorgen – een brandbom had alle huid weggevreten – vertelde deze dat hij gehoord had over een pasgeboren baby aan de oever van de Elbe, en dat men op zoek was naar een zekere Marthe Engerer, zijn tante. Meer hoefde hij niet te zeggen. Als ze haar zochten voor het kind, dan was het duidelijk dat Luisa niet meer leefde.

Toen Anke twee uur later de baby in haar armen legde, voelde Marthe haat tegen dit rode, rimpelige hoopje mens. De baby was verantwoordelijk voor de dood van Luisa. Wie anders had schuld? Zijzelf, omdat ze haar schoonzuster naar Dresden had laten komen in de hoop haar te beschermen? De Engelsen, die de bommen hadden laten vallen en dood en verderf hadden gezaaid tot zover het oog reikte? Het noodlot? God? De duivel? Wat was de zin van deze absurde situatie? Ze vroeg wat haar schoonzuster was overkomen. Wat paste dit woord slecht bij Luisa! Ze had haar zo veel andere namen willen geven, zo veel andere woorden in haar oor willen fluisteren terwijl ze over haar haren streek en haar wangen kuste, en haar lippen misschien.

Marthe gaf de kleine Werner terug aan Anke. Weer vroeg ze wat er was gebeurd. De soldaat die Werner had gered verschoot van kleur. Hij vertelde dat het gebouw was ingestort, hoe ze haar uit het puin hadden gehaald en naar de Notre-Dame hadden gebracht, over dokter Klemp, de gewonden, Luisa's kracht, de geboorte en haar sterven. De soldaat vertelde dat ze haar zoon nog had gezien, dat ze hem in ieder geval tegen haar borst had gevoeld en dat ze hem met haar vinger had gestreeld. Hij deed alles om het verschrikkelijke nieuws te verzachten, maar bij het horen van de waarheid stortte Marthe in. Ze wilde weglopen, maar al na een paar meter viel ze, met haar handen en knieën in de modder. Haar rug schokte terwijl ze overgaf. In de loop van haar chaotische leven had ze God maar twee dingen gevraagd: dat hij Kasper van haar weg zou nemen en Luisa zou sparen. Het belangrijkste van deze verzoeken had hij haar nu geweigerd.

MANHATTAN, 1969

'Rebecca Lynch? De dochter van Nathan Lynch?'

'Ik denk het wel,' antwoordde ik mijn compagnon. 'Wie is Nathan Lynch?'

'Je hebt niet alleen een neus voor vastgoed, maar ook voor goede partijen,' zei Marcus geamuseerd.

'Doe niet zo geheimzinnig, vertel.'

Uit de onweersachtige lucht boven Manhattan was zojuist een bevrijdende stortregen losgebarsten. We hadden een afspraak met het kantoor dat onze appartementen vanaf tekening verkocht. Daarna moesten we naar de ontwerper die we hadden ingehuurd om de publiciteitscampagne uit te werken. We renden over 14th Street, ik alleen onder een regenjas die ik boven mijn hoofd hield, Marcus met zijn hand om de notenhouten knop van zijn paraplu waaronder ik me weigerde dubbel te vouwen. Terwijl we ons naar zijn auto haastten, die de vorige dag van de garage was gekomen, vatte hij de levensloop van Rebecca's vader samen. Verzamelaar, bibliofiel, filantroop, Nathan Lynch was het vijfde kind en de enige zoon van Celestia Sellman en John D. Lynch, beiden erfgenamen van oude Amerikaanse dynastieën. Zijn moeder had hem de grootste aardgasvoorraden van Venezuela nagelaten, en ook nog een goud- en kopermijn in het noordwesten van Argentinië. Van zijn vader had hij nog een veel groter fortuin geërfd, dat was opgebouwd door zijn grootvader, Archibald, pionier van de aardolie in de negentiende eeuw. Nathan was summa cum laude afgestudeerd aan

Harvard, en studeerde daarna af aan de London School of Economics, waar hij goed kon opschieten met John F. Kennedy en, volgens Marcus, min of meer verloofd was met een van diens zussen. Marcus noemde meteen tien namen die duidelijk moesten maken dat Lynch verwant was aan iedereen die een vermogen had in Amerika, en van evenzo veel verarmde baronnen en gravinnen in Europa, met wie hij het prestigieuze maar bouwvallige erfgoed in stand hield dankzij een stichting voor het behoud van de architectuur.

Ik was al verdwaald in de stamboom van de familie Lynch toen Marcus, die de huwelijksverbintenissen van voorname Amerikaanse families op zijn duimpje kende, de huwelijken van Nathans zussen uit de doeken deed, die allemaal getrouwd waren met min of meer verarmde erfgenamen. Hij was in ieder geval met ze gebrouilleerd sinds hij de moeder van Rebecca had leren kennen, Judith Sokolovsky, een begenadigd violiste. Zijn krengen van zussen hadden de 'bohémienne' bijzonder hatelijk ontvangen. Nathan had hun sarcasme slecht verdragen en was niet meer on speaking terms met ze sinds ze geweigerd hadden bij zijn huwelijk met Judith aanwezig te zijn.

De zaak was er niet beter op geworden toen hij, na een corruptiezaak waarbij de beheerders van het familiekapitaal betrokken waren, op negenentwintigjarige leeftijd de macht over het Lynch-concern had overgenomen. Nathan was toen uit de aardoliebusiness gestapt. Hij had zijn geld losgemaakt van dat van zijn zussen om de Lynch-bank op te richten, en zijn kapitaal met veel talent laten floreren, waardoor hij een van de meest gefortuneerde inwoners van de Verenigde Staten was geworden. De vier kletstantes, van wie de echtgenoten meer talent hadden om hun kapitaal uit te geven dan om het te laten groeien, waren daardoor zo verbitterd geraakt dat binnen twintig jaar tijd drie van hen overleden waren. De laatste zus had, toen ze geruïneerd en daarna door haar man gedumpt was, om vergeving gevraagd en Nathan was zo goed geweest haar in een van zijn vele appartementen te laten wonen. Hij was ook de grootste grondbezitter van Manhattan geworden.

'Mijn vader kent hem heel goed,' zei Marcus nog.

Hij legde me uit dat Nathan Lynch een paar jaar geleden de bouw van het hoofdkantoor van zijn stichting in Chicago aan Frank Howard had toevertrouwd.

Toen hij zag hoe hoopvol ik keek, zuchtte Marcus diep. Nog voor ik aan zijn kop zou gaan zeuren, en hoewel hij liever helemaal niets aan zijn arme verwekker vroeg, stemde hij toe. 'Ja, ik doe het wel. Ik zal mijn vader bellen om inlichtingen in te winnen. Ik wil je wel waarschuwen dat je niet voor de makkelijkste optie gekozen hebt. Ik had Rebecca voor Gioccardi nooit eerder gezien, maar ik ken haar staat van dienst. Een van mijn vrienden van de middelbare school was gek op haar. Miss Lynch heeft hem tot wanhoop gedreven. Ze is de enige dochter van haar vader. Een prinsesje voor wie niets te gek was. Ze heeft nooit een pak voor haar billen gehad als ze dat verdiende, en als ik zie hoe gelukzalig jij naar haar kijkt als ze ten tonele verschijnt, kan ik niet aannemen dat jij haar kunt temmen, ook al ben je nog zo energiek.'

Ik droomde weg bij het idee Rebecca een pak voor haar billen te geven. Verschillende scenario's spookten door mijn hoofd en ik verzonk in een sensuele overpeinzing die mijn broek oncomfortabel deed spannen. Ik liet mijn ene hand in mijn zak glijden, met de andere hield ik nog altijd mijn regenjas vast. Ik trok aan de stof die in mijn kruis drukte terwijl ik een stap oversloeg, als een paard dat van been verwisselde, om het gevoel minder onaangenaam te maken. We kregen de Chrysler in het oog. Terwijl hij de stoep af liep om achter het stuur te kruipen hoorde ik mijn vriend vloeken – een vloek à la Marcus, iets tussen 'verdorie' en 'potverdikkie' – kortom een sterke uiting van zijn ongenoegen. 'Dit is niet waar!' riep hij ook nog uit. De linker zijkant van de auto, die ik net had laten repareren, zat finaal in de kreukels. Ook ik werd kwaad, totdat ik de doorweekte witte envelop ontdekte die onder een van de ruitenwissers was geschoven. Ik opende hem koortsachtig met mijn vinger, waarbij ik probeerde het kaartje dat erin zat zo goed mogelijk te beschermen, en las:

Geachte mevrouw,
In een moment van onoplettendheid heb ik dit spijtige ongeluk veroorzaakt. Ik hoop oprecht dat u me de schade aan uw auto kunt vergeven. Neem alstublieft zodra u de mogelijkheid hebt contact met me op om de schade vast te stellen en tot een minnelijke schikking van dit probleem te komen.
Nogmaals mijn nederige excuses.
Met vriendelijke groet,
Rebecca Lynch

Op het kaartje stond onder haar naam simpelweg 'kunstenaar-schilder' vermeld, plus haar adres en telefoonnummer. Ik stond als aan de grond genageld en hield het papiertje met twee handen vast. Marcus, die het nog niet doorhad, werd ongeduldig.

'En, geeft hij een adres? Een naam?'

Ik liet hem, terwijl ik het beschermde tegen de regen, het kostbare stukje karton zien, dat hij snel doorlas. Hij slaakte een zucht en gaf het me terug.

'De manier waarop jullie elkaar het hof maken vereist een aanzienlijk carrosseriebudget. Hebben jullie al eens gedacht aan een gedicht, of aan een serenade?'

'Als zij dit heeft gedaan, dan vindt ze me leuk,' zei ik enthousiast.

'Als zij dit heeft gedaan en ze vindt je niet leuk, dan laat ik dit niet over mijn kant gaan,' reageerde Marcus, die onder zijn paraplu uit alle macht probeerde het portier aan de bestuurderskant open te krijgen. Hij gaf het op en verzuchtte: 'Heb jij een voorstel?'

Mijn compagnon doelde met zijn vraag natuurlijk op onze afspraak met het makelaarskantoor, maar ik was alleen maar met Rebecca bezig.

'Ik ga haar bellen,' antwoordde ik.

Ik maakte rechtsomkeert, sprong door de plassen, terwijl Marcus me achternariep: 'Niet alleen hebben we over een kwartier een afspraak, maar Rebecca Lynch is ook een verwend nest. Ze heeft altijd haar zin gekregen. Je moet haar gewoon een beetje laten wachten.' Hij riep nog een paar keer: 'Wern! Wern!', in een poging me tot staan te brengen, en kwam toen achter me aan. Hij wist dat hij me met geen mogelijkheid tot rede kon brengen.

DUITSLAND, FEBRUARI 1945

Marthe zat aan de oever van de Elbe op een metalen kist, met in haar handen een envelop en twee besmeurde vellen papier. Binnen een dag was haar leven volledig op zijn kop komen te staan en de komst van deze telegrammen wierp haar bestaan opnieuw overhoop. Von Braun, die zonder succes had geprobeerd haar en Luisa te bereiken, had deze twee berichten ter attentie van haar laten bezorgen bij het bureau van het Rode Kruis. Het eerste had haar moeten verheugen. Het gaf haar een gevoel van apathie, van een verbazende onverschilligheid ten aanzien van de haat die ze de laatste vijf jaar had gekoesterd.

> *Kasper overleden als gevolg van een tragisch ongeluk. In gedachten ben ik bij u.*
> *Von Braun*

Lang had ze gedacht dat de dag waarop haar echtgenoot zou overlijden een feestdag voor haar zou zijn. Ze zou niet langer bij iedere straathoek bang hoeven zijn dat hij daar stond om haar aan haar haren mee te sleuren en aan zich te onderwerpen. Ze zou dat mes niet meer bij zich hoeven te dragen dat ze overdag in haar kousenband verborg en 's nachts onder haar kussen. Ze zou die nachtmerries niet meer hebben waardoor ze uit bed sprong met haar wapen in de hand en klaar om zich te verdedigen terwijl er niemand in de kamer was. Ze stelde zich voor hoe het zou zijn als ze eindelijk van

Kasper af was, hoe ze zou dansen op zijn graf en haar erfenis zou uitdelen aan goede doelen totdat ze overhield wat echt van haar was, wat haar ouders haar hadden nagelaten en wat Kasper haar had afgenomen, genoeg om een nieuw leven te beginnen, ver van Duitsland, in Canada of Amerika. Maar nu, terwijl ze het telegram las en nog eens las, voelde ze geen vreugde, eerder iets als verbijstering. Na al die jaren van strijd tegen deze vijand kon ze dit onverwachte nieuws vanuit het niets bijna niet bevatten, laat staan erin geloven en berusten.

Marthe dacht terug aan haar trouwdag. Kasper had zijn ware aard nog niet getoond. Ze kreeg bloemen en cadeaus. Hij noemde haar zijn fee, zijn kleine Marthe. Hij nam haar leuk mee uit in zijn nieuwe Daimler en gaf haar advies over haar kapsel en kleding. Hij had haar ten huwelijk gevraagd, een beetje snel inderdaad. In het begin had ze de indruk gehad dat het jaloezie was, dat hij niet wilde dat zijn jongere broer eerder in het huwelijksbootje stapte. Kasper had sterke gevoelens ten opzichte van Johann. Ze waren elkaars rivaal op ieder gebied. Johann, de vreedzaamheid zelve, had ten slotte leren terugslaan. Natuurlijk had Marthe vragen gehad. Toen ze haar twijfels had geuit, had Kasper ze weggewuifd. Hij had liefdevol tegen haar gesproken, haar verleid. Hij wist zijn woorden te kiezen. Kasper wist altijd hoe hij in je door kon dringen. Met één oogopslag raadde hij je zwakke plek en gooide daar zijn hengel uit. Marthe had hem graag willen geloven. Vooral het idee dat ze tot dezelfde familie zou gaan behoren als Luisa leek haar geweldig. Hun kinderen zouden volle neven en nichten zijn, die ze samen zouden opvoeden, samen zouden ze oud worden. Marthe stelde zich voor hoe ze met Luisa in de zomer uitgebreide maaltijden zou organiseren. Ze zouden schitterende tafellakens uitspreiden met daarop manden met aardbeien, abrikozen, perziken en versgeplukte bessen, taarten en jams waar hun kinderen mee zouden kliederen. Ze zag verjaardagen voor zich waarop ze zouden zingen en dansen, en lange boswandelingen in de herfst om kastanjes en paddenstoelen te zoeken, en muziekavonden in de winter met gesprekken bij de haard in het buitenverblijf van de familie Zilch, waar zo veel mensen konden logeren. Naïef had ze ja gezegd. Maar op de trouwdag van hen vie-ren, toen de twee schoonzusters in spe zich samen voorbereidden op de bruiloft, had ze in de spiegel wel gezien dat er iets mis was. Nee, ze zag het meteen, ze straalde niet zoals Luisa. Tijdens het brui-loftsmaal hadden de echtparen ieder aan een kant van de tafel een ereplaats. Toen konden ze nog denken dat ze eenzelfde toekomst zouden krijgen, dat ze gelijke kansen hadden. Goed, Kasper was minder attent. Hij hield haar hand niet vast zoals Johann deed bij Luisa. Hij schonk haar geen wijn en water in als haar glas leeg was. Hij streelde haar niet over haar wang. Hij zocht niet in de fruit-schaal naar dubbele kersen, zodat ze die, net als Luisa, zo leuk om haar oren kon hangen. Marthe probeerde zichzelf gerust te stellen. Kasper mocht best wat terughoudend zijn. Het was helemaal niet nodig dat hij zich even gemakkelijk uitte als zijn broer. Het had iets verleidelijks, elegants zelfs, die gereserveerdheid van een echte heer. Ze had haar nare voorgevoelens weggewuifd tot na het diner. Daar-na was de nacht gekomen. Die eerste nacht waar zo veel andere op zouden volgen. Kaspers gewelddadigheid was direct gebleken. De dag na de huwelijksvoltrekking, tijdens het gezamenlijke ontbijt, had Luisa een gelukkige loomheid die Marthe nooit zou vergeten. Met haar wat gezwollen ogen en lippen, haar huid als een sappige vrucht, haar haren los tot op haar schouders was ze veranderd. Ze leek vervuld van een geheim geluk, ze straalde het uit. Maar Marthe had pijn. Ze had het gevoel dat ze kapotgemaakt was, gebroken. Vanbinnen, in haar lege lichaam, was ze nog maar een zwak vlam-metje ten prooi aan tocht. Een vlam die alleen nog uitgedoofd wilde worden. Ze had lang gewacht voordat ze Luisa in vertrouwen nam. Ze schaamde zich. Ze was ook bang. Kasper wist zo goed valse hoop te wekken. Toen Luisa ten slotte de ernst van de situatie had begre-pen, had ze alles in het werk gesteld om Marthe te helpen. De twee vrouwen hielden net zo veel van elkaar als hun mannen met elkaar rivaliseerden.

Marthe wachtte een minuut of twintig en staarde in het niets. Een vluchteling met een ernstig verbrande arm kwam haar hulp vragen.

Ze stond op, deed de metalen koffer open en pakte wat ze nodig had om hem te verzorgen. Toen hij weg was, ging ze weer zitten en las het tweede bericht van Von Braun nog een keer. De paar woorden waren genoeg om haar te breken.

Johann is terug in Peenemünde. Verzwakt maar in leven. Informeer Luisa voor een onverwijlde terugreis.
Von Braun

Alles wat had moeten zijn, maar niet was, greep Marthe naar de keel. Vierentwintig uur eerder zou Luisa op weg zijn gegaan. Ze zou haar man hebben teruggevonden. Ze zou nog leven. Marthe voelde verzet tegen deze wreedheid van het lot. Sinds ze haar verteld waren, spookten de laatste woorden van Luisa door haar hoofd: 'Hij heet Werner Zilch. Verander zijn naam niet, hij is de laatste van ons.' De baby was niet de laatste Zilch. Luisa had zich vergist. Johann leefde. Drie weken daarvoor had een waanidee bezit van haar genomen. Ze was ervan overtuigd dat haar man dood was. Van de ene op de andere dag had ze de moed opgegeven. Schreeuwend was de jonge vrouw op een morgen wakker geworden, met haar vuisten op haar dikke buik. Marthe was naar haar toe gerend. Haar schoonzuster lag onbedaarlijk te snikken in haar bed en herhaalde telkens: 'Hij is dood. Ik heb van hem gedroomd. Hij kwam afscheid van me nemen. Ze hebben Johann gedood.' De paniek van een zwangere vrouw. Marthe had haar zo veel mogelijk gerustgesteld, maar Luisa was niet op andere gedachten te brengen. Ze hadden hem gedood. 'Maar wie dan, over wie heb je het?' vroeg de verpleegster. 'De mannen die hem gevangen hebben genomen. Die het slecht met hem voorhadden.' Niets kon haar van die zekerheid en dat verdriet afbrengen. Marthe zou zo graag het appartement in de Freibergerstraat dat ze deelden binnengaan. Haar plechtig willen vertellen: 'Luisa, ik heb erg goed nieuws.' Haar omhelzen. Zien hoe ze opbloeide als Johann haar aan de telefoon zou vragen. Zien hoe de wekenlange spanning van het wachten na zijn arrestatie uit haar gezicht trok, hoe haar mond ontspande. Een minuut met haar spreken zou genoeg zijn om Luisa te kalmeren, zodat ze weer de gelukkige uitstraling zou hebben van mensen die liefhebben en zich geliefd weten.

Luisa had zich vergist. Johann leefde nog en was vrij. Ook al geloofde niemand daar nog in. Von Braun had als een leeuw gevochten om zijn vriend vrij te krijgen, maar zonder succes. Door zijn invloed op grond van zijn rang bij de ss aan te wenden, waar hij zich overigens nooit op liet voorstaan, had de uitvinder van de v2 stellig beweerd tegen iedereen die het wilde horen – en ook tegen degenen die het niet wilden horen – dat Johann Zilch onmisbaar was bij de ontwikkeling van de raketten. Wilden ze Hitler teleurstellen? Probeerden ze het ultieme wapen te saboteren, terwijl Hitler erop rekende om het tij van de oorlog te keren? Von Braun eiste de onmiddellijke terugkeer van Zilch. Wat had die arme Johann gedaan? Een moment van verwarring, een vlaag van moedeloosheid. Wie had dat niet wel eens? Zeker, hij had ongelukkige uitlatingen gedaan, dat ontkende Von Braun niet. Maar hij had te veel gedronken, was dat nou zo'n misdaad? Zilch had zijn hart uitgestort bij mensen van wie hij dacht dat ze zijn vrienden waren. Hij had inderdaad zijn twijfel geuit over het einde van de oorlog en de juistheid van hun missie, maar het was zonneklaar dat Johann zelf geen woord geloofde van wat hij had gezegd. Hij had twee nachten achter elkaar niet geslapen, hij had bijzonder gecompliceerde technische problemen opgelost. Ze moesten zich eens voorstellen hoe moe hij was. Niemand was de Führer meer toegewijd dan deze jongen. Von Braun stond voor hem in. De 'baas' van de raketten kon nog zo hoog van de toren blazen, de top van de Gestapo liet zich er niet door vermurwen. Ze herinnerden de pionier van de vliegtuigbouwkunde eraan dat hij zelf ook niet in zijn eerste leugen gestikt was, dat hij er goed aan zou doen op zijn tellen te passen en zijn groep in de gaten te houden. Aan de telefoon maakten ze zich vrolijk door telkens weer te hameren op de woorden van de schuldige, in de hoop dat er iets doordrong bij Von Braun. Ze legden iedere lettergreep onder de loep: 'Ik droomde er alleen nog van de ruimte te veroveren, de maan te onderzoeken, de sterren aan te raken. De oorlog heeft van onze droom een moordwapen gemaakt. Ik dien mijn vaderland, maar vraag me niet me daarin te verheugen, vraag me niet er trots op te zijn. Er kleeft bloed aan onze handen' 'Bloed aan onze handen!' herhaalden de ss'ers. 'Onacceptabel!' En dat tegenover vijf getuigen. Hoe kon Von Braun deze verrader verdedigen? Een ondankbare hond die zo weinig respect toonde voor de offers van het Reich! En al het Duitse bloed dat gevloed had. Dacht hij daar wel eens aan, deze misdadiger? Von Braun liet zich niet uit het veld slaan. Hij ging op ieder woord in, vocht stapje voor stapje terug en voorspelde een aanzienlijke vertraging, fouten in het besturingssysteem van de raketten, die alleen Johann Zilch zou kunnen herstellen. Ook hij werd twee weken opgesloten. Het enige resultaat van zijn pogingen was dat ze nu allemaal in gevaar verkeerden.

De avond begon te vallen. Uitgeput maakte Marthe zo nuchter mogelijk de stand van zaken op. De baby bewoog in haar armen. Hij huilde een beetje. Ze zwaaide hem een paar minuten op en neer alsof ze halteroefeningen deed. Dat vond hij kennelijk prettig en hij werd stil. Marthe had hem verschoond met gaas en een katoenen zwachtel. Omdat ze geen muts kon vinden had ze hem een grote gebreide wollen mannenkous opgezet, die hem guitig stond. Daarna had ze hem in een theedoek gewikkeld, de schoonste die ze had kunnen vinden, en in een sjaal die een van de vluchtelingen had afgestaan. De baby had zijn vingertjes erdoorheen gestoken als door de mazen van een net. Anke sliep gewoon op de grond, onder twee paardendekens. Marthe liet haar blik over de duizenden slachtoffers gaan die zich hadden geïnstalleerd aan de oever van de rivier. Ze nam haar besluit: ze moest zo snel mogelijk de vader van het kind zien te vinden. Teruggaan naar Peenemünde en de militaire basis daar. Voordat ze naar Dresden ging, had Luisa aan Von Braun gevraagd of hij de peter van haar baby wilde zijn en hij had ja gezegd. De wetenschapper zou zich in alle mogelijke bochten wringen om hen te helpen. Met zijn groep van de v2 behoorde hij tot de meest gewaardeerde personen van het Reich. Hun veiligheid ging voor alles en het was een staatsaangelegenheid waarvan ze dacht profijt te kunnen hebben.

Marthe hoorde dat er een uur later een vrachtwagen vertrok die een gewonde onderofficier naar Berlijn zou brengen. Ze onderdrukte met kracht haar haat tegen mannen, zoals ze dat al jaren gewend was, sprenkelde wat water uit haar ijzeren veldfles over haar gezicht, stiftte haar lippen, deed wat rouge op haar wangen en wreef er krachtig met haar vinger over. Ze zette haar kapje af en maakte haar bruine haar los, trok ondanks de kou haar jas uit en deed de drie bovenste knopen van haar uniform open. Ze ging op zoek naar de onderofficier met zijn arm in een doek en naar de chauffeur van de vrachtwagen. Vrolijk, met stralende ogen en haar lippen licht geopend koketteerde ze en boog zich verleidelijk naar voren. Binnen tien minuten had ze het voor elkaar: een plaats in de vrachtwagen voor haar, Anke en de baby. Ze breidde haar charmeoffensief uit naar de man van de bevoorrading, die haar drie ronde broden, limonadesiroop, twee blikken kidneybonen en vijf droge worsten gaf, meer dan het dubbele rantsoen voor twee personen. Zodra haar weldoeners hun hielen hadden gelicht, stond haar gezicht weer vastberaden. Deze triomfen sterkten haar nog in haar minachting voor mannen. Als ze intelligent waren, wat niet vaak voorkwam, dan bleken ze gevaarlijk en pervers, de anderen waren ezels die met een glimlach en een stukje bloot te paaien waren. Ze ging Anke wakker maken. Die protesteerde: 'Ik heb niets te zoeken in Berlijn. En al helemaal niet in Peenemünde. Waarom naar het noorden? Ik ken daar helemaal niemand.'

Marthe liet haar geen keuze. De baby had haar nodig. In ieder geval diende het nergens toe als ze hier alleen achterbleef. De verpleegster voorspelde dat die arme Anke de verschrikkelijkste dingen zouden overkomen als ze weigerde mee te gaan en ze schilderde een zo somber beeld van alle gevaren die op de loer lagen, om nog maar te zwijgen van de wroeging die ze tot in het hiernamaals met zich mee zou dragen als ze het leven van een zuigeling in gevaar had gebracht, dat de voedster, perplex door het autoritaire gedrag van haar metgezellin en getraumatiseerd door haar rouw, de bommen en dit nieuwe kind dat haar was opgedrongen, haar laatste restje verzet opgaf. Ze liet zich meevoeren.

Marthe zette opnieuw haar verleidingskunsten in toen ze in de bewuste vrachtwagen stapte. Maar toen ze eenmaal met Anke en de kleine Werner in de wagen zat, voelde ze haar ongenaakbaarheid terugkeren. De drie soldaten die de onderofficier begeleidden slaagden er niet in haar op te vrolijken, en de tocht werd zo gevaarlijk dat ze al snel niet meer in de stemming waren om te converseren. Buiten de stad had een jachtvliegtuig het gemunt op voertuigen die de vuurzee ontvluchtten. Hun vrachtwagen had weliswaar een dekzeil met het teken van het Rode Kruis erop, dat vanaf grote hoogte zichtbaar was, maar het ontsnapte nauwelijks aan de gewone beschietingen. De moed zonk de passagiers in de schoenen. Ze hielden zich vast om niet tegen elkaar aan te worden geslingerd. Door de hevige hitte van de vlammen was het asfalt gesmolten of verbrand. Hun tocht werd aanzienlijk vertraagd door de vele bomkraters in de wegen, de ingestorte bruggen, de karkassen van brandende transportauto's, de kadavers van mensen en dieren en de exodus van duizenden mensen die op de vlucht waren voor de naderende Russen. Het gras was rood geworden. De kleine Werner lag gelukzalig te slapen op Marthes schoot. De jonge vrouw voorzag nog niet dat ze van dit kleine hoopje vlees zou gaan houden, maar ze moest toegeven dat ze rustig werd van zijn vertrouwen, zijn lichte ademhaling, zijn dichte ogen met de blonde wimpers, en dat gulzige mondje dat zich iedere twee uur om de borst van zijn voedster sloot. Zodra hij gedronken had, viel hij weer in slaap. Een van de soldaten bood herhaaldelijk aan het kind van Marthe over te nemen om haar te ontlasten, maar ze weigerde. Zonder dat ze het zichzelf toegaf, vond ze het prettig om dit warme lichaampje tegen haar buik en borst te voelen. Toen ze eenmaal ver genoeg van Dresden waren en de spanning wat afnam, probeerde de onderofficier Marthe te verleiden. Hij overwoog een tijdje in Berlijn door te brengen. Het zou hem genoegen doen als hij zijn hotelkamer aan haar ter beschikking kon stellen. De jonge vrouw, die weer was teruggevallen in haar stuurse houding, zei snibbig: 'Dank u wel, maar mijn man verwacht me in Peenemünde. Ik blijf niet in Berlijn.'

'Wat doet uw man?' antwoordde de onderofficier om zijn teleur-stelling te verbergen.

'Hij werkt dag en nacht voor professor Von Braun om de koers te wijzigen van deze oorlog waarover jullie, soldaten, helaas de controle kwijt zijn geraakt.'

De naam Von Braun maakte veel indruk op de passagiers. Ondanks de felle sneer van Marthe daalde er een eerbiedige stilte neer in de wagen. Ze merkte dat een onzichtbaar schild haar voortaan zou beschermen, ze drukte Werner wat dichter tegen zich aan en sloot haar ogen.

MANHATTAN, 1969

Een vrouwenstem met een licht buitenlands accent antwoordde: 'Met wie spreek ik?'

'Werner Zilch.'

Er volgde een lange stilte op mijn naam. Ik dacht dat de verbinding verbroken was.

'Hallo? Hoort u mij?'

'Ik heb uw naam niet goed verstaan, meneer.'

'Zilch. Werner,' herhaalde ik, waarbij ik de lettergrepen benadrukte. Waarschijnlijk verstond mijn gesprekspartner het Engels niet goed.

'Hoe spelt u dat?'

'z-i-l-c-h.'

Het duurde weer een poosje voor de vrouw antwoordde. 'Rebecca is de deur uit. Ze zal contact met u opnemen,' deelde ze koeltjes mee.

Ze hing op. Ik was woest vanwege de manier waarop deze snob me te woord stond en belde meteen nog een keer. Nadat het toestel een keer of twintig was overgaan werd er opgenomen, en meteen weer opgehangen. Ik verdacht Ernie van een sabotagepoging. Ik was waarschijnlijk persona non grata. Driftig liep ik rondjes in de woonkamer van ons appartement. Shakespeare liep me voor de voeten. Ik ging per ongeluk op zijn poot staan. Hij jankte van de pijn. Ik schreeuwde dat hij moest gaan zitten, waarna hij op de bank ging liggen met een waardige en beledigde houding die hij de rest van de

71

dag volhield: mijn hond is heel lichtgeraakt.

Ik probeerde weer naar Rebecca te bellen. Zonder succes. Ik stikte van woede en moest mijn uiterste best doen om er niet naartoe te gaan, op de deur van de familie Lynch te bonzen, excuses te vragen van de idioot die me geantwoord had en te eisen onmiddellijk DVVML te spreken. Hoe slecht ik er ook tegen kan als ik mijn zin niet krijg en, erger nog, als ik genegeerd word, ik was helder genoeg om niet toe te geven aan deze impuls. Donna sterkte me in mijn beslissing. Zij haatte het om voor het blok te worden gezet. 'Er is niets hinderlijker dan een man voor je deur die je niet hebt uitgenodigd,' verzekerde ze me op belerende toon. Ik vertrouwde op haar advies om een minder opdringerige verleidingsstrategie te bedenken. Rebecca's reactie had wel indruk gemaakt. Het getuigde van lef en humor om mijn auto – in dit geval die van Marcus – net zo te beschadigen als ik met de hare had gedaan. Ik wilde zelf ook een punt scoren, maar mijn grootse dromen losten op in de realiteit van alledag: ik was blut, en Marcus ook. Natuurlijk zouden onze financiën weer op orde komen. Het makelaarskantoor was gerustgesteld doordat we de werkzaamheden hadden hervat, en onze appartementen waren weer in de verkoop gegooid, maar het zou nog weken duren voordat we de aanbetalingen van onze kopers konden incasseren. Dat was irritant. Eigenlijk zat ik op een berg goud, maar ik had geen cent om Rebecca mee uit eten te nemen. Om toch alles uit de kast te kunnen halen beleende ik mijn horloge. Het Patek-klokje dateerde uit de jaren veertig. Het was mijn enige waardevolle bezit. Ik had het voor mijn achttiende verjaardag van mijn vader Andrew gekregen. Het ding leek me vooral kostbaar omdat het ontsnapt was aan Andrews buitensporige goklust. Door zijn verliezen hadden mijn moeder, mijn zusje en ik het mijn hele jeugd zonder extraatjes moeten stellen, soms zelfs zonder eerste levensbehoeften.

Marcus ging met me mee naar een bouwval in Queens, bij Ozone Park. Je moest naar binnen via een trap die te smal was voor mijn schouders. Ik kon hem alleen maar zijwaarts beklimmen. In de blauwgeverfde ruimte op de eerste verdieping rook het naar sokken en zweet. Alle ellende van de wereld was hier samengekomen. Langs de muur lag een onbeschrijflijk allegaartje aan spullen, en ertegenover zaten achter drie loketjes de kassiers. Marcus leverde zijn dasspeld met parel en ingezette diamanten in. Ik deed mijn Patek af. Op het moment dat ik hem aan de taxateur gaf, met gefronste wenkbrauwen en dichtgeknepen keel, aarzelde ik even. Het was alsof ik op het punt stond een huisdier af te staan. Ik droeg hem graag, ik hield van het getik als van een minuscuul hartje. Ik deed hem alleen af om me te wassen. Toen ik hem die dag af had gedaan miste ik het kastanjebruine leren bandje dat zo soepel was geworden door het dragen, en ik voelde me naakt. Dit horloge had me geluk gebracht.

'Het weerhoudt je er in ieder geval niet van om te laat te komen,' zei Marcus terwijl hij me bemoedigend op mijn schouder klopte.

Ik gaf het af en was geshockeerd toen ik zag hoe ongeïnteresseerd de kassier mijn bezit in een stuk smerig vilt verpakte en er een nummer aan vastniette. Ik stopte een paar honderd dollar in mijn portemonnee en wist niet hoe snel ik deze troosteloze plek moest verlaten.

Het bedrag dat ik gekregen had, leek me vrij mager in verhouding tot alle herinneringen die aan het klokje verbonden waren en tot mijn plannen voor die avond. Om te beginnen liet ik drie boeketten bloemen bij de familie Lynch bezorgen. Het eerste om Rebecca te bedanken voor onze ontmoeting in het Pierre. Het tweede ter begeleiding van de schadeformulieren. Het derde bevatte een uitnodiging voor een etentje de week daarop. Die nam ze aan. Ik was door het dolle heen van vreugde en tegelijkertijd verbijsterd, alsof de hemel een belofte waarmaakte die ik nooit voor mogelijk had gehouden. Ik dacht lang na over de keuze van de locatie. Ze was zo verwend, en mijn beeld van haar zo verheven, dat zelfs de meest luxueuze restaurants – die sowieso onbetaalbaar waren – niet goed genoeg leken. Ons appartement was te gewoon. Ik zag me niet met haar picknicken in Central Park, noch een fles champagne sabreren op een ferry of bootje op de Hudson. Na lange gesprekken met Marcus koos ik voor de meest kansrijke optie om haar te verrassen, en dus om haar te betoveren. Mijn aankomst leek me een cruciaal element in de enscenering van die avond. We hadden er samen het grootste plezier om bij onze dagelijkse borrel, waaraan Donna, die altijd angstvallig afstand wilde bewaren, weigerde deel te nemen. Lichtelijk aangeschoten bedachten we allerlei mallotige scenario's: ik zou op de fiets komen, in een riksja of in de Chrysler, die hele-maal versierd zou zijn met hippieachtige bloemen. Marcus hield steeds vol dat ik te paard moest verschijnen. Ik reed goed paard sinds mijn jarenlange studie aan Yale. Die had ik voor een deel gefi-nancierd dankzij mijn successen met rami (een kaartspel dat ik van mijn vader had geleerd), en verder met een baantje als knecht in de universiteitsstallen. Ik had de boxen uitgemest, de stal en de bin-nenplaats geveegd, en de hoeven van de criollo's en volbloeden schoongekrabd. Ik had er ook polo geleerd. Ik trainde elke dag en soms mocht ik meespelen, als de snobs van de faculteit op de och-tend van een wedstrijd een vervanger nodig hadden omdat iemand zich verslapen had. Een andere taak was het inrijden van de jonge paarden, omdat de rijkeluiszoontjes bang waren hun nek te breken. Ondanks de ridderlijkheid die dit transportmiddel me ongetwijfeld in de ogen van Rebecca had verschaft, vond ik het plan te pretenti-eus en te afgezaagd. Ik koos voor een eenvoudige huurlimousine met chauffeur. Zwart. Wit had mijn voorkeur, maar Marcus vond die kleur 'verschrikkelijk opzichtig'. De rest van de organisatie kost-te ons een paar uur nadenken, met chianti erbij, en verder servies, zo'n honderd liter verf, een traiteur, een hijskraan, en twee dagen opbouw. Op de avond van onze afspraak stond ik om acht uur bij haar voor de deur.

Marcus had de woning van de familie Lynch omschreven als een van de mooiste adressen in Manhattan. Dit deel van 8oth Street, ten oosten van het park, leek te bestaan uit een reeks op elkaar gepakte Franse kastelen, alsof de klassieke lijnen een vermageringskuur had-den ondergaan om zich beter te kunnen verheffen. De ene gevel was nog eleganter dan de andere, maar het huis van de familie Lynch was hoger dan dat van de buren en spande de kroon. Het dateerde volgens Marcus uit het eind van de negentiende eeuw. 'Een juweeltje van neorenaissancistische architectuur,' wist hij te vertellen. Voor zover ik het vanuit de limousine kon zien, was het vijf verdiepingen hoog. De met stenen sculpturen versierde ramen hadden niet misstaan in een kathedraal. Als de zware deur met houtsnijwerk vergrendeld was, zouden er tien man en een stormram nodig zijn om hem te forceren. Een paar jaar geleden was Marcus met zijn vader op een diner bij Nathan Lynch geweest. Hij had me de twee statige marmeren trappen beschreven en de schoorsteenmantels van Bourgondisch steen, de gigantische oude tapijten, de kunstwerken, de geornamenteerde plafonds en de eetzaal voor vijftig personen. Terwijl ik voor dit paleis geparkeerd stond, werd ik me eens temeer bewust van de kloof die me scheidde van de vrouw van mijn leven.

Ik dacht terug aan ons bescheiden huis in Hawthorne in New Jersey. Aan mijn adoptieouders, lieve mensen met wie ik, ondanks de genegenheid die ik voor hen voelde, weinig gemeen had. Ik wilde meetellen, bouwen, bestaan, maar mijn moeder had voor mij een eenvoudig geluk met weinig ambitie voor ogen. Mijn vader nipte aan de bittere likeur van zijn ongenoegen. Groots denken vonden ze schandelijk en zelfs riskant; ze konden slecht omgaan met tegenslagen. Voor mijn moeder was het al heel wat dat ze haar Normandische geboortegrond had verlaten voor die knappe soldaat, die ze in de waanzin van de bevrijding had ontmoet. Sindsdien was ze obsessief bezig haar twee kinderen te beschermen tegen de talloze gevaren die een gezin in het ongeluk konden storten, en haar echtgenoot tegen de geestelijke en materiële ondergang die hem bedreigde. Achter Andrews knappe kop van ex-GI en zijn geestdrift als makelaar zat veel kwetsbaarheid verborgen. Mijn moeder omringde hem met liefde en tedere zorg, alsof ze het aura van de roem en de liefde op het eerste gezicht van dat bewuste bal in Rouen probeerde vast te houden. Mijn moeders hartstochtelijke liefde voor hem was haar roeping, haar bestaansrecht en haar identiteit. Mijn vader werd verteerd door twijfels en onvrede, maar zij zag in hem een uitzonderlijke man. Hij droomde van een beter leven, zij schikte zich in wat we hadden. Hij zat vast in onbevredigde verlangens, zij zat vol prijzenswaardige bedoelingen en tevredenheid. Hij droomde van luxe, mooie auto's en grote hotels; zij hield van haar huis, haar tuintje, haar opgeruimde kasten en haar goed bevoorrade keuken. Zij beschermde hem tegen zichzelf, beheerde spaarzaam de rekeningen, ze gaf hem alleen zakgeld voor zijn rami, maar vergaf het hem als hij weer in de ban was van de dwaze hoop dat het lot zomaar hun leven zou veranderen en dan in één avond het spaargeld van maanden erdoorheen joeg. Mijn moeder werd nooit boos op hem. Ik bewonderde haar geduld en vermoedde de redenen. De moeite die ze hadden moeten doen om kinderen te krijgen was deels een verklaring voor de ongelijkheid in hun relatie. Ik heb nooit geweten wie van de twee onvruchtbaar was, mijn vader of mijn moeder. Het was vooral een raadsel omdat een jaar na mijn adoptie mijn zus Lauren werd geboren. We hadden ze er vaak tevergeefs naar gevraagd. Ze vormden een front en weigerden iets te zeggen. Mijn ouders bewaarden hun geheim hardnekkig, maar het verleden had hun vertrouwen verwoest. Mijn moeder maakte zich zorgen over alles wat zich afspeelde buiten de veilige geborgenheid van haar huis. In water konden we verdrinken, in vuur verbranden, de lucht zat vol virussen, de weg naar school vol zwervers, uit bomen konden we vallen, en in het gras scholen slangen. Zelfs op mooie zomeravonden was ze bang en deed er alles aan om ons binnen te houden; ze sloot de ramen, die wij weer openzetten zodra ze zich had omgedraaid, ook al waren er muggen, vleermuizen en vuurvliegjes, en was het bedwelmend heet en geloofde ze dat de maan ons gek kon maken. Mijn moeder was alleen gelukkig in winkels: schone, keurige plekken waar het nieuwe zich in zijn aangenaamste en meest gecontroleerde vorm openbaarde: kleurrijk, vrolijk, samengevat in eenvoudige woorden op blikjes met sierlijke afbeeldingen. Als een bezetene kocht ze deze ideale, vriendelijke, veilige wereld waarin ziekte, geweld en ouderdom niet voorkwamen, een wereld die ze aantrof op de pakken cornflakes en wasmiddel, op conservenblikjes en pakken beschuit, op revolutionaire schoonheidscrèmes en shampoo van Dove. Ze legde voorraden aan in de keuken en de garage met de voldoening van een huisvrouw die in Frankrijk de ontberingen van de bezetting had meegemaakt. De oorlog, die mijn moeder zo wantrouwig had gemaakt, had ook mijn vader zijn illusies ontnomen. Bij het bloedbad aangericht tijdens de invasie had het menselijke monster zich in al zijn gruwelijkheid aan hem getoond. Hij beschouwde de beschaving als de snelste weg naar de ondergang. Ze veranderde niets aan de gewelddadige, kleingeestige, verbitterde en wrede kern die eigen is aan onze soort. In tegenstelling tot mijn moeder, die de consumptiemaatschappij zo enthousiast had omarmd, geloofde mijn vader niet meer in de Amerikaanse droom. Hij had maar al te goed gezien hoe mannen waren uitgezonden om zich in Europa met kogels te laten doorzeven, en hoe andere rustig thuis waren gebleven om te studeren, biertjes te drinken en aan vanille-ijsjes te likken. Die schoften zaten lekker veilig onder de vlag van Uncle Sam en in de reet van de vrouwen die door de soldaten waren achtergelaten. Hij geloofde niet meer in gelijke kansen, dat je kon opklimmen door hard te werken. Voor mijn vader verklaarde alleen het toeval de ongelijkheid in afkomst, en alleen het toeval kon zijn lot veranderen. Zijn leven kon alleen beter worden door de willekeurige beweging van een toverstokje, louter door het toeval dat hij probeerde te tarten door elke zaterdag een kaartje te leggen op zijn ramiclub of door zijn onregelmatige courtages te vergokken op vermoeide knollen. Zijn fatalisme maakte me opstandig. Waarom zou je 's ochtends opstaan als je toch niets kon veranderen? Waarom zou je trouwen? Waarom zou je een huis kopen en kinderen grootbrengen? Anders dan hij geloofde ik in de grenzeloze macht van de wil, en ik was vastbesloten op eigen kracht mijn wereld te scheppen. Ik wist niet waar ik vandaan kwam. Van wie ik dat hoekige gezicht had, die lichte ogen, mijn zandkleurige haardos, mijn abnormale lengte waardoor ik in de bus en de bioscoop altijd met mijn knieën tegen mijn kin moest zitten. Ik was vrij van iedere afkomst, ieder verleden, en ik voelde me meester van mijn toekomst. Ik brandde van verlangen om te bewijzen wie ik was, om respect af te dwingen met mijn te vaak bespotte naam, en om zo nodig angst in te boezemen. Mijn ouders beschouwden me als een vreemd wezen. Mijn kleinste ambities overtroffen hun stoutste dromen. Ik weigerde hardnekkig mezelf beperkingen op te leggen.

Ik liet me niet imponeren toen ik bij de familie Lynch voor de deur stond. Ik liet de chauffeur aanbellen. Ik zag hem praten met een oude, magere vrouw in een nonnenrok en een paarse zijden blouse die tot bovenaan was dichtgeknoopt. Ik voelde een beginnende woede toen ik bedacht dat zij het misschien was geweest die botweg had opgehangen toen ik Rebecca had proberen te bellen. De chauffeur kwam terug.

'Ze komt eraan,' meldde hij door het raampje. Hij bleef naast de auto staan, klaar om het portier open te doen voor mijn dame, die ons een kwartier liet wachten.

Ik rekende op een opgedirkte jonge vrouw, maar ik zag een jongensachtig meisje naar buiten komen. Ze droeg een herenjasje op een beige broek, een wit overhemd met open boord, en een blauwe das die vaardig gestrikt en weer wat losgetrokken was. In deze kleding, die een Yale-student zo had kunnen dragen, wekte ze met haar blonde leeuwinnenkapsel en haar stoere en zelfverzekerde manier van lopen de indruk van een bijna tomeloze vrijheid. Er woei een wervelwind aan leven het voertuig binnen. Rebecca kuste me niet, en ik haar ook niet. We raakten elkaar niet aan en gedroegen ons bij de begroeting overdreven beleefd om onze ongemakkelijkheid te maskeren. Haar ogen glommen van ongeduld. Ze wilde weten waar we naartoe gingen. Omdat ik vastbesloten was me ondernemender te tonen dan bij onze eerste afspraak, wedde ik om een zoen op de mond dat ze de locatie van ons etentje niet zou raden. Ze nam de uitdaging aan. De auto reed weg. Ze stelde vragen, wilde aanwijzingen hebben, vroeg of ze warm was of koud. Zonder succes. De namen die ze noemde had ik allemaal overwogen. Uit angst om de weddenschap te verliezen, wilde ze de eerste en de laatste letter van de straat weten. Die kon ik haar gerust geven: het bewuste privéstraatje had net een nieuwe naam gekregen. Rebecca keek verbaasd toen we in downtown Manhattan kwamen, bijna bezorgd toen de auto de Brooklyn Bridge op reed, en ronduit ontsteld toen de chauffeur voor een complex in aanbouw stopte en twee paar rubberlaarzen uit de achterbak haalde. Ik had haar maat ingeschat op basis van de herinnering aan haar voeten in de blauwe sandaaltjes, die bij Gioccardi zo veel indruk op me hadden gemaakt. We trokken de laarzen aan zodat onze schoenen niet smerig zouden worden van het stof en de modder op de bouwplaats. We daalden af in de toekomstige parkeergarage. Rebecca leek er niet gerust op, maar ze hield zich groot. In feite kende ze me niet. Ze had me maar twee keer een paar minuten ontmoet onder tamelijk chaotische omstandigheden. Ze kon zichzelf waarschijnlijk wel voor haar kop slaan dat ze zich zomaar had uitgeleverd aan een kerel die gestoord genoeg was om haar in een restaurant achterna te rennen, haar auto te vernielen en die haar nu meenam naar deze lugubere plek waar hij haar lichaam misschien onder een betonnen plaat zou laten verdwijnen. Ik probeerde een grapje te maken. Ze schonk me een glimlach waar de onoprechtheid vanaf spatte, maar ik merkte dat ze minder zelfverzekerd was dan bij onze eerste ontmoeting. De trapleuningen waren nog niet geplaatst. Ik pakte mijn schoonheid bij de hand. Ze rilde nerveus toen ik haar aanraakte. Ik bleef aan de buitenkant lopen, langs de stalen pennen waar de reling straks op moest rusten. Ze was blijkbaar sportief, want vijf verdiepingen hoger was haar ademhaling nog steeds regelmatig.

'Wat staat er op het menu, Werner? Cementsoep, gevolgd door baksteenpastei met speciesaus?' vroeg ze spottend.

Dat ze mijn voornaam uitsprak, voelde als een streling. Ik verzekerde Rebecca dat ik te veel bewondering had voor haar slanke figuur om haar zo'n machtige maaltijd voor te schotelen. We bereikten de tiende en bovenste etage. Rood aangelopen nu en met haar hand op haar kloppende hart hijgde ze om haar opluchting te uiten: 'Nou, je moet het wel verdienen, een etentje met jou!'

De metalen deur was gesloten. Ik liet haar even uitrusten. Ze had het warm en deed haar jasje uit. De fijne stof van haar overhemd volgde haar vormen. Ze haalde een elastiekje uit haar zak, klemde het met licht opgetrokken lippen tussen haar tanden, terwijl ze haar lange krullen met twee handen opstak in een verleidelijke paardenstaart. Ik heb altijd een zwak gehad voor dit kapsel dat de nek vrijlaat. Toen het elastiekje eromheen zat trok ze de knoop van haar das nog iets losser. Door die strook stof tussen haar borsten kwam er een ander beeld bij me op. Er ging een elektrische golf door mijn onderbuik. Omdat ik een ongemakkelijke situatie wilde voorkomen haalde ik de sleutel uit mijn zak en maakte de deur open, er zeker van dat mijn verrassing het gewenste effect zou hebben.

Rebecca onderdrukte een schreeuw. Op het dak, waarvan de vloer bedekt was met licht grind en de muren met een beige pleisterlaag, ontwaarde ze een bos. De bouwvakkers hadden met een kraan het merendeel van de bomen omhooggetakeld die bestemd waren om de volgende week geplant te worden in de tuinen rondom onze twee appartementengebouwen. Ze stonden in een rij langs de twee kanten en vormden zo een laan die het spectaculaire uitzicht op de Brooklyn Bridge en Manhattan omlijstte. De stralen van de ondergaande zon scheurden de hemel in stukken goud, purper en zwart. Iemand speelde op een piano. Die stond verscholen achter een gordijn van planten een stukje verder op het terras. Er klonk 'I've got you under my skin' van Frank Sinatra, een knipoog van Marcus, die als goede vriend de muziek van deze avond verzorgde.

Ik glimlachte bij de herinnering aan de bijzondere hemelvaart van het instrument. We waren het gaan ophalen bij Frank, Marcus' vader. Eerst hadden we het in de bedrijfswagen van onze metselaarsopperman geladen, daarna met de hijskraan opgetakeld, waarbij Marcus met een verkrampt gezicht deze ongelooflijke vlucht had gadegeslagen, als de dood dat zijn vroegere troost tegen de eenzaamheid een poot zou verliezen of op de grond te pletter zou vallen. In eerste instantie hadden we de vleugel willen nemen die nog altijd bij Frank Howard in de opslag stond, maar dat bleek te hoog gegrepen. Het instrument was zo zwaar dat we er met ons vieren nauwelijks beweging in kregen. De gewone piano moest maar goed genoeg zijn. Om de betovering van de locatie compleet te maken had ik van pakpapier een stuk of honderd lampionnen gemaakt en ze gevuld met bouwzand, waarin nu kaarsen brandden. Deze geïmproviseerde lantaarns stonden verspreid tussen de bomen en zorgden voor een sprookjesachtig licht. Rebecca zag er blij en beduusd uit. Ik had zin om de kus op te eisen die ik gewonnen had met onze weddenschap, maar ze begon zich net wat te ontspannen en ik wilde niets overhaasten. Toen kwam Shakespeare uit zijn schuilplaats te-voorschijn. Marcus had, als pesterijtje, een enorme rode strik om zijn nek gebonden. Mijn vriendin sprong achteruit. Ik stelde haar gerust door haar tegen me aan te drukken en Shakespeare met een gebiedende wijsvinger tot zitten te dwingen.

'Ben je bang voor honden?' vroeg ik.

'Dit is geen hond, dit is een pony!'

'Hij is heel lief, maak je geen zorgen.'

Omdat ik mijn hand had laten zakken zag Shakespeare, die nu eenmaal niet goed was opgevoed, zijn kans schoon om op zijn ach-terpoten zijn affectie te tonen en me te omhelzen zoals hij gewend was. De jonge vrouw deed een stap naar achteren.

'Shakespeare, af!' commandeerde ik terwijl ik hem wegduwde. 'Zit! Goed zo. Zeg eens dag tegen Rebecca.'

'Als hij staat, is hij bijna net zo groot als jij!' zei ze onder de in-druk.

De hond ging zitten en kwispelde om haar gerust te stellen.

'Je kunt hem best aaien, hoor. Hij heeft nog nooit iemand gebe-ten.'

Shakespeare deed zijn bek uitnodigend en hijgend open.

'Wat een monster,' zei ze terwijl ze aarzelend een hand op de kop van de grote hond legde.

Meer had hij niet nodig om zich verlekkerd op de grond te laten zakken en zijn buik aan te bieden om gekriebeld te worden. Rebecca lachte meisjesachtig. Haar slanke vingers verdwenen in de dikke rood-beige vacht van Shakespeare. Ik werd opeens stinkend jaloers.

'Jij weet hoe je met mannen om moet gaan,' zei ik, en ik hielp haar overeind, wat me een rancuneuze blik van Shakespeare ople-verde.

Ik leidde Rebecca naar de plek van ons etentje. Er stond een ova-len tafel die met de grootste zorg gedekt was. Miguel, de traiteur, die zijn buik en keizerlijke waardigheid had ingesnoerd in een wit uni-form met zilveren knopen, had daarop toegezien. Zelfs Marcus be-heerste de tafeletiquette niet volledig. De Cubaan had hem vriende-lijk gecorrigeerd toen het ging over de schikking van de vorken, een filosofisch debat dat me niet boeide. Het resultaat was geslaagd. Het glaswerk schitterde en de wijn, in een facetgeslepen kristallen karaf, glinsterde als een robijn op het met gouddraad geborduurde tafellaken. Miguel en Marcus hadden per se mijn mooie flessen bordeaux in een karaf willen gieten. Ik wilde niet dat Rebecca zou denken dat ik bocht serveerde, en had liever gehad dat ze de etiketten kon zien. Ze verzekerden me dat dat niet beschaafd was. Om tijdens het aperitief van de ondergaande zon te genieten hadden we van Donna een withouten bankje geleend dat was overtrokken met fluweel. Rebecca trok haar laarzen uit en rolde de pijpen van haar jongensbroek op tot halverwege haar kuiten, zonder haar schoenen aan te trekken, die ze ergens liet staan. Het duizelde me toen ik haar op blote voeten zag lopen. Ze ging op het bankje zitten, een beetje schuin, met haar voeten onder haar billen. Even stelde ik me haar zonder kleren voor, in exact deze houding, en ik kreeg enorme zin om haar enkel te pakken en haar voet in mijn hand te laten glijden. Shakespeare ging tegenover haar zitten. Hij staarde haar lang aan in de hoop dat hij weer geaaid zou worden, maar Rebecca lachte en gaf niet toe. Ze zei dat hij moest gaan liggen. Verbaasd zag ik hoe mijn hond, die net als zijn baas maar weinig mensen gehoorzaamde, zich zo dicht mogelijk bij ons uitstrekte en met zijn kop op zijn gekruiste voorpoten ging liggen. Miguel ontkurkte een fles champagne en serveerde ons twee flûtes en een paar amuses. Rebecca was dol op lekker eten en complimenteerde hem met zijn verfijnde smaak. De traiteur nam de vriendelijke woorden in ontvangst met een bescheiden knipperen van zijn ogen. Het moment was volmaakt.

De zon zakte langzaam weg achter de wolkenkrabbers om plaats te maken voor zachtere tinten roze, paars en grijs. Marcus leefde zich uit op de toetsen van de piano. Mijn schoonheid tikte de maat van 'Take Five' op de rugleuning van het bankje. Het gesprek kabbelde voort, luchtig en moeiteloos. De woordenvloed kwam ongetwijfeld goed op gang door de flûtes die we in snel tempo naar binnen goten. Rebecca vertelde me over haar volgende expositie en het project waaraan ze werkte: een gigantisch drieluik waarvan ze me in een van haar boekjes het ontwerp schetste. Ik begreep nog niet de helft van haar verwijzingen en uitleg, maar ze moest lachen om mijn onwetendheid. Ze vroeg me waarom ik dit gebouw had uitgekozen. Ik legde haar uit dat het mijn tweede bouwproject was en dat er nog vele zouden volgen.

'Hier ligt mijn toekomst,' voegde ik eraan toe terwijl ik haar strak aankeek. 'Daar wilde ik jou bij betrekken.'

De meeste vrouwen zouden hun blik hebben neergeslagen, maar Rebecca vertrok geen spier en vroeg glimlachend: 'Hoezo, erbij betrekken?'

Haar vrijmoedigheid bracht me van mijn stuk, en ik was nog niet klaar om haar mijn liefde te verklaren, dus klampte ik me vast aan de eerste strohalm die me te binnen schoot: 'Ik zou graag willen dat jij de kunstwerken voor de twee entreehallen ontwerpt. Dat is het eerste wat de mensen zien en wat ze zich achteraf zullen herinneren.'

Nu was het de beurt aan mijn schoonheid om verrast te zijn. 'Je hebt nog nooit gezien wat ik maak!'

'Ik heb je tekeningen gezien en ik heb naar je geluisterd. Ik wil dat je me verrast.'

Ik had het goed gezien. Rebecca was een mengeling van arrogantie en onthutsende onzekerheid. Aangezien ze door haar goede komaf geen enkele zorg hoefde te hebben over haar sociale status, hoefde ze alleen maar haar persoonlijke en artistieke waarde te bewijzen. Met een verhit gezicht en glimmende ogen probeerde ze – zonder succes – haar vreugde te verbergen. Ze accepteerde mijn aanbod zonder me zelfs te bedanken, en zonder over haar honorarium te praten. Later zou ik begrijpen dat het kwam door haar verhouding tot het fortuin van haar vader, en tot geld in het algemeen, en hoe ingewikkeld dat lag.

'Kom eens mee,' riep ik. 'Ik moet je wat laten zien.'

Ik hielp haar overeind, want zodra de kans zich voordeed om haar aan te raken greep ik die aan. Ik inspecteerde de grond, uit angst dat ze haar blote voeten zou bezeren. Zo staand zonder hakken kwam Rebecca nauwelijks tot mijn schouders, maar ze straalde een concentratie, een aanwezigheid uit die veel verder ging dan haar slanke lichaam. We stonden naast elkaar en leunden tegen de rand van het terras vanwaar we de werkzaamheden goed konden overzien, en ik was me intens bewust van haar lichaam op een paar centimeter afstand van het mijne. Om haar niet onmiddellijk te kussen legde ik haar uit welke problemen we allemaal hadden moeten oplossen om de grond te kopen en de vergunningen rond te krijgen. Ik vertelde haar over onze volgende stappen, dat ik mijn oog had laten vallen op een groot perceel langs de Hudson waarmee onze positie radicaal zou kunnen veranderen. Ik gebruikte een van haar boekjes om de plannen voor de toekomstige appartementen te schetsen. Ze plaagde me met mijn armzalige tekenkwaliteiten.

'Ik ben geen Frank Howard.'

'Frank Howard! Maar die ken ik heel goed!' riep ze uit toen ze hoorde dat hij de ontwerper was van de twee gebouwen.

Ik vertelde dat hij de vader was van mijn beste vriend en compagnon, met wie ik op Yale had gezeten, zonder te verklappen dat diezelfde vriend nu romantische ballades op de piano zat te spelen. Weer was er een barrière geslecht. Door de magie van een naam kwam ik niet langer uit het niets. Doordat we hem allebei kenden leek het alsof Marcus' vader me tot ridder had geslagen. Ik maakte deel uit van de club mensen waar je bij moest horen. Mijn studie aan een Ivy League, een verzamelnaam voor een aantal zeer prestigieuze universiteiten in het land, droeg nog bij aan dit plaatje, ook al onthulde ik maar niet dat ik mijn studie na twee jaar had opgegeven om mijn eerste bouwonderneming op te starten. Hoe opstandig de vrouw van mijn leven ook wilde zijn, en hoe krachtig ze zich ook had bevrijd van de talloze verplichtingen aan haar stand, haar wantrouwen kwam nog voort uit de protectionistische regels van mensen die veel te verliezen hebben.

Toen we eenmaal aan tafel zaten, serveerde Miguel ons zijn feestmaal met een overvloed aan onderdanige buigingen, verzilverde cloches en schalen. Hij had weinig eer van zijn werk: Rebecca en ik gingen volledig in elkaar op. Zij at haar borden niet leeg, en ik hield mijn gebruikelijke eetlust in toom. Niet omdat ik geen trek had – dat is me nog nooit gebeurd – maar omdat ik probeerde de regels waar Marcus steeds op hamerde in praktijk te brengen: niet naar mijn bord kijken, en niet alvast een hap naar mijn mond brengen als ik de vorige nog niet had doorgeslikt. Ik had het te druk met mezelf terwijl ik met mijn schoonheid praatte, en had geen tijd om te eten. Met de wijn hadden we minder problemen en met ieder glas lachten we meer. Rebecca, nu met verhitte wangen en een enigszins dubbele tong, werd wat losser. Miguel serveerde ons een aardbeientaartje, en met achterlating van een pot kruidenthee en wat likeurtjes op het buffet, ging hij er, zoals afgesproken, met Shakespeare vandoor.

Marcus zat nog altijd te spelen. Hij kon uren doorgaan, en verdween dan in een andere wereld waarover ik me verwonderde. Ik vroeg Rebecca ten dans op de tonen van 'Moon River'. In haar vrolijke roes zong ze de woorden mee terwijl ik haar rustig om haar as liet draaien voordat ik mijn armen om haar heen sloeg. Ik rook haar parfum, haar haren streken langs mijn kin, we zweefden op de klanken van de muziek, maar ik aarzelde nog. Niet meteen te ver gaan, maar ook niet uit lafheid de kans missen. Ik nam haar steviger in mijn armen. Omdat ze geen weerstand bood, fluisterde ik in haar oor: 'We hebben nog een weddenschap lopen.'

'Ik vroeg me al af wanneer je erover zou beginnen.'

'Nu,' zei ik, terwijl ik haar optilde.

Ik droeg Rebecca naar het bankje en nam haar op schoot. Haar hoofd lag tegen mijn schouder. Met mijn ene hand hief ik haar kin op, de andere legde ik in haar nek. Ik zag een vonkje in haar blik dat me verbaasde, een vonkje van angst. Ik wachtte, vlak bij haar, zonder me te bewegen. Ik voelde dat ze rilde. Ze snoof me lange tijd op met halfgesloten ogen, als een dier. Ik bleef op een centimeter afstand van haar lippen, terwijl de mijne in brand stonden. Ze sperde haar ogen wijd open. Ik zag geen spoor meer van angst. Haar violette irissen waren bijna verdwenen achter haar verwijde pupillen. Onder mijn vingers voelde ik het bloed in haar hals kloppen. Ik kuste haar. Zij was zo zacht, ik zo krachtig, zij zo meegaand, ik zo dwingend. Ik werd waarschijnlijk te opdringerig, want ze nam met een snelle beweging mijn onderlip tussen haar tanden, zonder te bijten, alleen als een waarschuwing, voordat ze me weer vrijliet. Ik deed het rustiger aan. Rebecca maakte zich even los. Ze kwam overeind, stond recht voor me en keek me aan. Haar blik en haar gezicht gloeiden. Ze ademde diep in en ging schrijlings op mijn schoot zitten. Ze drukte zonder enige schroom haar lichaam tegen me aan, en welvend en kronkelend kuste ze me terug.

DUITSLAND, 1945

Na vijf uur reizen liet Marthe de baby door niemand anders meer aanraken dan door Anke. Toen een conducteur op het station van Berlijn, die de kous grappig vond, het waagde deze geïmproviseerde muts van zijn hoofdje te trekken en de kleine Werner een aai over zijn bolletje te geven, greep Marthe zijn hand en beet erin tot bloedens toe. Dit veroorzaakte zo veel opschudding dat de twee vrouwen nauwelijks weg konden komen. Na een lange tijd wachten, waarin ze een stuk brood, de droge worsten en de bonen verorberden, konden ze instappen. Dit vervoermiddel bleek nog vermoeiender dan de vrachtwagen. Telkens stond de trein stil vanwege controles, versperringen op de rails of militaire divisies op de terugtocht. Op veertig kilometer van Peenemünde mochten ze niet verder. De weinige passagiers stapten uit op het verlaten station van Züssow en zagen vandaar hoe de wagons naar Berlijn weer vertrokken. Marthe besloot verder te gaan lopen. Ze hoopte een voertuig te vinden dat hen mee zou nemen naar de basis. Hun oren, neus, wangen, kin en vingers tintelden van de kou. Om de beurt droegen Anke en Marthe het kind op hun buik of hun rug in een stevig stuk net dat ze in de berm hadden gevonden. De kleine Werner, ingepakt in lappen, met Marthes sjaal en daarover nog een dikke trui, liet zich erin wiegen. De paar auto's die ze zagen reden allemaal naar het zuiden. Er passeerde een Volkswagen met twee soldaten erin die ze probeerden aan te houden om te vragen of ze contact konden opnemen met dokter Von Braun, en of iemand hen kon komen halen, maar de auto reed om hen heen, nageroepen door een scheldende Marthe. Ze liepen urenlang verder totdat al hun spieren pijn deden. Uiteindelijk ging Anke aan de kant van de weg zitten. Zo zaten ze daar, dicht tegen elkaar aan. De zon ging onder. Het begon zachtjes te regenen, maar ze hadden de kracht niet meer om een schuur te zoeken voor de nacht of desnoods een boom om onder te schuilen. Het was al bijna donker toen een oude boer hen meenam in een wagen met een paard ervoor dat even oud was als hijzelf. Toen zijn passagiers zeiden dat ze naar Peenemünde wilden, floot hij bedenkelijk.

'Daar zitten Ruskovs, dames, zeker weten dat jullie daarheen willen?'

'Ja, heel zeker,' antwoordde Marthe.

De oude man vertelde dat de kruidenierster van Mölschow nog een bestelwagentje had om boodschappen rond te brengen. Gretel, die sinds haar man was gemobiliseerd in haar eentje de zaak dreef, ontving hen hartelijk terwijl de oude man weer verder ging. Je kon in deze tijd 's nachts beter niet buiten zijn. Gretel had zich verschanst in haar huis.

'Ik doe de luiken niet meer open, zelfs niet overdag,' verklaarde ze.

Het was een rossige vrouw met een hartelijk poppengezicht, bleek, met twee rode konen. Haar wenkbrauwen vormden twee hoge boogjes, waardoor ze een verwonderde, bijna naïeve indruk maakte, hoewel ze een jaar of veertig was. Mölschow lag buiten de militaire basis, en daar wilde Marthe onmiddellijk heen. Hun gastvrouw keek haar meewarig aan. 'Jullie komen van ver, nietwaar?'

'Uit Dresden.'

Het noemen van de verwoeste stad zorgde voor een pijnlijke stilte in de keuken van de kruidenierster, waar de drie vrouwen zaten. Na enige tijd ging Gretel verder: 'Weten jullie dat iedereen weg is uit Peenemünde?'

'Hoezo, iedereen?' fluisterde Marthe.

'Al twee dagen lang hebben we tientallen legerauto's langs zien rijden en verschillende goederentreinen. Ze zijn naar het zuiden gestuurd, buiten het bereik van de Russen. Ze hebben alles meegenomen.'

'Nee, dat kan niet waar zijn!' riep Marthe uit.

'Ze hebben ons hier zonder enige bescherming achtergelaten, maar denk maar niet dat ik ze hun gang laat gaan,' zei Gretel, en ze wees naar twee karabijnen die op het buffet lagen.

Marthe dacht dat deze miezerige proppenschieters de kruidenierszaak niet lang zouden beschermen tegen de barbarij van de Russen, en Anke liet haar hoofd op haar armen zakken. De kleine Werner begon te huilen. Gretel wilde hem in haar armen nemen, maar voor ze de kans kreeg, greep Marthe in.

'Ik zorg voór hem,' zei de verpleegster vinnig.

Door haar dreigende toon deinsde hun gastvrouw terug. Sussend zei Gretel: 'Jullie moeten een beetje bijkomen. We gaan aan tafel. Ik maak de kamer van mijn broertje voor jullie in gereedheid en morgen neem ik jullie mee naar Peenemünde, als jullie willen. Jullie zullen zien dat ik niets te veel heb gezegd.'

'Maar waar zijn ze dan heen gegaan?'

'Naar de Alpen. Niemand mag het weten, maar iedereen weet het.'

Ze schepte maïssoep op, met een beetje ham en kool, en hielp hen daarna hun voeten te verzorgen; ze waste ze met warm water en groene zeep, smeerde ze in en deed er verband om. Die nacht toen de baby sliep en ze in één bed lagen, nam Marthe Anke in haar armen. De jonge vrouw rilde van de kou en van angst. Ze kalmeerde haar, zoals ze dat zo vaak bij Luisa had gedaan. Toen Ankes ademhaling regelmatiger werd, bleef Marthe wakker liggen. Ze dacht aan haar overleden schoonzuster. Het was nog maar twee dagen geleden. Een paar etmalen eerder was Luisa nog een warm lichaam, helemaal heel, levend. Marthe besefte het nog niet. Zo gauw ze niet meer in beweging en bezig was, werd ze overvallen door akelige beelden en gedachten. Anke zou vast ook spoken zien. Zoals Marthe aan Luisa dacht, dacht Anke steeds aan haar zoon, maar de twee vrouwen spraken er niet over. Zolang ze bezig waren met overleven, was er geen ruimte voor hun verdriet. In de loop van de nacht raakten hun armen, benen, handen en voeten in elkaar verstrengeld. Gesterkt door elkaars lichaamswarmte draaiden ze zich soms even om, maar meteen daarna zochten ze weer elkaars omarming. De kleine Werner werd op gezette tijden wakker, Anke stond dan op en voedde hem geroutineerd. Marthe verschoonde hem, en beide vrouwen stapten weer in bed en gingen als vanzelfsprekend dicht tegen elkaar aan liggen. Anke sliep weer in, maar Marthe kon de slaap nog niet vatten, totdat ze zo verstrikt raakte in haar droevige gedachten dat ook zij wegzakte in vergetelheid.

De volgende morgen sliepen Anke en Werner nog toen Marthe de slaapkamer uit liep. Ze liet een briefje achter. Met Gretel dronk ze een kop hete chicorei en at ze gulzig twee stukken brood met schapenkaas. Toen de vaat gedaan was, wilde haar gastvrouw haar wel naar de basis brengen. In ieder geval hield ze haar winkel dicht sinds de militairen en de wetenschappers de streek hadden verlaten. Het was te gevaarlijk. Ze stapten in haar bestelautootje. Aan de pook ontbrak de knop, maar die was vervangen door een stuk hout dat in de vorm van een bal was gesneden. Al snel doemde de Baltische zee op. Er was niemand bij de ingang van de basis, de slagboom was niet eens dicht. Het terrein was ontruimd. Er waren alleen nog sporen van een overhaast vertrek. Ze zag ijzeren veldflessen die volgestopt waren met half verbrande papieren. Stapels vernietigde situatieschetsen lagen op de grond en woeien bij iedere windvlaag een stukje verder. Overal slingerden persoonlijke bezittingen. De bureaus waren overhoopgehaald, en er lagen nog sneeuwkettingen en allerlei los gereedschap in afgekoppelde aanhangwagens. Het laatste konvooi met oorlogsmaterieel had de basis twee dagen eerder verlaten, vertelde de enige man die nog op het terrein was. Het was de oudste bewaker van de basis. Hij had zijn vrouw een paar weken daarvoor begraven en wilde niet dat zij 'helemaal alleen' achterbleef. Hij wachtte liever op de Russen en zijn dood. Hij nodigde Marthe en Gretel uit om een kop warme melk met suiker te drinken. Hij had nog een paar blikken geconcentreerde melk. Die konden ze net zo goed opmaken. De Russen zouden die in ieder geval niet in handen krijgen. Het was behaaglijk in zijn kleine huisje. Terwijl hun gastheer druk in de weer was, praatte Marthe in op de kruidenierster: Ze moesten in het bestelautootje stappen en zo snel mogelijk weg zien te komen, naar het zuiden. Gretel protesteerde hevig. Ze had niets te zoeken in de Alpen! En haar man dan, als hij terugkwam! En haar winkel! En haar voorraden! Als Marthe iets wilde bereiken, beschikte ze over bijzonder veel overtuigingskracht. Ze beschreef de onmenselijkheid van de Russen, hun meedogenloze aanvallen en de martelingen waaraan ze hun slachtoffers onderwierpen. De arme Gretel werd nog bleker dan ze al was. Ze stamelde 'mijn god' en nog een paar keer 'allejezus', en hijgde met haar hand op haar hart. Omdat Marthe voelde dat ze terrein won, deed ze er nog een schepje bovenop, waardoor ook de bewaker ging twijfelen. Hij leek te zwichten, maar vatte weer moed. Hij liet het graf van zijn vrouw onder geen beding achter, maar hoe naar het ook was, hij gaf de verpleegster groot gelijk dat ze Gretel wilde overhalen om te vluchten. Hij was bereid om te sterven, maar zij! Ze was net veertig, ze was kerngezond, en had nog een hele toekomst voor zich. Ze moest maken dat ze wegkwam. Een man kon nog rekenen op een nette dood. Een kogel en hop! Dan was het gebeurd. Maar Gretel, zo'n levenslustige vrouw als zij met dat prachtige haar, god mag weten wat die schoften met haar deden voordat ze haar doodschoten. De arme kruidenierster ging bijna van haar stokje, ondanks deze hartelijke complimenten. Haastig bedankte ze de bewaker en stapte in haar autootje, op de voet gevolgd door Marthe. Op de heenweg had Gretel rustig gereden, maar nu leek ze samen te vallen met haar voertuig, waarin ze met hoge snelheid over de landwegen scheurde. Ze praatte onafgebroken, alsof ze met woorden haar angst kon bezweren, vooral haar zorg over de voedselvoorraad en de brandstof. Ze had nog vijf jerrycans motorolie in de kelder, een kostbaar bezit in deze tijd van schaarste, maar niet genoeg om de Alpen te halen. Ze zouden onderweg moeten zien te tanken, maar met de vorderingen en de bombardementen was dat niet eenvoudig. Toen ze weer in Mölschow waren, vertelden ze Anke dat ze weggingen. Die leek vooral opgelucht dat ze niet gingen lopen. Na hun tocht van de vorige dag, deed iedere stap haar pijn. Gretel begon direct haar halve boedel in te laden. Marthe moest haar enthousiasme een beetje temperen.

'We hebben geen tijd en geen benzine.'

Gretel had er veel hartzeer van dat ze haar meubels achter moest laten, en haar trouwjurk, waar ze allang niet meer in kon, haar verzameling stuiverromans die ze nog van haar moeder had geërfd, haar elektrische grillpan, die ze van haar vader had gekregen voordat hij stierf, en haar prachtige verzameling porseleinen poppetjes. Maar ze wist haar reisgenoten ervan te overtuigen dat ze levensmiddelen mee moesten nemen, die ze als ruilmiddel konden gebruiken.

'Die koopwaar van je kan ons ook in de problemen brengen. We kunnen bestolen worden, of erger. Er worden tegenwoordig wel mensen om minder vermoord,' zei Marthe angstig.

Gretel wuifde haar bezwaren weg. Ze wist dan wel niet veel van de Russen en de gruweldaden waartoe ze in staat waren, maar als het om bestellingen ging, hoefden ze haar niets te vertellen. Haar wagen had een dubbele bodem en een verborgen ruimte achter het plafond. Nadat ze een paar keer overvallen was, had Gretel aan haar jongere broer, die een garage had, gevraagd om die voorzieningen aan te brengen. Dat was een paar weken voor hij naar het front was gestuurd.

'Een jongen nog,' zuchtte ze.

Ze wilde het hele verhaal vertellen, maar Marthe onderbrak haar met een boze blik. Ze beperkte het tot één zin: 'Toen ik hem weg zag gaan, draaide mijn maag om.'

Marthe duwde haar een stapel dekens in de armen. Het was nu niet het moment om medelijden te hebben. De belangrijkste bagage werd onder de twee onzichtbare luiken aan de voorkant van de wagen gestouwd: de benzine, een aantal kratten met flesjes bier, een kist met schnaps, een zak gedroogde vis en een zak aardappels, de twee hammen die bij de noodvoorraad hoorden, ingeblikte tomaten, boontjes, groenten in het zuur, bieten, artisjokken, suiker en haar laatste pakken biscuit. Achterin stopten ze nog zeep, kleren en een dekbed, sjaals en mutsen. Marthes beschrijvingen van de gruwelijke aanrandingen die haar te wachten stonden, hadden zo veel indruk op Gretel gemaakt dat ze onder haar jurk twee broeken van haar man aantrok. Ze smeekte haar reisgenotes hetzelfde te doen, en om geen tijd te verliezen met vruchteloze discussies, trokken Anke en Marthe ieder een paar lederhosen aan die Marthes echtgenoot had gedragen tijdens het jagen. Ze pakten ook hun wapenarsenaal in: de karabijnen, hun munitie en ieder een groot mes. Marthe wilde haar eigen mes, dat ze altijd onder haar rok droeg, bij zich houden. Ze had gedacht dat ze dat zou blijven doen tot ze zou horen dat Kasper dood was, maar daar was ze van teruggekomen. Toen ze op het punt stonden te vertrekken wilde Gretel nog een hengel meenemen. Anke voedde Werner. Marthe legde hem terug in zijn mand en ze gingen op weg.

Ze volgden het spoor van Von Braun. In de dorpen stopten ze om te vragen welke kant het konvooi op was gegaan. De massale verplaatsing van troepen en materieel was niet onopgemerkt gebleven, en ze kregen moeiteloos de nodige informatie. Gretel en Marthe wisselden elkaar af achter het stuur. Anke, die niet kon rijden, zorgde voor de baby. Werner gedroeg zich voorbeeldig. Alleen wanneer hij honger had, raakte hij uit zijn humeur. Als Anke hem niet onmiddellijk aan de borst legde als hij liet horen dat hij trek had, vulde hij de wagen met een onwaarschijnlijk gekrijs voor zo'n klein schepsel. De drie vrouwen vorderden zo snel als de oude motor het toeliet. Ze probeerden de versperringen te omzeilen, en als dat niet lukte, zat er niets anders op dan te onderhandelen. De spanning was dan te snijden. Ze hadden geen doorgangsbewijzen en moesten de controlerende officieren paaien met hun verhaal dat ze vluchtten voor de invasie en op weg waren naar hun mannen in het zuiden. Als ze de bestelbus hadden doorzocht zonder iets te vinden, toonden zelfs de botste militairen hun ware aard als Gretel hun haar 'laatste fles bier' aanbood, die ze tussen haar voeten had staan.

'Zo gaat het een stuk sneller dan met al die papieren,' zei de kruidenierster vrolijk.

Toen ze de eerste tweehonderd kilometer met horden vluchtelingen afgelegd hadden, werd het rustig op de weg. Ze meden de grote verkeersaders waar ze het risico liepen gebombardeerd te worden. Op de stukken weg tussen de versperringen voelden de reizigsters zich bijna toeristen. De eerste nacht sliepen ze in een lege schuur, lepeltje-lepeltje languit op de bodem van de auto, met hun geladen karabijnen binnen handbereik. De tweede nacht hielden ze zich schuil in een bos, waar Gretel de slaap niet kon vatten. Ze moest vreselijk nodig plassen, maar durfde de auto niet uit en lag te luisteren naar de geluiden in het bos, er vast van overtuigd dat ze alle drie door wilde beesten verslonden zouden worden. Toen ze ten slotte in slaap viel, droomde ze van weerwolven in het uniform van het Rode Leger die haar beide broeken naar beneden trokken om haar te onderwerpen aan talloze vernederingen, die ze in haar droom niet eens zo onplezierig vond. Toen ze de volgende morgen eindelijk in het kreupelhout een plas kon doen, bloosde ze nog van verwarring. De drie vrouwen gingen weer op weg. Ze ontsnapten ternauwernood aan een geweersalvo, waarvan ze de aanleiding niet begrepen. Een van de kogels vloog dwars door de carrosserie en doorboorde hun laatste jerrycan in de geheime berging. Ze probeerden te redden wat er te redden viel, maar over enkele tientallen kilometers zouden ze zonder benzine staan. Gretel werd zenuwachtig. Om te kunnen tanken bij een van de weinige tankstations die nog een vergunning hadden, moesten ze distributiebonnen hebben, en die hadden ze niet. Iemand verwees ze naar een van die pompen. Een jongen, die er leuk uitzag, weigerde hen te bedienen. Ze flirtten, probeerden hem te paaien, maar tevergeefs: geen bonnen, geen benzine. Gretel bedacht dat ze zich, als het echt nodig was, als er niets anders op zat, wel wilde opofferen om deze koppige jongen ter wille te zijn in ruil voor een jerrycan en dat zei ze hem ook, maar de jongen stopte liever de ham die Marthe uit de auto haalde in zijn zak. Het water liep hem in de mond bij de aanblik alleen al en hij verheugde zich op de blijdschap van zijn moeder als hij deze trofee binnenbracht. Hij was zo verguld met zijn buit en zo tevreden dat hij zijn principes overboord had gezet, dat hij zonder protest toezag hoe de drie vrouwen de tank van hun bestelwagen tot de rand toe volgooiden plus nog de vier jerrycans die ondanks de geweersalvo's gespaard waren gebleven. Twee dagen later, na weer een nacht in het bos, waarin in Gretels fantasie de weerwolven vervangen waren door scholieren die van wanten wisten, zagen de drie vriendinnen de blauwwitte Alpen voor zich opdoemen.

Marthe, Anke en Gretel speurden de streek af, maar van de wetenschappers geen spoor. Na vier dagen vruchteloos zoeken, hoorden ze waarom ze verdwenen waren. Er was een machtsstrijd uitgebroken in de top van wat er nog over was van het Reich. De groepen van Peenemünde waren uiteindelijk overgeplaatst naar het midden van het land, dicht bij Nordhausen, waar ze hun intrek hadden genomen in een constructiefabriek van de V2. Marthe wilde rechtsomkeert maken, maar ze begreep al snel dat deze tocht nu onmogelijk was. De kleine Werner had een bronchitis opgelopen, waardoor verder reizen met een baby van een paar dagen uitgesloten was. Marthe raakte in paniek. De koorts van het jongetje was uiterst zorgwekkend. Ogenschijnlijk behield ze haar kalmte, maar het idee alleen al dat deze infectie ernstiger kon worden, maakte haar radeloos. Ze zei dat ze onder geen beding verder konden reizen. Volgens geruchten die zich van dorp tot dorp verspreidden, was het einde nabij. Omdat ze niet verder konden en een dak boven hun hoofd moesten zoeken, namen de drie vrouwen hun intrek in herberg Kaiserhof in het dorp Oberammergau. Ze betrokken twee kamers en betaalden in natura. Gretel, die uitstekend kon koken, kwam naast de herbergierster achter het fornuis te staan. Marthe bediende in de eetzaal, en Anke deed niets behalve glimlachen tegen de gasten en op Werner passen als de verpleegster bezig was. Het ging niet goed met de kleine Werner. Marthe masseerde zijn borst grondig met een vette zalf van rozemarijn, klopte op zijn rug om hem te laten hoesten en slijm op te geven. Ze zorgde dat de koorts zakte door hem in een bad met warm water te doen en dat langzaam aan te lengen met koud water, en door aardappelschijfjes in een vochtige doek tegen zijn slapen te leggen. Werner krijste, stikte bijna, werd opnieuw driftig en sliep ten slotte in, uitgeput door zijn ziekte en de felheid waarmee hij zich tegen de behandeling verzette. Zijn toestand was vier dagen kritiek, daarna ging het beter tot grote opluchting van de gasten, die geen oog meer hadden dichtgedaan. De baby ging snel vooruit. Hij was nauwelijks hersteld of hij wond met zijn lachjes en leuke grimassen deze nieuwe omgeving al om zijn vinger.

'De kleine heeft een ongelooflijke weerstand,' merkte Gretel op.

'Hij is om op te vreten,' deed de herbergierster er een schepje bovenop.

Werner werd de mascotte van de herberg. Er verstreken vijf weken. De berichten die rondgingen waren weinig geruststellend, maar de vrouwen waren zo bezig dat ze hun zorgen vergaten. Niemands zat stil in herberg Kaiserhof; in dit idyllische skigebied was het tumult in de wereld ver weg. Op het platteland kon je goed leven. Marthe had haar zoektocht naar Johann voorlopig gestaakt. Ze bad God om hem te behoeden voor alle ongeluk, en ze smeekte hem zich ook over Werner te ontfermen. En voor deze ene keer leek de Almachtige haar gebed te verhoren.

Op een middag, toen ze klaar waren met hun werk voor het middagmaal, zaten Marthe, Gretel, Anke en de herbergierster in een hoek van de eetzaal. Tot haar verbijstering zag de verpleegster het forse, maar toch jeugdige silhouet van Von Braun binnenkomen. De ingenieur droeg een bruine leren jas, die niet verhulde dat zijn linkerschouder en zijn arm in het gips zaten. Ze wisselden een blik.

'Marthe! Eindelijk!' riep Von Braun, en hij vloog haar om de hals. 'Wat een opluchting! Na al het verschrikkelijke nieuws over Dresden was ik zo vreselijk ongerust, en toen hoorde ik dat er drie vrouwen met een kind rondzwierven, die overal in de omgeving naar mij vroegen en naar Johann Zilch. Ik zie Luisa niet.'

Marthes van verdriet vertrokken gezicht sprak boekdelen. Von Braun bleef even zwijgend staan, tot het langzaam tot hem doordrong en hij zich naast haar op de bank liet zakken.

'Bij de bombardementen?'

'Ja.'

'En het kind?'

'Dat is hier,' zei Marthe, en ze pakte de baby uit Ankes armen om hem aan Von Braun te laten zien. 'Hij heet Werner.'

De ingenieur bekeek hem aandachtig en zei ontroerd: 'Luisa wilde dat ik zijn peetoom zou zijn.'

Hij probeerde het kind met zijn vrije arm op te tillen. Marthe keek weg. Von Braun voelde zich ongemakkelijk en kon alleen het voetje van de baby tussen twee vingers nemen, tot ongenoegen van de verpleegster, die zich realiseerde dat ze hem als toekomstig peetoom dit recht niet kon weigeren. De ingenieur keek aandachtig naar het nieuwe leven, dat hier zo druk lag te bewegen.

'Arme Johann, arme vriend,' zuchtte hij met een frons in zijn voorhoofd. 'Hij is er al zo beroerd aan toe.'

'Wat is er gebeurd?'

'Zijn bewakers hebben hem half doodgeslagen. Althans, dat dachten we toen we hem vonden. Ik heb dat niet in het telegram willen zetten om Luisa niet te laten schrikken. Hij herstelt heel langzaam. Zijn geheugen is aangetast.'

'Hoe ernstig?'

'Hij herinnert zich hele stukken van ons onderzoek niet, en ook niet de gebeurtenissen van de afgelopen jaren. Het is of zijn leven vijf jaar geleden tot stilstand is gekomen. Op het moment van zijn huwelijk.' Toen Marthe niets terugzei, bekende Von Braun: 'Ik rekende op Luisa om hem te helpen.' Hij slaakte weer een diepe zucht: 'Zo'n mooi stel, dat zo veel van elkaar hield, en nu dit kindje! Het is verschrikkelijk!'

Ontdaan vroeg hij om een schnaps aan de bazin. Zonder vragen bestelde hij ook een rondje voor de anderen aan de tafel. Hij informeerde naar de expeditie van de drie vrouwen en vond het een wonder dat ze heelhuids in Beieren waren aangekomen.

'Als ik bedenk wat jullie allemaal mee hebben gemaakt!' riep de ingenieur uit.

Hij leegde zijn glas, zichtbaar van streek, en bestelde er nog een.

'En u?' vroeg Marthe, en ze wees op het gips om de arm en schouder van de wetenschapper.

'Een auto-ongeluk, niet lang na de evacuatie van Peenemünde. We hadden de hele nacht doorgereden. Mijn chauffeur was in slaap gevallen. We hebben nog geluk gehad dat we het er levend af hebben gebracht.'

'Waarom zijn jullie weggegaan uit Nordhausen?' vroeg Marthe verbaasd. 'Ik dacht dat jullie naar de v2-fabriek daar waren gegaan.'

'Drie dagen geleden moest het hele wetenschappelijk comité op bevel van generaal Kammler de basis verlaten. Telkens weer werden we overgeplaatst.' Hij boog zich naar Marthe en fluisterde, terwijl hij behoedzaam om zich heen keek: 'Ik denk dat Kammler ons vooral in de buurt wil hebben voor als het misgaat. Wij vormen zijn levensverzekering.'

Sinds de arrestatie van Johann bleef Von Braun op zijn hoede. Eén verkeerd woord kon hem duur komen te staan. De verpleegster keek hem begripvol aan.

'Marthe, wat ik je wilde zeggen over Kasper… Heb je mijn telegram ontvangen?'

'Ja, dat heb ik ontvangen,' zei ze met een effen gezicht.

'Het spijt me.'

'Mij niet,' antwoordde de verpleegster. 'Ik haatte hem en u mocht hem ook niet. Door zijn toedoen heeft Johann zo lang vastgezeten, dus door hem is Luisa nu dood, en dan heb ik het nog niet eens over wat hij mij heeft aangedaan. Er vallen in deze oorlog miljoenen levens te betreuren, maar niet dat van Kasper Zilch, gelooft u mij maar.'

Von Braun was getroffen door Marthes hardheid. Hoewel hij al jaren met Johann omging, had hij niet in de gaten gehad hoe sterk de haatgevoelens waren tussen de twee broers. Hij wist niet waartoe Kasper in staat was en kon niet geloven dat hij opzettelijk de zaak van zijn gevangengenomen broer had benadeeld. Geraakt door Marthes felheid leegde hij zijn glas in één teug en stond op.

'Kom, ik breng jullie erheen. Het is maar een paar kilometer hiervandaan.'

Hij rekende af en stak een sigaret op. Anke en Marthe hoefden weinig mee te nemen. Gretel bleef liever in de herberg. Ze wilde de herbergierster niet in de steek laten bij de avondmaaltijd. De drie vrouwen omhelsden elkaar bij het afscheid. Zelfs Marthe leek aangedaan. In deze roerige tijden betekende een tot ziens dikwijls een afscheid voorgoed. De Mercedes van Von Braun stond al te wachten voor de herberg. Met hulp van de chauffeur trok Von Braun zijn zware leren jas uit. Met een schok zag Marthe dat hij het ss-uniform droeg en zelfs het Kruis voor Oorlogsverdienste dat Hitler hem een paar maanden geleden had uitgereikt. De verpleegster begreep er niets van, want Von Braun had zijn antipathie tegen de handlangers van Himmler nooit onder stoelen of banken gestoken. Met een strak gezicht ging ze naast hem zitten met de baby. Anke zat voorin.

Op die aprilavond in 1945 namen Marthe, Anke en de kleine Werner Zilch hun intrek in hotel Haus Ingeborg, een gerieflijk etablissement dat verscholen lag in de Beierse Alpen, vlak bij de oude grens met Oostenrijk. De knapste koppen van de Tweede Wereldoorlog hadden het al snel tot hun vaste verblijfplaats gemaakt. Von Braun eiste twee kamers naast elkaar voor Marthe en Anke. Het sprak vanzelf dat de baby bij zijn tante zou slapen. Marthe wilde Werner zo gauw mogelijk aan zijn vader laten zien, maar ze was ook een beetje nerveus. Ze dacht dat Luisa het zo zou hebben gewild, natuurlijk, maar ze vreesde dat Johann het kind niet wilde houden. Werner sliep met gebalde knuistjes. Het was tijd voor de siësta en Marthe wilde eerst gaan kijken hoe haar zwager het maakte en daarna pas de baby aan hem laten zien. Ze liet Werner bij Anke achter en volgde Von Braun. Het hotel was helemaal van hout en onoverzichtelijk ingedeeld. Ze daalden de trappen af, liepen een lange gang door met aan de muren een verzameling koekoeksklokken, daarna klommen ze weer een paar treden op en sloegen een andere gang in. Twee ingenieurs uit de groep die ze tegenkwamen, verwelkomden Marthe hartelijk. Een van hen was een verlegen, onhandige vrijgezel die naar de naam Friedrich luisterde en een zwak had gehad voor de verpleegster toen ze ooit een paar maanden bij Luisa en Johann had doorgebracht. Luisa had Marthe aangemoedigd om op Friedrichs avances in te gaan, maar zijn verleidingskunsten waren omgekeerd evenredig met zijn hersencapaciteit. Hij was zichtbaar gelukkig om haar terug te zien.

Von Braun bracht haar naar het terras van het hotel. Toen ze Johann zag staan, sloeg het hart van de verpleegster een slag over. Hij leunde over de reling met zijn rug naar haar toe. Zijn rechterenkel en kuit zaten in het gips. Zijn haar was kortgeschoren om zijn hoofdwonden te kunnen behandelen. Hij hield een sigaret tussen zijn wijs- en middelvinger en rookte achteloos. Toen Von Braun Johann riep, draaide hij zich om. Hij had een verband op zijn linkeroog en glimlachte toen hij Von Braun zag. Hij miste twee tanden. De ingenieur liep naar hem toe.

'Johann, ken je Marthe nog?'

'Natuurlijk,' zei hij met een verwilderde blik. 'Dag mevrouw,' begroette hij haar met schorre stem, en hij stak zijn hand uit.

'Je mag haar wel een kus geven, Johann, kom, het is je schoonzuster!'

Toen Johann zich gehoorzaam naar haar toe boog, deinsde Marthe terug en bekeek hem argwanend. Ze werd plotseling bang. Johann glimlachte een beetje afwezig en strekte zijn armen naar haar uit.

'Dat is geweldig, hij herkent je,' mompelde Von Braun. 'Ik wist wel dat het weerzien hem goed zou doen. En dan heeft hij de kleine Werner nog niet eens gezien!'

Von Braun duwde Marthe in de armen van haar zwager. Ze omhelsden elkaar stevig, tot de wetenschapper hen allebei vriendelijk op de rug tikte.

'Marthe, ga Werner maar halen. Hij moet zijn vader zien.'

MANHATTAN, 1969

Mijn engel was een vrouw. Een explosie van tegenstrijdigheden die me in vuur en vlam zette. Rebecca was heerszuchtig en gedwee, zacht en hartstochtelijk, en ze gaf zich over zonder enige terughoudendheid, zonder enige berekening. In de limousine die ons naar hotel Pierre reed, waar ik voor die nacht een kamer had gereserveerd, knoopte ik haar blouse open en drukte mijn gezicht in de zijdezachte glooiingen van haar hals en haar borsten. Ze schonk geen enkele aandacht aan de chauffeur, die angstvallig vermeed in de achteruitkijkspiegel te kijken en haar gezucht niet leek te horen. Ze gaf zich over aan mijn strelingen, leunend tegen het portier. Haar ogen waren half gesloten, haar blik was glazig. Ze omklemde me stevig met haar armen. Haar huid had een amberachtige geur die me bedwelmde. Toen ik mijn hand in haar jongensbroek liet glijden voelde ik haar groeiende begeerte door het katoen van haar slipje. Deze aanraking maakte me gek. Ik was bezig haar uit te kleden, toen de auto afremde. We waren er. Ik knoopte haar blouse weer dicht over haar borst, die snel op en neer ging. Ik trok haar stropdas, die bijna loshing, strakker terwijl ik haar opnieuw kuste. We stapten uit. Rebecca's haar zat in de war, haar lippen waren rood en haar ogen wazig. Ik droeg mijn jasje over mijn arm om mijn aanzienlijke erectie te maskeren terwijl we door de lobby liepen. De sleutel van de kamer had ik voor het etentje al opgehaald. Mocht ik die avond geluk hebben, dan wilde ik niet dat het enthousiasme van mijn schoonheid zou bekoelen tijdens het altijd ongemakkelijke wachten en het vervullen van de formaliteiten bij de receptie. Ik leidde haar naar de liften. Ze leek weer bij zinnen te komen.

'Je had alles al gepland,' zei ze glimlachend terwijl de liftbediende op de knop van de vijfde etage drukte.

Rebecca trok zich even terug in de badkamer. Ik hoorde haar de kranen van het bad en de wastafel opendraaien. Ik moest glimlachen om die discretie. Toen ze naar buiten kwam, pakte ik haar meteen weer vast. Ze moest lachen en zei: 'Maak je geen zorgen, ik verander niet van gedachten.'

'Dat weet je maar nooit!' wierp ik tegen terwijl ik haar naar het bed trok.

Ik trok haar jasje, blouse en beha uit, en ontblootte zo eindelijk haar ronde borsten, waarvan de perfect gecentreerde, kleine roze tepels me recht aanstaarden. Ondanks haar tengere postuur straalde ze een haast dierlijke kracht uit. Ik deed haar riem los en trok haar broek uit. Ik nam de tijd om haar te bewonderen, zo bijna naakt, terwijl ikzelf nog aangekleed was. Geknield op het bed kuste ik haar voet, het eerste lichaamsdeel waardoor ik me tot haar aangetrokken had gevoeld. Rebecca trok hem terug met een sierlijke schaarbeweging van haar benen zodat ik in een flits een glimp opving van haar gezwollen geslacht. Ze wilde overeind komen. Met mijn hand op haar maag duwde ik haar gewoon weer terug. Ik gleed langzaam met mijn handpalm over haar buik naar beneden en ontdeed haar van haar laatste kledingstuk. Ik werd betoverd door haar blonde donsje. Het leek wel alsof de zachte, steile haartjes gekamd waren. Het was haast heiligschennis om haar aan te raken. Koortsachtig liet ze zich bekijken, en vervolgens met mijn vinger penetreren. Rebecca toonde zich gretig of terughoudend, afhankelijk van de manier waarop ik het landschap van haar genot verkende. Ze daagde me uit met speciale verzoeken, maar het vervullen van haar verlangens werd beloond. Ze gaf zich volkomen over. Ze accepteerde dat ik haar liet genieten zonder zich af te vragen wat ik van haar vond. Ik voelde me steeds meer op mijn gemak. Rebecca was ongelooflijk reactief en ongelooflijk zelfzuchtig. Ze vond het heerlijk als ik haar stevig vastpakte, streelde en betastte, maar bij mij probeerde ze niets. Ze was wel volgzaam. Toen ik haar hand pakte en op mijn geslacht legde, wist ze daar wel raad mee. Haar vaardigheid maakte me jaloers. Ik wilde niet weten wat ze had geleerd of gedaan met anderen. Ik wilde dat ze mijn geslacht in haar mond nam, maar ik wist niet zeker of ik me kon inhouden. Ik nam het heft weer in handen. Ik verkende haar lichaam met mijn lippen en vingers, bleef hangen in de holte van haar lies, en daarna aan de binnenkant van haar dijbeen. Ze kromde haar rug terwijl ze met twee handen in mijn haar greep. Ze zei dat ik haar moest nemen. Haar woorden, duidelijk en direct, resoneerden in de stille kamer. Ik voerde een verbeten strijd met mezelf. Ik gaf gehoor aan haar wens en wantrouwde de mijne. De aanblik van haar enkels, terwijl ze zich liggend op haar rug met opgetrokken knieën aan me overgaf. Een hartstochtelijke blik die ze me toewierp toen ik bij haar binnendrong. Zij op mij, met haar blonde krullen die haar omhulden als een stola en mijn knieën streelden toen ze achteroverhing. Haar huid toen ik mijn hand in haar nek legde. Ik probeerde te denken aan een duik in zee, aan sneeuw en ijs om mijn vuur te blussen, maar net als zij zat ik in een kettingreactie die ons meevoerde en lange tijd later uitgeput en voldaan achterliet.

Vanaf die eerste nacht begon ons leven samen. Na de liefdesdaad kroop ze tegen me aan. Met andere meisjes kreeg ik het benauwd zodra de lust bevredigd was. Ik wilde best met ze slapen, maar niet dat ze tegen me aan kwamen liggen of hun been op me lieten rusten. Maar toen Rebecca haar voet in mijn gebogen knieholte legde en haar arm om me heen sloeg, vond ik dat charmant. Haar haren kriebelden tegen mijn kin, maar het stoorde me niet. Ze dacht er niet over om naar huis te gaan. Het kwam niet bij haar op dat we apart konden slapen terwijl we net de liefde hadden bedreven. De plotselinge verdraagzaamheid die ik voelde bij haar aanraking verwarde me. Ze had iets verbijsterend vanzelfsprekends. Na een lange liefkozing draaide ze zich op haar zij, omarmde haar kussen met net zo veel tederheid als mij kort daarvoor, en mompelde 'welterusten' zoals je een bediende van zijn taak ontslaat. Ze gaf zich meteen vol vertrouwen over. Ik keek naar haar, gefascineerd door het feit dat ze daar vlak naast me lag, zo levend en toegankelijk. Ik was jaloers op haar dromen, op de afstand die ze tussen ons creëerden, maar ik durfde haar niet aan te raken. Rebecca zag er kinderlijk en geconcentreerd uit, alsof ze met iets heel belangrijks bezig was. Haar ademhaling was nauwelijks hoorbaar. Ik vond haar ongelooflijk mooi.

Toen ik de volgende ochtend opstond en ging douchen verroerde ze zich niet. Ook niet toen ik op zoek ging naar mijn onderbroek en kleren die verspreid rond het bed lagen. Ik begon me beledigd te voelen door haar onverschilligheid. Ik deed de kamerdeur open, pakte de krant van de mat en vouwde die luidruchtig open. Ik las hem van voor naar achter, maar mijn schoonheid meldde zich niet. Het was allang licht toen ik naast haar kroop en haar naam riep terwijl ik met een vinger over haar wang streek. Ze deed verstoord haar ogen open, keek me met een wazige blik aan en glimlachte terwijl ze haar armen naar me uitstrekte. Ik omhelsde haar.

'Ik moet gaan.'

Ze rook lekker en ze gloeide.

'Waarheen?' vroeg ze terwijl ze verontwaardigd overeind kwam. 'We hebben niet eens ontbeten.'

'Bestel maar wat.'

'Nee, je moet blijven.'

Ik vond haar felle toon vermakelijk. Ik kroelde door haar haren.

'Bent u niet een tikkeltje bazig, jongedame?'

'Blijf alsjeblieft. Ontbijten is belangrijk. Je kunt niet zomaar aan de dag beginnen. Er moet een overgang zijn. Ik haat het om abrupt met de werkelijkheid geconfronteerd te worden.'

'Een prinsesje,' zei ik glimlachend. 'Ze hadden me gewaarschuwd.'

'Wie zijn "ze"?' vroeg ze terwijl ze me tegen zich aan trok.

'Alle gebroken harten die je hebt achtergelaten.'

'Volgens mij doe jij wat dat betreft niet voor me onder.'

'Zo, heb je inlichtingen ingewonnen?'

Ze glimlachte even en pakte de kaart van de roomservice. Die bestudeerde ze zoals een belegger de beurskoersen analyseert.

'Wat wil jij?' vroeg ik terwijl ik de hoorn van de haak pakte.

De prinses had honger als een wolf, net als ik. Ze bestelde een continental breakfast met zoete broodjes, boterhammen, roerei met zalm, fruitsalade, koffie met melk, jus d'orange en yoghurt. Ik nam hetzelfde met nog een portie gebakken aardappels erbij. We stortten ons vol overgave op het eten. Ik knoeide van alles op de lakens. Rebecca woonde, zoals de meeste kunstenaars, al jaren in bed en liet nog geen kruimeltje naast haar blad vallen. Na dit copieuze ontbijt vielen we in slaap, waarna ik zin in haar kreeg, en zij in mij, wat ons weer slaperig maakte. Toen we wakker werden, hadden we honger. We gingen ergens lunchen, waar logischerwijs een siësta op zou volgen, maar de logica had hier niet het laatste woord. Rebecca moest zich verkleden om te gaan werken. Ik moest eerst werken en me dan verkleden. Ik had besloten de kamer voor het weekend aan te houden, en we zouden elkaar daar 's avonds weer zien. In dit ritme leefden we nog twee dagen. We waren onvermoeibaar. Ik maakte me alleen zorgen over de financiën. Rebecca, die gewend was dat geld nooit een probleem was, liet me alles betalen zonder daarvoor zelfs te bedanken. Uiteindelijk kwam het moment dat de hotelrekening voldaan moest worden. Dankzij wat nieuwe kunstgrepen, en het verpanden van Marcus' manchetknopen, had ik genoeg geld bij elkaar gesprokkeld om de gepeperde rekening te betalen, maar we konden niet langer in het hotel blijven. Ik was bang dat Rebecca teleurgesteld zou zijn als ik haar meenam naar ons huis. Het piepkleine appartement, voor de helft ingericht als kantoor, dat ik deelde met Marcus en Shakespeare leek me voor haar niet chic genoeg.

Ik kon niet bij haar ouders aan komen zetten, maar ik had absoluut geen zin om afscheid van haar te nemen. Ik had het gevoel dat ze in een moment van onoplettendheid om de hoek van de straat zou kunnen verdwijnen, en was daar vooral zo bang voor omdat ik had gezien hoe verleidelijk ze kon zijn. Ze leek zich er niet van bewust, maar ze deed de hele dag niets dan behagen. Ze luisterde met grote ogen en een verrukte blik naar de meest onbeduidende mededelingen van de meest onbeduidende personen. Ze ging door het leven met een mengeling van onschuld en zelfzucht die me verontrustte en fascineerde. Ze leek te worden overstelpt met geschenken en gunsten. Zodra ze ergens verscheen, waren de blikken op haar gericht. Zelf bleef ik ook niet onopgemerkt. Ik vond de bewondering die ons ten deel viel prettig, maar ik was wantrouwig vanwege de begeerte die Rebecca ongetwijfeld zou oproepen zodra ik me had omgedraaid. Het liefst had ik haar onder een stolp gezet om haar te beschermen tegen de invloeden van de tijd, het weer, en haar voor mijzelf te houden. Omdat ik op zondag geen extra nacht meer kon betalen, beweerde ik dat ik op maandag al vroeg een afspraak had staan. We omhelsden elkaar op straat, een beetje uit het zicht, een paar huizen bij haar ouders vandaan. Ik wilde haar vragen wanneer ik haar weer zou zien. Ik denk dat die vraag ook op haar lippen brandde, maar we waren te trots om hem te stellen. Ik liet haar gaan. Ze wilde niet dat ik haar tot de voordeur bracht.

BEIERSE ALPEN, 1945

Marthe weigerde met de smoes dat het kind sliep. De volgende dag zei ze dat hij ziek was, en de dag erop weer. Von Braun bleef aandringen. Hij eiste Werner te zien, en toen ze hem ging halen nam hij hem zomaar op zijn gezonde arm om hem persoonlijk naar Johann te brengen. Marthe probeerde in te grijpen, de wetenschapper werd kwaad. Het was belachelijk dat ze deed alsof het haar baby was. Hij begreep dat ze zich zorgen maakte over Johanns toestand, en ook dat ze het kind nog niet aan hem wilde overdragen, maar Johann bleef nu eenmaal Werners vader, zij was maar zijn tante, en dan nog wel aangetrouwd, ze kon met geen mogelijkheid verhinderen dat ze elkaar leerden kennen. Ze hadden weken in te halen, ze moesten een band krijgen, en dat zou zeker niet gebeuren als ze hem weghield.

'Het is gevaarlijk. Johann is niet in zijn gewone doen en Werner is te klein,' protesteerde Marthe.

'En ik dan, zelfs aan mij wil je hem niet geven! Dat heb ik wel gemerkt in de herberg. Ben ik ook gevaarlijk?'

'U hebt een gebroken arm, ik was bang dat u hem zou laten vallen,' stamelde ze.

'Welnee, je ziet toch dat het me goed afgaat.'

Ze moest inderdaad toegeven dat Werner, die languit op de arm van de wetenschapper lag, als een welpje op een tak met zijn hoofdje een beetje scheef in zijn grote hand, er niet ongelukkig uitzag.

'Wat u betreft heb ik me vergist, dat moet ik toegeven, maar Johann is een ander verhaal,' probeerde de verpleegster nog.

Von Braun verloor zijn geduld.

'Ik snap het niet, wat verwijt je Johann toch? Je bent buitengewoon ondankbaar. Je wilde maar al te graag bij hem wonen toen je bij je man weg was!'

'U begrijpt er helemaal niets van.'

'Hij is beschadigd door zijn gevangenschap en alles wat hij heeft doorgemaakt, dat zal ik niet ontkennen, maar je moet hem de tijd gunnen om te herstellen, weer op krachten te komen. Ik kan alleen maar vermoeden wat hij allemaal heeft moeten doorstaan, en daar krijg ik al koude rillingen van. Een beetje medeleven, Marthe! Het verbaast me, het stoort me zelfs, dat een vrouw als jij, een verpleegster nota bene, niet een beetje aardiger is tegen deze arme man.'

De protesten van de jonge vrouw konden de wetenschapper niet vermurwen. Hij was razend. 'Marthe, als je echt denkt dat mijn hele groep zich tegen dit kind keert, dan kun je beter vertrekken. Ik kan je onmogelijk tegenhouden, maar mijn petekind krijg je niet mee.'

Marthe deed of ze zich erbij neerlegde. Er was geen sprake van dat ze Werner achter zou laten, en Von Braun hield haar in de gaten. Hij had de ss'ers die het hotel dreven verboden haar alleen met het kind naar buiten te laten gaan, en voor alle zekerheid had hij zijn chauffeur, Günther, gevraagd haar gangen na te gaan. Vanaf die avond kon ze geen stap zetten zonder dat die dikke veertiger met haar meeliep. Zijn nederige dienaar Friedrich week ook niet van haar zijde. Omdat ze haar begeleiders niet van zich af kon schudden, gebruikte ze hen maar als slaafjes. Ze droegen haar spullen, haalden thee voor haar en bij het minste vlaagje tocht haar trui, of ze riepen Anke als het tijd was voor de borst. Friedrich had een uitzonderlijk fotografisch geheugen, maar bij het kaarten lieten ze haar toch winnen uit angst dat ze niet tegen haar verlies kon. Urenlang wiegden ze Werners mandje en als de baby huilde zongen ze op last van de verpleegster een canon. Marthe werd dus uitstekend behandeld, maar zodra ze Werner in haar armen had, was ze gewoon een gevangene.

Johann hield zich afzijdig. Von Braun probeerde belangstelling voor zijn zoon bij hem te wekken, maar zodra hij in zijn buurt kwam, huilde het jongetje. De mishandelingen die Johann had moeten verduren hadden zijn persoonlijkheid en gevoelsleven aangetast. Hij deed wat zijn baas en vriend hem vroeg. Met de andere leden van de groep sprak hij hoffelijk maar gereserveerd, hij was er met zijn hoofd niet bij. Zijn dagen bracht hij op het terras van het hotel door met roken en in de verte staren. Von Braun, die een optimistische aard had, dacht dat het op den duur wel goed zou komen.

Marthe sliep niet meer. Iedere avond sloot ze de luiken van haar slaapkamer, deed de deur op slot en trok de ladekast ervoor zodat er niemand naar binnen kon. Werners wieg had ze tussen haar bed en de muur gezet, zo ver mogelijk van het raam. Ieder half uur werd ze wakker en tastte naar het mes onder haar kussen. Anke was de eerste om de houding van haar vriendin te veroordelen. De voedster had zich meteen geschikt onder het nieuwe gezag en leek tot alles bereid om het Von Braun en zijn mannen naar de zin te maken. Ze roddelde met de andere vrouwen van de groep over 'Marthes uiterst kwalijke gedrag'. De echtgenotes van de wetenschappers hadden algauw laten merken aan welke kant ze stonden. Anke had het voordeel dat ze onderdanig en getrouwd was, terwijl Marthe als weduwe vrij en onvoorspelbaar bleef. Tegenover de eerste gedroegen ze zich uit de hoogte, tegenover de laatste vijandig. Marthes karakter en vooral het feit dat ze geen man had, hadden direct hun antipathie gewekt. De vrouwen die haar nog kenden uit de tijd dat ze bij Johann woonde, herinnerden zich haar als een onvriendelijk mens. Om nog maar te zwijgen over de situatie van Luisa, die wel blind leek aangezien ze haar schoonzuster zo om haar man liet rondhangen. Je hoefde maar te zien hoe Friedrich haar aanbad om te begrijpen waartoe deze intrigante allemaal in staat was. O ja, ze kenden die verleidsters wel, ze zagen er niet uit, je zag ze niet als bedreiging, maar ze pikten de fatsoenlijkste en degelijkste huisvaders af. Anke was het roerend met hen eens en beklaagde zich over wat Marthe haar had aangedaan. Ze deed een boekje open over haar autoritaire gedrag en haar egoïsme. Ze klaagde over haar lot, en als het maar even kon trok ze haar schoenen uit om haar kapotte voeten te laten zien. 'Kijk maar wat ik ervoor terug heb gekregen. Zonder mij zou Werner het niet hebben overleefd, en reken maar dat het moeilijk was om die kleine te voeden, zo kort nadat mijn lieve, kleine Thomasje was gaan hemelen.'

De vrouwen deden er nog een schepje bovenop: wat een gemeen mens, die vreselijke Marthe; het sierde Anke dat ze zich met zo veel geestkracht had opgeofferd. De vrouwen wisselden kuise, vastbesloten en huilerige blikken. Ze genoten van hun eigen grootmoedigheid, hun fatsoen en hun gedeelde smart. Zoals iedereen die graag ergens bij wil horen, sloofde Anke zich uit en maakte misbruik van de borstvoedingen om Werner naar beneden te halen, naar Johann, die hem onhandig kietelde voordat Marthe de kleine woedend kwam opeisen.

Afgezien van deze spanning en het zwaard van Damocles dat de ss'ers boven hun kostbare neuronen lieten hangen, leefden de wetenschappers in een onwaarschijnlijke vakantiesfeer. Terwijl het Duitsland dat zij hadden gekend steeds verder op zijn retour raakte, brachten zij hun dagen door met kaarten en schaken. Ze luisterden naar de radio of zaten op het terras van het hotel. Ze keken naar de besneeuwde Alpen en genoten van een stralende lentezon. Het ontbrak hun aan niets, maar ze beseften heel goed dat hun lot en dat van de wereld ergens aan hun voeten bezegeld zou worden. Zodra ze alleen waren, ging het steeds over de beste manier om de ss'ers ertoe te bewegen zich over te geven – in plaats van de vijand te verslaan – en anders zaten ze de kansen te berekenen welke vijand hen als eerste zou vinden. Samen met de Engelsen en de Fransen zaten de Amerikanen in het westen en zuiden, de Sovjettroepen verder naar het oosten. Door alle partijen werd er actief naar hen gezocht. Natuurlijk wisten de wetenschappers niet dat hun namen hoog op de bijgewerkte lijst van de Britse inlichtingendiensten stonden om zo de knappe koppen van het Reich te identificeren en op te pakken voordat de Sovjet-Unie, die toen als vijand werd beschouwd, hen in handen zou krijgen, maar iedereen had gehoord over kameraden die van de ene op de andere dag waren verdwenen en nooit meer waren teruggezien. De geheim agenten die heel Duitsland uitkamden om Von Braun, Johann Zilch en hun collega's te arresteren hadden geen idee dat degenen die ze zochten maar een paar kilometer verderop zaten.

Laat in de nacht van 1 mei 1945 zat de kleine groep in de blauwe salon Jägermeister te drinken en te luisteren naar de zevende symfonie van Anton Brückner, toen de radio plotseling het muziekprogramma onderbrak om de dood van de Führer bekend te maken. De wetenschappers en hun echtgenotes sprongen op en gingen rond het toestel staan. Met trillende stem verkondigde de omroeper dat Adolf Hitler was omgekomen in de strijd, na een hevig gevecht tegen horden bolsjewieken op de puinhopen van Berlijn. Het was een enorme schok. Hoewel ze al weken hadden gesmeekt dat hun wensen verhoord zouden worden, duizelde het ze van onzekerheid. Sommigen waren verheugd, maar zij werden flink afgesnauwd door de legitimisten. Het was onvaderlandslievend. Anke barstte in tranen uit. Ze voelde zich verweesd, in de steek gelaten en ze treurde over de dood van hun leider.

Andere vrouwen huilden mee uit angst voor wat hun te wachten zou staan. Toen Marthe in bed lag, hoorde ze Anke door de wand van haar slaapkamer heen nog een tijd liggen jammeren, maar dit keer had ze geen zin om haar te gaan troosten. De laatste weken had ze haar ware aard getoond. Er werd vaak gedacht dat verlegen, onopvallende mensen aardig waren, maar ze bleken gewoon zwak. Ze slachtten je bij de minste gelegenheid af om hun eigen middelmatigheid te wreken. Gelukkig had Werner Anke niet meer nodig. Hij at nu gehakt, puree en compote. Marthe wilde zo ver mogelijk weg van dit land en dit verleden. Ze wilde met een schone lei beginnen, ergens anders een beter bestaan opbouwen. Ze moest alleen nog een manier vinden om weg te komen, een probleem dat haar, net als de andere bewoners van het hotel, een groot deel van de nacht uit haar slaap hield. Op de bovenverdieping dacht Von Braun na over de beste strategie voor hem en zijn groep, en over zijn dromen over een ruimteraket die nu gedwarsboomd werden. Zijn hersens werkten koortsachtig, het maakte niet uit of hij plat op zijn rug lag met zijn gipsarm recht vooruit, of op de rand van zijn bed zat, of door de kamer ijsbeerde. Hij wond zich op, rookte drie pakjes sigaretten per dag en ontwikkelde het dubbele aantal ideeën, voordat hij eindelijk tot de beslissing kwam die zo voor de hand lag.

De volgende dag riep hij zijn mannen bijeen. De tijd drong. Hitlers dood had hem bevrijd van zijn laatste scrupules en de bewaking functioneerde vrijwel niet meer. In de eerste plaats moesten ze zorgen dat ze niet in handen van de Sovjets vielen. De verhalen van Duitse gevangenen over martelingen door de Russen hadden zo veel indruk op deze wetenschappers gemaakt, terwijl de gruwelijke dwangarbeid in hun eigen fabriek in Mittelbau-Dora – waar de slaven bij duizenden tegelijk vielen – hen tot een paar weken geleden niet bijzonder had beziggehouden. Von Braun wilde overlopen naar de Amerikanen. Zijn groep volgde hem, op twee onderzoekers na, die voor de Russen kozen. Marthe dacht te kunnen profiteren van de algemene verwarring om ertussenuit te knijpen met de baby, desnoods te voet, door de bergen, die er in de lente een stuk vriendelijker uitzagen. Ze kreeg er de kans niet voor.

Marthe was de enige die, samen met Magnus von Braun, de jongere broer van de baas, goed Engels sprak. Von Braun wist dat de Amerikanen heel dichtbij zaten. Hij stuurde Marthe en Magnus op verkenning. Ze wisten aan hun cipiers te ontsnappen, en fietsten met hoge snelheid de steile weg af die naar Oostenrijk liep. Bij iedere bocht hadden ze het gevoel dat hun leven op het spel stond. Als de ss'ers hadden gezien dat ze zonder toestemming waren weggegaan uit het hotel of, erger nog, als ze hadden gezien dat ze naar vreemde soldaten gingen, zouden ze zonder een seconde te aarzelen hebben geschoten. Magnus' remmen werkten niet meer. In het dal zag het tweetal een Amerikaanse antitankeenheid van de vierenveertigste Divisie. Magnus zette alles op alles. Hij fietste zo hard als hij kon, zonder dat hij wist hoe hij moest remmen, en riep de Amerikanen in steenkolenengels toe: 'Mijn naam is Magnus von Braun, mijn broer is de uitvinder van de v2. Wij willen ons overgeven.' Toen de Amerikanen begrepen dat ze allebei ongewapend waren, wilden ze wel met hen praten. Maar Magnus en Marthe moesten al hun overtuigingskracht aanwenden voordat de Amerikanen geloofden dat de uitvinders van de v2 hier ergens in de bergen zaten en om een onmiddellijk onderhoud met generaal Dwight Eisenhower vroegen. Een kleine jongen met donker haar en een sluwe blik, Fred Schneikert, een soldaat uit Wisconsin, besloot hen mee te nemen naar het hoofdkwartier van de cic, de Amerikaanse geheime dienst, dat was gevestigd in de stad Reutte. Daar wilde de eerste luitenant Charles Stewart, die hun verhaal nog niet helemaal geloofde, toch niet riskeren een van de belangrijkste wetenschappers te laten lopen. Hij stelde hun vier mannen en twee auto's ter beschikking en vroeg aan Magnus en Marthe om terug te komen met Von Braun. De meeste ss'ers die het hotel bewaakten, hadden hun uniform uitgetrokken en waren gevlucht. Degenen die gebleven waren in de hoop het vege lijf te redden, lieten Von Braun vertrekken om met de Amerikanen te spreken. De volgende dag werd de deal gesloten op het bureau van Charles Stewart tijdens een ontbijt van roerei met bacon, witbrood met jam, en echte koffie, een luxe waarvan de wetenschappers de geur waren vergeten. Op die dag proefden ze voor het eerst in hun leven geroosterde granen, verpakt in kleine zakjes, die ze op smaak moesten brengen met suiker en melk. Heerlijk vonden ze het. Opgelucht en verzadigd gaven Von Braun en de zijnen zich officieel over aan de Amerikaanse gezagsdragers.

MANHATTAN, 1969

'Ik zeg toch dat het me geen bal kan schelen!' zei Rebecca geïrriteerd.

'Nou, mij wel,' zei ik verdedigend.

'Is het zo erg? Zitten er soms kakkerlakken, of ratten?'

'Nee, natuurlijk niet!'

'Neem me dan mee naar je huis.'

'Nee.'

'Of laat mij het hotel betalen.'

'Geen sprake van,' zei ik stellig.

Rebecca had lucht gekregen van mijn financiële problemen en voorgesteld om te gaan picknicken in Central Park. Ze had van thuis een luxe picknickmand meegenomen, met een wit tafellaken, mooie glazen en bestek, een fles champagne, een visterrine, plakken rosbief, salade van gegrilde groenten, briochebrood, kaas en natuurlijk gebakken aardappels, die ik koud verorberde. En om deze lunch af te maken nog een chocoladetaart.

'Zelf gekocht,' zei ze trots en met een spottende glimlach.

'Kun jij koken?'

'Nee. Niet eens een ei. Als ik me als kind verveelde ging ik altijd in de keuken zitten kijken hoe Patricia aan het werk was, maar het was me ten strengste verboden om zelf iets te proberen.'

'Ik weet zeker dat je een ster was in het uitlikken van de kommen,' zei ik plagend terwijl ik haar achterover in het gras duwde.

Haar haren vormden op het kleed een blonde zon rond haar gezicht. Het fascineerde me dat zo'n klein hoofd zo veel gedachten, verlangens en intelligentie kon bevatten. Ze kuste me, en op het moment dat ik er het minst op bedacht was, liet ze een handvol geplukt gras in mijn overhemd glijden. Vloekend haalde ik het weg, en ik dreigde met een pak slaag als ze dat nog een keer zou doen, duwde haar weer neer en hield haar in bedwang.

'Wern, neem een besluit,' zei ze klagend.

'Waarover?'

'Over de plek waar je mijn lusten gaat bevredigen! Je kunt me niet opwinden zonder een oplossing te hebben. Je bent een ophitser.'

'Ben je hitsig?'

'Ja.'

'Heel hitsig?'

'Heel.'

Ik kwam zuchtend overeind.

'Heb je niet een atelier?'

'Ja, natuurlijk wel! Dat ik daar niet eerder aan gedacht heb! Het ligt precies onder het kantoor van mijn vader, ik weet zeker dat hij het enig vindt om je te ontmoeten,' zei ze spottend.

Rebecca wist dat ik er als een berg tegen opzag om haar ouders te ontmoeten. Ik had het onderwerp angstvallig vermeden, maar dit heerlijke pestkopje doorzag me moeiteloos. Omdat ik niet inging op haar verzoeken, zette ze grof geschut in. Ik was verbaasd over dat wulpse exhibitionisme van haar, vooral omdat ze zo gesloten was als het over haar gevoelens ging. Ik was begonnen haar te vertellen hoeveel ik voor haar voelde, maar ze wimpelde mijn liefdesverklaringen steeds af met een spottende opmerking of een lach. Ze had niet één keer iets liefs tegen me gezegd, ook al maakte ze met haar ogen, haar strelingen en haar kussen duidelijk hoe graag ze me mocht. Uiteindelijk wist Rebecca me over te halen en stemde ik toe om haar mee naar mijn huis te nemen. Ze was moeilijk te weerstaan. Afwisselend werkte ze op mijn gemoed en zeurde als een kind, gooide humor in de strijd en liep te mokken, gebruikte heldere argumenten en pestte me domweg. Precies de methode die ik volgens Marcus gebruikte bij onze klanten, leveranciers en iedereen die me in de weg stond. We waren, denk ik, allebei even vastberaden. Ik was nerveus toen we in de taxi zaten die ons downtown bracht. Zij was opgetogen en vastbesloten om het meest onooglijke hok leuk te vinden. Ze noemde mijn straat 'charmant', zei niets over de afvalbakken van het restaurant op de begane grond en vond het pand 'heel aardig'. De stalen trap die wiebelde zodra je er een voet op zette leek haar 'goed voor de conditie' en ze smolt van geluk toen ze Shakespeare terugzag, die ons overdreven enthousiast begroette. Nadat ze mijn hond liefkozend had toegesproken begon ze ongevraagd het huis te bekijken.

'Je hebt stromend water!' riep ze gekscherend in de badkamer.

Ze opende het raam dat uitkeek op een donkere binnenplaats en het ventilatiesysteem van de buurman. 'Karakteristiek New Yorks uitzicht, zou zo op een ansichtkaart kunnen,' zei ze op een makelaarstoon. Ze inspecteerde de douche en de luxe scheerset van Marcus, waarvan de ebbenhouten kwast met zilverbeslag, het mes en de kom detoneerden met de flesgroene tegels rond de wastafel. Vervolgens liep Becca Marcus' kamer in, die keurig opgeruimd was. 'Ik durf te wedden dat deze van je medehuurder is.' Daarna ging ze die van mij in, waar alles overhoop lag. 'En dit is de jouwe!' riep ze geamuseerd uit. Mijn schoonheid eindigde haar inspectie bij mijn bureau, dat bedolven lag onder stapels dossiers. 'Het hoofdkantoor van de multinational,' verklaarde ze. Toen kwam de laatste ruimte. 'Mijn god! Een volledig uitgeruste keuken. Met ijskast én gasfornuis! Meneer Zilch, u neemt het er goed van.'

Ik voelde me gekrenkt. De behoefte om aan de wereld en dit brutale schepsel te laten zien wat ik waard was, vrat aan me. Ons bouwproject verliep tergend traag. Als het volgens plan was verlopen, zonder die corrupte ambtenaren die alles hadden vertraagd, dan zou het eerste miljoen nu op mijn bankrekening staan. Ik had al een volgend project voor z&h op het oog: een enorm terrein aan zee dat mijn leven voorgoed een andere wending zou geven. Ze voelde mijn frustratie en gaf me een kus.

'Echt, Wern, je appartement is helemaal goed.'

'Goed genoeg voor wat ik voor je in petto heb!' antwoordde ik ad rem terwijl ik haar meetrok naar de slaapkamer.

'Bied je me niet eerst iets te drinken aan?'

'Nee.'

'U bent niet erg beleefd, meneer Zilch.'

'Uiterst onbeleefd,' beaamde ik terwijl ik haar neerlegde.

'En ook niet erg ordelijk,' zei ze, en ze trok een riem onder de lakens vandaan waarvan de gesp in haar rug prikte.

'Nog meer klachten, prinses op de erwt?'

'Genoeg!'

'Ik zal mijn best doen om het goed te maken,' merkte ik op terwijl ik haar polsen vastgreep.

Rebecca hield ervan als ik de leiding nam bij het bedrijven van de liefde, en ik had daartoe een natuurlijke neiging. Deze momenten herstelden de balans. Als ze zich aan me overgaf, zich aan mijn handen en bevelen onderwierp, kreeg ik een gevoel van macht dat ik met andere vrouwen nooit had gehad. Ze wilde woest genomen worden. Ze genoot ervan om zich over te geven, hoe dominant ze soms ook kon zijn. Ze hield van bijten en krabben. Ze hield ervan als ik deed of ik haar verstikte. Ze hield van het gevoel onderworpen te worden, omdat het haar bevrijdde, zoals ze op een dag bekende. In de uren die volgden schonk Rebecca me drie keer vergeving. Ik telde ze, ook al hield ze daar niet van, zoals ze er ook niet van hield als ik na afloop vroeg wat ze ervan had gevonden.

'Meer complimenten heb je toch niet nodig,' zei ze. 'Je bent al arrogant genoeg.'

Ik hield ervan als ze haar fatsoen liet varen. Tijdens de daad gaf ze duidelijk aan wat ze wilde, en ik vond het fijn als ze daarna haar kiesheid en goede manieren hervond. Ik had de indruk dat ze een deel van zichzelf blootgaf dat alleen ik te zien kreeg.

Tegen zes uur 's avonds hoorden we Marcus thuiskomen. Shakespeare begroette hem luidruchtig. Mijn vriend liep naar de deur, hoorde ons proesten van het lachen en trok zich discreet terug in zijn kamer nadat hij, zoals altijd, thee had gezet. Die gewoonte had hij overgehouden aan een jaar Engelse kostschool, maar hij had mij nooit zover gekregen. Wel bood ik Rebecca een kop aan, waarop ze uitriep: 'Eindelijk! Ik dacht dat je me liet omkomen van de dorst.' Omdat Marcus de enige theepot in huis had meegenomen, deed ik de helft van het blik Twinings Earl Grey in een karaf met lauw water, zodat het glas niet zou barsten. Rebecca nam een slok, trok een vies gezicht en noemde mijn aftreksel 'walgelijk'. Mijn schoonheid was weinig subtiel, een gevolg van haar gevoeligheid waardoor ze op situaties en mensen reageerde met het reactievermogen van een Ferrari. Ze leende een t-shirt en onderbroek en liep naar de keuken om zelf thee te zetten, gevolgd door Shakespeare, die blaffend als een jonge hond om haar heen sprong, omdat hij verliefd was natuurlijk, maar ook omdat hij honger had. Een paar tellen later riep ze me. Ze kreeg het gas van het fornuis niet aan. Marcus stak zijn hoofd om de hoek van de woonkamer en vroeg met zijn verleidelijke glimlach: 'Kan ik u misschien helpen?'

'Graag,' antwoordde Becca.

'Marcus, hou op met gluren,' riep ik terwijl ik me uit bed hees.

'Ik spoel alleen de theepot om,' reageerde hij.

We aten samen een hapje in de woonkamer. Marcus had cookies, verse melk en appels van de kruidenier meegenomen. Rebecca lag half uitgestrekt op de bank, en warmde haar voeten onder mijn billen. Het gesprek verliep moeiteloos. Rebecca en mijn compagnon hadden talloze gemeenschappelijke vrienden. De namen passeerden de revue. Ze hadden dezelfde zomerkampen en tennisclubs bezocht. Ze hadden dezelfde dansleraar gehad, wiens theatrale maniertjes en Wit-Russische accent ze om de beurt imiteerden. Het was vreemd dat ze elkaar nooit waren tegengekomen. Ik was jaloers op hun verstandhouding. Marcus had genoeg tact om de namen te vermijden van de twee jongens van wie Rebecca de harten gebroken had. Rebecca complimenteerde hem met de prestaties van zijn vader. Ze wisselden vriendelijke woorden uit totdat ik besloot dat we ergens gingen eten. Op Rebecca's witte broek zaten vlekken door ons gerollebol op het gras van Central Park. Ze leende een pullover van me, die ze met een van mijn stropdassen omtoverde tot een jurkje. Ik stak mijn handen in de diepe v-hals om haar borsten te pakken en probeerde het daarna van onderaf. De geïmproviseerde outfit bood me een uiterst bevredigende toegang tot haar lichaam. We gingen op pelgrimstocht naar Gioccardi, waar Paolo ons hartelijk ontving. Hij was blij te zien dat ik mijn doel had bereikt. Hij knipoogde naar me toen Rebecca zich had omgedraaid en bood ons een fles prosecco aan om de gelegenheid te vieren. Daarna wilde Becca per se naar The Scene, de club waar het allemaal gebeurde. Die avond speelde Jimi Hendrix er, net terug uit Londen. Dat wilde ze 'voor geen goud missen'. The Scene was een kelder zo groot als een schoenendoos in 46th Street, tussen 8th en 9th Avenue. De club was ongekend populair sinds een stomdronken Jim Morrison er stampij had gemaakt op een avond dat Jimi Hendrix optrad. Morrison was op het podium geklommen. Hij had Hendrix bij zijn middel gegrepen en hem publiekelijk proberen te pijpen. Hendrix had hem van zich af geduwd, maar Morrison liet niet los, klampte zich aan hem vast onder het roepen van allerlei obsceniteiten. Janis Joplin had korte metten gemaakt met het optreden van de Lizard King door hem met een fles op zijn kop te slaan om hem tot bedaren te brengen, wat door het publiek met gejuich en applaus was ontvangen. In een stad die voortdurend naar dynamiek zocht, was deze gebeurtenis voor de reputatie van The Scene alleen maar goed. Je werd er niet zomaar toegelaten. Bij de ingang verdrong zich een menigte, maar slechts enkelen brachten er de avond door. Eerst moest je buiten op de stoep Teddy zien te paaien, een koele kleerkast in een maffiapak. Marcus, die wist waar je zijn moest en met wie, had hem al sinds de opening van de club in zijn zak. Met Steve Paul, de eigenaar van de zaak, was het altijd afwachten. Hij was van onze leeftijd en vreselijk arrogant. Hij had de gewoonte zijn klanten te ontvangen met een stortvloed aan persoonlijke beledigingen. Marcus vond dat vermakelijk, ik niet. Dat voelde Steve blijkbaar, want met mij ging hij nooit te ver. Die avond kregen we geen enkele vervelende opmerking. Eerst sprong Rebecca Teddy om de hals, waardoor het bloed me naar het hoofd steeg, en vervolgens omhelsde ze Steve, die haar tegen zich aan drukte en haar een eeuwigheid, zo leek het wel, in zijn armen heen en weer wiegde. Dankzij deze warme begroeting bejegende hij mij bijna vriendelijk, gaf me voor het eerst sinds we in zijn club kwamen een hand en liet ons vlak voor het podium plaatsnemen. Alles was piepklein: de ruimte, de tafels, en de stoelen waarop ik nauwelijks met één bil kon zitten. De rook van sigaretten en joints vormde samen met de warmte van de mensen een nevel waarin beelden en gedachten onscherp werden. Becca was opgetogen. Ze praatte met grote armgebaren en kon geen moment stilzitten omdat ze het veel te druk had met het begroeten van vrienden. Ze vloog Linda Eastman om de hals, een knappe jonge fotografe over wie iedereen het had sinds ze met Paul McCartney was getrouwd, en ook Deering Howe, een miljonair en vaste bezoeker van de club, erfgenaam van het tractormerk met dezelfde naam. Opeens riep Becca 'Andy!' en omhelsde Andy Warhol. Hij was met zijn hele hofhouding komen aanwaaien, waarvan alle leden het nodig vonden om de vrouw van mijn leven te bepotelen. Uiteindelijk belandde ze tegen de torso van Allen Ginsberg. Ik had geen van zijn boeken gelezen, zoals ik hem chagrijnig duidelijk maakte toen ze hem aan me voorstelde. Rebecca roemde zijn oeuvre met een lange monoloog die ik onderbrak. Ik pakte haar hand, voerde haar mee terug naar onze tafel en trok haar op mijn schoot om de internationale gemeenschap van bepotelaars te laten zien dat deze vrouw bezet was. Ze moest lachen toen ze mijn ergernis zag.

'Niet jaloers zijn.'

'Ik ben niet jaloers.'

'Het zijn allemaal homo's.'

'Ja, en? Maakt dat wat uit?'

'We zeiden elkaar alleen maar gedag, meer niet.' Ze zuchtte. 'Na een week al bezitterig.'

'Ik ben al sinds de eerste dag bezitterig.'

'Dan heb je jezelf vast wat te verwijten.'

'Hoe dat zo?'

'Als je het zelf niet duidelijk weet in de liefde, denk je dat dat voor anderen ook geldt.'

'Ik denk helemaal niets. Ik constateer alleen dat je meer tijd doorbrengt in de armen van vreemden dan in de mijne.'

Rebecca was niet iemand die snel ruziemaakte. Ze lachte en drukte zich tegen me aan, maar ze bleef niet zitten. Enkele minuten later stond ze alweer. Er steeg een luid gejuich op. Hendrix verscheen op het podium. De spanning steeg. Hij begroette de menigte zwijgend en speelde een paar akkoorden. Het publiek was net zo gespannen als de snaren van zijn gitaar. Hij wist die geladen atmosfeer vast te houden. De fans begonnen te stampvoeten. Zijn instrument jankte als een dier. Hij haalde er klanken uit die ik nooit eerder had gehoord, en sindsdien ook nooit meer gehoord heb. Hij gaf alles. De zaal ging uit haar dak. Rebecca bewoog zinnelijk en los, ze was één met de muziek en de mensenmassa. Ik aanschouwde het tafereel, maar kon me er niet aan overgeven. Ik heb altijd een soort gespleten persoonlijkheid. Ik leef en observeer tegelijkertijd. Ik verlies niet graag de controle. Rebecca juist wel, zoals ik al snel zou merken. Ze wilde haar instinct en haar lusten volgen, haar bewustzijn verruimen en de belemmeringen van de maatschappij opblazen. Dat was haar taak als kunstenaar, zei ze. Destijds geloofden we dat. Rebecca had die vitaliteit die haar drijvend hield, maar ik vermoedde een scheurtje, een zwakke plek die ze niet helemaal kon maskeren. 's Morgens het meisje van goeden huize, 's avonds de wildebras die opgezweept werd door de gitaar van een musicus, uptown conventioneel, downtown een vrije geest, ze was al die vrouwen. Die nacht zag ik hoe ze meegesleept werd door haar opgewonden stemming. Rebecca had een pil genomen en mij er ook een aangeboden. Ik was niet bereid om alle remmen los te gooien in die losgeslagen meute. Marcus ook niet. Mijn schoonheid was heel grappig als ze onder invloed was van lsd. Ze voerde lange, geëxalteerde gesprekken, ze leek verdwaasd door de lichten, de kleuren, de geluiden, alsof op iedere centimeter van haar huid een waarschuwingssensor was aangebracht. We waren gecharmeerd van haar flitsende, poëtische ideeën en virtuoze redeneringen. Het werd al licht toen we met ons drieën naar huis gingen. Ze liep te zingen op straat. Ze trok haar schoenen uit. Ik was bang dat ze zich zou bezeren en nam haar op mijn rug. Ze liet haar hoofd op mijn schouder rusten. Ik voelde de huid van haar dijen in mijn handen, haar buik tegen mijn rug en haar adem in mijn nek. Haar voeten bungelden bij elke stap heen en weer. Haar parfum bedwelmde me. Ik had ontzettend veel zin in haar.

MANHATTAN, 1970

Het was een van de gelukkigste periodes in mijn leven. Rebecca hield van mij en ik van haar. Eindelijk kon het geld rollen. We hadden net het terrein aan zee gekocht dat ons fortuin moest bezegelen. Op de dag waarop Marcus en ik de eerste cheque ontvingen die onze situatie definitief zou veranderen gingen we, elk met drie flessen champagne onder de arm en mijn hond op onze hielen, terug naar de lommerd in Queens. Ik gespte de Patek van mijn vader om mijn pols, Marcus haalde zijn manchetknopen en zijn dasspeld terug en dronken van de Amerikaanse droom schonken we een drankje aan iedereen die iets kostbaars was komen belenen. We zeiden: 'U maakt een moeilijke tijd door, maar die gaat voorbij, alles is mogelijk, moet u weten.' De klanten namen in verwarring en verleiding het glas aan en klonken op de toekomst. Twee mannen, die afzijdig bleven, reageerden minder vriendelijk. Ze hadden in de *Village Press* het artikel over ons gelezen. Ze wisten dat wij net miljoenen hadden verdiend en vonden het onfatsoenlijk dat Zilch en Howard met hun dikke fortuin ze hier voor schut kwamen zetten. Toen ik ze iets te drinken aanbood, goten ze hun kartonnen bekertjes leeg op de grond en maakten rancuneuze opmerkingen over de 'rijkeluiszoontjes' die we in hun ogen waren. Het was Shakespeare gelukt zich op de buik te laten kroelen door de onschuldige hand van een kassière, maar bij de eerste stemverheffing sprong hij op en begon te grommen, met ontblote tanden, waarbij zijn haren vanaf zijn oren tot zijn staart overeind stonden. Ik deed mijn uiterste best om me in te houden. De maat was vol toen de lompste bij gebrek aan argumenten me 'een enorme lul' noemde. Ik greep hem bij zijn kraag, Marcus pakte mij bij mijn middel.

'Zeusverdomme (dat was de ergste vloek die Marcus kende)! Je eet vanavond bij de ouders van Rebecca, daar kun je niet aankomen met een tand uit je mond of een gebroken neus.'

'Denk maar niet dat ík het ben die straks een gebroken neus heeft, daar zorg ik wel voor,' schreeuwde ik. Ik ontweek Marcus, die me terugtrok aan mijn overhemd, zodat de knopen door het vertrek vlogen. Shakespeare blafte als een bezetene, de meeste mensen waren gevlucht. Mijn compagnon wist me naar achteren te trekken. Een getuige deed hetzelfde bij mijn uitdager. Marcus trok me naar de trap, gevolgd door Shakespeare. Ik hoorde dat de tweede eikel me uitmaakte voor 'vuile tyfuslijer' en 'kleine kapitalist'. Ik draaide me om en balde mijn vuist. Marcus trok aan mijn riem om me naar de uitgang te werken, terwijl ik uitbraakte: 'Deze kleine kapitalist wordt groot. Dankzij mij kunnen jij en je kinderen rondkomen, als er al een vrouw zo stom is om ze met je te krijgen.' Marcus trok weer aan me. 'Hou nou op, Wern, we laten deze dag toch niet verpesten.' Toen we weer buiten waren, schopte ik keihard tegen een vuilnisbak en tierde nog een paar minuten door, daarna ging ik, weer met Shakespeare aan mijn zijde, achter het stuur van onze Chrysler zitten, die allesbehalve een symbool van geslaagd kapitalisme was.

Het vooruitzicht van een etentje bij Rebecca's ouders hielp me niet mijn kalmte te bewaren. Ik was in een rothumeur. Nathan Lynch wilde me per se ontmoeten. Om het eerste contact soepel te laten verlopen had hij op verzoek van Rebecca ook Marcus en zijn vader Frank uitgenodigd. Omdat ze dicht bij 'beide partijen' stonden, vatte mijn compagnon samen, moesten de Howards als 'bindmiddel' dienen. De laatste week bleef Marcus maar hameren op hoe het hoorde en hoe niet. Mijn hoofd zat vol met deze regels zonder logica die savoir-vivre werden genoemd. Rebecca leek niet veel kalmer dan ik. Ze zei wel dat haar ouders 'schatten van mensen' waren en 'dat alles heel goed zou verlopen', maar ze leek me een beetje te op-gewekt. Ze wilde trouwens liever niet tegelijk met mij arriveren. Ze wilde 'het pad effenen' waaruit ik opmaakte dat ze mij daar niet gunstig gezind waren. En als ze niet tegelijk met mij binnen wilde komen, dan had ze kennelijk al voor het vijandige kamp gekozen. Marcus wees me erop dat 'de twee kampen' elkaar niet vijandig ge-zind waren tot het tegendeel bewezen was, en beloofde me zijn steun, maar mijn slechte voorgevoel bleef.

Voor de deur van East 80th Street nummer 4 stond ik hem met een enorme bos bloemen in mijn armen behoorlijk te knijpen. Rechts van me klopte Frank me op de schouder. Links trok Marcus een gelegenheidsglimlachje. Als we eenmaal binnen waren, was er natuurlijk geen weg terug meer, maar Rebecca bevond zich in de wereld achter deze deur. Ik wilde naar haar toe. Ik belde aan.

Een butler in een blauw-gele livrei deed de deur open. Hij nam mijn boeket aan, gaf het aan een jonge vrouw en nam ons mee naar de bibliotheek. Voordat we konden gaan zitten verscheen Nathan Lynch. Hij was een jaar of zestig, had wit haar en een gezicht vol couperose. Met zijn kleine, grijze ogen en opeengeklemde kaken boven zijn gewelfde lippen maakte hij een ongeduldige indruk. Hij keek me enigszins vijandig aan. Deze man, die tot mijn schouder kwam, straalde een ingehouden woede uit. Om me goed op te ne-men moest hij duidelijk omhoogkijken. Tegen Frank en Marcus gedroeg hij zich ook niet erg vriendelijk toen hij met een armgebaar twee cirkels beschreef waarmee hij ons de stoelen wees waarop we konden plaatsnemen. Hij bood ons een scotch aan en trok ont-stemd een wenkbrauw op toen ik 'graag' zei. We keken elkaar even onderzoekend aan. Ik kon niet geloven dat zo'n bekoorlijk wezen als Rebecca door hem was verwekt. Hij kon niet wennen aan het idee dat zijn enige dochter contact, en nog wel fysiek, kon hebben met zo'n grote onbenul als ik. Ik vroeg me trouwens af wat zijn dochter uitspookte, terwijl Marcus intussen met onze gastheer over boeken sprak, een gesprek waarvan ik niets begreep. Zelfs de klas-sieken had ik niet gelezen. Ik had weinig met boeken en met romans al helemaal niet. Ik zag niet in waarom je je tijd zou verdoen in een parallelle werkelijkheid, terwijl het echte leven al rijk genoeg was. Ik had alleen belangstelling voor economische en politieke boeken. In de kunst had ik mijn smaak nog niet ontwikkeld, en ik moest toegeven dat ik een totale onbenul was op de gebieden waarvoor mijn mogelijk toekomstige schoonvader belangstelling had. Nathan Lynch, filantroop en veeleisend mecenas, zette voor mensen die aan hem werden voorgesteld zijn aandacht hoogstens op een kiertje. Hij vormde zich in een paar seconden een oordeel en kwam daar niet meer van terug. Een ongelukkige zin, een houding die hij niet 'onberispelijk' achtte, en het lot van een persoon of project was bezegeld. Er werd vaak een beroep op hem gedaan, en hij onderhield zich alleen met 'efficiënte, competente' mensen. Hij hield niet van wachten, niet van tegenwerking, en al helemaal niet van teleurstelling. Zijn entourage bestond uit advocaten, assistenten, adviseurs en jeugdvrienden, die de mensheid voor hem zeefden en alleen de crème de la crème doorlieten. Hij sprak met politici, zakenmensen, beroemde artiesten, kortom met mensen die hun sporen hadden verdiend. Nathan Lynch verspilde geen tijd met mensen aan wie hij dacht niets te hebben. Doordat ik zijn huis was binnengedrongen via zijn dochter was ik al verdacht. Mijn vage afkomst, mijn eerste schreden in het onroerend goed, mijn jeugd, mijn uiterlijk, alles moest hem ergeren. Een belangrijke intellectueel had hij graag ontvangen, een rentenier had hij aanvaardbaar gevonden, een wat oudere bankier met een zekere faam had hij getolereerd, maar in mij zag hij voorlopig niets. Hij stelde me geen enkele vraag en richtte zich alleen tot Marcus en diens vader. Ik deed mijn best een voorkomende indruk te maken en stelde hem een paar vragen over een schilderij van een dwerg met zijn hand op een enorme hond. Hij leek geschokt: 'Zie je niet dat het een Velázquez is?'

'Ik sta er te ver vanaf om de signatuur te lezen,' voerde ik tot mijn verdediging aan.

'Daarvoor hoef je echt niet naar de signatuur te kijken. Dat zie je toch zo,' zei hij hatelijk, en hij keerde me de rug toe.

Ik gaf het niet op. Toen er even later een stilte viel, deed ik een nieuwe poging.

'Rebecca heeft me verteld dat u een museum laat bouwen voor uw kunstcollectie. Ik ben dol op architectuur, dankzij Frank en Marcus,' zei ik, en ik glimlachte naar mijn bondgenoten, die me bemoedigend aankeken. 'Ik vroeg me af wat voor gebouw u in gedachten hebt.'

'Rebecca vertelt je te veel. Het is een vertrouwelijk project,' onderbrak hij me. 'Wat de werkzaamheden betreft, ik dank je voor je diensten, maar ik heb al personeel.'

'Het was niet mijn bedoeling om mijn "diensten" aan te bieden, ik ontwikkel alleen mijn eigen projecten,' zei ik geërgerd. 'En ik wist niet dat het museum waarover u een interview aan *The New York Times* hebt gegeven een vertrouwelijke zaak was.'

Even stond Nathan Lynch perplex omdat ik kennelijk weerwerk gaf; daarna antwoordde hij met een wantrouwen zijn dochter waardig: 'Je gelooft dus ook nog wat de kranten schrijven!'

Ik zakte dieper in mijn stoel, sloot me af en hulde me in een mokkend zwijgen. Een paar keer probeerden Frank en Marcus me in het gesprek te betrekken. Stelselmatig onderbrak Nathan Lynch hen. Hij had de hebbelijkheid om mensen die wat te berde wilden brengen te overstemmen. Ik kreeg een enorme hekel aan hem. De butler kwam me een nieuw glas whisky aanbieden, dat ik aannam. Nathan Lynch werd tot het uiterste gedreven. 'Met het tempo waarin jij je glas leegdrinkt, kun je de karaf beter bij je houden.'

'Een uitstekend idee,' gaf ik toe, en ik pakte hem van het blad van de butler. Ik zette hem op het bijzettafeltje naast me. De butler schrok en legde haastig een vierkant rood vilten lapje onder de karaf op het ingelegde tafeltje. Marcus gaf me onopvallend een teken van medeleven om te zorgen dat ik mijn kalmte bewaarde. Ik keek naar de grond en concentreerde me op de motieven in het tapijt. Er kwam geen woord meer over mijn lippen in de twintig minuten die Rebecca erover deed om naar beneden te komen. Ik nam het haar hoogst kwalijk dat ze me alleen liet in het hol van de leeuw. Het leek of ik door een dikke laag eenzaamheid afgescheiden was van de wereld. Alleen het geluid van de ijsblokjes in mijn glas herinnerde me er bij iedere slok scotch aan dat ik wel degelijk bestond. Mijn knokkels waren wit van de spanning, want in mijn woede hield ik de armleuning met mijn vingers stevig vast. Ik kreeg zin om op te staan, mijn glas tegen de muur te smijten en het vertrek te verlaten, toen Rebecca verscheen. Ze was bleek. Zichtbaar nerveus. Ze begroette Marcus en Frank overdreven hartelijk. Ze trapte op mijn ziel toen ze mij, net als de anderen, op de wang kuste. Ik keek haar vuil aan, zij keek terug alsof ze wilde zeggen: ik ga je echt geen tongzoen geven waar mijn vader bij is. Ze maakte het nog bonter toen ze een eind van me af op de bank ging zitten en begon te praten alsof er niets aan de hand was. Anders dan haar vader betrok zij me wel in het gesprek, maar op een onverschillige conversatietoon die me razend maakte. Ik trok me terug in een somber stilzwijgen. Mijn compagnon trok een zuinig gezicht, wat betekende 'doe eens wat!', maar ik zat zo vast in mijn walging van deze hypocrisie en in mijn onmacht om het spel mee te spelen, dat ik dichtklapte. Rebecca's moeder maakte deze nachtmerrie nog een graadje erger. Ze kwam met veel vertoon binnen, bleef even staan, keek me aan op een manier die me van mijn stuk bracht, en liep daarna het vertrek in. Judith Lynch moest beeldschoon zijn geweest. Dat ze graatmager was en een hard gezicht had, maakte haar niet sexy, maar haar lange gestalte – ze was groter dan haar man – en haar smalle taille en heupen, gehuld in een strak gesneden zwarte avondjurk, haar opvallende blauwe ogen en haar blonde, dikke, opgestoken haar imponeerden nog altijd. Ze droeg te veel sieraden, alsof ze zich daarmee moest beschermen. Haar decolleté ging schuil achter een zwaar cleopatra-collier en om haar linker onderarm droeg ze een brede gouden armband. Nathan, Frank en Marcus stonden als één man op en kusten haar om de beurt de hand. Ik wilde hetzelfde doen en probeerde me te herinneren welke regels mijn compagnon ook alweer genoemd had: de hand niet naar boven trekken, bukken maar niet te veel, even licht met de lippen de huid van de hand beroeren, maar toen het mijn beurt was verstijfde Judith. Onder de make-up trok alle kleur uit haar gezicht. We zagen dat ze wankelde. Marcus, die naast haar stond, greep haar bij de arm en hielp haar te gaan zitten. Door haar reactie voelde ik me nog een stuk minder op mijn gemak. Ik deed een stap naar Judith toe, maar ze wuifde me weg en stamelde: 'Neem me niet kwalijk, ik voel me niet goed. Het is vast dat nieuwe geneesmiddel dat de dokter me heeft voorgeschreven.'

'Wat heeft die charlatan je nu weer gegeven!' zei haar echtgenoot geprikkeld. 'Vertrouw hem toch niet, maar daar hebben we het al over gehad. Je zou heel wat beter dokter Nars kunnen nemen.'

'Jouw beste dokter Nars weigert om me slaappillen voor te schrijven en ik heb slaap nodig, Nathan. Slaap! Snap je?' antwoordde Judith vinnig maar met matte stem.

We wisten niet meer waar we goed aan deden. Marcus en zijn vader wiebelden van het ene been op het andere en zochten een afleidingsmanoeuvre. Ik ontplofte inwendig. Niet alleen gaf Rebecca's vader blijk van een onverdraaglijke grofheid, en peperde Marcus me al twee weken lang die voor dit heerschap zogenaamd zo belangrijke etiquetteregels in, maar nu bestond ook zijn vrouw het om bijna flauw te vallen zodra ze me zag. En Rebecca zag eruit of ze in paniek was. Nathan Lynch vroeg zijn vrouw of ze niet liever wat wilde gaan rusten, maar Judith leek zich enigszins te herstellen. Om dit vervelende incident uit te wissen beëindigden ze het aperitief en gingen we aan tafel. De maaltijd was onaangenaam. De vrouw des huizes sprak vrijwel niet, en ik deed ook geen moeite meer. Frank en Marcus weerden zich tegen de koele ontvangst met anekdotes, historische of literaire citaten, grappige voorvallen en geforceerde lachjes. Ik zat met mijn neus in mijn bord en at het ene gerecht na het andere. De moeder van mijn verloofde kon haar ogen niet van me afhouden. En Rebecca praatte te veel, bewoog te veel, dronk te veel en lachte te veel. Bij het dessert raakte de stemming wat ontspannen dankzij Frank Howard, die het kennelijk stuitend vond dat Nathan Lynch geen enkele notitie van me nam, en aan het eind van de maaltijd alleen met mij sprak.

Toen we opstonden om naar de salon te gaan gebeurde er iets vreemds. Terwijl de anderen al doorgelopen waren, en ik een stap opzij deed om Judith Lynch voor te laten gaan, zoals Marcus me had geadviseerd, stond ze ineens stil, sloot de deur tussen de twee vertrekken en deed hem op slot om met mij alleen te zijn. Ik hoorde dat Nathan Lynch zijn vrouw een aantal keren riep. Snel sloot ze ook de deur naar de keuken af en liep op mij toe. Ik zag een onrustbarende koortsigheid in haar ogen. Een vreselijk verdriet of een soort krankzinnigheid, een vurige blik waaruit een hevig, duister gevoel sprak. Mevrouw Lynch liep op me af en met haar ogen strak op mij gericht deed ze haar cleopatracollier af en liet het gewoon op de grond vallen.

'Mevrouw Lynch, ik begrijp niet…' stamelde ik.

Ze legde een vinger op haar lippen, terwijl ze met haar andere hand wees op een dun, bleek litteken rondom haar hals, net boven haar sleutelbeen.

'Mevrouw Lynch, laat me erdoor,' bracht ik uit met krachtige stem. Aan het eind van deze avond was ik niet meer in de stemming om toe te kijken hoe deze oude, dwaze vrouw midden in de eetkamer haar blaadjes liet vallen.

Met haar rug tegen de deur waarop haar man stond te bonzen, deed ze trillend over haar hele lichaam een van de dikke gouden armbanden af. De huid van haar rechterarm werd zichtbaar en vertoonde een regelmatig ruitpatroon in witte lijntjes. Terwijl ze haar littekens liet zien, vertrok haar gezicht van hevige, tegenstrijdige emoties: schaamte, trots, exhibitionisme, verdriet, en vooral van een soort krankzinnige, ontembare provocatie. Ik herhaalde: 'Waarom laat u mij dat zien?'

De knop van de andere deur bewoog krachtig. Nathan Lynch was weer omgelopen en riep zijn vrouw opnieuw. Rebecca's moeder antwoordde niet en bleef me strak in de ogen kijken. Als apotheose van dit vreemde ritueel deed ze ook de armband van haar linkerarm af en liet me een paar getatoeëerde cijfers en een klein driehoekje zien.

'Dat zegt je nog steeds niets?' vroeg Judith.

'Ik weet wat die cijfers betekenen. Dat heb ik op school geleerd, mevrouw Lynch. Wat naar voor u.'

'Op school?' herhaalde Judith met een gesmoord lachje. 'Alleen op school?'

'Ja, mevrouw. Wat verwachtte u dan?'

'Niets,' zei ze. 'Verder verwachtte ik niets.'

Ze raapte haar sieraden op en met haar handen vol liep ze langzaam als een slaapwandelaarster achteruit door de deur voor de bedienden, waar Rebecca, de butler en een van de kamermeisjes haar opwachtten. Mijn verloofde sloeg haar armen om haar moeder en fluisterde: 'Mama, wat gebeurt er? Moedertje, zeg toch iets.' Ze verdwenen naar boven. Diep onder de indruk van deze scène, die maar een paar seconden had geduurd, draaide ik het slot open van de deur waar Nathan nu weer achter stond.

'Ik geloof dat uw echtgenote zich niet goed voelt,' zei ik laconiek.

Nathan keek me aan alsof ik zijn vrouw had aangevallen en ik mijn aanval nu nog eens overdeed door het woord tot hem te richten. Om de avond te bekorten deed Frank Howard alsof hij de volgende morgen vroeg een vergadering had. Hij weigerde de koffie en de digestieven die de butler zojuist had binnengebracht. Ik vroeg of ik Rebecca kon zien. De butler liep naar boven en kwam terug met de mededeling dat 'mejuffrouw Lynch zich liet excuseren, maar dat zij voor haar moeder moest zorgen'. Het kwetste me dat ze me niet eens een afscheidskus kwam geven. Toen ik naar buiten stapte, wist ik niet goed wat er die avond bezegeld was, maar ik begreep dat de echte problemen nog moesten komen. Toen we weer in zijn auto zaten, wilde Frank het vuur van de vernedering dat aan me vrat een beetje temperen. 'Nathan was onuitstaanbaar vanavond, maar je moet het je niet persoonlijk aantrekken, Werner. Tegen mij deed hij net zo.'

'Aardig dat je dat zegt, Frank, maar ik trek het me natuurlijk wel persoonlijk aan. Hij kan me niet uitstaan om wie ik ben en nog meer om mijn afkomst. Buiten zijn bubbel van mensen van goeden huize krijgt hij geen zuurstof.'

'Het is een moeilijke man,' gaf Frank toe.

Marcus was vooral verbaasd over het vreemde gedrag van Judith. 'Had je mevrouw Lynch al eens ontmoet?'

'Nooit,' mopperde ik, tot op het bot gekwetst door de houding van Rebecca. Haar nam ik het kwalijk dat ze alles verpest had. Ik had gedacht dat ze een vrijgevochten meisje was, dat ik met een kunstenares te maken had, maar ik had te doen met een conformistische dochter. Ik was boos en verdrietig. Ik vond haar trouweloos. Ze had me laten vallen.

'Ik weet niet aan wie je haar deed denken, maar het leek wel of mevrouw Lynch een spook zag,' ging Marcus verder.

'Je bent vast een lookalike van een jonge minnaar van wie ze hield,' fantaseerde Frank Howard om me op te vrolijken.

'Hij moet haar slecht behandeld hebben, want ze straalde vanavond nou niet bepaald liefde uit.'

'Wat zei ze tegen je toen ze de deur op slot deed? Dat je goed moest zijn voor Rebecca?' vroeg Marcus.

'Ze heeft niets tegen me gezegd. En haar dochter, die kan haar geen bal schelen. Maar ze heeft zich half voor me uitgekleed.'

'Pardon? Uitgekleed?' herhaalden vader en zoon.

'Ze heeft in ieder geval haar sieraden een voor een afgedaan en me haar littekens laten zien. Ze heeft in een kamp gezeten.'

'Een kamp? Wat voor kamp?' vroeg Marcus.

'Een vernietigingskamp,' verduidelijkte ik uitgeput.

'Maar dat wist ik niet!' zei Frank Howard ontsteld. 'Ik ken haar al twintig jaar en ze heeft het er nooit over gehad. Hoe weet je dat? Heeft ze het verteld?'

'Ze heeft een tatoeage op haar linker onderarm. Die cijfers zeggen genoeg. En ze zit onder de krassen.'

'Daarom draagt ze altijd zo veel sieraden,' mompelde de architect. In gedachten verzonken leek hij verbanden te leggen tussen alles wat hij wist over Judith Lynch om ze vanuit een nieuwe invalshoek te bekijken.

Er viel een stilte in de auto, die ik verbrak door peinzend te zeggen: 'Wat ik niet begrijp is waarom ze die littekens wel aan mij heeft laten zien en aan niemand anders.'

BEIERSE ALPEN, AUGUSTUS 1945

Wernher von Braun was zeer gespannen. Zijn ruige, gefronste wenkbrauwen liepen dwars over zijn gezicht. Hij rookte twee pakjes sigaretten en dronk twee flessen schnaps per dag zonder dat het zijn geest verlichtte. Hij vreesde voor verregaande represailles van de nazi's, ontvoering door de Sovjets, een ultimatum van de Engelsen, die de uitvinders van de V2 wilden straffen voor de verwoestende bombardementen op Londen, een internationale aanklacht van oorlogsslachtoffers, een verschuiving van de publieke opinie in de Verenigde Staten waardoor ze zich daar niet zouden kunnen vestigen en nog veel meer. De Engelse regering eiste dat ze in Washington berecht zouden worden en Washington sloot de landsgrenzen voor alle betrokkenen bij naziorganisaties. Het betekende dat hij niet welkom was in het land van de vrijheid, evenmin als het grootste deel van zijn groep. Von Braun zou Duitsland het liefst meteen verlaten, maar zijn Amerikaanse collega's hadden duidelijk minder haast. Ook zou hij graag weten wat er met zijn bejaarde ouders ging gebeuren. Hij had een verzoek ingediend om ze mee te mogen nemen. De Amerikaanse autoriteiten hadden niet geantwoord en verboden hem ook om ze op te zoeken, wat hem ziek van ongerustheid maakte. Zijn nieuwe bondgenoten stelden hem op de proef en genoten van hun oorlogsbuit. Tijdens de onderhandeling over hun overgave met zijn toekomstige werkgevers had de wetenschapper aangegeven waar de veertien vaten verborgen lagen waarin de kaarten en tekeningen zaten die zijn groep had gemaakt tijdens de ontwikkeling en uitwerking van de v2's. De Amerikaanse soldaten hadden op het nippertje de waardevolle documenten weten te redden uit een tunnel die niet meer in gebruik was. De Amerikanen waren er trots op dat ze de Russen de loef hadden afgestoken – die op hun beurt woedend waren dat de Amerikanen hun te vlug af waren geweest op een grondgebied dat hun toekwam sinds het Verdrag van Jalta – en wilden dat het nieuws van hun akkoord met Von Braun ruim bekend werd gemaakt. Uit de hele wereld kwamen journalisten naar het grote plein van het idyllische Beierse plaatsje. Von Braun, de meest gezochte wetenschapper van het verslagen Derde Rijk, zat ingesnoerd in een zwarte regenjas en zijn arm die nog altijd in het gips zat, stond haaks op zijn lichaam, waardoor hij zijns ondanks als ironisch gebaar continu de Hitlergroet leek te brengen. De journalisten filmden hem, pafferig geworden doordat hij wekenlang gedwongen had stilgezeten. Hij rookte met zijn vrije hand en glimlachte onophoudelijk. Naast hem stonden Johann Zilch en een jonge, donkerharige vrouw, die woedend keek en een baby met bolle wangen in haar armen hield. Een deel van de groep kon de vernedering van het Reich slecht verdragen, maar dat gold niet voor Von Braun. Hij gedroeg zich als een zachtmoedige, vriendelijke beroemdheid. Hij leek wel wat op Rita Hayworth die de fronttroepen bezocht. Hij schudde handen, poseerde voor foto's en maakte vriendelijke praatjes. Hij schepte op over het belang van zijn uitvindingen en sprak al over een reis naar de maan. Sommigen konden niet geloven dat deze drieëndertigjarige Pruis, knap als een Hollywoodacteur met te veel eetlust, een van de meest gevreesde wapens van deze oorlog had uitgevonden. De Britse soldaten waren lijkbleek. Ze herinnerden zich allemaal de bombardementen op Londen. Sommigen hadden dierbaren verloren, die begraven lagen onder de ruïnes van hun door v2-raketten verwoeste hoofdstad. De gebeurtenissen waren nog maar een paar maanden geleden. Maakte de ingenieur zich zo druk omdat hij die vijandigheid voelde? Hij deed zijn uiterste best de sympathie te winnen van de soldaten, van wie zijn eigen toekomst en die van zijn familie afhing. Het lukte hem niet.

Na hun capitulatie verhardde de relatie tussen de Amerikaanse autoriteiten en de groep zich. Drie maanden lang werden Von Braun, Johann Zilch en hun collega's ondervraagd door een commissie van deskundigen van de geallieerden. Militaire ingenieurs werden naar Beieren gestuurd om te zorgen voor de overplaatsing van de technologie naar de basis in Texas, waar de wetenschappers naartoe gestuurd zouden worden, terwijl de legerleiding de balans opmaakte van hun naziovertuigingen en misdaden, en bekeek in hoeverre ze zich eventueel konden aanpassen aan de Amerikaanse levensstijl. Ook de vrouwen werden verhoord in aanwezigheid van hun echtgenoten. Fanatici mochten niet de kans krijgen om op het continent van de vrijheid potentiële Hitlers groot te brengen. En 'rooien' mochten Uncle Sam al helemaal niet besmetten. Er waren veel gegadigden en weinig uitverkorenen. Over elk geval werd onderhandeld. Von Braun wilde Marthe meenemen. Ze was zijn tolk. Hij vertrouwde op haar oordeel en waardeerde haar openhartigheid. Ze zou nuttig kunnen zijn in hun nieuwe leven. Marthe was bovendien erg gehecht aan Werner. Von Braun beschouwde het kind als zijn peetzoon en wilde het liever niet van zijn tante scheiden, ook al omdat Johann weinig blijk gaf van affectie voor zijn zoon. Na rijp beraad besloot hij dat ze moest doorgaan voor de echtgenote van Johann, wat mogelijk was doordat de oorlog een enorme administratieve chaos had veroorzaakt. Geen van de geallieerden kon weten dat Luisa in Dresden was omgekomen. Von Braun wist dat zijn mensen hun mond zouden houden. Uit loyaliteit, maar ook omdat zijn mannen gesteld waren op Marthe. Ze hadden het moedig gevonden dat ze met Magnus op de fiets was gestapt om het eerste contact met de Amerikanen te leggen. Bovendien waren velen van hen gevoelig voor haar charmes. De vrouwen in de groep waren minder aardig over haar, maar Von Braun probeerde ze in het gareel te houden. Vanaf toen heette de verpleegster Luisa, en wie zich daar niet aan hield kreeg met hem te maken. De boodschap was duidelijk. Alleen Friedrich, de schuchtere aanbidder van Marthe alias Luisa, zou zich nog wel eens vergissen in de naam. Hij had de verpleegster ten huwelijk gevraagd. Marthe had geaarzeld, maar ze had ervan afgezien omdat de geallieerden het huwelijk mogelijk niet zouden erkennen, en dan zouden weigeren haar toe te laten tot de Verenigde Staten. Ze was vooral bang dat Johann zijn zoon zou opeisen als ze inging op dit huwelijksaanzoek. Het leek haar veiliger om door te gaan voor Luisa.

Von Braun diende een officieel verzoek in om Marthe toe te voegen aan de eerste groep die naar de Verenigde Staten zou gaan. Ze werd samen met Johann opgeroepen. Tijdens het verhoor scoorde Marthe punten. Ze voerde een uitgebreid verleidingsnummer op voor de Texaanse officier en de soldaat van Mexicaanse afkomst die hen ontvingen. Werner leek een aangeboren gevoel voor gezagsverhoudingen te hebben en wist op zíjn beurt kapitein Fling te charmeren met schaamteloze glimlachjes en extatische blikken, alsof deze strenge man de grootste spirituele leider van de wereld was. Marthe hypnotiseerde haar onderhandelingspartner met haar goudbruine ogen. Ze verklaarde dat ze er al van jongs af aan van droomde om in Amerika te wonen. Als tiener luisterde ze de hele dag naar jazz: Billie Holiday, Louis Armstrong en Duke Ellington. Ze vertrouwde hem toe hoe wanhopig ze was geweest, de dag dat Goebbels deze ʻ*entartete*' muziek verboden had. Ze had haar collectie platen begraven in de tuin van haar inmiddels overleden ouders, waar ze nog altijd moesten liggen, in de hoop ze ooit weer op te kunnen graven. Marthe beweerde dat ze dol was op Coca-Cola, dat er geen betere stofzuiger bestond dan een Hoover en geen mooiere auto dan een Ford. Ze hoopte haar zoon zo snel mogelijk mee te kunnen nemen naar *Sneeuwwitje* van Walt Disney. Daarna zette ze als liefdesverklaring aan de Amerikaanse droom met een mooie stem maar een zwaar Duits accent enkele maten van 'Jezebel' in, uit de laatste film met Bette Davis, die ze voor de oorlog had gezien. Deze ruwe vertolking leidde tot vrolijkheid bij haar zoon en verbijstering bij Johann. Terwijl ze Werner liefdevol aankeek, zei ze dat ze voor haar zoon een mooie toekomst wenste, ver weg van het geweld en de haat die dit oude continent verscheurden. Ze wilde dat hij zou opgroeien in een land waar ambities geoorloofd waren en inspanningen beloond werden. Een wereld van verdraagzaamheid met voor iedereen dezelfde kansen, ongeacht het land van herkomst. De Latijns-Amerikaanse soldaat die het gesprek notuleerde, verslikte zich bij die woorden. Hij kreeg binnen het regiment de meest ondankbare taken toebedeeld en werd door zijn kameraden 'sergeant Garcia' genoemd, omdat hij op de vijand van Zorro zou lijken; hij had het beeld wel wat kunnen nuanceren, maar zijn hoestaanval weerhield Marthe er niet van om door te gaan met haar loftuitingen.

Kapitein Fling leek overstag. De andere wetenschappers van de groep lieten zich van hun beste kant zien, maar hun goede wil volstond bij lange na niet. Het was niet eenvoudig om nazi's op te nemen op Amerikaans grondgebied. Als president Roosevelt of de senaat gehoord had van het voornemen om de groep van Von Braun toe te laten tot de Verenigde Staten, dan hadden ze waarschijnlijk nul op het rekest gekregen. Maar de Amerikaanse geheime diensten waren niet bereid om deze mooie buit aan de Sovjets te laten. Ze zetten een omvangrijke witwasprocedure van hun curricula vitae in gang. Binnen enkele weken waren de waardevolle onderzoekers van alle smetten vrij. Von Braun vertrok als eerste, met Johann en een kleine groep. Daarop volgden er nog twee. In het grootste geheim namen honderdzeventien wetenschappers en hun naaste familieleden het vliegtuig en de boot naar het Amerikaanse continent. Eisenhower had de capitulatie van de uitvinders nog breed uitgemeten in de pers, maar bij deze overdracht werden de journalisten zorgvuldig op afstand gehouden. De v2-groep stapte aan boord naar Texas, zonder visa, de meesten ook zonder paspoort, met alleen een gegarandeerd arbeidscontract van een jaar zonder duidelijke taak- of functieomschrijving. Ook Marthe en Werner maakten de overtocht.

MANHATTAN, 1970

Natuurlijk heb ik wraak genomen. Ik ben naar bed geweest met een nichtje van Rebecca om zeker te weten dat ze erachter kwam, en met een meisje waar ik weinig aan vond, alleen omdat ze een school-vriendinnetje van haar was geweest, en verder met een folkzangeres met Mexicaanse roots die in een sigarenwinkel werkte. Ik wilde dat ze op iedere familiebijeenkomst aan me dacht, bij ieder uitje bang was me met een ander tegen te komen, en in ieder tijdschrift een bom vond die midden in haar gezicht explodeerde. Op de voorpa-gina van een New Yorks celebrityblad prijkte een foto waarop ik Joan vol op haar mond zoende. Die was genomen na een van haar concerten. Op papier zagen we er heel verliefd uit. De zakenman, zoals men me tegenwoordig noemde, en de zangeres, de grote blon-de en de knappe bruine: wat een mooi plaatje. De paparazzi noem-den me bij mijn voornaam. Ze gingen vrij openlijk te werk. Mijn moeder, Armande, was in de wolken. Ze verzamelde elke snipper papier die over mij ging en als ze iets gemist had, waren haar nicht-jes uit Hawthorne wel zo goed het haar te bezorgen. Mijn vader was gereserveerder, maar hij was net zo trots. Zelfs mijn zus, die toch midden in een hippiecommune in Californië woonde, had me ge-beld. Ze was een artikel over mij tegengekomen in een krant waarin ze de wortels verpakte die ze met haar langharige vrienden op de markt verkocht. En ook al vond ze mijn leven veel te materialistisch, ze had toch de behoefte gevoeld om me te bellen.

Ik stond in het middelpunt van de belangstelling, maar voor de familie Lynch bleef ik lucht. Rebecca reageerde op geen van mijn provocaties. In elf maanden tijd kwam ik haar geen enkele keer tegen. Niemand wist waar ze was. De vrouw van mijn leven was in het niets verdwenen. Wanneer ik niet probeerde haar met anderen te vergeten, werkte ik dag en nacht, door wraakgevoelens gekweld en tot alles bereid om de familie Lynch te evenaren en Rebecca te laten zien wat ze kwijtgeraakt was.

Ogenschijnlijk ging het goed met me, maar de angst die ik overdag wist te verjagen spookte in mijn nachten. Ik herbeleefde een droom die me als kind jarenlang had achtervolgd, en die nog altijd een diepe droefheid in me opriep. Hij bestond uit twee delen die geen verband met elkaar leken te hebben: eerst zag ik een zeer knappe blonde vrouw rennen. Na een meter of vijftig viel ze. Ze werd door een onzichtbare kracht tegen de grond geworpen en vervolgens hardhandig op haar rug gedraaid. Ik liep naar haar toe, en ze praatte tegen me. Ik werd opgezogen door haar enorme ogen die van een haast bovennatuurlijke kleur blauw waren. Ze keek me liefdevol aan en zei dingen die ik in de droom begreep, maar die ik bij het ontwaken niet kon verwoorden. Daarna veranderde ik van omgeving. Ik maakte me los van de wereld om getuige te zijn van zijn ondergang. Van waar ik was, zag ik hoe de dingen en de mensen elkaar vernietigden. Lichamelijk voelde ik helemaal niets. Ik zag vuur, maar voelde de hitte niet. Ik zag mensen schreeuwen, maar ik hoorde hun gegil niet. Ik zag gebouwen ineenstorten, maar het stof vulde mijn mond niet. Brokstukken vlogen alle kanten op. Ik kon niet zeggen hoe oud ik was. Ook niet of ik zat of stond of lag. Al helemaal niet of ik dood of levend was. Na enige tijd hoorde ik een oorverdovend maar ook vertrouwd lawaai. Het cirkelde om me heen en beschermde me. Af en toe stampte en raasde het. Ik raakte niet in paniek. Ik werd me bewust van mezelf. Ik zat gevangen in een rode materie. Alsof het bloed van de slachtoffers het universum bezoedeld had. Alsof ik ondergedompeld was in hun organen. Door de vliezen zag ik oranje schijnsels, sluiers die uiteengereten werden, en toen een enorm gewelf, langgerekte witte en donkerrode vlekken. Het wervelende geluid nam af en dat betreurde ik. Geschreeuw drong mijn oren binnen. Mijn longen stonden in brand. Ik hoorde explosies. De aarde spleet open. Het leek alsof de mensheid verdween. Het was het moment waarop elk leven ophield te bestaan, waarop de vogels, de rivieren, de wind, de dieren en de harten van de mensen stopten, en ik me realiseerde dat ik volkomen alleen was. Dat was het moment waarop ik met een schreeuw wakker werd.

In de nachten die we samen doorbrachten, stelde Joan me zo goed als ze kon gerust. Ze hielp me mijn gevoelens te begrijpen. De verlatenheid maakte me bijna gek. Ze luisterde naar me als ik urenlang over Rebecca praatte. Ze was begaan met mijn ellende, alsof we goede oude vrienden waren, alsof mijn obsessie voor Rebecca zomaar een onderwerp was, dat haar niet betrof. Ze liet het nooit merken, maar ik wist dat ze leed onder deze spookachtige rivale die ze niet kon verslaan. Ze had gelijk. Alles wat ik deed was voor of tegen Rebecca gericht. Joan was een geweldig meisje. Intelligent, sexy, teder, grappig. Ik zou gek op haar moeten zijn, maar door Rebecca was ik losgeslagen. Ik sliep met andere vrouwen zonder enig gevoel of hartstocht, hoogstens voor een kortstondige ontlading. Ik wilde een weekend naar mijn vader en moeder vluchten. Ik hoopte in mijn ouderlijk huis een zekere kalmte en geruststelling te vinden. Maar ik voelde me er nog slechter dan in het rumoer van Manhattan. Ik hield veel van Armande en Andrew, maar ik begreep ze niet. Het leek of ze zich voortdurend schaamden dat ze leefden. Ik had in een van onze vastgoedprojecten in de stad een schitterend appartement voor ze vrijgehouden, waar ze per se niet wilden wonen en dat ze liever verhuurden. Waarschijnlijk was mijn moeder verantwoordelijk voor deze beslissing. Ze was jaloers en bang dat mijn vader een slippertje zou maken. Al zo veel jaren deed ze alles om hem te steunen en in de gaten te houden dat ze dat niet zomaar los kon laten. In Hawthorne hadden ze hun vrienden, zeiden ze, en hun tuin. Ik betaalde hun een pensioen dat mijn moeder angstvallig uit handen van mijn vader hield. Hij had nog net een mooie auto kunnen kopen, zijn kleine zonde. Hij speelde misschien een beetje roekeloos rami, en hij had een paar mooie kostuums, maar Armande hield hem op rantsoen. Ze weigerde een huishoudelijke hulp te nemen, met als voorwendsel dat het schoonhouden van het huis goed was voor haar lijn. Ik zei dat ze van het bedrag dat ik naar haar overmaakte best wat fitness kon betalen, maar zij vond het 'belachelijk om op haar leeftijd haar benen omhoog te gooien en met haar heupen te wiegen op de muziek van de jeugd'. Ik had graag gewild dat ze het luxeleven ontdekten, dat ze bij mij in de buurt kwamen wonen en hun oude gewoontes zouden opgeven. Joan zei dat ik egoïstisch was in mijn zogenaamde generositeit. Ze hielden van hun leventje, van hun huis dat ze na tientallen jaren hadden kunnen kopen, en van hun tuin waarin Lauren en ik waren opgegroeid. 'Jij wilt ze een plezier doen, maar je gaat voorbij aan wat ze hebben opgebouwd. Het is een levenswerk, en jij wilt het afdoen met een cheque,' hield ze vol. Hun soberheid riep bij mij gemengde gevoelens op. Ik voelde me schuldig omdat ik me verwijderde van de mensen aan wie ik zo veel te danken had, maar ik kon een zekere wrok niet onderdrukken.

Dat ze me had verlaten betekende voor Rebecca dat ik haar niet waard was, dat ze me terugwees naar mijn sociale klasse, naar mijn gebrekkige opvoeding en mijn onbekendheid met de codes die haar milieu zo goed beschermden. Ik nam het haar kwalijk, ik nam het mezelf kwalijk en hoewel ik heel goed wist dat ik onrechtvaardig was, nam ik het ook mijn ouders kwalijk dat ze mij niet hadden opgevoed als Rebecca's gelijke. Ik had een onbestemd gevoel dat het hun schuld was. Het stemde me bitter dat ze niet bereid waren ook maar iets te veranderen aan al die gewoontes waarmee ze zo stevig verankerd zaten in de middenklasse, waar ik met alle macht uit probeerde te komen. Ik kon het niet laten ze erop te wijzen, en meteen daarna kon ik het evenmin laten mezelf te verwijten dat ik zo ondankbaar was. Dan probeerde ik het weer goed te maken met onverwachte geschenken. Nadat ik ze naar mijn zus in Californië had gestuurd, nam ik hun huis onder handen. Maar liefst tien werklieden kwamen er tijdens hun afwezigheid over de vloer. Ik liet bij de garage een automatische deur en een elektrisch rolluik aanbrengen zodat mijn vader niet meer zijn auto uit hoefde om de slinger rond te draaien, want dat was slecht voor zijn rug. Verder liet ik de badkamer en de keuken vernieuwen, en de woonkamer en de eetkamer schilderen. Ik kocht een waterbed, alweer voor mijn vaders rug, en liet in de oude schuur die tegen het huis stond een bijkeuken aanleggen, een lang gekoesterde wens van mijn moeder. De schuur werd omgetoverd tot een echt vertrek met twee ramen, waar zich voortaan een gloednieuwe wasmachine, een droger, een professioneel strijkapparaat voor de lakens en een echt naaiatelier bevonden. Een van de muren werd geheel in beslag genomen door een regenboog van klosjes naaigaren en ertegenover hingen planken met op kleur gesorteerde stoffen. Op een schrijftafel stond de nieuwste Singer-naaimachine. In de laden lagen in kleine houten vakjes biesband, elastiek, knopen, kant, lint, scharen en alles wat een naaister aan gerei nodig heeft. Donna, mijn hulp bij de inrichting, had zelfs een stoffen paspop gekocht en een grote tafel voor het uitraderen van patronen. Ik kon gewoon niet wachten op hun reactie en ging ze afhalen van het vliegveld. Ze waren nogal verbaasd me daar te zien. Ik stond erop ze naar huis te brengen. Mijn vader, die in de war raakte door de nieuwe garagedeur, dacht eerst dat ik me had vergist in het huisnummer. Hij was opgetogen over deze nieuwigheid en zijn enthousiasme werd nog dubbel zo groot toen hij het elektrische rolluik zag. Maar mijn moeder werd boos. 'Ben je helemaal gek om zo veel geld uit te geven! Je hebt geen enkel verantwoordelijkheidsgevoel!' Tijdens de rondleiding bleef ze klagen. Ze kon niet met de nieuwe oven overweg, die koelkast was voor twee mensen veel te groot, en waar moesten ze het hout voor de winter opslaan nu er geen schuur meer was? Haar opmerkingen brachten me in een verschrikkelijk humeur. Ik had gehoopt dat ze me om de hals zou vallen en blij zou zijn, maar daarvoor zag ze te veel bezwaren.

Ik kon haar nog zo inpeperen dat ik genoeg spaargeld had voor twee levens, dat als ik de appartementengebouwen die eigendom waren van z&h zou verkopen, mijn bezit in bankbiljetten haar hele huis zou vullen, ze geloofde me niet. Ze dacht dat ik maar wat kletste, dat de gebouwen niet verkocht zouden worden, en dat Marcus' geld niet van mij was. Mijn vader had haar proberen uit te leggen hoe het zat, maar ook hij had geen succes. Hij reageerde net zomin uitbundig als mijn moeder, maar hij las me niet de les, en stelde me gerust met een 'dank je, jongen, erg aardig dat je zo goed voor ons zorgt', en daarna 'maar je hebt het zo druk, zit over ons maar niet in, wij hebben alles wat we nodig hebben, echt waar'. Zijn bescheidenheid deed me verdriet. Ik zou graag zien dat hij wat flamboyanter was en me nog meer zou vragen. Ik wilde niet langer in het wilde weg bouwen, voor niemand anders dan voor mezelf. Nergens voor.

Ik sleepte mijn woede en zwaarmoedigheid overal met me mee. De glans was eraf sinds Rebecca me had verlaten. Ik was diep gegriefd door de manier waarop ze me behandeld had. Een jaar van volmaakte liefde, een jaar vol tedere woorden en toekomstplannen waren in één avond in rook opgegaan. Ik had de dag na het diner naar het huis van haar ouders gebeld. Ik had de huishoudster aan de lijn gekregen. Daarna belde ik honderd keer per dag. Letterlijk. Altijd nam dezelfde vrouw op. Ik brulde tegen haar zoals ik had geleerd tegen mijn opzichters te doen. De huishoudster raakte in tranen. Haar beroepseer dwong haar op te nemen, en ik bleef maar bellen. Ze verzekerde me dat de familie Lynch niet in New York was. Ze wist niet waar Rebecca was. Ze smeekte me op te houden. Nadat ik twee weken zo door was gegaan, liet ze uiteindelijk haar principes varen en trok de stekker eruit. Intussen was ik naar het huis van de familie Lynch gegaan. Ik had weer honderd keer aangebeld, maar de butler, die me door het raam had gezien, deed niet open, hij keek wel uit. Razend had ik mijn vuisten en schoenen kapotgebeukt op het dikke hout. Toen ik aanstalten maakte de buksboompjes rondom het huis uit de grond te rukken en de ramen van de benedenverdieping met mijn ellebogen in te slaan belde hij de politie. Ik weigerde weg te gaan. Er waren vier man nodig om me op te pakken. Belediging van een politieagent, insubordinatie en huisvredebreuk. Als Marcus er niet was geweest, hadden ze me maar wat graag drie dagen in de cel opgesloten. Mijn vriend met zijn scherpe intuïtie had de gelukkige inval gekregen om hoofdofficier O'Leary over mijn liefdesverdriet te vertellen. Een gevoelsmens, die een paar weken eerder door zijn vrouw was gedumpt. Voordat hij het wist, zat hij zomaar achter een fles Redbreast-whisky zijn leven aan Marcus te vertellen. Telkens als een van zijn ondergeschikten op de deur van zijn kantoor klopte, stuurde hij hem weg met een litanie aan scheldwoorden waar een gevangene van zou blozen. Van liefdesverdriet, het echte dan, niet die krasjes op je ego of die bezitterige opwellingen, wist O'Leary mee te praten. Stiekem bewonderde hij me omdat ik had gedurfd wat hij zichzelf niet toestond. Ook hij had wat graag de ruiten bij zijn schoonmoeder ingegooid, die slet, die van meet af aan alles in het werk had gesteld om hem van Maggie te scheiden. Marcus schilderde mij af als een jongeman met goede vooruitzichten, smoorverliefd, en afgewezen door een vermogende familie. Hij vatte heimelijk sympathie voor me op. Toen de fles leeg was en de verhalen op waren, gaf officier O'Leary met dubbele tong en wallen onder zijn ogen toestemming om me vrij te laten, maar alleen als mijn vriend kon beloven dat ik niet meer naar het huis van de familie Lynch zou gaan. Marcus wilde me zien. Met een streng gezicht hield hij een preek die meer voor de politieagenten bestemd was dan voor mij. Ik beloofde hem dat ik niet meer naar Rebecca's huis zou gaan op voorwaarde dat hij zijn vader zou vragen naar alle huizen van de familie Lynch te bellen om te weten te komen waar ze zaten. Hij ging akkoord. Ik ging weg met op de koop toe nog een begripvolle klap op mijn schouder van O'Leary, die bromde: 'Kom op, jongeman, hou vol. En geen stommiteiten meer, hè!' Ik keek wel uit, en zoals we hadden afgesproken vroeg Marcus of zijn vader inlichtingen wilde inwinnen over de verdwijning van Rebecca en haar ouders. Frank Howard liet in alle huizen van de familie Lynch berichten achter, maar de architect stuitte op dezelfde stilte als ik. De familie had het land verlaten zonder dat iemand begreep waarom. Het werd stil en koud in New York.

Ik vroeg me af of Rebecca nog leefde. Een maand na haar verdwijning ging ik naar de Factory. Toen we nog samen waren, kwam ze er dikwijls om te werken, en te zien wat Andy deed, om op te treden in zijn films, of om haar doeken te laten zien, en te kijken naar het werk van anderen en over de techniek ervan te praten. Ik had altijd geweigerd mee te gaan. Er liepen daar allemaal bizarre types rond. Ik vond ze nogal lachwekkend en ik was jaloers op haar vertrouwelijke omgang met ze. Ik wilde haar voor mezelf alleen. Als het had gekund, had ik haar opgesloten. Warhols studio was een vreemde plek, bijna afschrikwekkend. Een goederenlift deed dienst als personenlift. De verroeste tralies en de met metalen platen vol graffiti opgelapte vloer boezemden me geen vertrouwen in. Ik koos met Shakespeare voor de trap. Een zware trompet en hoge pianoklanken golfden over de trap naar beneden. Ik kwam in een studio die de hele vijfde etage in beslag nam. De bakstenen muren waren zilver geverfd, en de dikke buizen en gietijzeren afvoerpijpen bedekt met aluminiumfolie. Op de vloer lag gewoon het grijze beton. Een blonde dragqueen in minishort heette me welkom. Shakespeare, die niet begreep hoe deze vrouw aan een mannenstem kwam, wilde er het zijne van weten en stak zomaar zijn neus tussen de billen van het wezen. Ze sprong op en boog zich voorover om hem te aaien, waarbij ze met hese stem mompelde: 'Zo, mijn lieverd, wil je weten hoe het zit?'

Ik werd zo rood als de badkuipbank die midden in het atelier troonde. Ik trok Shakespeare aan zijn riem naar achteren en stamelde excuses. De dragqueen, die was opgeverfd als een gestolen auto, knipoogde smachtend naar me.

'Maak je geen zorgen. Hij was heel teder en daar hou ik van,' zei ze nadrukkelijk.

Ik mompelde: 'Ik zoek Rebecca.'

'De mooie Rebecca, die is er niet, schat, maar als je een ander blondje wilt om je te troosten, dan wil ik wel…'

Van rood werd ik karmozijn en ik antwoordde niet.

'Je bent van het verlegen soort, zie ik. Wil je iets drinken? Ik heb koffie of tequila.'

Ik wilde koffie, die ze ging zetten in een hoek van de ruimte. Een chroomkleurige halve etalagepop leunde tegen een van de fabrieksstellingen die gebruikt werden als kasten. Voor de bank stond een soort lamp in de vorm van een hoed met brede rand met ingelegde stukjes spiegelglas erop, die dienstdeed als salontafel. Keukentrapjes die onder de verf zaten stonden naast wankele houten tafels vol tekeningen, stukken doek, karton en kapot speelgoed. Grote schilderingen van gestileerde bloemen in kinderlijke kleuren lagen uitgespreid op de vloer. Stoelen van metaal en formica en doorgezeten fauteuils completeerden dit decor, dat in verschillende ruimtes was verdeeld met lakens die over kabels waren gespannen.

De dragqueen gaf me mijn koffie in een oud mosterdpotje en liet me de hoek zien waar Rebecca altijd kwam werken. Haar penselen stonden droog in een restje terpentijn. Aan de muur hingen tientallen schilderijen. Haar schort van gevlekte spijkerstof lag op een houten stoel vol verfspatten in allerlei kleuren. Op de ezel stond een nog onvoltooid doek. Mijn hart sprong op toen ik mezelf herkende, op de rug gezien, naakt tegenover de stad, met mijn armen gespreid om de opgaande zon te omarmen, een pose waar ze vaak de spot mee had gedreven. Ik had de gewoonte om 's morgens tussen het douchen en het aankleden de gordijnen wijd open te schuiven en met luide stem het stadslandschap te begroeten met een 'goedemorgen wereld', waar ze altijd om moest lachen. Het was verwarrend om te zien dat ze juist die scène had geschilderd. Ik wilde de doeken van Rebecca kopen. Warhol was er niet. Hij was zijn geluk in Europa aan het beproeven met het schilderen van portretten van iedereen die op het oude continent een dikke cheque kon uitschrijven. De dragqueen die me open had gedaan en 'op het huis paste' maakte geen bezwaar tegen deze aankoop. Zonder te onderhandelen en het geld na te tellen verkocht ze andermans bezit en stak een stapel bankbiljetten in haar zak, allang blij dat ze zodra ik mijn hielen had gelicht, direct beneden een paar trips kon gaan kopen in een steeds duurder wordende werkelijkheid. Drugs vormden de brandstof van New York in het algemeen, en van de Factory in het bijzonder. De rijkste gasten van Andy verlieten zijn atelier in een limousine, de andere in een ambulance. Ik kwam thuis met een twintigtal werken en twee dozen barstensvol tekeningen die ik zolang in mijn kleine kamertje zette. Volgens Marcus getuigde het van gebrek aan respect voor Joan. Ik antwoordde dat ze er nooit iets van zou weten. Joan kwam toch al zelden bij ons. Ik ontmoette haar niet graag op plekken waar ik met Rebecca was geweest. Ik ging liever naar haar gezellige huis, dat vol bloemen en wilde planten stond, een paar straten verderop. Marcus begreep niets van mijn obsessie voor Rebecca. Ik was jarenlang cynisch geweest over het zwakke geslacht en hij gaf de hoop niet op dat die gemoedstoestand zou terugkeren. Hij stelde beeldschone plaatsvervangsters aan me voor. Ik maakte dankbaar gebruik van ze, maar ik raakte niet aan ze gehecht. Voor het eerst in mijn leven voelde ik me schuldig. Doordat ik leed onder Rebecca's afwezigheid begreep ik het stille verdriet van Joan, die zo attent voor me was en me zo weinig verwijten maakte. Ze was slim genoeg om te vrezen dat ik haar niet trouw was, geestelijk noch lichamelijk. Ik schaamde me dat ik niet van haar kon houden zoals ze verdiende. Waarschijnlijk zou ze strenger tegen me moeten zijn. Me een beetje aan het lijntje moeten houden. De toegeeflijkheid van een vrouw is het cement van de gewoontes, maar slechts een zwakke hefboom voor de liefde. Ik verfoeide mijn obsessie voor Rebecca. Ik zou mijn gevoelens in de hand willen hebben, maar ze leken onuitroeibaar. De stad was mijn vijand geworden. Op elk moment kon een plek, een lied of een beeld mijn hart breken en me trillend doen stilstaan, eenzaam op straat terwijl ik wachtte tot de golf verdriet zou afnemen en ik mijn weg kon vervolgen. Mijn onmacht boezemde me afkeer in. Ik had alles gedaan wat in mijn vermogen lag om deze vrouw te schrappen van de landkaart van mijn bestaan, maar zij had hem onherstelbaar bevlekt met haar inkt.

Alleen door stug te werken kon ik haar vergeten. De energie die ik erin stopte leverde meer op dan in mijn stoutste verwachting. De eerste gebouwen van het project aan zee waren klaar. z&h haalde enorme bedragen binnen. Nadat we ons eerste miljoen hadden gevierd, en daarna het tweede, waren we nu overgegaan op tientallen. Het hefboomeffect was fabuleus. De winst werd steeds weer geïnvesteerd dankzij staatsleningen tegen nul procent. Om een groot fortuin op te bouwen, had Frank Howard gezegd, moet je eerst een miljard binnenslepen. Daar waren we mee bezig dankzij de gemeente, en geheel legaal. In deze expansieve markt konden we met garanties van de overheid onze stoutmoedige investeringen in vastgoed zonder kosten en vrijwel zonder risico financieren. Uiteraard, door deze werken werd de stad geholpen om zich te vernieuwen, hele wijken op te knappen en de woningnood op te lossen, maar wij incasseerden fenomenale winsten. We beperkten ons voornamelijk tot Manhattan en de veiligste wijken eromheen, waarbij we angstvallig het terrein van de maffia meden. Aan de andere kant paaiden we een flinke hoeveelheid ambtenaren en kleine ondernemers met smeergeld. Om te regeren moet je kunnen delen. Wat altijd makkelijker is als je 'geschenken' je levensstijl niet aantasten. Er was maar één stadsbestuurder die van mij nog wat tegoed had: de voorzitter van het stadsdeel Brooklyn. Hij had een ronkende rede gehouden ter gelegenheid van de officiële opening van ons eerste appartementengebouw, waar ik Rebecca voor het eerst had gezoend. Hij had het rode lint doorgeknipt en mijn champagne gedronken, waarbij hij zich op de borst sloeg vanwege het nieuwe kapitaal dat hij had geïnvesteerd. De imbeciel. Hij had kunnen verwachten dat ik me niet zomaar zou laten vernederen door die belediging aan ons adres. Toen hij een paar dagen later het appartement opeiste dat hij ons had afgeperst, schonk het me een zeker genoegen om hem persoonlijk te begeleiden bij zijn bezichtiging als eigenaar. Ik nam hem mee naar de hoogste verdieping, en voor de geblindeerde ijzeren deur gaf ik hem de met een lint versierde sleutel van zijn eigendom. Onvergetelijk hoe hij keek toen hij de deur opendeed, en bleek dat hij uitkwam op het dak! Het duurde even voor hij het begreep. Ik moest hem zijn contract, op naam van een tussenpersoon, onder de neus duwen. Daarin stond dat hij niet meer dan eigenaar was van een *nog te bouwen* wooneenheid op de bovenste etage van dit appartementengebouw. Marcus was zo handig geweest de clausule over de oplevering van het appartement te verwijderen en voortbordurend op deze subtiliteit had ik die etage erin gefrommeld. Het reglement voor gemeenschappelijk eigendom bood wel de mogelijkheid van een extra verdieping, maar alleen bij een meerderheid van stemmen in de volgende vergadering van de Vereniging van Eigenaren. Toen hij begreep dat hij zich had laten beetnemen kreeg hij acuut een vermakelijke zenuwcrisis. Ik deed letterlijk niets om zijn woede te sussen. Integendeel. Ik vertelde hem dat zijn medewerker, voor wie ik geen enkele sympathie voelde, diezelfde morgen de sleutels van zijn studio had gekregen. Deze voldoening – die onbetaalbaar was – maakte het voor eens en altijd onmogelijk voor z&h om openbare contracten in Brooklyn binnen te halen, maar Marcus omzeilde het probleem door een beschermingsconstructie te creëren. Ik van mijn kant maakte mijn vijand definitief af door de politieke campagne van zijn tegenstander te spekken. Hij verloor zijn mandaat bij de volgende verkiezing. Ik was aanwezig op de dag waarop de bevoegd- heden werden overgedragen, en het gaf me nog extra voldoening toen ik zag hoe zijn gezicht vertrok op het moment dat hij me moest groeten.

Doordat het ene succes het andere aantrekt, waren we met een stuk of vijftien bouwprojecten tegelijk bezig. De stad hing vol bouw- zeilen met de naam z&h. We hadden mooie kantoren op Broadway ingericht, niet ver van het appartement, en Donna zwaaide nu de scepter over een groepje van drie secretaresses, een architect en vijf projectleiders. Frank Howard bleef ons helpen bij de meest prestigi- euze appartementengebouwen, maar we hadden onze sporen ver- diend en daarmee onze onafhankelijkheid. Toch weigerde ik nog altijd te verhuizen. Marcus had er genoeg van om 'te zijn opgesloten in dit krot', maar hij liet me er toch niet alleen. Ik klampte me nog steeds vast aan de gedachte dat Rebecca me weer zou willen zien.

'Ze kan je toch op kantoor bellen! De naam z&h staat op al onze steigers. Het is alsof je een billboardreclame voert die schreeuwt: "Rebecca, bel me."'

'Het is heel belangrijk voor de zaak,' verdedigde ik me.

'Ik zeg het niet om je dwars te zitten,' suste Marcus, 'ik ken je, Wern. Ik weet waarom je het zo belangrijk vond om op die bouw- zeilen ons adres en telefoon…'

Marcus had gelijk. Ik hoopte nog steeds dat Rebecca op een goe- de dag ineens op de stoep zou staan. Met een verdomd goed excuus, zodat ik haar het verraad kon vergeven en we onze relatie gewoon weer op konden pakken op het punt waarop ze gestrand was. Ik denk dat ik een echte breuk beter had verdragen. Dan had ik haar vrijuit kunnen haten, maar deze verdwijning liet ruimte voor twijfel en voor die rottige hoop waardoor je vast blijft zitten in het verleden en niet verder kunt.

Na maanden zonder bericht legde ik mijn laatste troef op tafel. We besloten de afronding van ons belangrijkste bouwproject te vieren. De hele New Yorkse scene werd uitgenodigd voor de officiële opening van z&h Center. De attractie van de avond was Joan, die bereid was er een concert te geven. Ik tekende een dikke cheque voor haar stichting die opkwam voor arme kinderen in Mexico. Ze zou het toch wel hebben gedaan, maar ik had iets goed te maken: in het evenement stond Rebecca centraal. Op de uitnodiging, die aan vijftienhonderd genodigden was gestuurd, stond een van haar werken: de triptiek die ze gemaakt had voor de lobby van ons eerste appartementengebouw in Brooklyn. Het was een stadsgezicht vanaf de baai van Manhattan in een abstracte, poëtische nevelsluier. Dat schilderij herinnerde me pijnlijk aan ons eerste etentje samen. Op de binnenkant van de kaart stond dat Marcus Howard en Werner Zilch 'het op prijs zouden stellen als de heer en mevrouw x aanwezig zouden zijn bij de feestelijke opening van z&h Center en bij de vernissage van de expositie van de werken van Rebecca Lynch'. Na een bijzonder concert van Joan om half tien zou de avond in het teken staan van de kleur violet, dresscode in overeenstemming hiermee. De kleur van Rebecca's ogen had me geïnspireerd bij de keuze van het thema voor deze avond. Voor het eerst na haar verdwijning zouden de twintig doeken en de tekeningen die ik bij de Factory had gekocht getoond worden aan het publiek.

De laatste twee weken voor het evenement waren niet om door te komen. Elke ochtend hoopte ik op een telefoontje van de afwezige, al was het maar om te worden uitgescholden omdat ik zonder haar toestemming een expositie had georganiseerd. Ik had me alle mogelijke reacties van Rebecca voorgesteld: boos maar vertederd, boos maar in stilzwijgen gehuld, blij en dat laten weten, blij maar te trots om me te bellen, nog altijd ergens in het buitenland en niet op de hoogte, lijdend aan geheugenverlies, getrouwd en zwanger, in een mystieke crisis in een ashram beland, geschaakt door een drugsbende als blanke slavin en nog een heleboel andere scenario's, met verzinsels die nog veel vreemder waren en die het incasseringsvermogen van Marcus en Donna danig op de proef stelden. Mijn vriend herkende me niet meer. Hij kon het uitstekend vinden met Rebecca. Hij was net als ik ongerust over haar onverklaarbare verdwijning, maar hij was ook dol op Joan, en zijn fatalisme verdroeg zich slecht met mijn obsessies. Marcus belde Lauren en vroeg haar om hulp.

Mijn zuster was vier jaar geleden in Berkeley gaan studeren, maar had de universiteit de rug toegekeerd om in een commune te gaan leven. Een groep van een twintigtal vrienden had een boerderij gekocht bij Novato, op een uur afstand van San Francisco. Ze hielden kippen, geiten en schapen. Ze deden aan yoga en meditatie. Ze deelden het bed en de keuken. Ze hadden een moestuin, deden hun was in de rivier en als ze tijd overhadden rookten ze cannabis die ze zelf verbouwden. Deze kweek was met twee plantjes begonnen. Een van de leden van de commune had ze meegebracht uit Mexico, verstopt in een zak vuile was die zo stonk dat de douane er zijn neus niet in durfde te steken. De mannetjesplant hadden ze 'Robert' gedoopt, het vrouwtje 'Bertha', en ze hadden ze plechtig geplant langs het kippenhok, buiten het bereik van de geiten. Robert en Bertha bleken enorm productief en hadden een aanzienlijk nageslacht verwekt. De leden van de commune, verstokte rokers, gaven elk nieuw plantje een naam als dankbetuiging aan dit goddelijke gewas. Zo beschikten ze over een volledige stamboom van deze cannabisfamilie die, opgevrolijkt met psychedelische tekeningen, in de keuken hing. Daar bleef hun geëxperimenteer niet bij. Een van de leden van de groep had scheikunde gestudeerd in Berkeley en een poosje in de chemische industrie gewerkt, totdat hij – na zijn ontslag omdat hij wat te vrij was omgesprongen met de moleculen van de firma –behoefte kreeg om een leven vol zingeving op te bouwen, in harmonie met de natuur. Dankzij zijn inventiviteit testte de commune allerlei soorten brouwsels, die stonden te trekken in een aantal alambieken in een oude vliegenkast naast de keuken. De 'poorten van licht' zouden hen in staat stellen nieuwe treden van wijsheid en begrip van de wereld te bereiken. Wanneer deze substanties eenmaal goedgekeurd waren door de commune, werden ze verkocht aan werkende jongeren in San Francisco. Dat was de beste manier om te zorgen dat ze zich openstelden voor de wereld en, eenmaal deel geworden van het volledig bewustzijn, de revolutie van de liefde konden voorbereiden. De eerste twee generaties van de poorten van licht waren zeer succesvol geweest en hadden de commune een aardige bijverdienste opgeleverd, maar bij de derde generatie was het misgegaan. De onloochenbare kracht had als bijwerkingen aanvallen van achtervolgingswaan en agressie. De groep meende dat iedereen zijn verborgen gewelddadigheid moest uitdrijven. Dat was onontbeerlijk voor de revolutie van de liefde. Dus werden er nieuwe poorten van licht geopend om snel een hoger en heilzamer stadium te bereiken. Lauren dacht dat haar laatste uurtje geslagen had toen de chemicus een bad trip had en haar trachtte te wurgen. Deze bijna-doodervaring was een openbaring. Ze voelde dat ze de kracht miste om nog langer een soldaat van liefde te zijn. Beschaamd maar vol overtuiging bekende ze haar mislukking in de mystiek voor het front van de hele commune, die zich had verzameld onder de sequoia, die beschutting bood tijdens hun wekelijkse bijeenkomsten. De leden van de groep oordeelden dat haar gebrek aan geloof en moed besmettelijk zou kunnen zijn. Unaniem werd besloten dat ze moest vertrekken.

Lauren had haar hele leven gewijd aan deze groep, die ze als haar familie beschouwde, en nu lieten ze haar vallen bij de eerste misstap. Mijn zus was zwaar gedeprimeerd en stond op het punt onze ouders te bellen om te vragen of ze terug kon komen naar Hawthorne, want ze had tijd nodig om haar leven opnieuw uit te vinden. Met mij had ze geen contact opgenomen. Ik had haar aandeel in de boerderij betaald. Ze wist wat me dat had gekost in die tijd waarin ik nog vrijwel niets bezat, en ze durfde me niet te bekennen dat haar experiment de mist in was gegaan. Toen Marcus haar belde om hulp en haar een alarmerende beschrijving van mijn geestelijke toestand gaf, liet ze haar terughoudendheid varen. Mijn zus, edelmoedig als altijd, deed niets liever dan een ander helpen en mij in het bijzonder. Omdat ze geen cent meer had, stuurde mijn compagnon haar een postwissel met een flinke som geld om haar reis te betalen. De commune kreeg daar lucht van en vroeg haar een geldelijke compensatie voor haar 'onverdedigbare verloochening'. Lauren durfde het bedrag dat ze had geïnvesteerd in de boerderij waaruit ze nu verjaagd was niet op te eisen, en liet zich bovendien het geld van Marcus aftroggelen. Ze hield net genoeg over om haar busreis te kunnen betalen en wat eten en drinken op haar tocht over het continent.

Lauren, die zich totaal niet bekommerde om de praktische en materiële bijkomstigheden van het leven, lichtte niemand in over haar komst. Het moet zes uur in de morgen zijn geweest toen ik de bel hoorde. Ik schrok wakker, en gedreven door een immense hoop, zonder zelfs de tijd te nemen om een t-shirt aan te trekken, was ik met vier grote stappen bij de deur, klaar om Rebecca hartstochtelijk in mijn armen te sluiten. Bij het zien van mijn zus in haar jurk met grove motieven, een gebreide haarband op haar hoofd en smerige sandalen aan haar voeten, moet de teleurstelling op mijn gezicht te lezen hebben gestaan. Lauren vroeg: 'Verwachtte je iemand anders?'

Ik mompelde 'helemaal niet' en nam mijn zus in mijn armen, in een opwelling van genegenheid die in de kiem werd gesmoord. 'Lauren, je meurt als een bunzing!' protesteerde ik.

Shakespeare toonde zich minder afkerig en nadat hij Lauren enthousiast had begroet rook hij aandachtig aan haar voeten; als ik hem niet aan zijn riem had teruggetrokken zou hij ook haar kruis hebben besnuffeld. Hij legde zich nu toe op haar bagage, die hij nauwkeurig inspecteerde. Toen ik mijn ongenoegen kenbaar bleef maken antwoordde ze: 'Al die parfums zitten vol schadelijke chemische stoffen.'

'Ik ben al blij als je je eerst met water en zeep wast,' antwoordde ik.

Ik pakte haar twee enorme canvastassen en vroeg me af hoe ze die zware rotzooi in haar eentje had kunnen dragen. Marcus, die zich intussen had aangekleed, kwam tevoorschijn. Hij wilde Lauren zoenen, maar ik hield hem tegen. 'Luister, je kunt beter wachten tot ze onder de douche is geweest.'

Ik gunde mijn zus de tijd niet om te gaan zitten of een kop koffie te drinken, maar duwde haar rechtstreeks naar de douche.

'Geef je kleren maar hier, dan breng ik ze meteen naar de stomerij. Die gaat om zeven uur open.'

Lauren gehoorzaamde en terwijl Marcus het ontbijt maakte, bracht ik het zootje van mijn zuster in zijn geheel naar de Chinees die onze was deed. Hij was heel professioneel, maar hij schrok toch zichtbaar van het smerige wasgoed dat ik bij me had. Ik kwam terug met warme kaneelbroodjes en bosbessenmuffins. Gewikkeld in een grote handdoek kwam Lauren met natte haren uit de douche.

'Zo, nu kan ik je omhelzen,' zei Marcus en hij drukte haar langdurig tegen zich aan.

'Zo is het wel genoeg!' riep ik, terwijl ik in mijn kast een overhemd uitzocht dat ik aan mijn zus gaf.

Marcus maakte haar outfit af met een legging die hij droeg tijdens de wintersport in Aspen. We zaten lang aan de ontbijttafel terwijl Lauren ons vertelde over haar mislukkingen. Toen ik hoorde hoe ze behandeld was, stond ik meteen op mijn achterste benen, maar ze raadde me af om op strafexpeditie naar Californië te gaan. In afwachting van onze verhuizing, waar mijn compagnon steeds op aandrong, installeerde Lauren zich in ons oude kantoor en in ons nieuwe leven.

Mijn zuster had over bijna alles een mening. Ik vertrouwde haar ook mijn tegenslag in de liefde toe, en toen ze zag hoeveel verdriet ik had om het verlies van Rebecca, terwijl 'ik alles had om gelukkig te zijn', besloot ze het heft in handen te nemen. Ze maakte van mijn evenwichtigheid en geluk haar missie en reddingsboei, haar manier om haar twijfels in zekerheden te veranderen. Binnen drie weken had ze de organisatie van ons dagelijks leven overgenomen. Ze begon met onze voeding. Als we niet uit eten gingen, aten Marcus en ik uitsluitend pasta, pizza's, hamburgers, patat en zoute of zoete bagels. Lauren was fel gekant tegen dit eetpatroon. Ik was daar blij mee. Ik had mijn moeder altijd zien koken en voor mij was dat een van de kwaliteiten van een vrouw. Maar ik was een stuk minder enthousiast toen ze besloot het vlees af te schaffen. Ze verving het door een soort smakeloze klei die tofu heette, en verklaarde ons genadeloos de oorlog om ons te bekeren tot een vegetarisch dieet. Dierlijke eiwitten 'vervuilden ons lichaam en onze geest', en zij verzette zich tegen deze wrede, nutteloze aanslagen op ons leven die voortkwamen uit de 'liederlijke westerse voedingsleer'. Zelfs Shakespeare wilde ze bekeren tot dit sojagerecht, maar mijn hond ging een week lang in hongerstaking. Lauren nam ook ons interieur onder handen. Ze kocht elke dag bloemen en brandde wierook met patchoeli, waar ik misselijk van werd. Ze legde Indiase foulards over de banken, transformeerde de woonkamer tot een boeddhistische tempel en de keuken tot een kweekplaats van exotische planten, met daarnaast een voorraad granen en kruiden uit de hele wereld. Als we de deur opendeden, kwam de kerrielucht ons tegemoet, en ik had zelfs de indruk dat de geur uit mijn poriën kwam als ik ervan gegeten had. Joan beweerde dat ik inderdaad een beetje naar kummel en kurkuma rook, en dat ze dat best lekker vond. De zangeres, die opgetogen was over al deze nieuwigheid, praatte voortdurend met Lauren over recepten en politiek. Omdat Lauren ons gestrest vond en 'in conflict met onze gevoelens', wijdde ze ons in de yoga in. Ze beluisterde voortdurend muziek van een monnik die urenlang pingelde op zijn eensnarige instrument. Marcus stond meer open dan ik voor dit innerlijke avontuur, en ik vond dat hij tegenover mijn zuster een medeplichtige inschikkelijkheid aan de dag legde.

Een keer per dag liet Lauren ons in de woonkamer op de grond liggen. Shakespeare raakte dan buiten zichzelf en moest opgesloten worden, want zodra de les begon, wilde hij per se onze gezichten likken. Ik had bijzonder weinig aanleg voor meditatie. Van de lijzige, fluisterende stem waarmee Lauren ons aanmoedigde om op onze aaaadem te letten, de spieren van ons gezicht te ontspaaaannen, die van de toooong, de aaaarmen, de beeeeen, en het heeeele lichaaaam, kreeg ik de slappe lach. Lauren trok het zich niet aan. Lachen was volgens haar op zichzelf al therapie. Het was mijn manier om de spanningen kwijt te raken. Aan het eind van deze seances liet ze een aantal keren een Tibetaanse klankschaal resoneren die ze daarna op onze buik zette. Bij de laatste trilling sprong ik op om mijn telefoon te pakken en onze werken in aanbouw te begeleiden, die mij nooit snel genoeg gingen. Mijn zuster maakte zich niet druk over het geringe effect van haar methodes op mijn gedrag en troostte zich met de vorderingen van Marcus. Hij had alle spirituele boeken die ze hem had aangeraden gekocht en raakte snel thuis in de materie. Al interesseerde deze vakliteratuur me niet, ik raakte algauw gewend aan mijn zusters massages. Een Japans vriendinnetje had me een paar jaar geleden dit genoegen bezorgd, maar ik had me nog nooit overgeleverd aan professionele handen. Lauren had een gave. Ze wist de pijnlijke zones te traceren en ze wonderbaarlijk los te maken. Ze had een onvermoede en bijzonder effectieve kracht op de voeten waar, zo verzekerde ze me, bijna het hele lichaam van kon profiteren. Ik begreep niet veel van de principes van de Chinese geneeskunde die ze me probeerde uit te leggen, maar ik vond het verrukkelijk als ze mijn tenen te pakken had. Ze stond erop om ons, Marcus en mij, in te smeren met een soort ayurvedisch kruidenmengsel dat vlekken gaf op je kleren en waardoor het email van de douche na één keer geel was geworden. Ik was dol op mijn zus, maar behalve mijn ouders stond er niemand op de wereld zo ver van mij af als zij. Gelukkig hadden we soms even rust. Lauren verdween regelmatig voor een of twee dagen om muziek te gaan maken in kraakpanden of om te slapen in Central Park. Marcus was altijd ongerust als ze weg was, maar Shakespeare en ik zetten dan de bloemetjes lekker buiten. New York zat die zomer midden in de Flower Power. Jongeren uit alle hoeken van het land kwamen er samen om de maatschappij aan te klagen die hun ouders hadden opgebouwd. Ze verwierpen in één klap het kapitalisme, het individualisme en de misdadige onverschilligheid waarmee we onze aarde behandelden. Lauren was idealistisch, rebels, kortom, ze was helemaal een kind van haar tijd, terwijl Marcus en ik ons uitstekend redden in deze maatschappij, die ons in recordtempo een zo luxueuze plaats had gegund.

Wij vlogen van succes naar succes. Op de avond van de opening van z&h Center verzamelde zich alles wat in New York als chic, sexy en machtig werd beschouwd. Lauren gooide me telkens weer mijn 'materialisme' voor de voeten, en gaf af op de mensen met wie ik omging: afschuwelijke invloedrijke kapitalisten, verschrikkelijke bankiers, strebers, regenten, kortom, mensen zoals ik. Alleen over Joan was ze enthousiast vanwege haar strijdbaarheid en haar muziek. De zangeres was haar idool, een voorbeeld van hoe je succes kon hebben terwijl je je toch inzette voor het goede in de wereld. Ondanks al haar kritiek amuseerde mijn zus zich kostelijk op onze avond. Met haar lila sari, bruine knot en zwaar opgemaakte, zwarte ogen leek ze een echte Indiase vrouw. De in het paars geklede menigte was een lust voor het oog. De fotografen schoten aan één stuk door foto's van de gasten. Ons lieten ze boven aan de roltrap poseren, Marcus, Shakespeare en mij. De molos was voor het eerst van zijn leven in vol ornaat voor de gelegenheid. Hij droeg een dikke paarse leren ketting, eigenlijk een damesceintuur die door Lauren was vermaakt. Hij kwispelde vrolijk en blafte de mensen die binnenkwamen toe alsof hij de gastheer bij deze opening was.

'Ik heb de mondainste hond van New York,' merkte ik op.

'Dat compenseert dan mooi dat boerse van jou,' antwoordde Marcus.

Joan had groot succes. We hadden het podium in het overdekte atrium laten zetten, in het midden van het gebouw. Elke keer als ze een concert gaf verbaasde ik me over de gedaanteverwisseling die zich in haar voltrok – ik wist immers hoe zachtaardig en verlegen ze was. Plotseling vulde Joan het hele toneel, trok alle ogen naar zich toe en wist de menigte in haar ban te houden. Ze straalde vreugde en een bijna mystieke energie uit. Meteen daarna speelde ze zonder orkest, ze begeleidde zichzelf bij een Ierse ballade gewoon op haar eigen gitaar, en schiep daarmee zo veel intimiteit dat het leek of we met een man of zes in de zaal zaten, terwijl die hele menigte zat te luisteren. Voor zolang deze illusie duurde waren we vrienden. Bevangen en in vervoering deelden we haar emotie. Joan eindigde met een noot die een eeuwigheid duurde en waarvan de laatste vibratie uitliep in een korte stilte, die meteen daarop werd gevuld door een oorverdovend applaus. Ik genoot intens van deze glorieuze momenten. Ik voelde me bijna verliefd, maar als ze weer van haar voetstuk kwam, werd Joan opnieuw een gewone, aardige vrouw en mijn bewondering voor haar liep daarmee in de pas. Ik verweet het mezelf dat ik mijn kans niet greep. Met haar witkanten blouse op haar broek met wijde pijpen en met haar zachte haar met een scheiding in het midden dat langs haar gezicht viel, straalde ze zo veel tederheid uit. Lauren feliciteerde haar met een aandoenlijk enthousiasme. Ze zouden wel zusjes kunnen zijn. Ze hadden allebei een ovaalvormig gezicht, grote, zwarte, ronde ogen en een amberkeurige huid. Maar ze hadden vooral eenzelfde kijk op het leven en de wereld.

Een kennis van me wilde werken van Rebecca kopen. Ik weigerde. Haar doeken hingen een beetje verloren in de immense ruimte. Afgezien van een paar kunstliefhebbers wierpen de genodigden er niet meer dan een verstrooide blik op. Ik was nerveus. Ik had Marcus beloofd dat ik Rebecca, als ze niet zou komen opdagen, definitief uit mijn geheugen zou bannen. Ik had besloten dat ik, mocht het misgaan, een nieuw appartement zou zoeken. Maar mijn belangrijkste besluit was toch om Joan voor te stellen bij mij in te trekken. Ik bewonderde haar, ik respecteerde haar, en de liefde had me meer kwaad dan goed gedaan. De vriendschap met benefits die ik met Joan onderhield leek me een heel wat betere manier om mijn dagelijks leven op te fleuren. Ik vond het fijn om bij haar te zijn. Ik probeerde mezelf ervan te overtuigen dat ik er door haar te blijven zien uiteindelijk in zou geloven, en echt van haar zou gaan houden. Aan die avond waarop ons bedrijf zijn triomfen vierde leek geen einde te komen. Bij ieder blond achterhoofd sprong mijn hart op. Maar geen enkele keer was het de vrouw op wie ik wachtte. Ik wist mijn ongeduld en teleurstelling niet te verbergen.

Een paar minuten voor middernacht, toen de gasten begonnen te dansen, gaf ik het op. Joan wilde niet blijven als ik wegging. Ik liet het gastheerschap aan Marcus over. Ik verliet de zaal zonder iemand te groeten, samen met Joan en Shakespeare. Ik zette haar thuis af. Ik voelde spijt toen ik zag hoeveel moeite ze deed om haar verdriet te verbergen. Ze glimlachte dapper en haar stem klonk quasi opgewekt. Ik kon niet bij haar blijven. Deze avond zou ik niet kunnen doen alsof. Ik kuste haar, zei dat ze mooi was en dat ze de ster van de avond was geweest. Toen ze de deur achter zich had dichtgedaan, beloofde ik plechtig dat ik de volgende dag een heel mooi sieraad voor haar zou kopen. Eigenlijk was het gewoon een aanzoek. Ik zou haar voorstellen met mij samen te gaan wonen en dat was heel wat. Ik zou me moeten verheugen, maar ik dacht alleen aan mijn verdriet. Ik kende die oude wond maar al te goed. Die had ik niet meer gevoeld sinds mijn puberteit, sinds die jaren waarin ik me nachtenlang afvroeg waarom mijn echte ouders me hadden afgestaan. Ik was alleen en ik wist niet hoe ik verder moest.

HAWTHORNE, NEW JERSEY, 1948

De kleine Werner verstond geen Engels. Armande, die al jaren op dit moment wachtte, was in tranen. Andrew drukte zijn vrouw tegen zich aan. Ook hij had het te kwaad. De medewerkster van het adoptiebureau, een bitse vrouw met bruingrijs haar, had het kind afgeleverd alsof het een pakketje was.

'Ik wens u veel sterkte,' had ze gezegd. 'Hij begrijpt niets en het is een lastpak.'

Het jongetje van drie had geen traan gelaten bij het vertrek van deze vrouw, maar toen Andrew Werner 'mijn ventje' noemde en hem wilde optillen begon hij zo verschrikkelijk te huilen dat de makelaar het opgaf.

'Het is beter dat jij het probeert,' zei Andrew. 'Een vrouw is vertrouwder.'

Ook Armande had geen succes. Het kind snikte hartverscheurend en riep om zijn 'mama'. Haar hart brak. In al die jaren waarin Armande gehoopt had op het wonder van een geboorte, was ze vergeten hoe compleet wanhopig een kind kon zijn. Ze was nog extra ontredderd omdat de medewerkster van het bureau niet de tijd had genomen iets over Werner te vertellen. Ze had geen idee wat hij leuk vond, wat zijn gewoontes waren of waar hij vandaan kwam. Het kind zat voor het witte huis van hout en pleisterwerk dat de Goodmans vlak na hun huwelijk hadden gekocht, en wilde niet worden aangeraakt. Niemand mocht in zijn buurt komen. Om hem niet nog meer af te schrikken lieten de kersverse ouders hem met rust op het gazon en gingen tegenover hem zitten. Ze spraken op rustige toon met elkaar terwijl Werner, die er moe uitzag, met een rood gezichtje en een borstje dat nog hortend op en neer ging, werktuiglijk met zijn voetjes speelde en hen met zijn heldere, schuwe oogjes aanstaarde. Ze wachtten een uur. Het jongetje was ongetwijfeld doodmoe van de reis en de emoties, en zat met zware oogleden te knikkebollen. Hij viel bijna om van de slaap, maar hij bleef op zijn hoede.

'Hij zal wel trek hebben, en dorst,' zei Armande. 'Ik ga iets voor hem halen.'

Een paar minuten later kwam ze terug met een dienblad dat ze tussen hen en het kind zette. Toen ze met een zuigfles met vruchtensap naar hem toe liep, begon Werner weer te huilen. Armande deinsde terug.

'Niet bang zijn, kindje van me. Hier, kijk, ik ga al.'

De jonge vrouw ging weer naast Andrew zitten. 'Hoe pakken we dit nou aan?' vroeg ze benauwd.

'Maak je geen zorgen, hij ziet er sterk uit.'

Zo had hij zich zijn zoon niet voorgesteld. Zo blond, met bijna kleurloze ogen die hem doordringend aankeken. Ze waren gewaarschuwd dat het begin altijd moeilijk was, maar dat drong nu pas tot Andrew door. Hij observeerde het jongetje. Werner was stevig. Zijn blik was buitengewoon intens, alsof zijn al gevormde karakter oneindig ver voor was op zijn jonge lijfje. Andrew was geraakt en vertederd door dit jochie dat hen, twee volwassen mensen, op gepaste afstand wist te houden. Het ventje beviel hem wel. Andrew wierp een blik op Armande, die het kind met een bijna zorgwekkende intensiteit in de gaten hield. Hij stelde vast dat alles goed zou komen.

'Laten we je cake eten. Misschien wil hij dan ook wat,' stelde hij voor.

Ze sneden de cake die Armande de dag ervoor met liefde had gebakken in stukken, en genoten hoorbaar om te laten zien hoe heerlijk hij smaakte. Werner zat met grote ogen naar ze te kijken. Het echtpaar kon niet vaststellen of hij verbaasd was over al het gedoe of dat hij inderdaad honger had. Armande kroop op handen en voeten naar het kind, dat haar nauwlettend in de gaten hield. Ze zette de zuigfles met vruchtensap en een bordje cake voor hem neer. Werner keek geconcentreerd naar zijn rechtervoetje, dat hij met twee handjes vasthield. Minutenlang maakte hij totaal geen aanstalten. Opeens had Andrew een ingeving.

'Draai je om. Misschien is hij minder schuchter als we niet naar hem kijken.'

Andrew wendde zich af en trok Armande tegen zich aan. Ze hoorden een geluidje en zijn vrouw wilde zich omdraaien, maar Andrew hield haar tegen.

'Wacht, geef hem wat tijd. Alles komt goed, schat, rustig maar. Hij moet ons eerst leren kennen.'

Op zijn Patek-horloge, dat hij in 1943 kort voor zijn vertrek naar Europa gekocht had, wees Andrew aan wanneer ze weer mocht kijken. Ze legde haar hoofd op haar mans schouder. Na al die maanden wachten leek nu elke minuut voor de jonge vrouw een extra uur.

De schaduwen in de tuin werden geleidelijk langer en vielen uiteindelijk samen. De laatste zonneplekken verdwenen van het gazon. Ze hoorden niets meer. De wijzers van de Patek om Andrews pols stonden op kwart voor zeven. Eindelijk draaiden ze zich om. Werner lag op zijn zij te slapen met het flesje in zijn handjes en de speen in zijn mond. De cake was weg.

'Arm kind. Hij kan niet meer,' mompelde Armande.

'Kom, laten we hem naar zijn kamer brengen,' besloot Andrew, die ook geëmotioneerd was.

Hij nam het kind in zijn armen waarbij het hoofdje achteroverviel. Werner werd niet wakker, zelfs niet toen ze hem uitkleedden en verschoonden. Ze schrokken toen ze zagen hoe nat zijn kleertjes waren. De dagen daarna zouden ze merken dat Werner een zindelijk jongetje was, maar dat de medewerkster van het adoptiebureau hem een luier had omgedaan, omdat ze waarschijnlijk geen tijd of zin had gehad om zich met zijn behoeften bezig te houden. Werners huid was ernstig geïrriteerd. Armande maakte hem voorzichtig schoon. Ze had geoefend met de buurkinderen. Ze ging zelfverzekerd en nauwkeurig te werk. Ze had de komst van haar zoon lang voorbereid. Ze had advies ingewonnen bij de beste moeders van Hawthorne en alle boeken over het onderwerp gelezen, zoals *Baby- en kinderverzorging* van Benjamin Spock en *Het handboek voor de perfecte moeder* van de arts Jarred Blend.

Armande had een medicijnkast vol middelen tegen kinderkwaaltjes, waaronder shampoo van Johnson die niet in de ogen prikte, kinderzeep van Palmolive, een fles zoete amandelolie met een beertje erop, talkpoeder en een enorme voorraad crème tegen rode billetjes. Ze had werkelijk alles. Een commode vol handdoeken, geborduurde dekentjes en lakentjes. Een zachte haarborstel en een nagelknippertje met een blauw plastic beschermhoesje. Een onzinnige hoeveelheid luiers, vond Andrew. In het witte bedje met spijlen, waarboven een houten mobile hing die Armande zelf had beschilderd, gelakt en in elkaar gezet, lagen al vijf knuffels: een beer, een konijn, een vilten schildpad, een kat en een pony. De laatste weken had ze er graag nog meer bij gelegd, om de ondraaglijke leegte te vullen, maar Andrew had haar daarvan weerhouden.

'Het lijkt de ark van Noach wel, dat wiegje! Laat een beetje ruimte voor hem vrij. Hij komt heus. Dit keer gaat het gebeuren.'

Omdat de kinderen van haar vriendinnen al tussen de zeven en veertien jaar waren, had Armande koffers vol kleren gekregen. Ze had er twee kasten mee gevuld. Ze was van plan om nieuwe kleertjes voor haar zoon te naaien, maar ze was blij dat ze nog niet was begonnen; ze vond Werner heel groot voor zijn leeftijd. Andrew had de kamer geel geschilderd en Armande had er twee rotanstoelen neergezet. Ze zou uren naar haar slapende zoon kunnen kijken. Het bijvoeglijk naamwoord 'bezitterig' was al direct op haar van toepassing. Het was háár kind. Hij was van háár. Ze had zo lang op hem moeten wachten!

Ze had de blonde haartjes willen strelen die op zijn schedeltje een eigen leven leken te leiden. Hem op zijn wangetjes en in zijn nekje willen kussen. Zijn armpjes en zijn beentjes aanraken. Hem kietelen, hem horen lachen, zijn kindergeur opsnuiven om die nooit meer te vergeten. Armande stikte bijna in haar liefde voor hem. Ze was bang dat Werner die liefde zou afwijzen. Ze moest hem nog voor zich winnen. Zijn eerste blik zien te vangen, zijn eerste woordje, zijn eerste bedankje, zijn eerste kusje. Dus hield de moeder zich stil. Ze durfde zich nauwelijks te bewegen, uit angst dat ze hem zou wekken, maar ze genoot van zijn slaap zodat ze hem in ieder geval met haar ogen kon verslinden.

'Hij is zo mooi,' fluisterde ze.

'Prachtig,' beaamde haar echtgenoot.

Andrew moest Armande dwingen om mee naar beneden te gaan voor het avondeten. Tussen de quiche en de kip ging ze weer even naar boven om te kijken 'of alles goed ging', tussen de kip en het restant van de cake nog een keer, en ook tussen de kruidenthee en de afwas. Toen ze voor de zoveelste keer wilde gaan kijken wist Andrew haar tegen te houden. 'Laat hem lekker slapen! Het gaat allemaal goed.'

Armande moest lachen en vlijde zich in de armen van haar man. 'Ik kan het gewoon niet geloven. Hij is volmaakt.'

'Ja, het is een flink mannetje.'

'Ik wil hem zo graag aan de Spencers en de Parsons laten zien!'

'Maar volgens mij vooral aan die klierige Joan Campbell,' zei haar man plagerig.

'Klopt. Dat gezicht van haar als we Werner showen.'

'Woest zal ze zijn. Onze zoon is zo veel knapper dan die van haar,' deed Andrew er nog een schepje bovenop.

Ze kregen al wat meer zelfvertrouwen. Hij was nu vader en zij moeder. De mensen konden geen meewarige blikken meer op hen werpen. Geen kwetsende vragen meer stellen: 'En, wanneer beginnen jullie eraan?' 'Hebben jullie eindelijk een goed nieuwtje voor ons?' 'Ben je nou zwanger of niet?' Voor haar niet langer de maandelijkse teleurstelling, die terugkerende smet en straf. Voor hem niet meer die insinuerende opmerkingen en grappen van zijn vrienden tijdens het rami spelen: 'Je moet wel kunnen mikken!' 'Wat een kluns ben jij!' 'Ze zeggen toch altijd dat die Franse vrouwtjes wel van wanten weten.' Er zouden geen vechtpartijen meer plaatsvinden, omdat sommigen onder invloed van alcohol en de opwinding van het spel te ver gingen, waarna Andrew zijn mannelijkheid met zijn vuisten in hun gezicht ramde. Er zouden geen spottende opmerkingen meer gemaakt worden. Geen geroddel, het woord dat ze vreesden, het woord dat langs de muren kroop, hen achtervolgde, dat zich voortplantte op de lippen van hun kennissen, het woord dat hun bestaan vergiftigde: 'Onvruchtbaar. De Goodmans zijn onvruchtbaar. Het zal wel aan haar liggen! Hij had nooit met een Française moeten trouwen. Niemand kende haar. God mag weten wat ze voor de oorlog allemaal heeft uitgespookt. Een abortus? Van wie heb je dat gehoord? Van niemand? Ah, dat denk je? Ja, je hebt vast gelijk. Ze is wel katholiek. Maar waarom zou je katholiek zijn als je niet iets ergs hebt op te biechten? En die arme man weet nergens van. Ik heb altijd al gedacht dat dat meisje niet deugde…'

Die avond gingen Andrew en Armande in de woonkamer zitten. De televisie – de eerste in de buurt – bleef uit. Ze dronken port. Ze maakten grapjes over de opvoeding van de kleine Werner. Hij zou gezeglijk en slim zijn. Sportief en zelfverzekerd. Hij zou het ver schoppen. Andrew en Armande draaiden vijfenveertigtoerenplaten. Ze luisterden naar 'Memories of You' van Benny Goodman en 'Une charade' van Danielle Darrieux, de nummers waarop ze in Lisieux voor het eerst hadden gezoend. Ze dansten langzaam op hun tenen, in elkaars armen. Voordat ze naar bed gingen, deden ze heel voorzichtig de deur van de gele kamer open, waar het jongetje lag te slapen dat hun leven in een paar uur tijd had veranderd. Ze durfden nauwelijks te ademen terwijl ze met bonzend hart naar hem keken. Die avond waren de Goodmans het gelukkigste stel ter wereld.

MANHATTAN, 1971

Tegen vier uur in de morgen kwamen Marcus en Lauren met hun armen om elkaars schouders thuis, stomdronken. Omdat ze hun sleutels niet konden vinden hingen ze aan de bel om me uit bed te krijgen. Ik had een kruis gezet door Rebecca, dus ik haastte me niet. Shakespeare blafte uit alle macht, waardoor de buren begonnen te schreeuwen. Toen ze zeker twintig keer hadden gebeld kwam ik naar de deur met een gezicht van oude lappen. Mijn zuster droeg het jasje van Marcus, die haar stevig tegen zich aan hield terwijl hij over haar rug wreef. Ik spuwde een groot deel van mijn gal tegen ze uit, maar ze schoten in de lach.

'Zie je nou, ik zei het je toch?' riep Lauren tegen Marcus.

Ze waren compleet van de wereld. Ik lag net weer in bed toen de twee mafkezen leuk dachten te zijn en opnieuw naar buiten gingen om aan te bellen. Als een tornado schoot ik mijn kamer uit, waarbij ik een stoel omvergooide, die Shakespeare op een haar na miste. Woedend zwaaide ik de deur open, die met veel lawaai tegen de muur klapte, maar mijn verwensingen stokten in mijn keel toen ik zag wie er op de stoep stond. Het duurde een paar seconden voordat ik begreep dat dit bleke, jongensachtige meisje met kort paars geverfd haar niemand anders dan Rebecca was. Ik herkende haar blik toen ze naar me opkeek.

'Kom erin,' mompelde ik totaal verbluft.

'Dank je,' zei ze en ze schoof langs de muur.

Lauren en Marcus, die hun gesprek hadden voortgezet in de keuken, kwamen tevoorschijn. Hun gelach verstomde toen ze zagen dat er een meisje tegenover me stond.

'Rebecca...' stamelde Marcus.

Ze glimlachte, maar zei niets. Shakespeares begroeting was aandoenlijk, hij draaide rondjes om haar heen en ging toen op de voeten van de jonge vrouw zitten. Ze aaide hem over zijn kop. Haar vingers leken doorzichtig. Lauren omhelsde de nieuwe gast uitbundig en zei veelbetekenend dat ze 'veel over haar had gehoord'. Rebecca glimlachte weer. Naast Lauren met haar donkere kapsel en grote boezem leek ze op een geplukt kuiken. Ik vroeg of ze iets wilde eten. Rebecca sloeg het af. Iets drinken? Ook dat wilde ze niet.

'Eigenlijk zou ik willen slapen,' zei ze.

Zonder me iets van de mafkezen aan te trekken, bracht ik haar naar mijn slaapkamer.

'Wil je een nachthemd van Lauren?' vroeg ik.

'Nee, zo is het goed,' antwoordde Rebecca.

Ze deed alleen haar mocassins uit en ging met opgetrokken knieën op het bed liggen, met haar gezicht naar de muur. Ik ging zelf ook liggen, maar durfde niet te dicht bij haar te komen.

'Neem me alsjeblieft in je armen,' smeekte ze.

Ik trok haar tegen me aan. Ze leek me zo broos, alsof haar botten zomaar konden breken. Ze had niets meer van het prachtige dier dat ik zo graag had willen temmen. Ik voelde haar warmte. Ik snoof haar lichte amandelgeur op. Haar huid was in elk geval niet veranderd. Langzaam probeerde ik haar weer te ontdekken, haar terug te vinden. Ik begon vragen te stellen, haar verklaringen te ontlokken, maar ze wilde dat ik daarmee stopte: 'Alsjeblieft, ik wil niet praten.'

Ik maakte een ongeduldig gebaar, maar ze leek me te zwak om grof te worden.

'We doen wat jij wilt, Rebecca,' zei ik met schorre stem.

'Hou me dan vast,' vroeg ze nog een keer, 'en laat me niet meer los.'

'Beloofd.'

De hele nacht bewoog Rebecca niet. Ze lag zo stil dat ik een paar keer mijn hand voor haar gezicht hield om te voelen of ze nog ademde. Mijn armen deden pijn, ik had een stijve nek en tintelende benen, maar ik verroerde me niet. Het werd ochtend. In het licht kon ik haar beter zien. Ze was mager en zag er moe uit. Ze had wallen onder haar ogen, en met dat korte, geverfde haar kwam haar verrukkelijke hals goed uit. Ik tilde haar op om uit bed te kunnen stappen. Ze voelde onrustbarend licht aan. Mijn heen en weer geloop in de kamer veroorzaakte geen beweging. Ik ging nog even naast haar liggen om goeiendag te zeggen. Ik kuste haar op haar voorhoofd en aaide over haar bol. Geen reactie. Toen ik de kamer uit liep, ging ze op de andere kant van het bed liggen, op de plek die ik warm had achtergelaten, en omhelsde teder mijn kussen.

Door de opening van het Center en de soiree bij z&h – die de voorpagina had gehaald van veel kranten – hadden Marcus en ik de hele dag afspraken en interviews. In de keuken stond Lauren al sinaasappels uit te persen en boterhammen te roosteren. Na alles wat ze gedronken had, zag ze er nog fris uit. Anders dan het effect dat de 'poorten van licht' van haar oude commune op haar hadden, leek haar dronkenschap haar de dag erna allerminst te deren. Marcus daarentegen nipte met een gezicht als een oorwurm aan zijn derde kop zwarte koffie. Hij zag grauw en probeerde met zijn zware hoofd zichzelf weer in de hand te krijgen. Hij veegde een lok uit zijn ogen.

'Ik heb een houten kop,' klaagde hij. 'Een rare uitdrukking, maar het doet pijn.'

'Laat mij maar,' zei Lauren.

Ze pakte Marcus' hoofd en begon langzaam zijn slapen te masseren. Ik keek ernaar en vond dat ik ook een beurt verdiende. 'En ik dan?'

Lauren staakte haar drukpuntenbehandeling op Marcus' gezicht, maar toen ze mij onder handen wilde nemen, trok hij haar terug aan de riem van haar jeans: 'Nog even, alsjeblieft. Ik heb het harder nodig dan hij.'

Ik was ook niet erg fris. Ik had Rebecca de hele nacht in de gaten gehouden uit angst dat ze er tijdens mijn slaap vandoor zou gaan. Lauren bestookte me met vragen, maar aangezien mijn slaapster niet meer dan zo'n twintig woorden had gezegd tussen haar aankomst in het appartement en haar nachtelijke coma, kon ik haar nieuwsgierigheid niet bevredigen. Omdat ik bang was om DVVML – 'De Vrouw Van Mijn Leven', verduidelijkte Marcus met een droge mond voor Lauren, die deze afkorting niet kende – opnieuw in het niets te zien verdwijnen, vroeg ik aan Lauren om haar niet uit het oog te verliezen.

'Echt, je mag niet zonder haar naar buiten gaan, ook al is het maar vijf minuten, en doe als het niet anders kan het appartement goed op slot.'

'Wern, je kunt Rebecca toch niet opsluiten!' protesteerde Marcus terwijl hij opsprong en zo in één klap al zijn energie verbruikte. Hij gaf met een smachtende blik zijn lege koffiekop aan Lauren, die hem opnieuw tot het randje vulde.

'Ze heeft zelf gevraagd om haar niet weg te laten gaan!' antwoordde ik met het vaste voornemen om mijn machtsmisbruik voor de volgende twintig jaar te legitimeren met een beroep op dit ene ongelukkige zinnetje van Rebecca op een avond van zwakte en van het herstel van onze relatie.

'Maak je geen zorgen,' zei Lauren geruststellend, terwijl ze in een boterham beet. 'Ga jij maar lekker genieten van je succes en je afschuwelijke miljoenen. Ik zorg wel voor de jongedame.'

Marcus gromde nu van verontwaardiging. Ik antwoordde dat wij onze miljoenen dubbel en dwars hadden verdiend. Wij verdeden niet, zoals anderen, onze tijd door met een bloem tussen onze tanden te flirten met onbekende singer-songwriters die wat tokkelden op hun gitaar. Marcus steunde mijn bewering, Lauren schoot in de lach.

'Jongens, ik meen het, zijn jullie dan al jullie gevoel voor humor kwijt?' Ze keek wat ernstiger. 'Wat moet ik tegen Joan zeggen als ze belt?'

'Jij zegt niets! Helemaal niets!' riep ik uit, terwijl Marcus meteen in zijn advocatenmodus schoot: 'Je ontkent, je ontkent alles!'

'Wat moet ik ontkennen?'

'Dat Rebecca terug is. Dat mag ze niet weten. Ik bel haar wel als ik eraan toe ben.'

'Arme Joan,' zuchtte Lauren. 'Wat naar, ik hou zo veel van haar.'
Ik deed net of ik het niet had gehoord.

'Ja, het is vreselijk, de arme meid, ze houdt zo veel van je,' zei Marcus nadenkend.

'Zo is het genoeg, jullie allebei! Ik heb haar niet geslagen en al helemaal niet vermoord.'

Ze durfden niet te reageren, maar ik vond hun zwijgen even erg als hun verwijten. We verlieten het appartement met tegenzin, Marcus omdat elke beweging hem pijn deed, en ik omdat ik bang was dat Rebecca haar kans schoon zou zien om te vluchten. Al bij het eerste interview met de *Village Press* en daarna met *The New York Times* hadden we de teugels weer strak in handen. De dag ging voorbij als in een droom. De telefoontjes, de interviews en de vergaderingen volgden elkaar op. Mijn hele grijze massa werd in beslag genomen door deze flow, en de energie die ik uitstraalde was een pantser dat zorgde dat mijn gevoelens me niet van mijn doel afleidden. Dit waren de ogenblikken waarop z&h een zo geoliede machine bleek dat ze me een gevoel van volmaaktheid en macht gaf. Wij hadden deze machine uitgevonden en ze werkte. Bij die gedachte voelde ik een vaderlijke trots. Het succes smaakte naar meer. Ik belde Joan tussen de middag om me te verontschuldigen dat ik haar vandaag niet kon zien. Ik had het druk met z&h en de nasleep van de opening. Maar dat zou beslist minder worden, stelde ik haar gerust. Morgen, overmorgen of later. Door de telefoon voelde ik haar angst. Ze was slim en gevoelig. Mijn maag trok samen toen de zangeres opnieuw vroeg of ik met haar mee naar Frankrijk wilde in het kader van haar Europese tournee. Ze wilde dat ik samen met haar het land van mijn moeder Armande zou ontdekken. We hadden het er al vaak over gehad, maar ik had geen zin meer in die reis. Ik reageerde zo ontwijkend mogelijk. Donna, die op dat moment mijn kantoor in kwam, stelde de volgende diagnose: 'Er is iets wat u niet lekker zit.'

Ik bracht haar op de hoogte van Rebecca's terugkeer. Ze keek bedroefd: 'Arme Joan, daar is ze al maanden bang voor.'

Ik nam Donna mee naar Tiffany om me te helpen bij het kopen

van een cadeau. Ik koos een hanger. Het was een vioolsleutel van witgoud en diamanten met in het midden een steen zo groot als mijn duimnagel. 'Arme Joan,' zuchtte mijn assistente terwijl ze toekeek hoe ik de laatste nullen op de cheque zette, waardoor het effect van haar woorden geheel verloren ging. Donna wriemelde zenuwachtig aan de armband die ik haar net cadeau had gedaan 'om mijn goedkeuring te kopen', had ze lachend gezegd. Ze had volkomen gelijk, maar ook omdat ik het tactloos vond om haar mee te nemen naar een juwelier zonder haar iets te geven. Ik verliet Tiffany even beschaamd als ik er binnen was gegaan. Het effect werd er niet beter op bij 'de arme Joan', zoals iedereen haar vanaf die morgen noemde. Mijn gebaar verontrustte haar. Ze bracht het als een grapje toen ze opbelde om me te bedanken.

'Het is niet de eerste keer dat je me een mooi cadeau geeft, maar nu slaat het meer op het verleden dan op de toekomst, lijkt het wel.'

Joan had gelijk. Ik was weer helemaal in de ban van Rebecca. Ik had het haar meteen moeten bekennen, maar ik wist niet hoe. Ik zei de kooswoordjes waaraan ze behoefte had en ik stelde die pijnlijke confrontatie uit. Toen we aan het eind van de dag thuiskwamen, 'spetterde de zelfvoldaanheid ervan af', om met Lauren te spreken. Ik trok wit weg toen ik Rebecca niet zag. Mijn zuster liet me de tijd niet om me zorgen te maken: 'Je liefje is op haar kamer, ze slaapt.'

'Nog steeds?' vroeg ik verbaasd.

'Ze is een uur op geweest. Ze heeft gegeten, gedoucht en is weer naar bed gegaan.'

Ik keek door een kier van de slaapkamerdeur en zag Rebecca nog precies in dezelfde houding als waarin ik haar twaalf uur eerder had achtergelaten. Ze had haar t-shirt en broek uitgetrokken en droeg nu een romantisch wit nachthemd dat Lauren haar had geleend. Het te grote kledingstuk liet een tengere schouder vrij en een magere, pezige arm. Ik wilde haar verschrikkelijk graag wakker maken, maar Lauren hield me tegen, met een boos gebaar en een geluidloos 'nee', dat ze kracht bijzette door haar geheven vinger te schudden. Tegen mijn zin trok ik me terug. Ik probeerde een paar keer het huis van de familie Lynch te bellen. Omdat ik al weken geleden met stalken was gestopt nam de huishoudster op. Het idiote mens draaide haar gewone riedel af. De familie was niet in New York. Ze wist niet waar ze waren, en ook niet waar Rebecca was. Ik antwoordde koel dat ik best wist waar Rebecca was. 'Als haar ouders willen, kunnen ze me gerust bellen,' voegde ik eraan toe en ik hing op. Lauren en Marcus brachten me tot bedaren met een fles wijn, zonnebloempitten en gegrilde paprika, die mijn zuster had klaargemaakt voor bij de borrel; daarna zette ze ons een groentecurry voor met cashewnoten in een saus van kokosmelk. Ik smachtte naar vlees en aardappels, maar die strijd had ik verloren. We aten en dronken op onze plannen en op de vriendschap. We besloten ook dat we binnenkort zouden verhuizen.

'Nou ja, op een mooi leven voor ons!' riep Marcus en hij sprong enthousiast op, waarbij hij in een en dezelfde beweging mijn zus optilde en rondjes met haar draaide.

Lachend probeerde Lauren zich los te maken. Hij zette haar weer neer. Zonder nog aan zijn ochtendkater te denken wilde hij dit heuglijke nieuws waarop hij maandenlang had moeten wachten vieren met een tweede fles. Even vrolijk als de avond ervoor gingen Lauren en mijn compagnon uit om te zien wat de stad en de nacht hun te bieden hadden.

Toen ik eenmaal op mijn slaapkamer was, maakte ik bij het naar bed gaan meer lawaai dan nodig. Becca leek mijn aanwezigheid niet op te merken, maar ik lag nog maar net in bed, of ze rolde tegen me aan. Ze nestelde zich tussen mijn armen en benen. Mijn schouder bevond zich tussen haar borsten, mijn heup lag tegen haar buik. Ze lag zo vol vertrouwen tegen me aan dat ik haar niet opnieuw wilde wekken. Ik luisterde naar haar ademhaling, die ik nauwelijks kon horen, en ademde zachtjes met haar mee. Ze had haar haren gewassen. Ze roken naar haver en bloemen. Elke centimeter van mijn lichaam die met haar in contact was, leek een eigen intensiteit te hebben, een felle aanwezigheid. De begeerte schoot door mijn lendenen. Een paar uur later lag ik op mijn rug met mijn ogen wijd open. Ik had Rebecca op mijn bovenlijf gelegd om mijn stijve arm te bevrijden. Ze had haar benen om me heen geslagen. Haar venusheuvel voelde ik precies boven mijn geslacht. Dat stond als een geheven vuist overeind.

HAWTHORNE, NEW JERSEY, 1950

Het was geen liefde maar adoratie, en Werner maakte er misbruik van. Door de continue stroom affectie, aandacht en aanmoediging waarmee de Goodmans hem overstelpten, ontwikkelde hij zich als een bijzonder snel groeiende plant. Al binnen een paar weken verstond hij perfect Engels, en na enkele maanden kon hij ook antwoorden. Hij nam bezit van het huis en de tuin. Hij banjerde rond in zijn koninkrijk. Zijn ouders waren bij hem te gast. Niets mocht hem geweigerd worden en niets was veilig voor zijn handjes. Hij trok kasten, deuren en hekken open, ging naar de zolder en de kelder, en overschreed alle grenzen die Andrew en Armande probeerden te stellen. De kleine man had een enorme wilskracht. Potloodkrassen op de lichtgroene muur in de slaapkamer van zijn ouders, recht tegenover het bed, getuigden van zijn indrukwekkende gedrevenheid. De naaimachine van Armande, een glimmende zwarte Singer Featherweight, draaide 's avonds op volle toeren. De Française stelde er een eer in om zelf kleren te maken voor haar zoon, die haar vanwege zijn snelle groei en avontuurlijke karakter geen moment rust gunde. Werner beleefde zijn eerste gedenkwaardige wapenfeit toen hij vier was. Hij ging een gevecht aan met de hond van de buren, een oud, stinkend en ongehoorzaam dier. Toen Werner op een dag zijn speelterrein wilde vergroten en het terrein van de buren verkende, werd hij door de dog gebeten. De beet was niet ernstig, maar op de onderarm van het kind tekende zich toch duidelijk een rode halve cirkel af. De toegesnelde buurman keek verbluft toe hoe Werner Zilch, in plaats van in huilen uit te barsten of om zijn moeder te roepen, verbaasd naar zijn arm keek en zich vervolgens op de kop van de oude dog stortte.

'Dat verduivelde jochie,' zou de buurman later vertellen. 'Hij viel niet alleen mijn oude Roxy aan, die twee keer zo groot is als hij, maar hij heeft ook een stuk uit zijn oor gebeten. Gewoon met zijn tanden,' zei de boer, terwijl hij de beweging nadeed met zijn kaken. 'Zoiets heb ik nog nooit gezien! Zo'n knulletje vergeet je niet. Maar goed, zijn moeder is waarschijnlijk ook niet de makkelijkste.'

Toen Armande de arm van haar oogappeltje zag, die net door de buurman was gedesinfecteerd, slaakte ze net zo'n angstaanjagende gil als haar zoon kort daarvoor. Ze ging tegen de eigenaar van de dog tekeer met alle semantische rijkdom die het Frans aan beledigingen bezit, en dreigde de hond eigenhandig te vermoorden. Toen de boer, wat in verlegenheid gebracht, vertelde hoe het kind een stuk uit het oor van Roxy had gebeten en had doorgeslikt, begon Armande te wankelen. Ze reed als een dolle met haar zoon naar de dokter, die haar zonder succes probeerde gerust te stellen. Hij weigerde Werner te laten braken, maakte de wond zorgvuldig schoon, gaf het kind een injectie tegen rabiës en stuurde ze naar huis. Een maand lang observeerde de Normandische vrouw haar zoon alsof ze bacillen onder een microscoop bekeek. Maar met Werner ging het prima. Hij was niet in het minst afgeschrikt, en vervolgde zijn ontdekkingstochten met goedkeuring van de buurman. De boosdoener, met het litteken van Werners tanden op zijn oor waar geen haar meer op groeide, ging onderdanig op de grond liggen zodra hij de jongen zag aankomen.

Door deze overwinning werd het heerszuchtige karakter van Werner alleen maar versterkt. Hij kon heel driftig worden. Als hij door de omstandigheden of van zijn ouders niet meteen zijn zin kreeg, kon hij zo buiten zichzelf raken dat Armande er versteld van stond. Andrew hield hem kort, maar was stiekem trots op het karakter van zijn zoon. Als ze alleen waren, pakte de makelaar Werner soms onder zijn oksels, tilde hem boven zijn hoofd, keek hem strak aan en herhaalde dan: 'Je moet meedogenloos zijn, jongen! Meedogenloos!'

Werner kreeg vaak straf, maar was nooit rancuneus. Na een half uur of een uur kamerarrest hervatte hij zijn bezigheden alsof er niets was gebeurd. Hij zei geen 'sorry', maar maakte kleine gebaren om het goed te maken: hij plukte bloemen voor zijn moeder, of zocht in de tuin een glanzend zwarte, bijna paarse veer van een raaf, of een heel mooie steen voor zijn vader. Werner was tot veel bereid, zolang zijn trots niet in het geding kwam. Sommige ouders zouden hebben geprobeerd hem tot gehoorzaamheid te dwingen. De Goodmans begrepen van meet af aan dat onvoorwaardelijke liefde de sleutel tot de ontplooiing van hun zoon was, en zijn aanwezigheid had al zo veel voor het echtpaar betekend dat ze geneigd waren hem alles te geven. Als teken van hun grenzeloze liefde namen zij de achternaam van hun zoon aan, in plaats van andersom. De dag na Werners komst ontdekte Armande dat in al zijn kleertjes – de mensen van het adoptiebureau hadden maar een klein tasje meegegeven toen ze hem afleverden – een zinnetje geborduurd was: 'Dit kind heet Werner Zilch. Verander zijn naam niet, hij is de laatste van ons.' Andrew en Armande waren verbouwereerd door deze mysterieuze ontdekking. Ze gisten erop los en probeerden herhaaldelijk inlichtingen in te winnen bij het adoptiebureau. Uiteindelijk, de strijd moe, besloten ze zijn naam niet te veranderen, als eerbetoon aan het uitzonderlijke cadeau dat het leven hun in de vorm van dit jongetje had geschonken. Zijn achternaam vormde een groter probleem. Armande kon zichzelf wel voor het hoofd slaan toen ze ontdekte dat ze de spullen van haar zoon gewassen had zonder dat ze de brief had gezien die in de voering van een van de jasjes zat. Er was slechts een papierbrij van over met vage sporen van blauwe inkt. Andrew belde voor de zoveelste keer het adoptiebureau om te proberen meer aan de weet te komen. Hij begreep dat de verklaring van de herkomst van hun zoon voorgoed verloren was. Dus werd het kind aangegeven onder de naam Werner Zilch-Goodman, en omdat zijn adoptieouders niet anders wilden heten dan hun zoon namen ze dezelfde achternaam aan. Voor ieder ander zou dit een enorme opoffering zijn geweest, maar niet voor Andrew. De makelaar was een geval apart. Hij hechtte geen enkele waarde aan uiterlijk vertoon van mannelijkheid, en het geluk dat dit jongetje hun bracht had zijn laatste twijfel weggenomen. Het echtpaar was overduidelijk veranderd. Armande was gelijkmatig, ze had rondere vormen gekregen en was van 's ochtends vroeg tot 's avonds laat in touw met koken, schoonmaken, strijken, wassen, boenen, kammen, standjes geven, knuffelen en verhaaltjes voorlezen. Ook Andrew was veranderd. Hij stond rechter. Hij liep niet meer met gebalde vuisten in zijn zakken en gekromde schouders, ineengedoken als een bokser die klappen verwacht. Zijn bewegingen waren nonchalant, zijn stem laag en zelfverzekerd. Armande vond hem steeds aantrekkelijker en Andrew was dol op de nieuwe rondingen van zijn vrouw. Hun nachtelijk samenzijn, dat door alle tegenslagen zo beladen was geworden, werd weer onbezorgd en plezierig. Een jaar na de komst van de kleine jongen waren de rondingen van de jonge vrouw niet langer te danken aan haar ovenschotels, gebakken aardappels of lamsbouten. Ook niet aan de kruimelcakes of roomtaarten met citroen waarop ze haar man en zoon trakteerde. Haar borsten werden twee keer zo groot. Ze straalde. Prinsje Werner had goed door dat zijn moeder iets in petto had. Hij tilde voortdurend haar blouse op om haar groeiende buik te bekijken. Ze legden hem uit dat hij een broertje of zusje zou krijgen. Nu zat de baby nog lekker te garen in de oven van mama's warme buik. De kleine tiran wilde niet delen. Een broer? Die wilde hij niet. Hij besloot meteen dat de baby een meisje moest zijn.

Werner was bijna vijf toen Lauren geboren werd. Andrew en Armande waren opgelucht dat het lot de wens van hun zoon in vervulling had laten gaan. Om er zeker van te zijn dat Werner niet uit zijn evenwicht raakte, gaf Armande hem dubbel zo veel aandacht, maar het jongetje bleek niet jaloers. Hij was dol op de baby. Hij kuste haar, vertelde eindeloze verhalen en gaf haar zijn speelgoed. Hij wilde haar steeds optillen, wat Armande zorgen baarde. Hij werd de officiële tolk van Lauren. Als het echtpaar niet meer wist wat ze aan moesten met het gehuil van hun dochter, legde Werner in kindertaal uit hoe ze haar moesten troosten of wat ze haar moesten geven. Lauren was van hem. Dit nieuwe wezen was zijn eigendom en verantwoordelijkheid. Qua uiterlijk was het meisje het tegenovergestelde van haar broer. Ze had donker haar, een amberkleurige huid en keek met grote, verschrikte ogen de wereld in. Werner was haar grote idool. Zodra ze hem zag, klaarde haar gezicht op, verscheen er een charmant kuiltje in haar kin en zette ze het op een schaterlachen. Ze vond hem uiterst amusant en zou blindelings achter hem aan zijn gegaan. Daardoor brak ze een paar jaar later bijna haar nek toen ze in een boom klom waarin Werner een hut aan het bouwen was, en verdronk ze bijna toen ze samen met hem een houten vlot uitprobeerde dat slecht in elkaar gezet was. Gelukkig overleefde Lauren alle bedenksels en driftbuien van haar broer.

MANHATTAN, 1971

Lauren, Marcus en ik maakten ons zorgen. In drie dagen was Rebecca niet meer dan vier uur wakker geweest, steeds als ik niet thuis was. Alleen Lauren had een paar woorden met haar gewisseld. Zelfs als ze op was, maakte Rebecca een afwezige indruk. Mijn zuster had geprobeerd met haar te praten, vrolijke muziek op te zetten en haar opwekkende etherische olie van nootmuskaat, citroen en dennennaalden te laten inademen. Ze had zelfs een brander neergezet in de hoek van mijn slaapkamer om deze oliën constant te verspreiden, maar het enige effect was dat ik er enorme niesbuien van kreeg en er op Shakespeares achterste een paar haren wegbrandden doordat hij er per ongeluk op was gaan zitten. Op de avond van de vierde dag schudde ik Rebecca zachtjes door elkaar. Mijn schoonheid mompelde dat ze wilde slapen en met rust gelaten wilde worden. Toen ik aandrong werd ze agressief, krijste als een kat en sloeg in het wilde weg om mijn handen van zich af te houden. Toen ik haar optilde om haar met geweld op haar benen te zetten, beet ze me ongenadig. Van schrik liet ik haar los. Marcus en Lauren hoorden de slaapkamerdeur zo hard dichtslaan dat de hele verdieping trilde. Ik viel de keuken binnen en eiste dat mijn zuster de beet zou ontsmetten.

'Het kan geen kwaad, het wordt alleen een blauwe plek, meer niet,' constateerde Lauren.

Dit gebrek aan belangstelling voor mijn wond weerhield me er niet van om met donderend geraas het bakje ijsklontjes uit de vriezer leeg te storten. De helft viel op de grond, net als de hele stapel theedoeken waarmee ik mijn arm overdreven inzwachtelde, om daarna op de bank in de woonkamer zielig te gaan liggen zijn. Ik had schoon genoeg van de manier waarop Rebecca me negeerde. Al vier dagen gebruikte ze me als kruik, legde zo nodig haar ijskoude handen en voeten onder mijn buik of billen en duwde me weg zodra ik haar verwarmd had. Lauren wierp een blik in mijn kamer. Met een gelukzalig gezicht was Rebecca weer ingedut, samen met Shakespeare, die naast haar ging liggen zodra ik mijn hielen had gelicht. Ze had het lef om mijn hond als plaatsvervanger te gebruiken! Ik raakte nog meer uit mijn humeur omdat de bank te kort was. Ik bracht een afschuwelijke nacht door waarin ik onze relatie van alle kanten beschouwde en op wraak zon op het echtpaar Lynch en hun dochter. De volgende dag was er niets veranderd.

'Net Doornroosje!' concludeerde Marcus toen we gedrieën voor het bed stonden waarop Rebecca nog steeds lag uitgestrekt. 'Heb je al geprobeerd haar te kussen?'

'Ik kijk wel uit, ik weet nu hoe hard ze bijt,' bromde ik. 'Straks bijt ze mijn tong nog af.'

'Zolang het bij je tong blijft…' zei Lauren, die leuk wilde zijn, waarop we gechoqueerd reageerden. 'Jongens, hebben jullie dan geen enkel gevoel voor humor?' zuchtte ze.

We gingen naar ons werk. We waren bezig met een overnamebod voor drie nieuwe percelen bouwgrond. Ons team had een voorstel gemaakt voor het budget en de projectontwikkeling. De architecten die met elkaar moesten concurreren zouden hun plannen presenteren. We vergaderden de hele dag, en toen we naar huis gingen was de situatie niet veranderd. Die werd alleen maar slechter.

Op een nacht besloot Rebecca in bad te gaan. Ik voorkwam nog net een overstroming, want ze had de kraan vergeten dicht te draaien. Om drie uur 's nachts begon ze te koken met alles wat ze in de keukenkast kon vinden. Na een week zonder slaap was ik als een blok in bed gevallen en ik had haar niet horen opstaan. Toen ze wakker werden, vonden Lauren en Marcus keurig naast elkaar op tafel twee borden lasagne, een schaal gegratineerde viscouscous, een griesmeel-rozijnentaart, een gigantische hoeveelheid cheesecake waarop ze wonderlijke geometrische lijnen had getrokken, een tomatensalade, en vijf kommen met een soort tarama, die ze had gemaakt van kwark en alle blikjes sardines die voor Shakespeare waren bestemd. Door Rebecca's bevlieging kwam ik erachter dat ze, in tegenstelling tot wat ze bij onze picknick in het park had gezegd, een ervaren kokkin was. Dat deed me plezier, wat volgens Lauren weer duidde op een 'primaire machoreflex'. 'Natuurlijk hoort een vrouw niet per se achter het aanrecht,' zei ze snibbig. Ik was een stuk minder blij toen ik een paar dagen later op de keukenmuur Rebecca's fresco zag, dat ze met een vingerverf van ketchup en mosterd op de muur had geschilderd. Marcus was enthousiast over het bosgezicht, waar dezelfde geometrische motieven op aangebracht waren als op de cheesecake. 'Wat jammer dat dit werk door de aard van de pigmenten geen lang leven beschoren zal zijn,' merkte hij dromerig op. Dat had hij goed gezien. Shakespeare schoot op het vergankelijke kunstwerk af en likte de muur schoon tot een hoogte van één meter twintig.

'Dit is geen vrouw, dit is een kleuter van drie!' riep ik iedere keer weer kwaad als ik een wandaad constateerde.

Ze verwerkte bijvoorbeeld mijn hele voorraad sokken tot een bloemvormige poef, die volgens Lauren erg geslaagd was. Om te voorkomen dat de nieuwe sokken die Donna voor me kocht hetzelfde lot ondergingen, moest ik een hangslot aanbrengen op het ladekastje waarin ze lagen. Ik was zo teleurgesteld en humeurig dat ik zelfs begon terug te verlangen naar Joan. Maar het lukte me ook niet meer met haar te praten. Vaak was ik nonchalant met vrouwen omgesprongen, maar Joan verdiende een correcte behandeling. Na een dag of tien, waarin ik allerlei uitvluchten zocht, besloot ik Joan te vertellen dat Rebecca terug was, daartoe aangezet door de smeekbeden van Lauren, Marcus en Donna, die haar regelmatig aan de telefoon hadden. Ik was zo laf haar tussen de middag uit te nodigen in het nieuwste trendy restaurant, op een paar passen van Radio City Music Hall. Ik dacht dat afspreken in een openbare gelegenheid me zou behoeden voor een scène. Ik nam eerst in grote lijnen de politiek van Nixon door en beschreef uitvoerig een onroerendgoedproject. Daarna maakte ik me zorgen over het seksleven van Marcus, die al in geen eeuwigheid een meisje had meegebracht en nooit meer de hort op was, zoals vroeger als hij een nieuwe vlam had. Ik gaf uitvoerig commentaar op het menu, bestelde een steak, gebakken aardappels en een bloody mary om me moed in te drinken, en uitte daarna mijn verontwaardiging over onze laatste bloedige actie in Vietnam, waar iedere week weer zo veel van onze jongens omkwamen. Joan, die slim was en moediger dan ik, onderbrak me: 'Zo, is ze terug?'

'Ja,' zei ik onthutst.

'Dus je gaat bij me weg?'

'Dat heb ik niet gezegd.'

'Maar hou je nog van haar?' ging ze door op dokterstoon.

'Ik weet het niet, ik kom er niet uit.'

Joan vertelde dat ze had gehoopt dat ik door haar Rebecca zou vergeten, maar ze begreep het. Ik had nooit tegen haar gelogen. Ik hoefde mezelf niets te verwijten. Ze zei me liefdevol dat ze me zou missen, maar dat ze te verdrietig en verslagen was om haar bord leeg te eten. Ik bood aan haar naar huis te brengen. Dat wilde ze niet.

'We moeten het afscheid kort houden. Anders is het te pijnlijk voor jou, en ook voor mij.'

Ik voelde me ook verdrietig. Ik bewonderde deze vrouw. Het was een dierbare vriendin, en eigenlijk vond ik het jammer dat ze verliefd op me was. Doordat onze gevoelens ongelijkwaardig waren, moesten we uit elkaar gaan, terwijl we best vrienden hadden kunnen blijven als ze wat losser tegenover me had gestaan. Ik rekende af. We hadden niets gegeten. Ze zoende me op beide wangen, zonder me de tijd te gunnen om haar tegen me aan te trekken.

'Hou op, anders breek ik nog,' waarschuwde ze.

Op straat keek Joan me nog een keer recht in mijn ogen en zei: 'Zorg dat je gelukkig bent, Wern. Ik vergeef het je nooit als je die relatie met Rebecca verpest.' Ze gaf me een klap op mijn schouder en liet me staan. Ik zag haar weglopen, en voelde me bedrukt. Ze had geen traan gelaten. Ze liep snel en rechtop en keek niet om.

PEENEMÜNDE, DUITSLAND, OKTOBER 1943

—————•◦•—————

Johann zat nu al vijf uur opgesloten in de verhoorruimte. De twee ss-officieren waren net vertrokken. Hij had honger en dorst. Bij de herinnering aan Luisa's gezicht trok zijn maag samen, maar nadat hij van de schrik over zijn arrestatie bekomen was, had Johann begrepen dat hij het slachtoffer was van intimidatie. De Gestapo stuurde een bericht naar Von Braun. Ze wilden hem bang maken. En hij was de pineut. Hij kon geen andere verklaring bedenken. De beschuldigingen waren absurd. Natuurlijk had hij zich niet moeten beklagen over de oorlogsinspanningen. Hij had spijt van zijn onvoorzichtigheid, maar die avond voelde hij zich moedeloos en had hij te veel gedronken. Typisch iets voor de paranoïde ss om dat moment van vermoeidheid op te vatten als een complot of een sabotagepoging. Johann nam het zichzelf kwalijk, maar beetje bij beetje won hij terrein. De officieren raakten vermoeid. Ze waren minder vilein dan aan het begin van het verhoor. Niet dat hij hier zat raakte hem het meest, maar dat een van zijn collega's hem had verraden. Hij had de groep van Peenemünde altijd als familie beschouwd. Hij begreep het niet. Johann liet in gedachten de gezichten de revue passeren van degenen die er die avond bij waren geweest: Hermann? Nee, Hermann was als de dood voor de Gestapo. Hij zou nooit iets tegen een ss-officier durven zeggen. Konstantin? Onmogelijk. Ze konden het uitstekend met elkaar vinden, deelden hetzelfde kantoor en lunchten bijna altijd samen. Zijn vrouw Christine kwam misschien wel in aanmerking. Echt een kreng. En jaloers op Luisa, alleen herinnerde Johann zich niet of Christine er nog was toen hij die vervloekte woorden had uitgesproken. Friedrich was erbij, maar die zou zoiets nooit doen. Hij was verlegen en verliefd op Marthe, die sinds een paar weken in Peenemünde woonde. Hij zou zijn familie nooit afvallen.

Johann wreef vermoeid over zijn gezicht. Elfriede, nee. Guillem ook niet. Maar wie dan? Wie? Andrei? Die al helemaal niet. Ze hadden wat onenigheid gehad, dat wel, maar om daarom de Gestapo op hem af te sturen? Johann hoopte dat deze zaak duidelijk werd als hij weer op de basis was. Hij kon rekenen op de hulp van Von Braun. Deze afschuwelijke situatie zou snel worden opgelost. De Führer zelf had de v2 de hoogste prioriteit gegeven. De ss zou redelijk moeten zijn. Johann stond op. Hij liep twee rondjes om de ijzeren tafel. Het geluid van de grendel haalde hem uit zijn overpeinzing. Hij bleef verstijfd staan.

'Wat doe jij hier?' vroeg hij op ijzige toon aan de man in ss-uniform die in de deuropening verscheen.

Kasper nam de tijd. Met een spottende glimlach keek hij zijn broer zwijgend aan en liep toen naar binnen.

'Dag, Johann. Je lijkt niet blij om me te zien.'

Het was verwarrend om de twee mannen bij elkaar te zien. Als de een geen militair uniform had gedragen, waren ze moeilijk uit elkaar te houden geweest.

'We hadden afgesproken geen contact meer te hebben,' antwoordde Johann.

'Dat was voordat je mijn vrouw van me afpakte. Ik kom haar halen,' siste de oudste.

'Ik heb je vrouw niet "afgepakt", Kasper. Marthe is hiernaartoe gevlucht om te ontsnappen aan het helse leven met jou.'

'Ach, de arme schat! En jij gelooft haar?'

'Ik geloof haar omdat ik je ken. Je bent gek, Kasper. Gek en gevaarlijk. Onze ouders hadden je moeten laten opsluiten.'

'Vooralsnog ben jij degene die opgesloten zit. En ik ben degene die over je vrijlating beslist.'

Kasper trok een stoel naar zich toe en stak een sigaret op. Johann stond bij het raam en schreeuwde: 'Wat wil je?'

'Dat heb ik je al gezegd, Johann, laat die geleerde hersentjes van je een beetje werken. Ik kom mijn vrouw halen. Ik hoorde dat je gearresteerd was, en heb mijn collega's voorgesteld om je tot rede te brengen. Ze dachten dat je mij wel zou vertrouwen.'

'Als ik iemand op de wereld niet vertrouw, dan ben jij het wel. Je verdoet je tijd.'

'Ik heb geen haast. En ik wil je alleen helpen.'

'Ik heb je hulp niet nodig, over een paar uur ben ik hier weg.'

'Dat had je gedacht, sukkel. Ze zijn ervan overtuigd dat je een spion bent. Dat heb ik niet ontkend. Je hebt altijd al louche vrienden gehad.'

Kasper hing achterover op zijn stoel die hij met een voet heen en weer liet wippen. Aan zijn strepen was te zien dat hij in rang was opgeklommen.

'Je weet best dat ik mijn land nooit zal verraden,' antwoordde Johann.

'O, nou, ik weet niets, hoor. Of toch. Ik hoorde dat die teef van je in verwachting is.'

'Welke teef?'

'Is Luisa niet drachtig?'

'Ik verbied je om zo over mijn vrouw te praten!'

Kasper drukte zijn peuk uit in het tinnen bekertje dat dienstdeed als asbak. Hij kwam met glanzende ogen dichterbij.

'Ik weet heel goed hoe ver ik kan gaan bij Luisa. Ik had haar eerder dan jij, en ze vond het heerlijk.'

'Hou je bek!' schreeuwde Johann. 'Je kon het niet uitstaan dat ze mij leuker vond.'

Johann balde zijn handen tot vuisten. Hij kromde instinctief zijn rug om zich klaar te maken voor het gevecht.

'Als je daar zo zeker van bent, waarom ben je dan als een dief in de nacht met haar gevlucht na de dood van onze ouders?'

'Ik ben weggegaan omdat jij al die vreselijke verhalen over Luisa vertelde aan de buren. Ze deden afschuwelijk tegen haar. Ik had geen keuze,' antwoordde Johann.

'Jouw probleem is dat je altijd alles wilt afpakken wat van mij is: eerst Luisa, en nu Marthe.'

'Luisa is niet van jou.'

'We waren verloofd!' zei Kasper kwaad. Zijn blik was getergd.

'Die zogenaamde verloving was niet officieel en Luisa zou nooit met je getrouwd zijn,' zei Johann scherp.

'Ze zou met me getrouwd zijn als je haar niet bang had gemaakt met al die verhalen over mij. En toen hebben haar ouders jouw kant gekozen! Jullie hebben alles in het werk gesteld om haar bij me weg te halen.'

'Ik heb haar alleen de waarheid verteld. En de manier waarop je Marthe hebt behandeld, bevestigt wat ik al vreesde.'

'Ik hield van Luisa. Je had het recht niet!'

'Ze is vrij om haar eigen keuzes te maken,' zei Johann terwijl hij het bovenste knoopje van zijn hemd losmaakte. Hij stikte zowat.

Kasper had een valse blik in zijn ogen en stak nog een sigaret op.

'Ik heb nooit begrepen wat ze in je zag. Je bent zo ongeschikt voor deze wereld met dat wiskundige gekrabbel van je en je achterlijke verstrooidheid.'

'Wat ze in me zag? Jou doorzag ze in ieder geval en ze wist dat ik meer van haar hield dan van wie dan ook.'

'Het verbaast me dat je mijn afdankertjes wilt.'

'Begin je weer?' reageerde Johann geïrriteerd.

'Als je wist wat ik met haar heb gedaan, dan zou de lust je vergaan.'

'Hou op!' schreeuwde Johann terwijl hij met zijn vuist op tafel sloeg.

'Ik heb haar gebruikt, helemaal opgebruikt, en daarna mocht jij…'

'Ik zei dat je je bek moest houden!'

'Althans, tenzij ik haar wilde ontmoeten, achter je rug om. Wie zegt dat ik haar niet ben blijven zien?'

De vuist van Johann schoot uit. Zijn knokkels troffen Kaspers neus, die brak als een luciferhoutje. Johann bleef vechten, maar in plaats van terug te slaan riep Kasper om hulp en gooide een stoel

186

tegen het raam, waardoor de ruit aan diggelen ging.

De twee ss-officieren kwamen gealarmeerd door het lawaai de ruimte binnenstormen.

Kaspers gezicht zat onder het bloed en hij hield zijn hand voor zijn neus.

'Ik heb hem met zijn daden geconfronteerd en toen viel hij me aan! Hij probeerde te vluchten door het raam in te gooien.'

De twee mannen grepen Johann hardhandig vast terwijl hij zich probeerde te verdedigen. 'Luister niet naar hem! Híj heeft die stoel tegen het raam gegooid!'

Johann verzette zich, maar de officieren wilden niet luisteren. Ze sleepten hem mee naar de cellen zonder dat ze de triomfantelijke glimlach en het spottende afscheidsgebaar zagen dat Kasper naar zijn jongere broer maakte.

MANHATTAN, 1971

Donna, onze assistente, vroeg elke dag naar Rebecca, over wie we ons ernstig zorgen maakten vanwege haar eindeloze slapen. Zij nam de teugels in handen en belde haar dokter. Ze had alle vertrouwen in die man, die een ernstige infectie van haar dochter met succes had behandeld. Ik had dokter Bonnett nooit ontmoet. Hij stond nog diezelfde avond bij ons op de stoep. Het was een kleine, magere, donkere man. Aan het begin van zijn loopbaan had hij in Afrika gewerkt en hij liep een beetje mank doordat een Malinees, die hem zijn toegewijde behandeling niet in dank afnam, zijn kuitspier had beschadigd met een kapmes. Hij was genezen door een aftreksel dat de medicijnvrouw uit het naburige dorp hem had toegediend. Dit smeersel bleek zo heilzaam dat hij sindsdien in zijn vrije tijd pogingen deed om het te reproduceren met de planten die het oudje hem had laten zien en die hij met zorg had gedetermineerd. Hij ging overal op af en zag eruit alsof hij begin vijftig was, terwijl hij, naar ik later van hem hoorde, vierenzestig lentes telde. Hij had onderzoek gedaan in een laboratorium in Boston, en was daarna teruggekeerd naar zijn geboortestad New York, waar hij zich toelegde op de alternatieve geneeskunde, in het bijzonder de acupunctuur, waar Lauren erg van onder de indruk was. We moesten de dokter zien los te rukken van het kruisverhoor waar mijn zuster hem aan onderwierp om hem mee te krijgen naar Rebecca. Ze sliep. De nieuwe somnambule fase van haar ziekte maakte haar bijzonder volgzaam. Ik hoefde haar niet aan te raken om haar wakker te maken. Drie keer haar naam roepen was voldoende om te zorgen dat ze overeind kwam in het bed. Als ze eenmaal in die toestand van halfslaap was geraakt voerde ze al mijn opdrachten uit, een symptoom dat me een stuk beter beviel. Ik stelde me van alles voor, maar maakte er alleen misbruik van in gedachten. Zelfs haar naaktheid respecteerde ik. Lauren liet me weten dat Rebecca zich in de badkamer had teruggetrokken om te douchen, waar ze na een half uurtje weer uit kwam in een van de pyjama's die ik voor haar had gekocht. Ik liet Rebecca naar de woonkamer gaan. Dokter Bonnett bekeek haar eerst aandachtig. Op zijn verzoek kleedde ze zich uit. Ik wilde haar niet met hem alleen laten en was geschokt door de aanblik van haar lichaam, dat vol blauwe plekken en bloeduitstortingen zat. Ik kon een woedeaanval niet onderdrukken. Ik zou de dader of de daders die haar dit hadden aangedaan met ijzeren staven willen doodslaan. Zacht vroeg ik aan Rebecca of ze zich weer wilde aankleden. Ze gehoorzaamde. Dokter Bonnett richtte zich tot mij: 'Is het uw vrouw?'

'Nog niet,' zei ik zacht.

'Gebruikt ze drugs?'

'Niet dat ik weet,' moest ik toegeven, maar ik herinnerde me wel dat ze voor haar verdwijning vaak hasj rookte. 'De laatste dagen in elk geval niet.'

'Weet u of deze jongedame is teruggekomen uit een tropisch land?'

'Nee, ik weet niet waar ze geweest is voordat ze hier kwam.'

Ik voelde dat ik het niet bij dit soort verklaringen kon laten. De littekens op Rebecca's lichaam waren verre van onschuldig en ik wilde niet dat hij dacht dat ik ze op mijn geweten had. Ik vertelde hem kort over mijn ontmoeting met de jongedame, de eerste maanden van onze relatie, het diner bij haar ouders, haar verdwijning van bijna een jaar en haar plotselinge terugkeer. Dokter Bonnett leek gerustgesteld door mijn openhartigheid. Hij schreef alle details zorgvuldig in een notitieboekje met een elastiek en stelde als voorlopige diagnose narcolepsie, dat wil zeggen een ernstige slaapstoornis waarvan de oorzaken nog nauwelijks bekend zijn. Hij nam bloed af met een injectienaald en kleine reageerbuisjes die hij in zijn zwartleren koffertje zette. Hij zei dat hij nog aan een andere diagnose dacht. 'Ik laat deze monsters analyseren. Het kan zijn dat ze een ziekte heeft opgelopen, bijvoorbeeld door de tseetseevlieg, maar ik zie geen enkele beet die ontstoken is en ze heeft geen koorts. Maar laten we geen enkel risico nemen. Het gaat om een heel gemene ziekte.'

'Is het dodelijk?' vroeg ik als verlamd.

'Op den duur wel ja, helaas. Slaat ze wartaal uit?'

'Nee, erger nog, ze spreekt helemaal niet. Ik denk dat ze vijftig woorden tegen me heeft gezegd sinds ze terug is, en niet veel meer tegen mijn zuster Lauren, die overdag bij haar blijft.'

'Heeft ze wanen, angstaanvallen?'

'Nee, ze is heel rustig. En 's nachts gaat ze eten maken.'

'Eten maken?' herhaalde hij, van zijn stuk gebracht door dit symptoom.

'Alsof ze een feestmaal bereidt. We hebben alle keukenkastjes leeg moeten halen, anders zou ze voor de hele buurt hebben gekookt. Ze maakt ook kunstwerken. En ze naait sokken.'

'Ze naait sokken?' herhaalde dokter Bonnett weer. Hij leek op een kind dat een nieuw voorwerp in zijn handen neemt en het van alle kanten bekijkt om te zien hoe het werkt.

Ik liet hem Rebecca's poef zien, en ook de resten van haar mosterdfresco. Hij bekeek ze weer met diezelfde aandacht en schreef zijn overpeinzingen op zonder ze met me te delen.

We keerden terug naar de woonkamer. Ik vond het verontrustend dat een tropische ziekte kon worden overgebracht door een insectenbeet.

'Ze heeft dus aanvallen van agressiviteit!'

'Alleen als je probeert haar wakker te maken, anders is ze eerder zachtaardig.'

Ik liet hem mijn arm zien. Hij vond ook dat het 'niet ernstig was', wat me stak. Hij onderzocht opnieuw aandachtig Rebecca's ogen en de kleur van de binnenkant van haar oogleden.

'Er is geen enkel verontrustend klinisch symptoom. Ze heeft alleen wat bloedarmoede. Ik neig ertoe aan een soort posttraumatische functiestoornis te denken. In bepaalde gevallen van geweld of extreem schokkende gebeurtenissen,' verklaarde hij, 'kan een mens genezing vinden in de slaap.'

'Dus dat is juist goed?'

'Dat is goed, zolang dit herstel niet verandert in een definitieve vlucht. Sommige zieken pakken langzamerhand hun normale leven weer op, andere herstellen nooit, omdat ze de voorkeur geven aan de geruststellende cocon van hun dromen.'

'Wanneer weten we of ze beter wordt?'

Dokter Bonnett kon het niet zeggen. Narcolepsie vroeg om veel geduld. De zieken hadden tijd nodig. God mocht weten wat haar onbewuste allemaal moest verstouwen, na alles wat ze te verwerken had gehad. Hij schreef een recept uit voor allerlei soorten antidepressiva, dat aangevuld kon worden zodra hij de laboratoriumuitslag van de analyses had ontvangen. Bij het afscheid vroeg hij of ik hem af en toe wilde bellen om hem op de hoogte houden van de ontwikkelingen in haar gedrag. Tijdens ons gesprek lag Rebecca weer opgerold op de bank te slapen, met gebalde vuisten.

Haar absentie duurde eindeloos. Ik kwijnde weg van verlangen naar haar, terwijl zij zich nauwelijks van mijn aanwezigheid bewust was. Ik had vlak na elkaar drie van mijn oude vlammen teruggezien, die mij altijd zonder poespas bij hen thuis ontvingen. Ik had al mijn standjes en favoriete handelingen in praktijk gebracht, maar voor mij waren hun lichamen levenloos en was hun genot mechanisch geweest. Door deze mislukte pogingen raakte ik nog meer gefrustreerd. Sinds Lou en de eerste kus die ze me had ontstolen bij de deur van de gymzaal van school, had ik vrouwen verslonden als heerlijke vruchten, bij wie ik smulde van hun bijzonderheden, hun parfums, hun huid, hun woede-uitbarstingen en hun zwakheden. Als ik wegging bij deze meisjes, met wie ik in een ander leven met veel plezier de liefde had bedreven, dan voelde ik niet meer emotie of verzadiging dan wanneer ik ze de hand had geschud. Het toppunt van vernedering was dat de dolk zich 's avonds opnieuw in mijn lendenen plantte zodra ik naast de slapende Rebecca was gaan liggen. Ik nam Marcus in vertrouwen over mijn ellende.

'Het is toch te gek dat jij, de donjuan van Manhattan, merkt dat je monogaam bent,' spotte hij.

'Ik vind er niets leuks aan, weet je.'

'Je pik is verliefd en trouw, daar moet je aan wennen.'

'Mijn pik is maso. Hij is geobsedeerd door het enige meisje in deze verdomde omgeving dat totaal geen belangstelling voor me heeft.'

Ik was uiterst prikkelbaar en niet te genieten. Lauren, die gek van me werd, snoerde me op een morgen de mond: 'Maar bel Joan dan nog eens! Met haar ging je tenminste naar bed.'

'Je was in ieder geval wat relaxter,' deed mijn compagnon er nog een schepje bovenop, terwijl hij een achtergebleven kruimel uit Laurens mondhoek verwijderde.

Toen ze zagen dat ik vervaarlijk bleek werd, doorgaans een aankondiging van een van mijn woedeaanvallen waar ze geen zin in hadden, brachten mijn zus en mijn compagnon het gesprek op een ander onderwerp. We zouden aan het eind van de week verhuizen en ik hoopte dat die verandering van omgeving een positieve uitwerking op Rebecca zou hebben. Marcus had binnen een paar dagen een aantrekkelijk huis in de Village gevonden. Het was van baksteen, had vier verdiepingen en was helemaal gerenoveerd. Ik was niet alleen voor het huis gevallen, maar ook voor de rustige straat. Het souterrain bestond uit een keuken, een bijkeuken en een aparte studio, alle met grote lichtschachten, en kwam uit op een klein binnenplaatsje. Op de begane grond bevonden zich een grote woonkamer en een eetkamer, op de eerste verdieping nog een zitkamer. Op de tweede en derde verdieping lagen vier slaapkamers. En op het dak had het huis een terras en een groot vertrek. Het was een goede investering. De Village maakte een enorme ontwikkeling door en ik wist zeker dat mijn aankoop in waarde zou stijgen. Onze laatste projecten waren zo lucratief geweest dat ik het huis zonder hypotheek kon kopen, waardoor ik de prijs die Marcus onderhandeld had nog iets naar beneden wist te brengen. Hij stelde voor om de aankoopsom te delen, maar een eigen huis was een oude droom van me, ook al stond het buiten kijf dat we er met ons allen gingen wonen. Zijn vader, Frank, zou het bovendien slecht hebben opgenomen, want hij had Marcus regelmatig aangeboden om zijn intrek te nemen in het halve blok dat hij bezat aan Central Park. Efficiënt als altijd regelde Donna de verhuizers. Op de grote dag stonden er vijf gespierde Poolse bodybuilders voor de deur die de vertrekken leeg begonnen te halen. Midden tussen de verhuisdozen zaten Marcus en ik onafgebroken aan de telefoon vanwege een nieuwe zaak. We hadden meegedaan met een bieding op een paar percelen bij het station en hadden net gehoord dat het doorgestoken kaart was. We hadden nog maar een paar uur om dat aan de kaak te stellen. De verhuizers laadden de wagen in volgens de aanwijzingen van Donna en Lauren, en lieten alleen het bed staan waarin Rebecca nog steeds lag te slapen. Het verslepen van de spullen stoorde haar allerminst. Ik wond me op aan de telefoon. Marcus paaide en dreigde. We moesten scherp onderhandelen. Toen het appartement eenmaal leeg was en de verhuizers zaten te schaften, bleven we nog een uur op de grond zitten bellen om ervoor te zorgen dat ons bod werd aangenomen. Eindelijk konden we ophangen; ik liet Donna achter, nam Rebecca in mijn armen en droeg haar naar onze mooie oude Chrysler. In de julizon schrok ik van haar bleekheid. Ze kwam bijna nooit meer in de buitenlucht en haar huid leek doorzichtig. Maar ze had wel haar vroegere blonde haarkleur terug. De lelijke paarse verf was vervaagd, en in de afgelopen maand was haar korte haar, ook dankzij de vele uren slaap, flink gegroeid. Het vormde nu een krullerig kader dat haar gezicht zachter maakte, waardoor ze meer leek op de vrouw die ik had gekend. Ik zette Rebecca tussen Shakespeare en Lauren op de achterbank. Mijn schoonheid gebruikte mijn hond als hoofdkussen, en hij zag hierin een gelegenheid om haar onderarm te likken zonder dat ze daar aanstoot aan nam. Nadat Marcus en ik voorin waren gaan zitten, schuurde de wagen bijna met de achterkant over de grond toen we naar ons nieuwe adres reden. De verhuizers zetten een bed in een vertrek op de begane grond waarop ik Rebecca kon neerleggen. Ze sliep nog altijd de slaap der onschuldigen. Ik gunde me niet eens de tijd om een rondje te maken door mijn eigendom. Zodra de deur dicht was, ging ik in de woonkamer op een verhuisdoos zitten, sloot de telefoon die ik meegenomen had aan, en ging weer op oorlogspad. De onvolprezen Donna had al gezorgd dat er verbinding was. Twee uur later nam ik een paar minuten de tijd om mijn ouders te bellen. Ik wilde dat ze in het weekend kwamen kijken naar mijn eerste huis. Ik wist zeker dat ze trots op me zouden zijn.

In de avond verspreidde zich een verstikkende hitte over de stad. Het dreigde te gaan onweren. Ik legde Rebecca in de kamer naast die van mij, samen met Shakespeare, want mijn trouweloze hond volgde haar als haar schaduw en was mij bijna vergeten. Ik deed de deur op slot, een vrijheidsberoving waar Marcus zich niet meer druk over maakte sinds onze onmogelijke kunstenares al zijn stropdassen stuk voor stuk aan elkaar had genaaid om een tapijt van twee meter te vervaardigen, dat Lauren 'subliem' had genoemd. Mijn zuster had het onmiddellijk bestemd voor haar slaapkamer en mijn compagnon had zich genoodzaakt gezien een nieuwe dassencollectie op te bouwen zonder dat hij kon hopen op een teruggave van zijn eigendom.

'sNachts was het volkomen stil in huis, een groot verschil met de herrie waaraan ik gewend was. Het was zo warm dat ik naakt sliep. Om een uur of één voelde ik een beest mijn bed in kruipen. Ik schreeuwde en sprong op met mijn laken als een toga om me heen gewikkeld en klaar om me te verdedigen. Ik zag dat het Rebecca was. Van schrik en woede greep ik haar bij de kraag van haar pyjama en gooide haar mijn bed uit. Rebecca wierp me een beschuldigende blik toe.

'Je had gezegd dat je me niet zou laten vallen,' zei ze verwijtend.

'Nu kun je ineens wel praten, hè,' siste ik.

'Ik heb altijd tegen je gepraat,' verdedigde de jonge vrouw zich.

'In een maand tijd heb je niet meer dan tien keer iets tegen me gezegd.'

'Ik had niets te zeggen,' antwoordde ze en ze haalde haar schouders op.

Ik stond op het punt haar twee of drie gespreksonderwerpen te suggereren, toen het tot me doordrong: 'Maar hoe ben je uit je kamer gekomen? Ik had de deur op slot gedaan.'

'Dat weet ik. Dat moet je trouwens niet meer doen. Ik hou er niet van om opgesloten te worden.'

'Hoe heb je de deur open gekregen?'

Rebecca wees met haar kin naar het raam.

'Je gaat me toch niet vertellen dat je langs de gevel omhoog bent geklommen!'

'Ik hoefde alleen maar over de twee balkons te klimmen.'

'Je bent gek! Deze vrouw is knettergek!'

'Ik ben niet gek.'

'Dan ben je gevaarlijk.'

Rebecca's gezicht betrok. 'Niet gevaarlijk genoeg. Ik dacht dat ik gevaarlijk was, maar nog lang niet genoeg.'

'Ik ben niet in de stemming voor raadseltjes, Rebecca. Je duikt op in mijn leven, maandenlang verdwijn je weer, je komt terug, je zegt geen woord, je slaapt drieëntwintig uur in een etmaal, je kookt 's nachts, je klimt langs de gevel, je zit onder de blauwe plekken…'

'Pardon?' zei ze verbaasd.

'Je weet niet eens dat je blauwe plekken hebt?' riep ik. Ik ging op het bed zitten en trok in één ruk haar pyjamabroek naar beneden. Ik was zo boos dat ik niet naar de lichte bolling van haar blonde schaamheuvel keek.

'Dat zegt je niets?' zei ik beschuldigend.

Ik speurde op haar huid naar de bruine en blauwige plekken, die al wat waren weggetrokken. Rebecca bekeek eerst haar benen, zonder iets te zeggen, en hief toen in verwarring haar hoofd op.

'Kijk dan,' drong ik aan, terwijl ik mijn hand over haar dijen liet gaan.

Ze kreeg kippenvel. Tot mijn eigen verbazing beteugelde ik mijn verlangens al wekenlang. Ze had een verwarde blik en leek diep in gedachten. Ik zag de koortsigheid van voor onze breuk weer in haar ogen. Ik haalde mijn handen van haar dijen. Haar verdwijning had ik haar niet vergeven, haar zwijgen evenmin, en haar schrijnende beet al helemaal niet.

'Waar was je al die tijd?'

'Weet je zeker dat je wilt praten?' antwoordde ze en ze ging op mijn schoot zitten.

'Ja, ik heb zin om te praten!'

Ze sloeg haar armen om mijn hals en wilde zich tegen me aan drukken, met haar borsten tegen mijn romp, maar ik pakte haar stevig bij haar heupen en hield haar van me af.

'Niet doen, schat,' zei ze en ze kuste me zacht op mijn mond.

Ik wilde protesteren, maar ze ging gewoon door.

'Zie je wel dat je geen zin hebt om te praten,' zei ze en ze drukte haar onderlijf tegen mijn geslacht.

Met mijn handen drukte ik haar nog steviger tegen mijn pik. Ze bewoog zacht heen en weer.

'Doe je T-shirt uit,' beval ik.

Ze ontdeed zich bevallig van het kledingstuk. Dat haar oksels zo glad waren, zonder één haartje, deed me vermoeden dat Rebecca dit had gepland. In haar kleren zag de jonge vrouw er minnetjes uit. Maar zodra ze naakt was, bleek dat alles erop en eraan zat. Haar stevige, ronde borsten staken een beetje uit. Ik hield van haar lange hals en haar smalle schouders. In het slaapkamerraam zag ik ons spiegelbeeld. Rebecca met haar holle rug wilde zich aan mij geven. Ze boog zich naar voren. Haar rug en haar middel kromden zich tot aan haar ronde billen.

'Als je maar niet denkt dat je me er zo in kunt luizen,' protesteerde ik en ik hield haar stevig vast.

'Jij alleen mag me bezitten, als je wilt.'

'Je lijkt ineens erg wakker,' zei ik en ik gleed met een vinger bijna bij haar naar binnen.

Rebecca deed haar ogen een beetje dicht en ging haast toegewijd op in haar genot. Bij het zien van dit effect werd mijn opwinding nog vele malen groter. Rebecca kende geen enkele schaamte. Toen ze haar ogen weer opendeed, hield ze vol: 'Praten heeft geen enkele zin.'

'Je hangt me de keel uit, Rebecca,' zei ik ten slotte en ik draaide haar om als een judoka.

Ik kluisterde haar aan het bed, dit keer met beide polsen achter haar rug. Ze probeerde een beetje los te komen, maar door de bewegingen van haar bekken slaagde ik er juist in me van de lakens te bevrijden en me tussen haar dijen te laten zakken.

'Je hangt me de keel uit,' herhaalde ik, waarbij ik mijn armen om haar heen sloeg en in één stoot bij haar binnendrong.

Haar protest ging bijna onmiddellijk over in gehijg. Ik liet haar polsen los en drukte mijn gezicht tussen haar hals en schouder. Onze lichamen hervonden elkaar in een onhandige begeerte. Ik drukte haar fijn, deed haar pijn, maar mijn ruwheid wakkerde haar lust alleen maar aan. Ik fluisterde bevelen. Ik zei 'alsjeblieft' voor de vorm en zij gehoorzaamde. Ik tilde haar op, en onderwierp haar tot mijn verbijstering zonder enige moeite. Ik was vergeten hoe ongelooflijk zacht haar huid was. Rebecca wilde dat ik diep bij haar binnendrong. Ze hield van de kracht en de hardheid van mijn lichaam, waardoor haar eigen zachtheid en ronde vormen beter uitkwamen. Toen ik haar nam, begreep ik wat 'voor elkaar gemaakt zijn' betekende.

De dag nadat we elkaar hadden teruggevonden stond ze bij het krieken van de dag op, tegelijk met mij. Ik sliep zelden meer dan vijf uur, ik hield van die uren waarin de stad nog sliep en ik al wakker was. Rebecca kleedde zich aan, ging tegenover me staan en hield haar hand op. 'Kun je me wat geld geven, alsjeblieft?'

De gedachte schoot door me heen dat ze me geld vroeg voor onze nacht. Zonder dat ze me de tijd gunde om dit vermoeden te uiten, wuifde ze het al weg met een gulle lach: 'Welnee, idioot. Ik zwem in het geld, ik heb het alleen niet bij me. Ik moet materiaal kopen.'

'Materiaal?'

'Om te werken, te schilderen! Ik heb niets meer.'

Voor het eerst sinds weken zag ik de 'oude' Rebecca terug, spottend, onafhankelijk en vastberaden. Ik haalde een dikke stapel bankbiljetten uit mijn portemonnee, telde vierhonderd dollar af en gaf het haar met een vragend gezicht. Ze gebaarde met haar hand en ik verdubbelde het bedrag. Ze stak het geld in haar zak met even weinig omhaal als waarmee ze zich de avond ervoor aan mij had gegeven.

'Maak je geen zorgen, je krijgt het terug.'

'Ik maak me geen zorgen en je hoeft het niet terug te geven,' antwoordde ik, geamuseerd door het lef en aplomb van dit vrouwtjesdier, dat me een verstrooide zoen op mijn mond gaf, waarbij ze al langs me heen speurde naar haar droomwereld, en daarna wegvloog, ik wist niet waarheen, zonder iets mee te nemen en zonder ontbijt.

MANHATTAN, 1971

Rebecca en Lauren deelden de grote zolderverdieping als atelier en als rustige plek met hemels licht om yoga te beoefenen. Toen Marcus en ik die avond thuiskwamen, stond de een op haar hoofd terwijl de ander met een sjaal om haar haren en een gezicht vol verf op een krukje zat met vier penselen in haar hand en een in haar mond. Ze werkte de kleurvegen bij van een kunstwerk dat een enorme penis in erectie bleek te zijn.

'Is dat de jouwe?' vroeg Marcus spottend.

'Helemaal niet!' reageerde ik verontwaardigd.

'Sjawel, dat isj de jouwe,' zei Rebecca, die nog altijd een penseel tussen haar tanden hield.

'Dat is een grote en mooie liefdesverklaring,' proestte Marcus uit. 'Ik wist niet dat je zo goed toegerust was.'

Lauren stond nog steeds op haar hoofd en deed ook een duit in het zakje: 'Mama was erdoor gefascineerd toen hij klein was. Hij heeft een enorm apparaat.'

'Zo kan-ie wel weer, laat me met rust!' zei ik boos.

'Nee hoor, we laten je niet met rust,' zei Rebecca terwijl ze het penseel uit haar mond haalde en me kwam omhelzen.

'Geen OVL!' riep Lauren terwijl ze weer op haar voeten terechtkwam met een gezicht dat net zo rood was als het mijne, maar bij haar vanwege puur mechanische redenen. 'Daag ons alsjeblieft niet uit.'

'OVL?' vroeg Marcus.

'Openbaar Vertoon van Liefde,' antwoordde ze en ze streek haar lange bruine haren glad.

Die avond aten we op het terras: olijvenbrood, tomaten en kaas en een paar flessen chianti. Voor het dessert klopte Lauren slagroom voor over de aardbeien. Ik verlangde nog steeds naar een rundersteak met gebakken aardappels, maar mijn zus hield stevig vast aan 'alles vegetarisch'. Bij het dessert deelde ze mee dat ze haar studie ging oppakken om zich verder te bekwamen in psychologie en hypnose. Dokter Bonnett had haar aangeraden om zich ook te verdiepen in acupunctuur. Aangezien die studierichting nog niet aan de universiteit gegeven werd, had hij aangeboden haar het vak te leren, dan kon ze haar kennis daarna verbreden. Op termijn wilde ze een wellnesscenter beginnen. Nadat ik had gevraagd of bij de massages van mannen de intieme delen inbegrepen waren, wat Lauren uit provocatie beaamde, zei ik bereid te zijn in haar toekomstige instituut te investeren. We waren enige tijd bezig met het bedenken van een bijzondere naam. Zowel het idee van persoonlijke ontwikkeling als dat van seksueel genot moest erin tot uitdrukking komen en uiteindelijk werden we het eens over 'Eden'. Ik vroeg of je een abonnement moest hebben of dat je per keer kon betalen. Lauren zette uiteen dat het haar ging 'om iets goeds doen voor mensen, en niet om het geld'. Ik moest op mijn lippen bijten om niet te zeggen dat ze nu ook de gelegenheid zou kunnen krijgen om zelf voor de kosten op te draaien. Mijn ouders hadden haar studie in San Francisco betaald, die ze niet had afgemaakt. Ik had haar deel van de boerderij bekostigd, dat ze niet had willen terugeisen toen ze de commune verliet, en ik onderhield haar nu al maandenlang. Ik was stapeldol op Lauren. Maar haar moralistische tirades over geld, materialisme en winst, die ze steeds vaker afstak, kon ik minder waarderen.

Marcus en ik werkten aan ons meest ambitieuze bouwproject: een toren aan 5th Avenue, in hartje Manhattan. Dat was vanaf het begin een zwaar gevecht. Niet alleen was het terrein zeer gewild, maar er was ook een nieuw stadsbestuur gekomen. Daarmee kwam de steun die de stad had toegezegd opnieuw aan de orde. Zonder fiscaal voordeel werd het project aanzienlijk minder rendabel. Een andere uitdaging was het beperkte oppervlak van de locatie. Om de benodigde bouwvergunningen te krijgen zou een toren van die hoogte verankerd moeten worden op een veel groter fundament om de wind en eventuele aardschokken op te kunnen vangen. Frank Howard had die structurele problemen opgelost, maar als het project vanwege bestemmingsplannen een paar verdiepingen lager moest worden, zou het elk financieel voordeel verliezen. We wendden al onze contacten aan. Lauren veroordeelde dat gelobby. Ik legde haar uit dat onze mededingers zulke scrupules niet hadden en nog veel verder durfden te gaan dan Marcus en ik, maar ze vond toch dat ik me niet moest 'verlagen tot hun niveau'. Marcus, die gewend was om vredesakkoorden te sluiten, had ons verboden over het onderwerp te praten, maar een broer en een zus hebben geen woorden nodig om te weten wat de ander denkt en probeert te verbergen.

De volgende ochtend was iedereen vroeg uit de veren. Alleen Marcus leek last te hebben van ons bacchanaal, hij had duidelijk de minste weerstand van het gezelschap. Het was een bijzonder zware dag geweest. We gingen naar huis in de hoop onze voeten op tafel te kunnen leggen. Rebecca zat op het dakterras te schilderen, volledig in beslag genomen, en Lauren zat al even geconcentreerd aantekeningen te maken uit een handboek over hypnose. Shakespeare dribbelde heen en weer tussen de woonkamer en het terras, waarbij hij een raadselachtige vaste route volgde die niemand begreep behalve hij. Hij snuffelde in de hoeken, ging op zijn achterpoten staan om de straat in de gaten te houden, en blafte naar de duiven als een generaal naar zijn troepen. We namen Rebecca en Lauren mee uit eten bij Chez Marcel, een Franse bistro twee straten verderop. De eigenaar accepteerde honden. Hij trakteerde Shakespeare zelfs op een bak boeuf bourguignon. Het was een gezellige avond. Marcus vertelde gekscherend hoe ik hem wekenlang aan zijn hoofd had gezeurd met verhalen over Rebecca. Ik moest erom lachen, maar het stoorde me ook. Bij elke nieuwe anekdote zakte ik iets dieper weg in mijn stoel. Mijn compagnon merkte dat ik het niet leuk meer vond en hield op met zijn geplaag. Aangezien we het toch over het verleden hadden, begon ik Rebecca weer uit te horen. Ik wilde dat ze eindelijk zou vertellen wat ze al die maanden had gedaan. Ze ging het onderwerp uit de weg. Binnen de kortste tijd zaten we alweer te lachen om haar verhalen over Andy Warhol en de Factory.

'Wil je ze niet weer eens opzoeken?' vroeg Marcus aan Rebecca.

'Later. Nu wil ik even door. Ik heb zo lang niet geschilderd.'

Ze begon over onze ontmoeting, die het gevolg was van een aanzienlijke blikschade. Ik had Lauren het verhaal niet verteld, en ze genoot ervan. Tijdens het gesprek hield ik Rebecca vanuit mijn ooghoeken in de gaten. Ze leek volkomen normaal. Alsof ze na een liefdesnacht weer boven water was gekomen. Ik zag het zelfverzekerde, scherpe, aantrekkelijke meisje terug. Ik werd geraakt door de levenslust, schaamteloosheid en kinderlijke tederheid die ik kende van toen we nog met ons tweeën waren. We waren gelukkig die avond. Misschien had ik genoegen moeten nemen met dat geluk, maar de vragen brandden op mijn lippen. Ik wilde het begrijpen. Ik kon niet leven met het idee dat Rebecca zomaar kon verdwijnen. Ik wilde dat ze mij vertrouwde om haar te kunnen vertrouwen. Voordat we Chez Marcel verlieten, kochten we bij de eigenaar stokbrood en melk voor het ontbijt. Het was zacht weer toen we naar huis liepen, en we hadden geen zin om te gaan slapen. Lauren en Marcus gingen naar hun kamer. Wij bleven nog even op het terras zitten. Rebecca leunde over de reling en vroeg of ik naast haar kwam staan. Al snel omhelsden we elkaar weer. Ze droeg een blauwe jurk, net als bij onze eerste ontmoeting, met niets eronder. Ik streelde haar en nam haar langzaam van achteren bij het schijnsel van de straatlantaarns en de maan. Het gemak waarmee we elkaar terugvonden was verbijsterend.

Rebecca's slaapziekte veranderde in het tegendeel. Mijn schoonheid stond om vijf uur op en werkte onafgebroken. Volgens Lauren, die ik steeds uithoorde, stopte Rebecca alleen even om half twaalf en om een uur of drie 's middags. Ze zat verwilderd en met verwarde haren voor haar kunstwerk, en at crackers met Philadelphia-kaas uit het vuistje met een biertje, koffie en bananen. Ze schilderde door tot we thuiskwamen. Dan trok ze haar blauwe schort vol verfvlekken uit en het oude geruite overhemd dat ze van me had ingepikt om haar armen te beschermen. Tot mijn ergernis schoot ze waar we bij waren haar witte t-shirt aan, deed mijn protest af met een grapje over mijn 'preutsheid' en ging beneden douchen. Ze trok het avondpak aan dat ze van Lauren had geleend, en antwoordde dat ze ja, ja, binnenkort kleren ging kopen. Ze had gewoon geen tijd. Ik stikte van jaloezie. Ik kon niet geloven dat deze drukke tijdsbesteding alleen voortkwam uit artistieke noodzaak, hoewel mijn zus dat beweerde. Voor het eten dronken we met ons vieren een aperitief. Na het eten bedreven we met ons tweeën de liefde. Soms stond ze 's nachts op. Dan vond ik haar op het dak van haar atelier. Daar stond ze graag op mooie zomeravonden over de stad uit te kijken en haar gedachten de vrije loop te laten. Ze nodigde me uit om bij haar te komen staan, maar daar had ik geen zin in. Ze liet even op zich wachten, maar kwam uiteindelijk terug naar bed om weer tegen me aan te kruipen. Rebecca was een kat.

MANHATTAN, 1971

Sinds ze was ontwaakt bleek Rebecca een grote aanwinst voor haar huisgenoten te zijn. Haar gesprekspartners smolten bij haar on-weerstaanbare vrolijkheid en oprechte uitbundigheid. Ze wist van iedere gebeurtenis een feest te maken, van de kleinste voorvallen een roman en van de simpelste dingen een genoegen. Ze noemde ons gezelschap 'de bende van vier' en stelde de heilige 'schnick' in, een woord waarvan we niet wisten waar het vandaan kwam, maar waarmee ze het aperitief bedoelde. Rond de 'cocktail van de dag' – Rebecca beroemde zich op het feit dat ze tot schande van haar ou-ders een zomer lang barmeisje in The Hamptons was geweest – trof-fen we elkaar om onze dag door te nemen. Onder elkaar zeiden we 'nemen we een schnick?' en dat klonk zo goed dat onze vrienden het overnamen: 'Kunnen we vandaag bij jullie een schnick komen drin-ken?' We waren vaak met een stuk of tien, soms wel twintig mensen om met elkaar een paar flessen wit en rood te drinken met lekkere kazen, olijven en cashewnoten, waar Rebecca zo dol op was. In die zomermaanden bekeerde ze ons ook tot de 'paseo', die heerlijke ge-woonte om na het avondeten de geur van de stad te gaan opsnui-ven, zich tegoed te doen aan dat krioelende leven, de flarden van gesprekken, het gelach en geruzie, de onbetamelijke taferelen en verlichte ramen. Bij de appartementen keken we naar binnen en stelden ons voor hoe de mensen daar overdag leefden. We gingen naar Washington Square om bij de oude mannetjes aan de stenen schaaktafels te gaan zitten, terwijl meisjes hun vriendjes troffen of in het gras gingen zitten om naar muziek te luisteren. Iedere dag kwamen er nieuwe groepjes, die zich mooi hadden opgetut in de hoop iemand te ontmoeten. Jonge acteurs voerden kluchten of sketches op. Bij sommigen huilden we van het lachen. Soms hadden we geen zin in de drukte. Dan liepen we zomaar wat straten door waarbij we ons lieten leiden door de reukzin van mijn hond, die een onuitputtelijke ontdekkingsdrang had. We ontdekten de wereld door onze voeten te volgen, schouder aan schouder als musketiers, of twee aan twee. Dikwijls stopten we ergens bij een terras om voor een tweede keer te eten of een laatste glas te drinken. Op deze avonden was Marcus altijd de eerste die wilde opbreken. Lauren, die onvermoeibaar was als geen ander, protesteerde dan, Rebecca en ik sloten ons altijd bij de winnaar aan.

Hoe laat we ook thuiskwamen, nooit kreeg ik genoeg van Rebecca's huid, van haar uitstraling. Tijdens onze intieme momenten bleef ik naar haar kijken alsof ze me voedde met nieuwe energie. Als ik haar streelde, was het niet zomaar wat aaien, maar werden mijn vingers magnetisch geladen. Ik was er helemaal met mijn aandacht bij. Geleidelijk aan ontdekte ik al haar gevoelige plekjes. Ik beet haar zacht in de nek, liet haar huiveren of streek met mijn vingertoppen langs het begin van haar billen. Bij die aanraking lag Becca doodstil, ademde nauwelijks en ging op in haar wellust. Ze was dol op mijn geslacht. Ze noemde het haar beste vriend. Ik moest lachen als ze telkens lieve of grappige woordjes ertegen zei. Ik hield hartstochtelijk van haar lichaamsgeur. Ik ademde die lachend in, met mijn neus tussen haar benen, zo langdurig dat ik op sommige avonden in deze houding insliep, met mijn hoofd op een van haar dijen en een bezitterige hand op haar buik, terwijl Rebecca's vingers op mijn warrige haar rustten.

Mijn schoonheid hield van dansen. Ze zette de muziek zo hard mogelijk. Wanneer Marcus en ik thuiskwamen, troffen we de meisjes soms uitzinnig dansend aan in de woonkamer of op het terras. Met verwarde haren en rood aangelopen gezichten sprongen ze wild in de rondte en zongen uit volle borst mee. Lauren heel vals, Becca met een mooie stem. Ze vroegen ons mee te doen. We lieten ons bidden. We waren moe. Maar wat betekende deze bevlieging eigenlijk? De meisjes hadden schitterende, lachende ogen, een niet-aflatend enthousiasme, en algauw dansten we met z'n vieren. Twee aan twee. Rebecca hield van de acrobatische rock-'n-roll. Ik was daar niet goed in, maar Marcus liet haar als een hoelahoep rond zijn benen en heupen draaien. Hij bood Lauren aan het haar ook te leren en mijn zuster liet zich overhalen. Ze oefenden iedere avond. Lauren beet op haar lip als ze ijverig de passen telde en gilde verschrikt of opgetogen als ze opgetild werd. We kregen ook onze vaste gewoontes: op woensdag en vrijdag naar de Electric Circus, een trendy club die in het oude Poolse Huis op St Marks Place midden in de East Village zat. Warhol had het kort gebruikt, voordat hij het over had gedaan aan een investeerder die driehonderdduizend dollar op tafel had gelegd om het gigantische pand te renoveren, en discoverlichting, projectieschermen en muziekpodia met krachtige speakers te installeren. Wij ploften neer op de sofa's, bestelden whisky of *bananas*, en troffen er oude vrienden. Er liepen veel hippies rond in de wijk, Tom Wolfe, Truman Capote en Warren Beatty, aan wie ik een hekel had omdat Rebecca niet ongevoelig was voor zijn charme. Nog veel meer ergerde ik me aan een zekere Dane. Mijn verloofde had hem aan me voorgesteld als 'haar beste vriend'. Hij noemde zichzelf impresario. Ik geloofde er geen bal van. Hij had een gemiddelde lengte, een bleek gezicht en zijn ogen waren net zo donker en dof als zijn haar, hij maakte een gekwelde indruk, was voortdurend ironisch en stelde geniepige vragen. Hij keek naar me alsof ik een moordenaar was en nam iedere gelegenheid te baat om Rebecca apart te nemen en god mag weten wat in haar oor te fluisteren. Het was duidelijk dat hij gek op haar was, en ik kreeg er de pest in dat ze zo onnozel deed tegen mij. Ze beweerde dat vriendschap tussen een man en een vrouw heel goed mogelijk was, en haar relatie met Dane was daarvan het bewijs. Ik antwoordde dat ik het kletspraat vond. Vriendschap, daar stelde je je tevreden mee als je niet meer te verwachten had van iemand die leuker was dan jij. Althans, als je van tevoren had afgesproken seks uit te sluiten, maar dat was niet altijd voldoende. Mijn relatie met Joan was daar het beste voorbeeld van. Ik zou het heerlijk hebben gevonden om haar op te bellen, haar te spreken, regelmatig met haar te gaan lunchen, maar ik wist dat zij het niet kon. Vanwege haar gevoelens.

In de Electric Circus zag je avondkleding en bloemetjesjurken, vetkuiven spraken met tattoos, en een type in kleding als van een Romeinse keizer kon er een mannequin in een mini-jurk met glitters aanklampen. Er werd experimenteel theater opgevoerd, er speelden groepen als Velvet Underground, Grateful Dead of Cat Mother & the All Night Newsboys. Vuurspugers en trapezewerkers traden op tussen de concerten. De verschillende kunstsoorten kwamen samen in een perfecte wanorde. Rebecca zou hier over een paar maanden haar serie 'Phallus' exposeren, die veel stof zou doen opwaaien, zowel in de pers als bij ons thuis. Donderdag zouden we naar Bitter End in Bleeker Street gaan. Paul Colby, de nieuwe bedrijfsleider, had er een te gek programma. Hij had voor Frank Sinatra en Duke Ellington gewerkt voordat hij een meubellijn startte. Hij schilderde en hij had 'een neus' voor talent. De crème de la crème vond elkaar op dit podium van rode baksteen, dat legendarisch beloofde te worden. In de loop der jaren, tussen onze scheidingen en onze herenigingen, zouden we er luisteren naar Frank Zappa, Nina Simone en Bob Dylan, voordat we ons een breuk zouden lachen om de grappen van Woody Allen en Bill Cosby.

Om de dagjesmensen die in Manhattan neerstreken te mijden gingen we in het weekend niet uit. We wilden liever lezen, werken, bij elkaar zijn, en soms het huis opruimen. Daar was het een onbeschrijfelijke rotzooi: koppen die waren blijven staan van het ontbijt, open pakjes zacht geworden boter op de keukentafel, kruimels, een lege jampot, vuile borden in de gootsteen, onopgemaakte bedden – behalve dat van Marcus dan – wasgoed dat klaarstond voor de wasserij en gebruikte handdoeken op de grond in de badkamers. Op een avond toen ik bij thuiskomst geen stukje kaas of ham meer vond om in mijn mond te stoppen protesteerde ik. De meisjes antwoordden dat ik alleen maar boodschappen hoefde te doen. Sinds Lauren weer studeerde, had ze geen minuut tijd en Rebecca verklaarde: 'Ik ben geen huisvrouw. Ik kan niet eens een ei bakken.'

'Ik laat niet met me spotten!' antwoordde ik zuur. 'Ik heb hangsloten moeten aanbrengen op alle kasten van onze oude keuken om te voorkomen dat jij een maaltijd voor twintig mensen ging bereiden als je slaapwandelde. Als je in je slaap lasagne en cheesecake kunt maken, dan kun je als je wakker bent vast wel een ei bakken.'

'Oké, niet alleen kan ik het niet, maar met dat rothumeur van jou heb ik niet eens zin om het te leren.'

Mokkend verliet ze het vertrek en ging onder de douche. Omdat ze maar niet naar beneden kwam om te eten, en we op haar zaten te wachten om uit te gaan, ging ik naar boven. Ik vond haar opgerold in ons bed, diep in slaap. Ik schudde haar door elkaar, waarbij ik goed op mijn vingers lette – ik had absoluut geen zin om me te laten bijten – maar ze werd niet wakker.

'Nee, dit kan niet waar zijn!' riep ik uit, en op deze kreet volgde een aantal minder aardige kwalificaties, waardoor Marcus en Lauren naar de eerste verdieping kwamen.

Ze keken naar Rebecca.

'Nee echt, ze is onuitstaanbaar. Ik kan ook niets tegen haar zeggen. Als ze na de minste kritiek weer een maand lang in coma raakt, dan kap ik ermee,' viel ik uit.

'Ze heeft vandaag hard gewerkt, misschien is ze moe,' zei Lauren zonder veel overtuiging.

Mijn zuster probeerde haar wakker te maken door flesjes etherische olie onder haar neus te houden. Marcus zong met zijn mooie bariton een wijsje uit de 'Betulia Liberata'. Rebecca vertrok geen spier.

'Dit gaat te ver! Het is gewoon chantage!' barstte ik uit en ik liep om het bed. 'Ik zeg het jullie maar vast, zodra ze wakker wordt, ga ik bij haar weg.'

'Als je een dutje doet, dan hoor je nog eens wat,' klonk er uit het bed.

Ik verstijfde ter plekke, net als Marcus en Lauren. Rebecca greep de gelegenheid aan om onder de lakens uit te springen, al helemaal gekleed voor het diner, en triomfantelijk en blij boog ze voor me als een actrice voor het publiek. Marcus en Lauren schaterden het uit.

'Dus je gaat zomaar bij me weg?' vroeg ze tot nog meer hilariteit van mijn zus en mijn compagnon.

'Jazeker, ik ga weg! Ik heb het helemaal met je gehad,' antwoordde ik woedend.

'Kom nou, schatje, kun je niet tegen je verlies?'

'Schatje, is dat je koosnaampje?' vroeg Marcus verbaasd en hij trok een wenkbrauw op.

'En jij houdt je erbuiten!' zei ik verontwaardigd. Omdat ik niet meer wist wat ik moest antwoorden en ook niet wat ik met mezelf aan moest, liep ik driftig de slaapkamer uit.

Ze volgden me grinnikend naar Chez Marcel. Een halve fles bordeaux later was ik mijn slechte humeur vergeten. Toch besloot ik ons huishoudelijke probleem aan te pakken. Ik had mijn eerste huis niet gekocht om het in een vuilnisbelt te zien veranderen. De volgende dag belde ik Miguel. De Cubaanse traiteur had met ernstige tegenspoed te kampen. Hij had de opdracht aangenomen om twee grote avonden in The Hamptons te organiseren voor een oplichter die zonder te betalen met de noorderzon was vertrokken. De arme man werd achtervolgd door zijn leveranciers. Ze hadden weliswaar drie jaar lang goed aan hem verdiend, maar de mens heeft een kort geheugen en een portemonnee die zeurt. Toen ik contact met hem opnam en vroeg of hij iemand voor me wist, beval hij zichzelf aan.

'En je bedrijf dan, Miguel? Ik dacht dat je graag onafhankelijk wilde zijn.'

'Het lukt me niet, meneer Werner, om voor iemand anders te werken dan voor u.'

De zaak werd in een paar minuten beklonken en we begonnen een nieuw leven. Cubaan van origine, met zijn buikje in een onberispelijk uniform gesnoerd, was Miguel de beste huishoudster van Manhattan. Hij was gesteld op goed verzorgde huizen. Hij naaide, breide, waste, streek met stijfsel, schikte grote boeketten bloemen en kookte als een topkok. Hij was dol op goed gevulde voorraadkasten, geweckte groenten uit de moestuin, jampotten met mooi geschreven etiketten, zilveren cloches over de borden, ouderwetse servetringen, mooi glas- en zilverwerk. Hij kon zich verlustigen aan de aanblik van zijn kasten met nette stapels gesteven linnengoed. Hij had lang gewerkt bij luxehotels, voordat hij in dienst was genomen door een familie uit de hogere kringen in New York. Dat was slecht afgelopen. De oudste zoon van zijn werkgevers, een jongen van twintig, was stapelverliefd geworden op Miguel. Hij had de Cubaan anderhalf jaar lang overladen met zijn aandacht. Hun gepassioneerde relatie had hem zijn baan gekost. Voor Miguel was dit een professioneel trauma, dat nog versterkt werd door zijn ontroostbare liefdesverdriet.

Ik vertelde dit nieuwtje van mijn nieuwe personeelslid triomfantelijk aan de anderen. Lauren was diep verontwaardigd bij het idee dat we iemand in dienst zouden nemen om onze vuile was te doen. Ze vond het immoreel om een mens uit te buiten om het vieze werk voor ons te doen. Ons verweer was dat er geen sprake was van 'uitbuiten', maar van het verschaffen van werk aan iemand die niets liever wilde. En die zich spontaan had aangeboden.

'Het kapitalisme is de pest van deze maatschappij,' zei Lauren stellig. 'Ik weiger in dit huis te blijven als jullie hier een dienstmeid willen laten sloven.'

'Het kapitalisme bevalt je anders goed als het je geld leent om je centrum te openen.'

'Dat is wel het minste wat je kunt doen. Als jij me helpt om mensen op te vangen, dan geef je tenminste een beetje van wat je schuldig bent terug aan de gemeenschap!'

'En wat stel jij voor als Rebecca, Marcus en ikzelf er geen tijd voor hebben?' antwoordde ik terwijl ik moeite deed mijn kalmte te bewaren.

'Als we de taken verdelen kunnen we het met ons vieren makkelijk aan.'

'De laatste keer dat je met je bebaarde malloten de taken probeerde te verdelen is dat niet bepaald goed afgelopen. Kom, wees eens aardig, en laat het beheer aan mij over,' zei ik geprikkeld.

'Moet je die toon horen waarop je tegen me praat! Dat jij een worst tussen je benen hebt hangen, betekent nog niet dat je hier alles voor het zeggen hebt!'

'In dit geval gaat het niet om een worst, maar om een cheque-boek.'

'Geld! De god! Het woord waar alles om draait!' zei Lauren woedend. 'Is dat het enige wat telt?'

'Inderdaad, en ik zie niet wat daarop tegen is.'

'Het is zo materialistisch,' zuchtte Rebecca en ze hief haar ogen ten hemel, waar Marcus moordneigingen van kreeg.

'Tot nu toe hadden jullie anders geen klachten over ons materialisme! Als je geboren bent met een zilveren lepel in je mond en geen ei kunt bakken, is het een beetje makkelijk om af te geven op het materialisme van andere mensen,' deed ik er nog een schepje bovenop tegen Rebecca.

Er werd hard gebeld, precies op tijd om ons tot bedaren te brengen. Het was Miguel. Hij kwam het huis en zijn appartementje bekijken. Hij groette het gezelschap vriendelijk, maar voelde de spanning. Onder vier ogen vertelde ik hem de teneur van de discussie met mijn zuster. Om haar weerstand te breken nodigde Miguel haar uit voor een gesprek in wat hij al 'de bibiotheek' noemde. Hij bedoelde de salon die de hele eerste etage in beslag nam, en waar afgezien van de *Encyclopaedia Brittannica,* wat stapels tijdschriften, een paar vuile glazen en een schets van een gipsen beeld van Rebecca, de planken nog steeds leeg waren. Ik weet niet wat ze daar bespraken, maar toen Lauren het vertrek uit kwam, leek ze helemaal overtuigd. Miguel bepaalde al snel zijn positie. Met zijn rollende r en zijn Spaanse s sprak hij ons formeel aan: 'meneer Werner', 'mevrouw Rebecca', 'meneer Marcus' en 'mevrouw Lauren'. Ook al zeiden we steeds dat al die formaliteiten niet nodig waren, hij bleef ons zo noemen. Wellevendheid was voor hem niet zozeer een plicht als wel een levenskunst, die hij dan weliswaar niet kon delen – het grootste deel van de mensheid was er immers van verstoken – maar wel in praktijk kon brengen. Als majordomus, zoals hij zichzelf noemde, stelde hij een zeer strenge diagnose. Wij kampeerden er maar wat op los. De ouderwetse, versleten meubels uit het oude appartement stonden verloren in de grote vertrekken. Zelfs Marcus had zich in de onderhandelingen gestort van onze toren in aanbouw en had nog niet eens zijn eigen kamer ingericht. Miguel ontpopte zich als de perfecte huisvrouw. Ik gaf hem carte blanche voor de inrichting van het huis. Hij liet me een lijst van tien bladzijden zien en deed me verschillende voorstellen. Hij had er een enorm plezier in om gordijnen uit te zoeken, lampen te maken van goedkope vazen, oude stoelen op de kop te tikken en ze opnieuw te bekleden. We waren verrukt over al zijn veranderingen. Rebecca droeg haar steentje bij. Ze maakte een lage tafel van een lege kabelhaspel die ze gevonden had op een van onze bouwplaatsen met daarop een metalen blad, en voor op het terras een tuinbank van geschilderde houten pallets. Ook hing ze boven de lichtstenen schoorsteen een van de enorme fallussen uit de serie die ze aan mij had opgedragen. Miguel was helemaal weg van dit 'sublieme, absoluut sublieme werk'. Daarna vroeg hij met veel omhaal van woorden aan Rebecca of hij ook de andere doeken van de serie mocht zien. Dat mocht, en vanaf dat moment bekeek hij me met de ogen van een bekeerling die elke morgen een naakte Jezus met een stralenkrans zag verschijnen. Marcus liet zijn boeken en meubels overkomen, en ook zijn vleugel, waarmee hij onze avonden opvrolijkte. Mijn huis werd een paleis. De klassieke smaak van Miguel werd aangevuld met Rebecca's fantasie en Laurens exotisme. Mijn zuster vond weer een plek voor haar verzameling Indiaanse schilderingen en Mexicaanse tapisserieën, die de leden van haar oude commune uiteindelijk hadden opgestuurd, tegelijk met het geld dat ze haar schuldig waren en dat de uitstekende advocaat die ik ter plaatse had ingehuurd eerst vriendelijk en daarna minder vriendelijk had geëist.

Mijn stormachtige verhouding met Rebecca stond deze gemeenschappelijke inspanning in de weg. De geheimzinnigheid van mijn verloofde, haar koppige verzet om antwoord te geven op mijn vragen werkte op mijn zenuwen. Ik had nog altijd geen verklaring voor haar verdwijning en kon me daar niet bij neerleggen. We hadden de slechte gewoonte om met de deuren te slaan. Algauw was er niet een meer zonder barsten, en dat gold ook voor de sponningen. Op aanraden van Lauren, die ruimtes en geesten graag openbrak, haalde Miguel de deuren die gemist konden worden weg en stalde ze in het souterrain. Het was een hele toer om de andere deuren te ontzien, vooral die van onze slaapkamer en van Rebecca's atelier.

Onze verhouding was een aaneenschakeling van uitbarstingen, hartstochtelijke verzoeningen en daarna weer evenzoveel uitgelaten spelletjes. We konden niet zonder en niet met elkaar. Het was een uitputtingsslag. Vier maanden na de komst van Miguel kwam ik een keer van mijn werk zonder Marcus, die bij zijn vader ging eten, en zag mijn verloofde in mijn woonkamer zitten met naast haar op de bank Dane, die zogenaamde impresario die ze liet doorgaan voor haar beste vriend. Ze waren maar met z'n tweeën en bogen zich op een paar centimeter van elkaar over een document. Zonder een woord te zeggen stormde ik op hem af, greep hem bij zijn kraag en gooide hem de kamer uit. Hij was totaal overrompeld en probeerde zich te verdedigen, maar ik stuurde hem de laan uit. De scène duurde maar een paar tellen. Ik trilde van woede. Binnen wachtte Rebecca me op, buiten zichzelf van woede. Ze sloeg me in mijn gezicht, begon te schelden en maakte me uit voor een zware patiënt met wie ze geen minuut langer wilde omgaan. Ik rende achter haar aan de trap op. Ze vluchtte onze kamer binnen en draaide de sleutel om. Ik trapte de deur in, waarna Lauren uit haar atelier naar beneden rende. Miguel kwam gewapend met een groot vleesmes de keuken uit. Ontsteld keek hij naar de scène. Ten slotte kon ik naar binnen. Rebecca was zoals ze gewend was uit het raam geklommen. Ze zakte net langs de gevel naar beneden. Toen ik zag hoe gevaarlijk ze deed, werd ik zo bang dat ik wat kalmeerde. In één roffel was ik de trap af, maar Lauren hield me tegen toen ik haar op straat achterna wilde gaan. Ik schreeuwde mijn dreigementen door het raam van de woonkamer: 'Oké, ga maar achter hem aan! Ga dan! Als je maar niet denkt dat je nog terug kunt komen! Ik zweer je van niet.'

Ze wierp me een vernietigende blik toe, tikte met een vinger drie keer op haar voorhoofd om aan te geven hoe gestoord ik was, en verdween met een opgestoken vinger op haar blote voeten de hoek om. Het kostte Lauren de hele avond om me tot bedaren te brengen. Ik moest leren mijn woede te beheersen en mijn jaloezie in te tomen. Het was verkeerd en onmogelijk om een ander te willen bezitten, beweerde ze. Ik deelde haar modieuze verzinsels niet, dat je best ontrouw en toch loyaal kon zijn. Zelfs toen ik vrijgezel was en op zoek naar gezelschap en gerief, hield ik er niet van om mijn maîtresses te delen met een ander. Ik beweer niet dat ze me trouw waren, maar ze waren wel zo kies me in die waan te laten. Nu ik verliefd was, raakte ik buiten zinnen bij de gedachte alleen al dat een ander naar Rebecca keek. Het was net of ze een chemische uitwerking op mijn gestel had. Ze had me vergiftigd. Lauren, die het beu was om me op andere gedachten te brengen, probeerde me ongevraagd te kalmeren met een meditatieoefening, en Miguel bracht me een kop kruidenthee 'om goed te slapen'. Nadat Rebecca naar een vriendin was gevlucht, van wie ze een paar te grote All Stars had geleend, had ze bij Frank Howard aangebeld om Marcus te spreken. Ze had hem verteld over mijn jaloerse gedrag en hem om raad gevraagd. Ze werd doodmoe van onze ruzies en wist niet meer wat ze met me aan moest. Marcus had haar de ogen geopend door te vertellen waar mijn woede vandaan kwam: 'Verplaats je in hem. Jullie zijn smoorverliefd. Hij eet bij je ouders. De zaken lopen daar uit de hand. En jij verdwijnt in het niets. Maandenlang is hij wanhopig naar je op zoek en een jaar later sta je ineens op de stoep, zonder verklaring. Hij is ervan overtuigd dat je bij het minste of geringste weer verdwijnt. Heus, ik ken hem en hij moet wel heel veel van je houden dat hij dit alles over zijn kant heeft laten gaan.'

'Dat doet hij trouwens helemaal niet.'

'Maar waarom praat je niet met hem?' zei mijn vriend kwaad.

Die avond was Rebecca voldoende ondersteboven om naar hem te luisteren.

'Ik zou best met hem willen praten, Marcus, maar ik ben bang dat ik het alleen maar erger maak.'

'Is het dan zo verschrikkelijk wat je hem te vertellen hebt? Ben je hem ontrouw geweest?'

'Nee, dat is het niet. Het is nog veel erger.'

'Kom op, vertel het maar. Wij zijn je vrienden en we staan voor je klaar.'

Frank Howard had zijn chauffeur gevraagd ze bij mijn huis af te zetten. Ze kwamen binnen met bedrukte gezichten. Rebecca liep de woonkamer in, die verlicht werd door twee brandende kaarsen en waar Lauren en ik in een sawasana op de grond lagen, de lijkhouding waarbij je ultieme ontspanning ervaart. Mijn verloofde maakte licht en kondigde aan: 'Goed dan, omdat ik geen keuze heb, zal ik jullie alles vertellen. Maar dat ik niets heb gezegd, Werner, was omdat ik je wilde beschermen, als je dat maar weet.'

MANHATTAN, 1971

We gingen in Rebecca's atelier zitten. Ze zag heel bleek en stond nog even te aarzelen op de rand van haar afgrond vol geheimen, maar ging toen in kleermakerszit op de grond zitten en stak van wal.

'Ik was bijna vijftien toen ik begon te begrijpen waar mijn moeder vandaan kwam en een vermoeden kreeg van wat ze had meegemaakt. Ze heeft me er lang tegen willen beschermen. Ze is terughoudend en geeft zich zelden bloot.'

'Zo moeder, zo dochter...' merkte Lauren glimlachend op.

Ik legde mijn zus met een boze blik het zwijgen op. Rebecca stopte even en koos een andere insteek voor haar verhaal. 'Ik heb mijn moeder nooit gelukkig gezien. Ze heeft altijd medicijnen geslikt, veel spullen aangeschaft, veel ongeplande reizen gemaakt, veel tijd in klinieken doorgebracht, mijn vader regelmatig verlaten, ook al is ze altijd bij hem teruggekomen. Ik kan de keren dat ze in lachen uitbarstte op één hand tellen. Dat was altijd gemaakt of overdreven, alsof het een schild was om zich te verdedigen. Ik heb nooit meegemaakt dat ze onbekommerd vrolijk was zonder dat ik er een dissonant in zag, alsof haar lach een gebarsten klok was. Op sommige momenten is ze rustig. De rest van de tijd onderhandelt ze continu met haar fantomen. Ze voelt zich ongemakkelijk in haar slaapkamer, in de woonkamer, als ze alleen is, en met andere mensen.

Stukje bij beetje vielen de puzzelstukjes in elkaar. Door een aanwijzing die ze ongewild gaf op een avond dat ze te veel gedronken had. Door dingen die mijn vader tussen de regels door bekende, al wilde hij er verder niets van weten. Door bewijzen die haar lichaam uitstraalde, al waren haar lippen verzegeld. En er was natuurlijk haar dagboek. Ze heeft nauwelijks iets geschreven over wat er daadwerkelijk gebeurde, dat soort verhalen zou haar het leven gekost hebben, maar ze keert er nog steeds naar terug. Het verleden dringt haar heden binnen en vernietigt wat ze weer heeft proberen op te bouwen. Een geur, een beeld of een woord is genoeg. Dan verstijft ze, haar blik vervaagt, en ik weet dat ze iets herbeleeft wat ze nooit had mogen meemaken. Datzelfde geldt voor haar dagboek. Ze schrijft over een avondje of een lunch en het onbeduidende verhaal wordt afgebroken vanwege een mysterieuze associatie die haar terugvoert naar de hel. Ik heb die schriften stiekem gelezen, of misschien heb ik ze mogen inzien, ik weet het niet meer. Soms denk ik dat ze graag wilde dat ik het wist. In grote lijnen, maar onvolledig, vertellen deze aantekeningen wat niemand zich kan voorstellen.

Ik was al een paar jaar bezig haar verleden te reconstrueren, toen we op 5th Avenue een vrouw tegenkwamen. Ik was met mijn moeder aan het winkelen. 'Ik ben niet zo dol op kleren kopen, zoals jullie gemerkt hebben,' zei ze met een kleine glimlach, maar het is een van haar drogeermiddelen en een manier om mij haar liefde te tonen. We kwamen net Saks uit toen mijn moeder haar zag. Het leek alsof de mensenmassa uiteen week. Ze bleven eerst als versteend tegenover elkaar staan en vielen toen in elkaars armen. Ze huilden en omhelsden elkaar. Ze streelden elkaars gezicht en haren. Ze herhaalden steeds: "Je leeft nog!" De vrouw noemde mijn moeder "Lyne". Mijn moeder noemde de vrouw "Edwige". Ik begreep er niets van. Mijn moeder stelde me voor: "Dit is mijn dochter Rebecca." Toen huilde Edwige nog harder. "Wat een geluk voor je, Lyne. Wat een geluk dat je zo'n mooie dochter hebt. Zo perfect. Bij mij kon het niet meer." Ik vroeg of Edwige mee ging lunchen. Ze schrokken allebei terug. Ze keken elkaar aan en begrepen het. Edwige was eenvoudig gekleed. Ze werkte als verkoopster in een van de winkels aan 5th Avenue. Mijn moeder deed haar diamanten oorbellen uit, ook deed ze haar armbanden af en haar gouden ketting, die ze zelfs omhield als ze ging slapen omdat hij het litteken in haar hals

bedekte. Ze deed de oorbellen in Edwiges oren, ondanks haar protest. Ze propte de armbanden in de zakken van de vrouw. Ze pakte
Edwiges handen, drukte de ketting erin en sloot haar vingers eromheen: "Het stelt niets voor. Je helpt mij door ze aan te nemen. Alsjeblieft."

Ze omhelsden elkaar een laatste keer. Mijn moeder zei nog: "Als
je iets nodig hebt, wat het ook is, kom dan naar me toe. Ik woon aan
de oostkant van het park, aan 80th Street."

Mijn moeder scheurde een blaadje uit haar agenda en krabbelde
haar adres erop. Toen gingen ze haastig uit elkaar. In de auto bleef
mama maar huilen. Ze zei: "Maak je geen zorgen, schatje. Maak je
geen zorgen, het zijn tranen van vreugde." Maar ik voelde dat er
eerder sprake was van verdriet dan van vreugde. De jaren die ze
begraven had waren weer naar boven gekomen, levendiger dan
ooit. Deze vrouw had zo'n diepe indruk op haar gemaakt dat ik
hemel en aarde bewogen heb om haar terug te vinden. Ik ben langs
alle adressen op 5th Avenue geweest totdat ik erachter kwam waar
ze een paar weken onder een andere naam had gewerkt. Daarna
kostte het me maanden om haar over te halen. Ze wilde haar vriendin niet verraden. Ik zal jullie niet vertellen hoe verdrietig mijn
moeder was, dat is onbeschrijflijk. Net als alles wat daar is gebeurd.
Ik probeer alleen de feiten weer te geven.'

Ik was geraakt door de pijn van Rebecca. Marcus en Lauren waren net zo aangeslagen en zeiden geen woord. Becca kon ons niet
aankijken. Ze staarde in het niets. Toen ze haar verhaal hervatte,
stroomden de tranen over haar wangen terwijl haar stem mono-
toon en zakelijk bleef. Alsof ze zich er niet van bewust was. Alsof
iemand anders huilde. Ze sprak verder: 'Mijn moeder is in 1929 in
Boedapest geboren. Op 30 maart 1944 is ze met haar vader opge-
pakt, een paar dagen na de komst van de nazi's in Hongarije en de
formatie van de nieuwe regering. Op 17 mei 1944 kwam ze aan in
Auschwitz-Birkenau, na een reis van vier dagen zonder eten en
drinken. Bij hun aankomst stonden mannen de gedeporteerden op
te wachten om hen te helpen met uitstappen. Die veewagons hadden geen treeplank. Een van hen pakte mijn moeder onder haar

oksels en fluisterde terwijl hij haar op de grond zette: "Stap niet in de vrachtwagen."

Ze dacht niet na. Ze gehoorzaamde. Ze had haar vader willen meenemen, maar die kon nauwelijks lopen. De ss zette hem zonder pardon in het propvolle voertuig. Ze kon geen afscheid meer van hem nemen en heeft hem nooit meer gezien. De mensen die in de vrachtwagen stapten waren verzwakt, vermoeid, te oud of te jong, ziek. Ik heb geen twijfels over hun lot. Mijn moeder liep de paar kilometer naar het kamp. Langs de route stonden prikkeldraadversperringen, en het pad was een tong van zwarte modder en ijs. Alle kleur leek weggetrokken uit dit landschap met vieze sneeuw waar een menigte uitgeputte silhouetten doorheen trok. De wereld was zwart en wit. Achter de ramen van gammele barakken zag ze uitgemergelde gezichten verschijnen. Door de spookachtige ogen in die gezichten kreeg ze een vermoeden van het gruwelijke dat haar te wachten stond. Hoewel ze vijftien was, zag mijn moeder eruit als zeventien. Ze was volgroeid. Ze was heel knap. De ss'er bij de ingang van het kamp die de selectie deed zag niet hoe jong ze was. Anders had hij haar de dood in gestuurd. Binnen de versperring moesten ze zich uitkleden. Sinds ze zes was, toen haar kindermeisje haar nog hielp met aankleden, had mijn moeder zich nooit meer in het bijzijn van iemand uitgekleed. Nu stond ze daar naakt. Naakt in de sneeuw van de Poolse winter. Voor de ogen van honderden andere vrouwen en voor de ogen van mannen. Ze stond met een gebogen rug van schaamte en kou en ze kwam handen te kort om zich te bedekken. Vóór haar begonnen ze haar lotgenoten van top tot teen te scheren. Anderen stonden al in de rij voor de tatoeage. Ze hebben mijn moeder getatoeëerd met een vuile naald die ze zonder waarschuwing zo'n dertig keer in haar huid hebben gedreven. De inkt liep uit en vervaagde het nummer en de driehoek, die een halve davidster moest voorstellen. Ze was bang. Ze hadden gezegd dat ze het nummer uit haar hoofd moest leren, maar het was onleesbaar. Toen ze haar geslacht begonnen te scheren, voordat ze aan haar haren wilden beginnen, greep een ss'er in. Ze begreep niet wat hij zei. Hij greep haar haren vast. Hij trok haar hoofd naar achteren en opende haar mond om haar tanden te inspecteren. Als bij een paard. Toen zei hij: "Blok 24." Eén ander meisje, een Poolse Jodin die naar de naam Edwige luisterde en die ik jaren later op 5th Avenue zou tegenkomen, had ook dat geluk. Als je van geluk kunt spreken.

Een ss'er gaf mijn moeder een stuk bruin vilt van een meter bij een meter om zich te bedekken en bracht haar, nog altijd op haar blote voeten, naar het voorste gebouw. Eerst werd ze gewassen, daarna gedesinfecteerd en toen weer gewassen met een handschoen van paardenhaar. Ze werd meegenomen naar een aparte ruimte waar een vrouwelijke arts een aantal onderzoeken bij haar deed, ook inwendig. De arts stelde vast dat ze nog maagd was en liet dat weten aan de bewaker die haar begeleidde. Ze werd meegesleept naar een klein gebouwtje van rode baksteen bij de ingang van het kamp. Daar zaten nog zo'n twintig andere vrouwen. Deze plek werd *Freudenabteilung* genoemd.

Een ss-bewaakster gaf mijn moeder en haar lotgenote een nieuwe naam. "Voortaan heet je Lyne," zei ze tegen mijn moeder.

Haar lotgenote zou Edwige heten.

Ze praatte wat met de andere vrouwen om erachter te komen wat haar te wachten stond. Die durfden haar niets te zeggen. Maar door het bad en het harde schrobben was haar tatoeage schoongewassen, waardoor de driehoek onder het nummer zichtbaar werd die haar Joodse afkomst verraadde. De vrouwen waarschuwden haar. Door dat symbool liep ze groot gevaar. Haar leven hing af van het genot dat ze de ss-bewakers zou verschaffen, maar vanwege de rassenwetten was het verboden een relatie te hebben met een Jodin. Een meisje adviseerde haar om de driehoek dagelijks met inkt in te kleuren. Ze gaf haar een potje en een puntig houten stokje dat een vrouw had achtergelaten. Mijn moeder vroeg wat er met die vrouw was gebeurd.

"Ze begon te hoesten, dus die is teruggestuurd naar de andere gevangenen," antwoordde een van de meisjes. "Maar vergeet vooral niet om die driehoek zwart te maken," herhaalde ze.

De zwarte driehoek was het teken voor asociale personen, namelijk prostituees en gewone Duitse misdadigers. Die liepen niet het risico om zonder vorm van proces geëxecuteerd te worden zoals de andere gevangenen. De vraag naar sekswerksters was groot. Sinds het voorjaar van 1944 begonnen ss'ers hun keuze te baseren op esthetische criteria of perverse voorkeuren, zonder zich druk te maken om de voorschriften van Himmler, die stelde dat "alleen vrouwen van wie het Duitse volk niets meer hoefde te verwachten geselecteerd mochten worden". Ze deden het voorkomen alsof dit werk vrijwillig was. Dat dachten zelfs de gevangenen. Mijn moeder begreep al snel wat haar te wachten stond. Zowel in de lente als in de zomer vielen er bijna dagelijks grauwe sneeuwvlokken op het kamp. Een bittere, grijze sneeuw die de zon aan het zicht onttrok, een regen van menselijke as. Aan degenen die in Blok 24 in opstand kwamen werd de oven in het vooruitzicht gesteld. Als ze zich nogmaals verzetten, werden ze erheen gebracht. Officieel was de plek voorbehouden aan Arische gevangenen of gevangenen die zich verdienstelijk hadden gemaakt, maar in 1944 waren er twee afdelingen gecreëerd om de behoeften van de ss te bevredigen. Volgens de regels moesten de mannen de seksuele daad in een vaste positie verrichten: de missionarishouding – puur om redenen van fysieke en geestelijke gezondheid. Een bewaker controleerde via een opening in de deur of alles goed verliep. Maar je kon er makkelijk voor zorgen dat hij een oogje dichtkneep. Als de man je op zijn hondjes wilde nemen kostte dat wat meer. Als hij je wilde slaan nog meer. Na iedere ontmoeting moesten de vrouwen zich wassen, een bacteriën- en zaaddodende lotion gebruiken, de blauwe plekken wegschminken en hun tranen of bloed wegvegen voordat ze weer aan het werk gingen. Ze moesten de hele dag hun mond houden. Als een ss'er in de problemen kwam door een van zijn maîtresses – omdat ze geklaagd had over de manier waarop ze behandeld was – werd ze meteen afgeknald. Iedereen was van mening dat deze meisjes geluk hadden. Ze hadden zeep in overvloed. Ze liepen de hele dag, zeven dagen per week, in lingerie rond. Ze hadden make-up. Ze aten naar believen, want de ss hield niet van te mager. Ze overleefden een paar maanden langer, mits ze niet ziek werden of zwanger raakten. Zwangerschap betekende hun doodvonnis.

De ss'ers kozen zomaar iemand in wie ze zin hadden. Sommigen hadden een favoriete. Die konden ze reserveren, tenzij ze opgeëist was door een superieur. Mijn moeder had de pech dat ze in de smaak viel bij een van de hoogsten in rang, die ook een van de gewelddadigsten bleek te zijn. Het was een uitzonderlijk lange man met een gespierd lichaam. Hij had je nek met één hand kunnen breken. Zijn haar was donkerblond, zijn ogen staalblauw. Zijn knappe uiterlijk maakte zijn wreedheid nog onverdraaglijker. Mijn moeder had nog nooit iets met een man gehad en werd een paar uur na haar aankomst hardhandig door hem ontmaagd. Vanaf dag één werd ze door nog vijf mannen gebruikt. Haar "meester", zoals hij zich graag liet noemen, ging er prat op dat hij niet jaloers was. Hij hield er juist van om haar te delen. Hij had een perverse voorliefde voor littekens. Mijn moeder was pas vijftien en ze had de huid van een kind. Hij schepte er een intens genoegen in die te beschadigen. Daarvoor gebruikte hij verschillende scalpels die hij in een rood leren etuitje bewaarde. Alsof puurheid een belediging voor hem was en zuiverheid niet mocht bestaan. Onschuld moest hij verlagen tot zijn eigen niveau. Hij hield ervan als ogen doodsangst uitstraalden, zoals bij wurging het geval was. Edwige, de vriendin van mijn moeder, is één keer door deze man genomen, maar ze beschreef hem als de duivel in hoogsteigen persoon. Hij had jarenlang scheikunde gestudeerd en had daarin carrière kunnen maken, maar hij was tot bloei gekomen bij de ss.

Anders dan de bewakers haar hadden verteld, werd mijn moeder niet na drie maanden vrijgelaten. Ze was op miraculeuze wijze ontsnapt aan allerlei ziektes. Ze was niet zwanger geraakt. Het trauma, de wanhoop en de schaamte van dit leven hadden haar verdord. Vanaf de eerste maanden werd ze niet meer ongesteld. Edwige benijdde haar. Zij moest, dankzij de hulp van een ander meisje, dat haar leven redde, een curettage ondergaan die haar voorgoed onvruchtbaar maakte. Ik denk dat ze zich door die gedwarsboomde moederliefde met me verbonden voelde en daarom haar verhaal kon vertellen. Met het risico dat ze de stilzwijgende afspraak met mijn moeder zou verbreken.' Rebecca leek even in gedachten verzonken, maar ging toen verder: 'Mama kwam in Auschwitz-Birkenau aan op een van de ergste momenten in de geschiedenis. De ss liquideerde alle zigeuners in het kamp. Ik vond in haar dagboek piepkleine briefjes met recepten die de vrouwen in hun verloren uurtjes uitwisselden. Op een van die briefjes stond een kort verslag over de gevangenen. Ze schrijft dat ze een diepe kuil moesten graven. Als ze daarmee klaar waren, moesten ze aan de rand van die zelf gegraven afgrond gaan staan en werden ze door de ss doodgeschoten. Vervolgens moest een nieuwe groep gevangenen zich opstellen. Er klonken geweerschoten, de slachtoffers vielen boven op de eerste lichamen. Zo verscheen er steeds een nieuwe stroom mensen die verdween, totdat de kuil vol was en dicht werd gegooid. Edwige vertelde me ook over die eerste zomerdag waarop het voor een keer geen as regende. De Duitsers stelden een Joods orkest samen. In het kamp zat een aantal van de beste musici ter wereld. Een uur lang speelden ze de prachtigste muziek. De mensen zongen ook. Die schoonheid deed meer met mijn moeder dan alle mishandelingen. Die schoonheid brak haar pantser en raakte haar ziel, die ergens verscholen zat in een gebied dat nog niet in kaart was gebracht. Sindsdien is ze nooit meer de oude geweest. Ze zei niets meer. Ze at nauwelijks. Op een avond in augustus, toen de ss'ers het druk hadden met de stapels lijken van een nieuwe fusillade, is mijn moeder ontsnapt. Edwige heeft nooit geweten hoe ze dat gedaan heeft, of wie haar geholpen heeft. Dankzij haar dagboek heb ik haar vlucht weten te reconstrueren: een van de bewakers was verliefd op haar geworden. Hij was het ook die de beul van mijn moeder neersloeg tijdens de daad. Daarna heeft hij zijn uniform aangetrokken en haar geholpen. Ik denk niet dat ik er ooit achter kom hoe ze het kamp heeft weten te ontvluchten. Zelfs een hooggeplaatste officier in ss-uniform kon een gevangene niet het kamp uit krijgen. Maar het is die bewaker gelukt.' Rebecca zweeg opnieuw. Ze leek uitgeput.

'De avond dat je bij ons kwam eten, Werner, de enige avond waarop ze echt haar hart heeft uitgestort, kon ze me niet vertellen over haar vlucht. Door angst stokten de woorden in haar keel. Mijn moeder heeft een talenknobbel. Ze spreekt acht talen vloeiend. Edwige leerde haar in een paar maanden genoeg Pools om zich verstaanbaar te maken. De eerste dagen na haar ontsnapping met die bewaker werd ze geholpen door de lokale bevolking. Boeren gaven hun te eten en brachten hen in contact met het verzet in Krakau. Toen ze de grens van Slowakije eenmaal over waren wist mijn moeder de verliefde bewaker van zich af te schudden. Ze reisde met valse papieren. Ze ging zo snel mogelijk zo ver mogelijk weg. Ze probeerde niet te achterhalen wat er met haar vader was gebeurd. Ze probeerde ook niet te weten te komen hoe het met de rest van haar familie ging. Ze reisde honderden kilometers totdat ze een mogelijkheid vond om naar de Verenigde Staten te gaan.'

We waren lamgeslagen. Rebecca huilde zachtjes. Ik stond op om haar te omhelzen, maar ze hield me tegen. 'Wacht! Wacht nog even, alsjeblieft.'

Rebecca trilde nu. Ze hing voorover en leek tevergeefs moed te vatten.

'Ik heb jullie nog niet alles verteld. Ik heb jullie het belangrijkste nog niet verteld.'

We wachtten en hingen aan haar lippen.

'De beul van mijn moeder had een naam...'

Rebecca's ogen waren roodomrand, en ze keek me sinds ze was gaan vertellen voor het eerst strak aan met haar violette pupillen. Ik kwam overeind om naar haar toe te lopen. Weer hield ze me tegen, en ze zei: 'Hij heette Zilch. ss-kapitein Zilch.'

De woorden weerklonken in de kamer. We zaten als verdoofd. Deze onthulling had zo veel consequenties dat we het niet konden bevatten. Ze nam bezit van mijn geest en mijn lijf, ik kon niet meer bewegen of nadenken.

'Hij heette Zilch,' herhaalde ze, 'en ik kan bewijzen dat het je vader was.'

Ik begon haar uit te kafferen. Ik zei dat ze gek was, dat ik daar helemaal niets mee te maken had. Ze zag overal iets slechts in. Ze had
het recht niet. Uit pure woede nam ze me van alles kwalijk. Wat
probeerde ze te bereiken? Wilde ze me kapotmaken? Wilde ze me
meeslepen in haar hel? Ik had het niet verdiend dat ze me zo behandelde. Hoe kwam ze in godsnaam bij dit verhaal? Ze wist toch hoe
moeilijk ik het ermee had dat ik mijn biologische ouders niet kende,
het was vals van haar om me op dat gebied aan te vallen. Om in te
spelen op mijn angst en zwaktes. Wat ze zei was een ongekende
aanval. Het was wreed en ongegrond. Ik had er geen woorden voor.
Of wel, ik had er wel een woord voor: pervers.

Marcus en Lauren zaten er als verstijfd bij. Ze wisten zich geen
raad met de situatie en zeiden niets. Door hun zwijgen klonk mijn
geschreeuw nog harder. Ik liep heen en weer, Lauren probeerde me
tegen te houden, maar ik wist haar te ontwijken. Ik wilde niet dat ze
me aanraakte. Ze begon te huilen. Ik bleef maar praten. Toen ik
mijn hart volledig had uitgestort zweeg ik. Ik keek naar Rebecca.
Toen ze haar ogen neersloeg wist ik dat ze de waarheid sprak. Mijn
woede verdween als sneeuw voor de zon. Ik voelde me ontreddered
en leeg.

Weten. Ik had het zo graag willen weten. Maar dit! Gebrand-
merkt zijn. Schuldig zijn aan het ergste wat een mens kan doen.
Geboren zijn uit deze schande. Ik voelde me smerig. In de val gelopen. Walgelijk. De andere twee zeiden niets en keken me geschrok-

ken aan. De ruimte begon te draaien. Mijn oren suisden. Wat ik jarenlang had weggedrukt kwam in één keer naar boven. Een vulkanische uitbarsting.

Ik leunde tegen een muur en begon er met mijn hoofd tegenaan te bonken, totdat Rebecca me tegenhield. Ik duwde haar hard weg, maar had daar meteen spijt van en trok haar terug. Mijn woede kwam weer opzetten en ik zei dat ze moest bewijzen wat ze beweerde. Ik kon haar niet geloven. Het kon niet waar zijn. 'Hoor je me? Het kan niet waar zijn dat op de vier miljard mensen die op deze aarde wonen juist wij elkaar tegenkomen terwijl we besmet zijn met bloed dat ons voorgoed verbindt en scheidt.' Ze moest me nu alles vertellen, en wel meteen. Hoe had ze al die maanden met me kunnen doorbrengen zonder er ooit iets over te zeggen? Ik begreep in ieder geval niet waarom ze was teruggekomen. Als ik de man was die ze beschreef, had ze dat niet moeten doen. Ze had niet bij me in de buurt moeten komen, me niet moeten kussen, en al helemaal niet moeten doen alsof ze van me hield. Je kunt niet houden van de zoon van een man die dat allemaal gedaan heeft.

Rebecca nam mijn hoofd in haar handen. Ik huilde en wilde me afwenden. Ze dwong me haar aan te kijken.

'Ik ben teruggekomen omdat ik niet zonder je kan, Wern. Jij bent mijn liefde, mijn man, mijn leven. Ik weet niet wat er van ons gaat worden, maar ik weet wel dat ik met niemand anders dan met jou kan zijn. Ik heb niet alles onder controle. Soms heb ik een terugval. Ik heb niets gezegd omdat ik wist hoeveel pijn het je zou doen. Ik ben er ook bijna aan onderdoor gegaan. Maandenlang was ik er kapot van, maar toen ik me weer beter voelde ben ik direct naar je toe gekomen. Ik wilde deze hele geschiedenis verdringen. Ik dacht dat we konden doen alsof er niets aan de hand was, net als daarvoor, toen we nog geen idee hadden wat ons zo tot elkaar aantrok. Maar ze staat verborgen tussen ons in. Ik kon wel doen alsof ze er niet was, maar jij voelde het toch. Ik heb geprobeerd die geschiedenis te negeren, steeds weer. Maar vanavond begreep ik dat dit verdriet deel uitmaakt van onze liefde. Als we het achter ons kunnen laten, bestaat er geen mooier verhaal dan het onze. Werner, onze wegen hebben elkaar gekruist juist omdat deze fout bestaat en wij hem moeten herstellen, jij en ik.'

MANHATTAN, 1971

Marcus en Lauren deden mee aan onze omhelzing, en Shakespeare ook. We voelden ons kwetsbaar en onrustig. Het leek of een luchtstroom mijn weerstand had gebroken. We probeerden elkaar nader te komen, hoewel zich onder onze voeten een afgrond had geopend. Ik probeerde mezelf weer in de hand te krijgen, maar zij moest praten, vertellen. Ik kon niet langer wachten, met bloedend hart en een steen op mijn maag. Rebecca beloofde dat ze niets zou achterhouden. Marcus ging beneden een fles wodka halen. Ik sloeg twee glazen in een teug achterover, zonder er zoals anders troost uit te putten. Wat overbleef was een gevoel van verwarring en misselijkheid. Opnieuw stonden de tranen in mijn ogen, zonder reden. Mijn oude kinderleed en de beelden die daarbij hoorden, kwamen een voor een naar boven. Ik vroeg Rebecca dringend om haar verhaal af te maken, wat ze deed.

'Van mijn vijftiende tot mijn zeventiende werd mijn moeders verleden steeds meer ook mijn obsessie. Ik werd verteerd door haar spookbeelden. Ik was opstandig, machteloos en gekweld. Ik viel enorm af. Mijn slaapstoornis is in die tijd begonnen. Ik kon soms bijna een week lang niet wakker worden en daarna een hele week niet slapen. Jullie kennen het probleem. De dokter kon geen enkele lichamelijke oorzaak vinden. Mijn vader stuurde me naar de psychoanalist die mijn moeder behandelde, dokter Nars. Al voordat ik hem leerde kennen had ik een hekel aan deze goeroe voor de betere kringen. Ik verweet hem dat hij ons gezin kapot had gemaakt door maandenlang mijn moeder af te pakken. Voor ieder wissewasje nam hij haar op in zijn kliniek, stopte haar vol pillen en verbood me haar te bezoeken, zogenaamd omdat ze daar te moe van werd, van mij, haar dochtertje. Toen ik in de puberteit kwam, nam mijn vader me voor het eerst mee naar zijn praktijk, de "goede dokter Nars" vond het geen probleem om behalve de moeder ook de dochter te behandelen. Iedere psychoanalist met een greintje professionaliteit zou me naar een collega hebben gestuurd, maar hij beweerde dat het hem juist "een beter inzicht in het geheel zou geven". Het gaf hem vooral meer greep op een van de rijkste en machtigste mensen van de Verenigde Staten: mijn vader. Vanaf het eerste bezoek stond hij me tegen. Hij luisterde tien minuten en oreerde zelf een half uur waarin hij als diagnose stelde dat ik een ziekelijk schuldgevoel had, neiging tot hysterie en gebrek aan werkelijkheidszin. Die geestelijke verwarring verklaarde mijn artistieke ambitie. Ik schilderde puur omdat ik voor mezelf op de vlucht was. De psychiater orakelde dat ik om mijn innerlijke klok opnieuw in te stellen mezelf moest verbieden te tekenen. Hij verkondigde zijn beweringen met zo veel arrogantie en zelfverzekerdheid dat ik alle vertrouwen in hem verloor. Ik zag niet in wat er mis was met vluchten. De werkelijkheid was afschuwelijk. Mijn moeder kon het weten. En iedereen die in deze eeuw geboren was, had haar ware gezicht kunnen zien. Wat een beperking en vernedering. De voortdurende opoffering van je dromen en van het grenzeloze. Hoe kon ik respect hebben voor een psychiater die volhield dat kunst als een neurose beschouwd moest worden? En die me een hysterica noemde omdat ik een vrouw was, op wie hij zijn bekrompen schema's toepaste. Hij kon me niet in een van zijn hokjes plaatsen. Van boven, van onderen en van opzij stak ik eruit. Na een tiental sessies gaf ik hem zijn vet. Dat hij bij al zijn geschrijf en gelees over psychoanalyse misschien de elementaire vaardigheden miste om zich aan iemand te binden en zich te laten liefhebben, want daarvoor zou je empathisch moeten kunnen luisteren. Dat hij met zijn wantrouwen tegen de kunst alleen blijk gaf van zijn onmacht en beperkte voorstellingsvermogen en van zijn panische angst om abnormaal te lijken, hij die meer dan andere mensen abnormaliteit zou moeten omarmen, ervan zou moeten houden.

Ondanks de scènes die mijn vader maakte, heb ik nooit meer een stap in zijn spreekkamer gezet. Ik heb meer dan ooit geschilderd, ik ben van huis weggelopen en heb mijn toevlucht gezocht bij vrienden en later bij Andy. Op mijn achttiende had ik mijn eerste expositie en daarna volgden er nog talloze. Uiteindelijk heeft papa me gesmeekt om weer naar huis te komen. Ik ben gezwicht vanwege mijn moeder. En ik besloot de werkelijkheid op mijn eigen manier het hoofd te bieden. Ik ben doorgegaan met zoeken naar de puzzelstukjes, met luisteren naar de verhalen van andere slachtoffers die vertelden wat mijn moeder me niet kon zeggen. Ze schaamde zich, weet je. Een bekentenis betekende voor de meisjes van Blok 24 niet veel goeds. Ze werden niet beschermd door een aura zoals slachtoffers en martela-ressen. Voor iedereen waren ze "vrijwilligsters" geweest. Vrijwillig verkracht. Bij mijn zoektocht om dit te begrijpen heb ik Dane leren kennen. Ik heb hem ontmoet bij een bijeenkomst van oud-gedepor-teerden. Hij is ongeveer tien jaar ouder dan ik. Zijn ouders waren Poolse Joden. Zijn familie is bijna helemaal uitgeroeid tijdens de oorlog. Negenentachtig personen in totaal. Nu heeft hij alleen nog een tante bij wie hij in Brooklyn woonde. Al bij onze eerste ontmoe-ting wisten we dat we dezelfde last op onze schouders droegen. Dane kon ook niet tegen onze onmacht. Net als bij mij had het feit dat duizenden beulen vrijuit gegaan waren een krater bij hem geslagen die overliep van haat. De roep om gerechtigheid en bloed zat in al zijn vezels. Hij sleepte me mee. Hij bracht me op het idee om mijn moeder te zuiveren van de martelingen die ze had ondergaan, van de schaamte die haar nog altijd verteerde. Ik kon niet anders dan den-ken dat het haar rust zou geven. Ze moest weten hoe het haar beul was vergaan. Hij moest vervolgd en gestraft worden. Dane is lid van een netwerk van mensen die de kampen hebben overleefd, en hun familieleden. Dit netwerk verzamelt informatie uit alle landen. Per week worden er honderden brieven gestuurd door slachtoffers en door nazi's die hun oude vrienden laten vallen. Een paar maanden voordat we elkaar ontmoetten, hebben Dane en zijn vrienden de hand weten te leggen op een bijzonder kostbaar document: het officiële register van de ss. Ze hebben het gekocht in Oostenrijk van een oud Gestapo-lid dat diep in de schulden zat. Deze man had zich gerealiseerd dat de hoge heren van de nazipartij veel geld hadden verdiend aan de oorlog. Ze hadden mooie auto's, baren goud en dure huizen. Zelf had hij niets opzijgelegd. Toen heeft hij zijn kameraden aangegeven. Het netwerk heeft verschillende exemplaren van dit document laten drukken. Ze hebben het, voorzien van hun aantekeningen, vertrouwelijk aan andere organisaties gestuurd. De overheden werkten op geen enkele manier mee, want de hele wereld probeerde te vergeten, omdat men sinds Neurenberg de zaak als afgedaan beschouwde, en daarom moesten de slachtoffers het recht wel in eigen hand nemen. Dane wilde mij erbij betrekken. Hij zou zijn netwerk gebruiken om het verleden van mijn moeder boven tafel te krijgen, en ik zou hem een paar kleine diensten bewijzen. "Een leuk meisje als jij," zei hij, "een bekende kunstenares van goede komaf", kon heel nuttig zijn bij zijn jacht op informatie en misschien ook bij andere operaties, waarover hij vaag bleef. Algauw begreep ik waarom hij mij nodig had. De meeste oude misdadigers werden beschermd. De overheden wilden in geen geval de doos van Pandora openen. Ook naar de best gedocumenteerde casussen werd geen onderzoek meer gedaan. Zelfs als we alle bewijzen aan het ministerie van Justitie zouden kunnen overleggen, vond niemand het nog wenselijk de schuldigen te vervolgen. Toen gingen Dane en zijn netwerk over tot zwaardere methodes. Ik heb meegedaan met drie operaties. Toen we de criminelen eenmaal gelokaliseerd hadden, ging ik kennis met ze maken. Ze waren weg van me. Ze probeerden me te verleiden. We gingen uit eten en daarna namen ze me mee naar hun huis of naar hun hotel om een laatste glas te drinken.'

Dat ging me te ver. Ik stond op, liep uit de kring die we hadden gevormd en zei: 'Je bent volkomen onverantwoordelijk geweest.'

'Er is niets gebeurd,' zei Rebecca en ze hield me tegen. 'Ik deed een slaapmiddel in hun glas en maakte de deur open voor Dane. Daarmee was mijn rol was uitgespeeld.'

Marcus stond nu ook op. Hij vroeg hoe het de mannen die ze gedrogeerd had was vergaan.

'De eerste hebben we anoniem proberen over te dragen aan de Amerikaanse autoriteiten, hij is de dag erna weer vrijgelaten, zonder verhoor. In de Verenigde Staten is het onmogelijk om deze monsters gerechtelijk te vervolgen, omdat ze hun misdaden in het buitenland hebben gepleegd.'

'En de anderen?' vroeg Marcus.

'Dane heeft ze naar Israël gestuurd om te worden veroordeeld. We hebben ze de Mexicaanse grens overgezet en vanaf daar was het kinderspel.'

Opnieuw voelde ik de woede in me oplaaien.

'Maar wie betaalt deze mensen en die vliegtuigen?'

'Er zijn duizenden slachtoffers bereid om veel geld neer te leggen als deze smeerlappen maar een proces krijgen,' zei ze.

'En als jullie je hebben vergist?' wierp Marcus tegen.

'We hebben ons niet vergist,' antwoordde Rebecca bits. 'We hadden bewijzen te over. Als dit land niet door en door verrot was, dan zouden deze mensen allang gedood zijn op de elektrische stoel.'

Ze telde tot tien om niet driftig te worden. Ze schonk een nieuw glas wodka in en pakte de draad weer op: 'In de loop van deze missies heb ik de meeste onderzoekers en historici die het op deze misdadigers voorzien hadden ontmoet. Na mijn moeders bekentenissen op die avond dat jij bij ons kwam eten heb ik weer contact met ze opgenomen. Ik moest meer aan de weet zien te komen over die beruchte ss'er die naar de naam Zilch luisterde. Ik ben een paar weken naar Duitsland gegaan om inlichtingen in te winnen. Een hoogleraar geschiedenis in Berlijn, die ons al jaren helpt, heeft foto's gevonden in de naziarchieven.'

Ze zocht tussen de rommel van haar schildersspullen en trok uit een stapel papieren een bruine envelop met een rood lint eromheen. Ze maakte hem open en haalde er een paar foto's van verschillend formaat uit. De eerste griste ik bijna uit haar handen. Lauren en Marcus kwamen bij me staan.

'Deze is genomen toen de wetenschappers die de v2 hebben uitgevonden zich overgaven aan de Amerikanen. Dat nieuws heeft toen heel wat stof doen opwaaien. Kijk, dat is het brein van de groep: Wernher von Braun,' legde ze uit en ze wees op een donkere, vrij knappe man met brede schouders.

'Maar dat is die man van Disney! Ik was dol op zijn films over de ruimte!' riep Marcus.

'Het is vooral de man van het werkkamp Mittelbau-Dora. Hij stond aan het hoofd van een raketfabriek waar duizenden gevangenen als slaven werden behandeld. De "arbeiders" werden gedwongen om in een moordend tempo te werken. Door deze man zijn er meer doden gevallen bij de fabricatie van zijn bommen dan bij de explosies ervan,' viel Rebecca hem in de rede.

'Wij keken ook naar die films, weet je nog, Werner?' mompelde Lauren geschokt. '*Man in Space* en *Man and the Moon*.'

Ik knikte met mijn lippen op elkaar geknepen.

'Hij is de held van een hele generatie! Miljoenen Amerikaanse jongetjes hebben door hem van de ruimte en de maan gedroomd,' zuchtte Lauren ontsteld en ze keek naar Rebecca.

'Ik weet het. Hij is ook ss'er geweest.'

'En, als ik vragen mag, wat voor contact had hij met mijn zogenaamde verwekker?'

Rebecca liet ons een tweede foto zien.

'Deze is ouder. Hij is genomen toen Himmler na de oorlogsverklaring de basis Peenemünde kwam inspecteren.'

Ik griste de foto naar me toe. Naast Von Braun en andere wetenschappers stond een man die boven de groep uittorende. Hij was een kop groter dan zijn kameraden, en hij leek zo sprekend op mij dat het wel een montage leek. Naast hem stond een beeldschone, jonge, blonde vrouw van wie mijn hart sneller ging kloppen. Eronder de tekst: 'Professor Johann Zilch en zijn echtgenote Luisa'.

Ik ging zitten op een van de kratjes die in het atelier als zitplaats dienden. Ik wreef over mijn gezicht, maar kreeg wat ik net gezien had niet van mijn netvlies. Ik pakte de foto weer en keek opnieuw. Een stroom tegenstrijdige emoties welde in me op. De kamer begon te draaien. Mijn oren suisden. Wat ik jarenlang diep had weggestopt kwam in één keer naar boven. Alles kwam langs: Armande, Andrew, en het voortdurende gevoel dat ik een vreemdeling was. Mijn anders-zijn. Mijn eenzaamheid. Het zwarte gat waarin mijn kindertijd en mijn verschrikkelijke puberjaren waren achtergebleven. Alle tijd die ik had besteed aan zoeken, aan mijn steevast vergeefse pogingen om erachter te komen waarom mijn ouders me hadden afgestaan. Hoe vaak had ik niet geprobeerd me hun gezichten voor de geest te halen. Hoe vaak had ik me niet afgevraagd of ik op ze leek. Het duizelde me, nu ik mezelf zo duidelijk in hun trekken herkende. Het lukte me niet deze jonge mensen in verband te brengen met zulke monsters als Rebecca ons net had beschreven. Ze gaf me nog een foto. Daarop stonden vier mannen in zwembroek en Johann Zilch met een hemd aan. Ze stonden op de rand van een zwembad en hielden elkaar vast, vrolijk en vrij. De gelijkenis met mij was frappant. Het was net of ik een eerder leven had geleid waarvan ik me niets herinnerde.

'Deze is genomen in Fort Bliss, vlak na de oorlog, en kort na de aankomst van de wetenschappers in de Verenigde Staten,' lichtte Rebecca toe.

'Wat vertel je me nou!' riep Marcus uit en hij greep de foto. 'Je denkt toch niet dat de Verenigde Staten nazi's hebben toegelaten! Wetenschappers, die wel, maar nazi's in geen geval.'

'Toch is het gebeurd,' zei Rebecca scherp. 'Hun verleden is zorgvuldig opgepoetst door onze vrienden van de geheime dienst, met hulp van de NASA. Waarom denk je dat de autoriteiten zo weinig behulpzaam zijn?'

Marcus zweeg. Hij kon niet geloven dat hoge militairen zulke belangrijke informatie voor het Amerikaanse volk hadden achtergehouden. Ik pakte de foto terug en keek lang en aandachtig naar het gezicht van Judiths beul. Ik zuchtte. 'Nu begrijp ik je moeders reactie beter dan op die avond dat ik bij jullie thuis was.'

'Ze is getraumatiseerd,' ging Rebecca verder. 'Toen ik na het eten met haar boven was, heeft mama ononderbroken tegen me gepraat. Ze heeft me in één avond meer verteld dan in vijftien jaar. Ik heb haar trouwens niet gezegd wat ik wist, het zou haar te veel pijn doen.

Ze heeft me een beschrijving gegeven van haar beul, die beruchte kapitein Zilch. Toen ze de bibliotheek binnenkwam, waar jij op ons wachtte, dacht ze dat hij het was.'

'Maar ik heb er helemaal niets mee te maken! Ik ben Amerikaan, mijn ouders heten Armande en Andrew Goodman. Wat moet ik met deze gek, die lang voor mijn geboorte arme vrouwen maandenlang vasthield in de hel?'

Ik liet een stilte vallen en keek Rebecca doordringend aan, me van geen kwaad bewust. 'Weet je moeder dat we samen zijn?'

Mijn schoonheid bloosde. Ze bekende van niet. 'Ze ligt in het ziekenhuis. Ze is volkomen de weg kwijt. Dokter Nars heeft me verboden haar te bezoeken. Mijn vader levert zich aan deze psychiater uit als aan een heilige. Ook hij is heel labiel. De ene dag heb ik begrip voor hem, de volgende helemaal niet. Ik zou in zijn plaats mijn laatste stuiver hebben gegeven voor een klopjacht op deze nazi om hem voor zijn misdaden te laten boeten. In plaats daarvan zit hij urenlang aan mijn moeders bed om haar te kalmeren als ze in de war is en haar voor te lezen. Ik heb geen zin in ruzie, dus ik wacht tot hij weg is en regel mijn bezoek aan haar zelf wel.'

'Hoe doe je dat dan?' vroeg Lauren verbaasd.

'Ik ga 's avonds als er een baseballwedstrijd is. De receptionist van de kliniek zit dan aan de buis gekluisterd en heeft nergens anders meer oog voor. Ik klim over het tuinhek en ga op de derde verdieping naar binnen.'

'Moet ik geloven dat je langs de gevel klimt?'

'Ja. De laatste keer dat ik erheen ging, ben ik me rot geschrokken. De regenpijp liet ineens los, en waarschijnlijk had ik mijn nek gebroken als de markies van de grote zaal mijn val niet had gebroken. Ik kon opstaan en wegrennen voordat de bewaking me had gevonden. Na dit ongeluk, waarbij ik een fractie van een seconde dacht dat het afgelopen met me was, wilde ik je zien. Toen heb ik bij je aangebeld,' zei Rebecca met een droevige glimlach. 'Je vroeg je af hoe ik aan mijn blauwe plekken kwam, nu weet je het.'

Ik voelde het bloed uit mijn gezicht trekken. 'Ik verbied je vanaf nu op iets anders te klimmen dan een krukje! Vanmiddag heb je me nog de stuipen op het lijf gejaagd.'

Lauren gaf me de foto's na ze aandachtig te hebben bekeken. Ik probeerde er een betekenis in te ontdekken, een aanwijzing die de mist waarin ik rondtastte zou laten optrekken.

'Ik probeer het te begrijpen, maar het lukt me niet. Hoe ben je aan deze foto's van Fort Bliss gekomen?'

'Toen ik uit Duitsland terug was, heeft Dane me geholpen. Hij heeft zijn netwerk ingeschakeld. We hebben gehoord dat een zekere Johann Zilch heeft deelgenomen aan de operatie Paperclip.'

'De operatie Paperclip?' vroeg Marcus.

'Dat was de codenaam van een missie die in het diepste geheim en volstrekt illegaal vijfduizend naziwetenschappers en ingenieurs naar de Verenigde Staten heeft laten komen. Honderdachttien van deze mensen hebben jarenlang in Fort Bliss in Texas gezeten. Ik ben er met Dane geweest. De basis was verboden gebied, maar door wat rond te hangen bij Ella's Diner, de mensa van de soldaten en het personeel van de basis, en daar af en toe een glas aan te bieden en vragen te stellen, zijn we in contact gekomen met een vrouw die als secretaresse had gewerkt voor commandant James Hill, die verantwoordelijk was voor de wetenschappers. Ze werkte nog altijd op Fort Bliss. We hebben haar duidelijk gemaakt dat ze geld kon verdienen in ruil voor bepaalde informatie. Ze leefde alleen, zat vlak voor haar pensioen, en we hadden beet. Het ging ons vooral om de lijst met wetenschappers en hun begeleiders. Ze noteerde onze valse namen en de telefoonnummers waarop ze ons kon bereiken. Een paar weken later verkocht ze ons die kostbare lijst. Maar het belangrijkste was dat ze ons een sleutel van de oplossing heeft toevertrouwd. Op mijn vraag of ze zich ene Johann Zilch herinnerde, vertelde ze ons een buitengewoon interessante gebeurtenis. "Ik mocht die man niet," zo begon ze. Na nog een paar tequila's werd ze expliciter. In 1946 was deze secretaresse bevriend geraakt met Luisa, de vrouw van Johann Zilch. Ze herinnerde zich het stel nog goed en ook de affaire die toen een schandaal veroorzaakt had. Het echtpaar Zilch had een kind, wist ze nog, een aanbiddelijk jongetje van anderhalf. Het was een stevig ventje, zei ze, lichtblond met blauwe ogen.'

Ik ging rechtop in de bank zitten. 'Hoe heette hij?'

'Hij heette Werner, schat. Dat jongetje moet jij geweest zijn. Ik heb het nagezocht op de lijst van wetenschappers. Johann is al in september 1945 met Von Braun meegekomen. Ze zijn naar New York gegaan, hebben nog even op een basis in Massachusetts gezeten, en daarna zijn ze aangesteld op Fort Bliss. Daarheen heeft Johann zijn vrouw Luisa laten overkomen met zijn zoon Werner.'

Ik werd overspoeld door een vloedgolf van vragen, herinneringen en opstandigheid.

'De secretaresse vertelde me nog een vreemd verhaal. Johann was een verwarde man. Hij was moeilijk in de omgang met collega's, en Von Braun was de enige die hem in bescherming nam. Hij bemoeide zich weinig met zijn zoon. De secretaresse had gehoord dat hij in de oorlog een ernstig ongeluk had gehad, en dat nooit te boven was gekomen. Op een dag had hij zijn vrouw zo hard geslagen dat hij haar bijna had vermoord. Luisa wilde met haar zoon de basis verlaten, maar in die tijd hadden de wetenschappers en hun familieleden geen verblijfsvergunning en ook geen paspoort. Ze mochten het militaire complex niet uit en het was hun verboden om contact met de bevolking te hebben. Luisa wilde terug naar Duitsland, met jou, Werner, maar commandant Hamill gaf geen toestemming. Twee weken later trouwde de secretaresse. Ze nam een maand vakantie op. Toen ze terugkwam, waren Luisa, Johann en de baby verdwenen zonder een adres te hebben achtergelaten.'

'Ik snap er niks meer van,' zei ik en ik masseerde mijn schedel.

'Nee, ik begrijp ook niet alles. Er ontbreken te veel gegevens. Maar één ding wil ik je nog vertellen, iets waarvan jij net zo veel kunt weten als ik: ik heb de secretaresse om een foto van Luisa gevraagd, want ik wilde proberen haar op te sporen. Ze heeft me er uiteindelijk een verkocht.'

Rebecca reikte me de foto aan van een mollige jonge vrouw die een blond jongetje op de arm had. Ik was diep ontroerd toen ik mezelf in mijn moeders armen zag, en ook haar gezicht, dat ik me zo vaak had voorgesteld als ik weer eens tevergeefs probeerde om het schemergebied van mijn prille kindertijd vast te houden, de klank van haar stem, haar geur, haar gebaren en haar tederheid. De tranen sprongen in mijn ogen. Ik bekeek de foto met alle hartstocht en verlangen die ik jaren had onderdrukt. Met mijn blik alleen probeerde ik deze vrouw weer tot leven te brengen, haar te herkennen. Ik wilde mijn geheugen wakker schudden om het kind dat ik was geweest een plaats te geven, om van deze afbeelding een deel van mezelf te maken, een eerste steen waarop ik mezelf opnieuw zou kunnen opbouwen. Ik keek en keek nog eens, maar ineens was de krachtige illusie van de foto verbroken. Ik voelde mijn gezicht verstrakken.

'Je hebt het gezien, hè?' vroeg Rebecca.

'Ja,' antwoordde ik. 'Op de Duitse foto die je me liet zien was Luisa Zilch helblond, en had ze een driehoekig gezicht en lichte ogen. De vrouw op deze foto die me tegen zich aan drukt, heeft een rond gezicht, donkere ogen en donker haar.'

'Dus de vraag is nu: wie is de echte Luisa?'

'En wie is mijn biologische moeder?'

MANHATTAN, 1971

Rebecca had de doos van Pandora geopend. Het voelde alsof ik een aardbeving had overleefd. Alle vragen die me als tiener hadden achtervolgd en die ik uiteindelijk na jaren had weten weg te drukken, kwamen weer boven uit de duisternis van mijn bewustzijn. Ik kon ze nu niet langer meer negeren. Ik wilde Von Braun zo snel mogelijk ontmoeten. Hij was directeur bij een onderdeel van de NASA. Gedurende het jaar dat Rebecca gewijd had aan het ophelderen van mijn verleden en dat van haar moeder, had ze natuurlijk ook overwogen om de wetenschapper een bezoek te brengen, maar ze had bedacht dat ik hem beter aan het praten zou kunnen krijgen. Mijn naam en mijn gezicht zouden ongetwijfeld herinneringen oproepen. Von Braun was te belangrijk als getuige om het risico te lopen zijn argwaan te wekken door een slecht voorbereide ontmoeting. Hij was de enige die opheldering kon geven over mijn afkomst, of die ons, omdat wij nog niet alle sleutels in handen hadden, op het spoor van andere getuigen kon brengen. Donna wendde haar legendarische efficiëntie aan. Mijn assistente drong er bij Bonnie, de secretaresse van dokter Von Braun, op aan om haar baas over mij te vertellen. Mijn achternaam deed de rest: de wetenschapper kon me de volgende vrijdag aan het eind van de ochtend ontvangen op het hoofdkantoor van de NASA.

Ik vloog die dag bijtijds naar Washington. Ik had niet gewild dat Rebecca meeging. Zij zou haar woede nooit hebben weten te maskeren, en Von Braun in het beklaagdenbankje zetten leek me niet de

239

beste manier om hem aan het praten te krijgen. Ik was nerveus. Ik had me de ergste scenario's voorgesteld en probeerde me daarop voor te bereiden. Als hij zou bevestigen dat mijn verwekker een perverse sadist was die oorlogsmisdaden had begaan, hoe kon ik dat gif dan kwijtraken? Kon ik de vrucht van het kwaad zijn zonder zelf het kwaad te zijn? Ook al zeiden Marcus en Lauren telkens dat kinderen niet verantwoordelijk zijn voor de misdaden van hun ouders, toch had ik het gevoel dat mijn bloed besmet was. Er zat een onbekend monster in me verborgen dat op ieder moment tevoorschijn kon komen. Ik was immers toch al meedogenloos, opvliegend en tot van alles in staat om mijn zin te krijgen? Ik kreeg toch ook verwijten over mijn cynisme en mijn ongevoeligheid? In een avond was ik mijn eigen vijand geworden en met wat Von Braun me ging vertellen zou ik misschien niet verder kunnen leven.

De NASA zat in een indrukwekkend gebouw van glas en beton. Ik werd op de eerste verdieping ontvangen door de bewuste Bonnie. Het was een klein, dik dametje met bruinrood haar dat in dikke krullen op haar rode bril hing. Ze was het toonbeeld van professionaliteit.

'De directeur zit nog in een vergadering, hij komt zo,' zei ze, terwijl ze me een kamer met een donkere houten lambrisering binnenleidde.

Ze bood me iets te drinken aan en ik vroeg om een glas water. Ze deed de deur achter zich dicht. Ik keek de kamer rond. Er lag een dik tapijt dat het geluid van voetstappen dempte. Op een lage kast tegen de muur stond een rij modellen van de Saturnus-raket van een meter hoog. De ruimte werd gedomineerd door een enorm notenhouten bureau. Ik bekeek de prijzen die naast de telefoon op het glanzende blad stonden, en die aan de wetenschapper waren toegekend door de meest prestigieuze wetenschappelijke en particuliere instituten van Amerika. Aan de andere kant, vlak bij de boekenkast vol historische en technische werken, stond een verzameling fotolijstjes met Von Braun in gezelschap van president Kennedy, president Johnson, president Eisenhower en andere beroemdheden. Een deel van het raam werd afgeschermd door een kastanjebruin gordijn dat het felle ochtendlicht dempte. Ik stond voor zijn bureau toen Von Braun binnenkwam. Hij leek veel ouder dan op de foto's en dan ik me herinnerde van toen ik als kind naar zijn tv-programma's keek over de maan, het heelal en ons zonnestelsel. Er zaten grijze plukken in zijn dikke bruine haar. Hij droeg een donker pak met kleine ruitjes, een wit overhemd en een blauwe stropdas.

'Dag jongeman, het is me een waar genoegen je te ontmoeten,' zei hij. Hij schudde mijn hand en klopte me tegelijkertijd vaderlijk op de schouder. 'Ongelooflijk hoe je op ze lijkt!' merkte hij op terwijl hij me aankeek. Hij had een zwaar Duits accent. 'Mag ik Werner zeggen? Zoals je weet hebben we dezelfde voornaam.'

'Natuurlijk,' antwoordde ik. 'Ik geloof alleen dat we een h van elkaar verschillen.'

'Dat klopt, je moeder vond mijn voornaam mooier zonder h. Je weet dat ik je peetvader ben?'

Mijn hart ging sneller kloppen toen ik hem over mijn moeder hoorde praten. Ik deed mijn best zo rustig mogelijk over te komen. 'Nee, dat wist ik niet.'

'Hoewel, je peetvader... dat is wat je moeder tegen me gezegd heeft toen ze zwanger van je was. In ieder geval heeft ze je mijn voornaam gegeven. Ik neem aan dat je hier bent om het daarover te hebben,' vervolgde de wetenschapper en hij nodigde me uit om in de zithoek van zijn werkkamer plaats te nemen.

'Inderdaad, ik hoop dat u me kunt helpen bij het beantwoorden van een paar vragen,' beaamde ik.

Hij knikte met een hartelijke glimlach en vroeg: 'Hoe gaat het met je vader?'

'Hoe bedoelt u?' antwoordde ik kortaf.

'Johann, je vader, hoe gaat het met hem? Ik heb hem al twintig jaar niet meer gezien.'

'Ik weet niet zeker of ik het goed begrijp...' Ik was uit mijn evenwicht gebracht. We keken elkaar in verwarring aan en ik verduidelijkte: 'Mijn vader heet Andrew Goodman.' Er viel een stilte. Ik zei: 'Ik ben geadopteerd.'

Als ik de glazen tafel met mijn vuist had stukgeslagen was hij niet verbaasder geweest.

'Hoezo, geadopteerd?' herhaalde Von Braun.

'Toen ik drie was. Door Armande en Andrew Goodman, een stel uit New Jersey.'

'Maar wat is er dan met Johann gebeurd?'

'Johann Zilch? Dat is dus mijn verwekker?'

'Ja, je vader zogezegd…'

'Ik heb Johann Zilch nooit gekend, en tot vorige week wist ik niet van zijn bestaan. Vanwege hem ben ik hier.'

'Ik geloof mijn oren niet,' zei Von Braun. Hij was zo van slag dat hij een zakdoek tevoorschijn haalde en over zijn voorhoofd wreef. 'Wil je koffie?'

'Nee, dank u.'

Nog voor Von Braun op kon staan kwam zijn secretaresse Bonnie al met een dienblad binnen. Ze gaf me het glas water waarom ik had gevraagd en serveerde Von Braun een kopje koffie met twee suikerklontjes. Ze behandelde haar baas vol respect en bewondering.

'Je spreekt dus geen Duits?' vroeg Von Braun toen ze weer weg was.

'Geen woord.'

'Ik kan maar niet begrijpen wat er is gebeurd.'

Hij zweeg even terwijl hij met zijn vingers op de leuning van de bank trommelde, keek op zijn horloge en stond op.

'Je hebt geen lunchafspraak?'

Ik schudde van nee. Hij belde Bonnie via de intercom en vroeg welke afspraken hij voor die dag had staan. Hij zei ze tot vier uur 's middags allemaal af en kwam weer zitten.

'Mooi, dan hou ik je hier. We kunnen wel wat tijd gebruiken.'

Ik had niet verwacht dat hij zo voorkomend zou zijn. Rebecca had zo'n misdadig beeld van deze man geschetst dat zijn charme en zijn intelligente blik me in de war brachten. Von Braun was hartelijk, uiterst empathisch en geïnteresseerd.

'Na wat je me net verteld hebt, weet ik niet of ik je kan helpen, maar vertel eerst eens waarom je hierheen gekomen bent.'

'Ik vraag me af wie mijn biologische ouders zijn. Ik heb hun spoor weten te traceren tot aan Fort Bliss, en dus tot u, maar vanaf het moment dat ze de Verenigde Staten bereikten raak ik de draad kwijt.'

Ik pakte mijn tas en haalde het dossier met de betreffende foto's eruit. Ik zocht er twee, die ik voor hem neerlegde.

'U had het daarstraks over mijn biologische moeder. U zei zelfs dat ik uw petekind was, dus u kunt me ongetwijfeld vertellen wie van deze twee vrouwen Luisa Zilch is.'

Von Braun pakte de foto's. Met een sombere, droefgeestige blik wees hij de jonge blonde vrouw aan. 'Dit is Luisa. Wat zien we er nog jong uit,' verzuchtte hij. 'Kinderen zijn we. Deze foto is voor de oorlog genomen. We waren toen nog in Peenemünde.'

'Weet u waar Luisa gebleven is?' vroeg ik om het gesprek weer op gang te brengen.

Hij zweeg even en keek me aan met een mengeling van angst en medelijden. Opnieuw legde hij zijn hand op mijn schouder en zei toen: 'Beste vriend, ze is al jaren dood. Al lang voordat wij de Verenigde Staten bereikten.'

Ik kon niet verbergen dat ik daar enorm van schrok. Von Braun pakte een fles whisky uit de bar in zijn boekenkast, en twee glazen, die hij rijkelijk vulde.

'Ik denk dat je wel wat sterkers dan koffie kunt gebruiken. Ik trouwens ook.'

'Waaraan is ze gestorven?'

Dokter Von Braun koos zijn woorden zorgvuldig. 'Ze raakte zwaargewond tijdens de bombardementen op Dresden.'

Uit mijn blik maakte hij op dat ik geen flauw benul had waar Dresden lag.

'Het was een van de mooiste Duitse steden. De Engelsen hebben hem in de oorlog volledig met de grond gelijk gemaakt. Het pand waarin je moeder woonde, werd geraakt. Soldaten hebben haar onder het puin vandaan gehaald, maar ze was niet meer te redden. Ze is alleen nog in leven gebleven om jou te baren.'

Hij vervolgde zijn beschrijving van de situatie rond Luisa's dood, toen ik opeens gegrepen werd door een heldere herinnering. De droom die me al jaren achtervolgde kwam me plotseling weer voor de geest. Opeens begreep ik dat het om mijn allereerste herinnering ging. Een gebeurtenis die zo monsterachtig was dat ze zich in mijn geheugen gegrift had nog voordat het zich ontwikkeld had.

Eerst zie ik een zeer knappe blonde vrouw rennen. Na een meter of vijftig valt ze. Ze wordt door een onzichtbare kracht tegen de grond geworpen en vervolgens hardhandig op haar rug gedraaid. Ik loop naar haar toe, en ze praat tegen me. Ik word opgezogen door haar enorme ogen, die van een haast bovennatuurlijke kleur blauw zijn. Ze kijkt me liefdevol aan en zegt dingen die ik in de droom begrijp, maar die ik bij het ontwaken niet kan verwoorden. Daarna verander ik van omgeving. Ik maak me los van de wereld om getuige te zijn van zijn ondergang. Van waar ik ben zie ik hoe de dingen en de mensen elkaar vernietigen. Lichamelijk voel ik helemaal niets. Ik zie vuur, maar voel de hitte niet. Ik zie mensen schreeuwen, maar ik hoor hun gegil niet. Ik zie gebouwen ineenstorten, maar het stof vult mijn mond niet. Brokstukken vliegen alle kanten op. Ik kan niet zeggen hoe oud ik ben. Ook niet of ik zit of sta of lig. Al helemaal niet of ik dood of levend ben. Na enige tijd hoor ik een oorverdovend maar ook vertrouwd lawaai. Het cirkelt om me heen en beschermt me. Af en toe stampt en raast het. Ik raak niet in paniek. Ik word me bewust van mezelf. Ik zit gevangen in een rode materie. Alsof het bloed van de slachtoffers het universum besmet heeft. Alsof ik ondergedompeld ben in hun organen. Door de vliezen zie ik oranje schijnsels, sluiers die uiteengereten worden, en dan een enorm gewelf, langgerekte witte en paarse vlekken. Het ronddraaiende geluid neemt af en dat betreur ik. Geschreeuw dringt mijn oren binnen. Mijn longen staan in brand. Ik hoor explosies. De aarde splijt open. Het lijkt alsof de mensheid verdwijnt. Het is het moment waarop elk leven ophoudt te bestaan, waarop de vogels, de rivieren, de wind, de dieren en de harten van de mensen stoppen, en ik me realiseer dat ik volkomen alleen ben.

Mijn geheugen was bezig de vele gebeurtenissen te herschikken. Waarschijnlijk zat ik met het glas in mijn hand lange tijd in het niets te staren, totdat Von Braun zijn hand op mijn arm legde en me terugbracht in de werkelijkheid.

'Het spijt me dat ik je dit verschrikkelijke bericht moet vertellen. Het is een grote klap,' zei de wetenschapper, terwijl hij in mijn arm kneep en met zijn andere hand onze glazen bijschonk.

Hij vertelde me wat hij wist over mijn moeders dood, over de arts die haar had geholpen, over mijn geboorte in de kerk van Dresden vlak voordat die instortte. Hij beschreef uitgebreid wat een fantastische vrouw ze was. 'Onweerstaanbaar verleidelijk,' zei hij.

'Ze aanbad je vader. Het was een prachtig stel. Je moeder is heel jong getrouwd. Ze was pas twintig toen ze gedood werd. Ze was een verrukkelijke jonge vrouw. En een uitstekend musicus. Altijd opgewekt. Ze was dol op de natuur en op planten. Ze wist er veel van. In Peenemünde was zij het die de borders voor onze huizen beplantte. Ze maakte prachtige dingen.' Hij had het moeilijk en zweeg even. 'En wij maar denken dat ze in Dresden veilig was. Johann is na haar dood nooit meer de oude geworden.'

'Waarom verliet ze de militaire basis?'

'Je vader was gearresteerd. We hadden al maanden niets meer van hem gehoord. De Gestapo hield ons nauwlettend in het oog.'

'Ik begrijp het niet. Verzette hij zich tegen het regime?'

'Hij had wat sombere uitspraken gedaan, hardop dingen gezegd die velen van ons alleen maar dachten. Ik voorop. Je moet bedenken hoe Duitsland toen was. Het was niet makkelijk om keuzes te maken.' Von Braun keek me aan. Hij verwachtte mijn bijval, maar die kwam niet, en toen vervolgde hij: 'Zogenaamde vrienden van je vader gaven hem aan bij de Gestapo. Een paar uur later werd hij gearresteerd op verdenking van sabotage.'

'Wat zei hij dan precies?'

'Dat hij raketten wilde bouwen, geen projectielen vol bommen. Dat hij al dat bloed aan zijn handen niet langer kon verdragen.'

Het beeld van Von Braun paste steeds minder bij de verhalen van Rebecca. Als ik hem moest geloven waren Johann en Luisa een geweldig stel dat leefde van de liefde, bloemetjes en wetenschappelijk onderzoek. Verdedigde hij zijn generatie in het stille proces dat mijn generatie tegen hem aanspande? Zelfs met de woede van Rebecca in mijn achterhoofd wilde ik hem niet op voorhand veroordelen.

'Wie is dan die jonge vrouw met dat donkere haar?' vroeg ik en ik wees op de andere foto. 'De tweede echtgenote van mijn vader?'

'Zeker niet,' antwoordde hij glimlachend. 'Dat is je tante.'

'De zus van mijn moeder? Ze lijken helemaal niet op elkaar.'

'Nee, de vrouw van de broer van je vader.'

'Had mijn vader een broer?'

'Een oudere broer, Kasper Zilch.'

Ik zei even niets. In mijn hoofd werden alle scenario's die ik had bedacht herschreven.

'Waarom staat mijn tante op de lijst van Fort Bliss ingeschreven onder de naam Luisa?'

Von Braun ging verzitten in zijn stoel.

'U kunt me vertrouwen,' zei ik.

Hij aarzelde even, in een poging mijn bedoelingen te doorgronden.

'Ik wil graag weten waar ik vandaan kom.'

Von Braun begon te praten. 'Toen we ons aan de Amerikanen hadden overgegeven, werden, na het aanvankelijke enthousiasme, de verhoudingen nogal ingewikkeld. We hadden een overeenkomst bereikt over onze immigratie, maar we hadden de handen geschud zonder concreet plan. De ontnuchtering was pijnlijk. Aanvankelijk boden ze ons alleen een arbeidscontract voor een jaar. Zelfs onze familie mocht niet naar de Verenigde Staten komen. Uiteindelijk lieten ze partners en kinderen ook toe, maar dat was het. Geen ouders, geen broers en zussen. Johann was een paar weken voor het einde van de oorlog zwaargewond geraakt. Hij was verzwakt en in de war. Hij was niet in staat om voor een baby te zorgen. Marthe wilde daarom per se naar de Verenigde Staten. Ze was dol op je. Om een lang verhaal kort te maken: de enige manier om jullie alle drie hierheen te krijgen was door te doen alsof Marthe de echtgenote van Johann was, en dus jouw moeder. Ze moest doorgaan voor Luisa.'

'Hebt u de papieren vervalst?'

'Ach, je moet bedenken, het was zo'n chaos in Europa. Het kostte geen enkele moeite om de feiten te verdraaien. Er waren miljoenen doden en vermisten zonder dat er een officiële lijst van was. Niemand had de persoonsverwisseling door.'

Ik bedankte hem voor zijn vertrouwen en beloofde dat ik hem niet zou verraden.

'Dat zou me duur kunnen komen te staan,' benadrukte hij. 'Ook al is het bijna drie decennia geleden. Ze zijn hier heel strikt. Om het minste of geringste wordt er in dit land een proces gevoerd, je hebt geen idee. Om nog maar te zwijgen over vergunningen en afwijzingen, formulieren in alle mogelijke kleuren. Ik heb er een dagtaak aan. Hopeloos is het. De zwaartekracht kan ik misschien overwinnen, maar die papierwinkel niet.'

Die opmerking maakte me razend. Verlangde Von Braun terug naar de efficiëntie van het Derde Rijk? Was daar geen papierwinkel, toen hij naar believen kon beschikken over het leven van anderen? Ik herinnerde me de foto's van de lijken in het werkkamp Mittelbau-Dora die Rebecca me had laten zien. Hoe had een man die zo vriendelijk, attent en welopgevoed leek, kunnen meewerken aan die slachtpartij? Hoe kon hij leven met die last? Ik keek naar hem in zijn mooie kantoor met hoogpolig tapijt, de nieuwe held van Amerika, de aardige man die de kinderen in het land van de vrijheid verhalen vertelde over sterren, en ik kreeg zin om hem zijn verleden voor de voeten te werpen. Von Braun voelde de spanning tussen ons en zweeg. Ik bracht het gesprek op mezelf terug. 'U had het over de broer van mijn vader.'

'Kasper.'

'Kende u hem?'

'Nauwelijks. Ik heb hem maar twee keer ontmoet.'

'Leek hij op Johann?'

'Als twee druppels water! Mensen dachten vaak dat ze een tweeling waren.'

'Dokter Von Braun, ik wil u iets vragen. Ik weet dat Johann uw vriend was, maar er is heel veel gebeurd en ik moet het weten...'

De wetenschapper sloeg zijn armen defensief over elkaar.

'Denkt u dat mijn biologische vader zich tijdens de oorlog schuldig gemaakt kan hebben aan misdaden tegen de menselijkheid? Was hij een van hen?'

'Natuurlijk niet!' viel hij uit.

'Maar tijdens al die maanden dat hij verdwenen was, zou hij toen naar Auschwitz kunnen zijn gegaan?'

Von Braun keek me vol verbazing aan. Hij had verwacht dat ik Mittelbau-Dora, de bombardementen op Londen of andere duistere gebeurtenissen uit zijn verleden ter sprake zou brengen, maar zeker niet Auschwitz.

'Ik zou niet weten hoe hij daar terechtgekomen zou moeten zijn. En als de Gestapo hem daarheen had gestuurd, dan als gevangene, nog afgezien van het feit dat Johann een zacht karakter had. In ieder geval niet in een functie om iemand schade te berokkenen.'

'Misschien hebben ze hem gedwongen?'

'Dat slaat echt nergens op, Werner. Toen we hem terugvonden was Johann zo zwaar mishandeld dat zijn folteraars hem voor dood hadden achtergelaten. Hij was zijn geheugen kwijt. Hij was gesloopt. Ik kan me voorstellen dat het vijfentwintig jaar na dato moeilijk te begrijpen is wat we deden en hoe ingewikkeld de situatie was waarin we ons bevonden, maar we waren wetenschappers, Werner, wetenschappers met slechts één doel voor ogen: de ruimte verkennen zoals ontdekkingsreizigers in de zestiende eeuw de oceanen verkenden. We wilden door het raam van onze raket zien hoe de aarde een blauw bolletje werd. We waren wetenschappers, geen politici of soldaten.'

'Maar wel nazi's.'

Hij zuchtte. Hij had leren leven met deze beschuldiging, deze eeuwige verdenking die zijn grootste prestaties overschaduwde en zijn naam voorgoed zou bezoedelen.

'Zonder steun van de nazipartij hadden we ons onderzoek nooit kunnen doen. We waren destijds patriotten, we wilden voor ons land werken. De regering stelde ons fantastische middelen ter beschikking. Je moest het spel meespelen. Ik ben nooit nazi geweest uit overtuiging.'

'En Johann Zilch?'

'In de verste verte niet. Door zijn idealisme was hij overigens minder inschikkelijk dan ik. Hij had meer moeite om zijn oogkleppen op te houden en zich alleen op ons onderzoek te richten.'

'En die beruchte Kasper?'

'Ik weet het niet. De twee broers konden het niet met elkaar vinden. Volgens Johann was Kasper gekweld en jaloers. Johann ving ook zijn schoonzus Marthe op toen ze weg was bij haar man. De Zilchs waren nogal terughoudend wat hun familieaangelegenheden betrof, maar naar ik begrepen heb, was Kasper geen makkelijke echtgenoot.'

'Zou Kasper in Auschwitz geweest kunnen zijn, als lid van de kampleiding?'

'Het spijt me, maar ik heb echt geen idee,' herhaalde Von Braun. Elke keer dat ik 'Auschwitz' zei vertrok zijn gezicht een beetje.

'Wanneer is Johann uit Fort Bliss weggegaan?'

'Bijna twee jaar na onze aankomst. De eerste maanden verveelden we ons dood. De regering had onze documenten, tekeningen, apparatuur en onze beste ingenieurs opgeëist, maar deed er niets mee. De Amerikanen hadden ons naar de Verenigde Staten gehaald om ons uit handen van hun nieuwe vijand te houden, niet om ons het onderzoek te laten voortzetten. De verschillende legereenheden vochten om onze groep. De overheidsorganen schoven hun verantwoordelijkheid op elkaar af. Niemand kwam met geld over de brug. Het ministerie van Defensie was destijds geobsedeerd door de bom. Voor het transport ervan hadden ze besloten schepen en vliegtuigen in orde te maken. De geweldige mogelijkheden die onze raketten boden, werden feitelijk in de ijskast gelegd.'

Von Braun verduidelijkte: 'Je moet niet denken dat ik van gewapende conflicten hou, maar geen enkele regering is bereid geld te investeren om de maan en de sterren te ontsluiten. Wapentechniek is altijd de drijvende kracht achter onze ontdekkingen geweest, en ik wist dat we nooit de middelen zouden krijgen om mijn levensdroom te realiseren zolang er geen directe toepassingsmogelijkheid voor Defensie was.'

'En die droom rechtvaardigt alles?' vroeg ik.

We wisselden weer een ernstige, veelbetekenende blik.

'Dat is een lastige vraag, Werner,' verzuchtte hij terwijl hij wegkeek. 'Nu denk ik, als ik terugkijk op alle gebeurtenissen, dat we het anders hadden moeten aanpakken. Ik had maar één doel voor ogen. Dat verblindde me. Ik heb mijn ogen gesloten voor wat ik had moeten zien en had moeten bestrijden. Zou ik daar de moed voor hebben gehad? Ik weet het niet. Het Reich was een gevaarlijke en meedogenloze machine. Het heeft me niet alleen ontzien, het bracht me ook dichter bij waar ik voor leefde. Jouw generatie, Werner, kan niet begrijpen onder welke omstandigheden we leefden. Als je de afloop kent is het makkelijk oordelen. We liepen in het moeras van een duistere realiteit. De geschiedenis wordt geschreven door de overwinnaars, en natuurlijk heb ik spijt als ik hier zo met je praat, maar ik ben altijd een wetenschapper geweest.'

In mijn zwijgen lag een oordeel, Von Braun veranderde van onderwerp en ging verder met zijn verhaal.

'In Fort Bliss waren we gevangenen in vredestijd. We mochten de basis niet verlaten zonder begeleiding. We woonden in benauwde en slecht onderhouden barakken. Het zinken dak was niet geïsoleerd, en in de zomer liep de temperatuur op tot meer dan vijfenveertig graden. In Peenemünde waren we verwend, in de Verenigde Staten moesten we elk dubbeltje omdraaien. Alle projecten die we voorstelden werden afgewezen. Het enige wat ik deed was lezingen over sterrenkunde houden bij de plaatselijke Rotary Club of op scholen. Mijn Engels is vooruitgegaan, want dat was niet best. Ik ben ook veel beter geworden in schaken. Gaandeweg kregen we allemaal een verblijfsvergunning. Mijn groep werd ontbonden. Degenen die konden, gingen het bedrijfsleven in, waar hun talent nuttig was en de salarissen hoog. Het waren de ergste jaren van mijn leven,' zei hij.

Die laatste opmerking irriteerde me weer. De ergste jaren uit het leven van Von Braun, althans de ergste maanden, moesten toch zijn die waarin hij duizenden dwangarbeiders had uitgebuit en vermoord in zijn ondergrondse fabriek in Mittelbau-Dora, maar in ieder geval niet zijn langdurige vakantie in Texas. Er viel een lange stilte, die Von Braun uiteindelijk verbrak. 'Het enige wat het leger deed was de informatie over v2's inventariseren en zich onze technologie eigen maken. We hebben een paar raketten gelanceerd in de woestijn van White Sands, in New Mexico. De Amerikanen trommelden journalisten op en wij kwamen als kermisdieren uit onze kooien. Onze wetenschappelijke kunstjes werden breed uitgemeten in de internationale pers om de Russen af te schrikken voor de dreigende nieuwe oorlog. Wij fungeerden als vogelverschrikker. Het heeft lang geduurd voordat het ministerie van Defensie ons toestond de mogelijke toepassingen van onze raketten puur theoretisch en zonder enig budget te onderzoeken. Op dat moment realiseerden we ons wat er met Johann aan de hand was: de klappen op zijn hoofd in de oorlog hadden zijn wetenschappelijke kennis vrijwel geheel uitgewist. Hij was een van de meest briljante onderzoekers van onze groep geweest, maar hij herinnerde zich niets meer.'

'Hebt u hem gevraagd om te vertrekken?'

'Dat wilde hij zelf. Hij kon de situatie niet aan. Ons werk was het belangrijkste in zijn leven geweest. Hij was alles kwijt: de vrouw van wie hij hield, zijn familie en zijn land. Hij kon zijn vak niet meer uitoefenen. Het leven had voor hem geen zin meer. Natuurlijk was jij er, maar ik geloof dat deze man te gebroken was om je een plaats te geven.'

'Denkt u dat hij misschien zelfmoord heeft gepleegd?'

'Twee jaar na onze komst verlieten hij en Marthe Fort Bliss. Hij had werk gevonden in een fabriek die kunstmest en pesticides produceerde. Ik had geen enkele reden om ze tegen te houden. Zij waren overigens niet de enigen die vertrokken. Ik had de mensen die me blind gevolgd waren naar een vreemd land niets te bieden.'

'Hebt u nooit meer contact gehad?'

'Ik heb een aantal keer geprobeerd hem op zijn werk te bellen. Ik kreeg hem nooit aan de lijn. Als ik aan de telefoniste vroeg hoe het met hem ging, zei ze: "Het gaat goed met meneer Zilch." Ik hield mezelf voor dat ik te veel pijnlijke herinneringen in hem opriep. Luisa, de oorlog, zijn geheugenverlies…'

Von Braun stelde voor om te gaan lunchen. Een volgende afspraak zat er misschien niet in, ik had geen trek, maar ik wilde ons gesprek voortzetten. Ik had hem nog zo veel te vragen. Hij nam me mee naar de eetzaal voor de directie van de NASA. Het was een grote ruimte waar het licht door een enorme glazen pui naar binnen viel. Er stonden een stuk of tien tafels met witte tafellakens die weelderig waren gedekt. Er was geen vrouw te bekennen, zelfs niet in de bediening. Von Braun begroette een paar collega's, die stuk voor stuk met ontzag, bijna verlegen naar hem keken. Ik bedacht dat deze man een ongelooflijk aanpassingsvermogen had. Eerst werd hij door het naziregime de hemel in geprezen, nu door het machtigste land ter wereld, en ik kon alleen maar respect hebben voor deze prestatie, los van mijn morele overwegingen. Von Braun had veel trek en het vooruitzicht van de lunch maakte hem weer vrolijk. Ik probeerde een andere invalshoek.

'En wat kunt u over Marthe vertellen?'

'Dat was een energieke jonge vrouw met een onverzettelijk karakter. Als zij iets wilde, dan was ze daar moeilijk van af te brengen.'

'Kon u het goed met haar vinden?'

'Ja en nee. Ze zorgde heel goed voor jou, laat daar geen twijfel over bestaan. Marthe was intelligent en gevoelig. Ze was dapper en dat heeft ze bewezen toen we ons overgaven aan de Amerikanen. Toen ze haar man verliet en een paar maanden bij ons op de basis kwam wonen, volgde ze een opleiding tot verpleegster om in haar levensonderhoud te kunnen voorzien. Andere vrouwen van die leeftijd zouden zich gemakshalve door hun zwager laten onderhouden, maar Marthe was onafhankelijk. Ze wilde de regie over haar leven houden. Je moeder Luisa was dol op haar.'

'Waarom kon u het dan niet met haar vinden?'

'Ik waardeerde haar, maar de andere vrouwen in de groep mochten haar niet. Er was altijd gedoe. Marthe gaf zich ook niet. Ze was eenzelvig. Ze hield zich overal buiten. En ze had kuren. Soms kon ze heel onredelijk zijn.'

'Wat voor kuren?'

'Toen ze zich met jou in Beieren bij ons voegde, kreeg ze opeens een hekel aan Johann. Ze was van mening dat hij gevaarlijk was voor een kind. Ze wilde niet dat hij bij je in de buurt kwam. Maar je kunt een vader toch niet weigeren om zijn kind in de armen te nemen? Natuurlijk was Johann in de war en had hij problemen met zijn geheugen, maar ze had wel wat meer begrip en geduld kunnen tonen. Ze had hem en jou kunnen helpen om een band op te bouwen. Ze deed precies het tegenovergestelde. Ze heeft zelfs een poging gedaan om er met jou vandoor te gaan. Marthe was niet je moeder, en de manier waarop ze jou beschermde, had iets extreems.'

De ober kwam onze bestelling opnemen. Von Braun was ontspannen door het vooruitzicht van een maaltijd, hij nam twee grote slokken rode wijn en besmeerde zijn brood rijkelijk met boter voordat hij zijn aandacht weer op mij richtte.

'Hebt u enig idee hoe het Marthe verder is vergaan?' vroeg ik.

Von Braun trok een spijtig gezicht. 'Helaas niet. Ik kan weinig voor je betekenen. Het enige wat ik kan zeggen is dat Marthe nooit zou hebben toegestaan dat je geadopteerd werd. Nooit! Alleen zij mocht voor jou zorgen. Nagenoeg niemand mocht je in haar bijzijn aanraken. Ze koesterde zo'n genegenheid voor je moeder... hoe moet ik het zeggen, een hartstochtelijke liefde die soms zelfs hinderlijk was, en die ze op jou projecteerde. Ik ben geneigd te denken dat dat de oorzaak was van de spanning tussen haar en je vader. Toen ze nog leefde, gaf Luisa de grens aan. Na haar overlijden werd jij de inzet tussen die twee. Misschien heeft Johann haar verlaten, misschien had hij er genoeg van dat hij jou niet voor zichzelf kon hebben, maar waarom zou jij in dat geval zijn toevertrouwd aan een weeshuis? Is Marthe verongelukt? Ik begrijp niet wat er gebeurd kan zijn.'

'Denkt u dat ze de naam Luisa Zilch heeft aangehouden, of zou ze hem veranderd kunnen hebben?'

'Dat is een goede vraag. Ik heb geen idee wat dat aan formaliteiten vereist. Wat was haar meisjesnaam ook alweer, wacht... laat me even denken... O ja! Ik weet het weer, ze heette Engerer. Marthe Engerer. Misschien kun je daar iets mee.'

Ik bleef hem vragen stellen terwijl we eindelijk aan onze copieuze lunch begonnen. Hoewel ik de duistere kant van Von Braun kende, en de stem van Rebecca aan mijn geweten knaagde, vond ik het moeilijk om hem niet sympathiek te vinden. Ik kon maar niet begrijpen hoe zulke intelligente en welopgevoede mensen tijdens de oorlog hun ogen hadden kunnen sluiten voor deze wreedheden, of er zelfs actief aan hadden meegedaan.

Na de lunch nam Von Braun me mee naar de werkvertrekken met tekeningen en maquettes, waar een groot aantal ingenieurs hard aan het werk was. Daarna verzocht hij zijn chauffeur om me naar het vliegveld te brengen. Het speet hem dat hij niet meer voor me had kunnen betekenen. Mocht ik nog vragen hebben, dan kon ik altijd bij hem terecht. Hij drong erop aan dat ik nog een keer terugkwam. Dan zouden we bij hem thuis eten. Dan kon hij zijn vrouw en kinderen aan me voorstellen. Kortom, hij had me geadopteerd. Ik mocht uiteraard mijn verloofde meenemen, maar ik had het lef niet om hem te vertellen dat die ontmoeting er niet in zat, tenzij hij graag gekneveld wilde ontwaken in een vliegtuig op weg naar Israël om te worden veroordeeld. Hij nam op de Amerikaanse manier afscheid van me door me hartelijk te omarmen en tegen zich aan te drukken, waarna hij nogmaals zei: 'Ik hield echt heel veel van je ouders.' Toen barstte hij uit in een daverende lach.

Toen ik aan het eind van de dag mijn veiligheidsriem vastklikte en afwezig reageerde op de vriendelijke glimlach van een knappe reisgenote, voelde ik me rusteloos en ongemakkelijk. De grenzen tussen goed en kwaad leken me vager dan ooit. Het leven ontglipte me. Ik vroeg me af of ik er ooit weer controle over zou krijgen.

DOOR DE SOVJETS BEZET GEBIED, OKTOBER 1944

Johann werd overgebracht naar Oranienburg-Sachsenhausen, het voorbeeldkamp van het naziregime. Direct bij aankomst onderging hij een groot deel van de martelingen die de ss graag toepaste bij gevangenen. Hij kreeg het bevel zich uit te kleden. Op het oude, grijze werkpak dat hij aan moest trekken waren met verf witte strepen aangebracht op de pijpen van de broek en op de achter- en voorkant van het jasje. Op het bovenstuk moest hij een stoffen driehoek naaien met de tekst 'landverrader'. Hij kreeg klompschoenen met houten zolen. Omdat hij zijn bed, een stromatras die hij niet in vorm kon krijgen, niet goed had opgemaakt, kreeg hij direct in het begin een maand isoleercel zonder licht, waarin hij twaalf van de vierentwintig uur niet mocht liggen of zitten. De ruimte was zo klein dat hij geen stap kon verzetten. Hij kon alleen van de ene op de andere voet gaan staan en zijn knieën daarbij hoog optrekken om te zorgen dat zijn bloed bleef circuleren en zijn ledematen niet bevroren. Hij probeerde zijn tijdbesef niet kwijt te raken. De drie bezoeken van de cipier beschouwde hij als dag, en de lange uren waarin niemand kwam als nacht. Na achtentwintig dagen in het donker was hij zo stom om in opstand te komen. Hij had al vier keer dezelfde dode rat als maaltijd geserveerd gekregen. Toen de kapo hem het knaagdier voor de vijfde keer bracht, stortte Johann zich op zijn beul om hem het dode beest door zijn strot te duwen. Ten overstaan van alle gevangenen werd hij naakt vastgebonden aan de 'Bock', een martelwerktuig. Een ss'er diende hem vijfen-

twintig stokslagen toe, waarna zijn billen eruitzagen als een bloe-
dende homp vlees. Ernst, een communistische verzetsman die er al
drie jaar zat, hielp hem de wonden te verzachten met margarinepa-
pier dat hij zorgvuldig had bewaard.

'Jij hebt vast speciale bescherming,' had Ernst gezegd. 'Mij zouden ze voor minder al hebben gefusilleerd. Een afranseling is hier de
lichtste straf.'

Inderdaad leken voor Johann speciale instructies te gelden, want
na deze behandeling ging hij niet terug naar de isoleercel, maar
werd hij ingedeeld bij een werkploeg. Zestien uur per dag moest hij
kleren en schoenen lostornen om te kijken of er iets van waarde in
zat. Johann begreep dat die spullen van uitgeklede, misschien wel
vermoorde gevangenen waren, en het verbijsterend grote aantal
deed hem bijna braken. Dikwijls vond hij in de zakken van mantels,
jasjes en broeken foto's van lachende vrouwen en kinderen. Zijn
hart kromp ineen bij al die kapotte levens. Hij dacht aan Luisa, aan
de baby. Hij bad dat ze veilig waren. Soms voelde hij in een voering
of onder een schoenzool een ring of gouden ketting, een edelsteen-
tje of een paar bankbiljetten. Bij intieme voorwerpen als een me-
daillon met wat haar of een paar lieve woorden, voelde hij de verschrikkingen die zijn land had aangericht en waar hij, veilig in de
beschutting van Peenemünde, niets van had geweten. Ja, ze hadden
hem beschermd. De oorlog was voor hem een abstractie geweest,
een niet duidelijk gedefinieerde rechtvaardiging van zijn onderzoek, en niet dat monster dat zijn lichaam, zijn ziel en zijn hersens
aantastte en hem veranderde in een gewond en afgestompt beest.

'Je denkt dat je de bodem hebt bereikt, dat dit het einde van alles
is, maar het is nog maar het begin,' had Ernst hem toevertrouwd.

De communist had gelijk. Johann besefte dat nu en het drong in
de volle omvang tot hem door toen de uitgeputte gevangenen een
paar weken later het kamp moesten ontruimen. Twaalf dagen lang
ondergingen ze de barbaarsheid van deze mannen, die zich uitleef-
den op de mensen die ze onder hun hoede hadden. Op een ochtend
werden de gevangenen opgesteld op het centrale plein van het
kamp. De bewakers kondigden aan dat ze zouden worden overge-

plaatst. Ze kregen geen toestemming om hun spullen te halen. De slagbomen stonden omhoog, de poorten waren open, en er was al snel geen levende ziel meer in het kamp te bekennen. Tijdens de eerste uren van de mars werden de gevangenen die niet meer in de pas konden lopen met een nekschot gedood; hun lichamen werden achtergelaten. Dat gebeurde in Nassenheide en Sommerfeld. Die gruwel herhaalde zich in Herzberg, Alt Ruppin en Neuruppin, waar vijfentachtig personen werden gefusilleerd, en daarna in Herzsprung nog eens hetzelfde aantal. Johann deed wat hij kon om Ernst te ondersteunen, maar zijn kameraad, die zo lang weerstand had geboden aan de onbeschrijflijke omstandigheden in het kamp, kreeg dysenterie. Na ongeveer tien kilometer kon hij niet meer en smeekte hij om hem te laten liggen. Johann wilde hem met alle geweld meetrekken, maar zijn vriend liet hem los en gaf de strijd op. Een paar minuten later klonk de knal van een geweerschot en Johann begreep dat het afgelopen was. Hij liep verder, hij stikte van woede en verdriet. De schaamte omdat hij hem niet had kunnen redden plus de twijfel of hij wel al het mogelijke had gedaan vraten aan hem. Tijdens deze lijdensweg konden sommigen het volhouden door onzelfzuchtig gedrag en aansporingen van anderen, waardoor ze verder konden lopen en overeind bleven onder de slagen. De gedetineerden vormden een menselijke massa, een en hetzelfde lichaam dat leed onder dezelfde pijn met in het centrum de zwaksten die beschermd moesten worden, die probeerden vooruit te komen, stukje bij beetje maar toch vooruit om nog even in leven te blijven. In de berm langs de weg lagen overal ineengedoken lichamen. De dorst was nog erger dan de honger, of dan de kou die ze voelden door hun doorweekte vodden. Na vier dagen bereikten ze een noodkamp in een open vlakte. Het was afgezet met prikkeldraad, maar het werd vooral afgebakend door de gerichte schoten van de ss. Binnen de hel van dit vierkant van ongeveer dertig hectaren zouden het recht van de sterkste en de onverzadigbare honger deze beklagenswaardige mannen tot weerzinwekkende gevechten en krankzinnige daden drijven. De menselijke waardigheid werd met voeten getreden. In de omgeving van de massagraven nam het kannibalisme toe, elders werden gras, paardenbloemen en brandnetels geplukt. Ook de laaghangende bladeren van de bomen werden gegeten, de schors werd losgerukt tot tweeënhalve meter hoog en gebruikt als voedsel, maar ook als brandstof, en het hout werd uitgehold om er een kauwpasta van te maken. De rivier waarin de gevangenen hun dorst dachten te kunnen lessen was zo vervuild met uitwerpselen dat de mannen die geen weerstand aan de verleiding boden het niet overleefden. Er was één put met water dat direct uit een ondergronds bekken kwam en dus gedronken kon worden. Die put werd bewaakt door de ss. Degenen die in de buurt durfden te komen, stelden hun leven in de waagschaal. Op een avond gebeurde er een wonder: er verschenen tien vrachtwagens van het Rode Kruis. Ze werden met vreugdekreten begroet, maar slechts drie personen ontvingen een poststuk, en de verdeling van de voedselrantsoenen ontaardde in nieuwe wreedheden. De gelukkigen zonderden zich af met een paar wafels of biscuits, maar ze waren zo uitgeput en uitgedroogd dat ze nog moesten zien hoe ze dit droge voedsel, dat aan hun tong en verhemelte plakte, door konden slikken.

De volgende dag ging de tocht verder. De gedetineerden verloren opnieuw veel van hun mannen, die opgerold onder hun dekens op de grond waren blijven liggen. Iedere stap deed gruwelijk pijn. Maar ze liepen verder in de zekerheid dat er aan het eind van de weg twee mogelijkheden waren: de dood of de bevrijding. Twee dagen later gebeurde er alweer een wonder, en ditmaal echt, in het bos van Raben Steinfeld, waar het konvooi op de Sovjets stuitte. Het einde van de lijdensweg van de afgebeulde mannen voltrok zich in stilte. De slachtoffers waren te uitgeput en te hongerig om zich over iets te kunnen verheugen. Door hun oneindige, stille opluchting spookten duizenden schimmen van hun dode broeders. Op dat moment durfde Johann eindelijk te gaan zitten zonder dat hij bang was voor een kogel van de moordenaars. Inwendig dankte hij Luisa voor haar steun en bescherming. Dat hij het er levend af gebracht had, was om hen te vinden, haar en de baby.

Ze bleven een week op deze plaats. Johann begreep niet hoe de

Sovjets erin geslaagd waren hem te identificeren. Er waren duizenden slachtoffers in dezelfde vodden, met dezelfde uitgemergelde gezichten, dezelfde holle ribbenkasten waar de botten uit staken, en toch wisten de bevrijders hem te vinden. De Russische geheime dienst had waarschijnlijk een lijst opgesteld van de wetenschappers die in Peenemünde hadden gewerkt. Toen de soldaten van het Rode Leger de overlevenden van het kamp onder hun hoede hadden genomen, begonnen ze hen te identificeren. Naam, geboortedatum en beroep werden genoteerd op eindeloze lijsten. Johann zei alleen dat hij ingenieur was, zonder verdere toelichting, maar waarschijnlijk was het genoeg om op te vallen bij de Russische officieren, die actief op zoek waren naar de uitvinders van de v2-raketten.

Hij werd door verschillende functionarissen ondervraagd, en daarna voorgeleid aan Sergej Koroljov. Deze begaafde wetenschapper was door Stalin naar Duitsland gestuurd om alles te verzamelen wat er aan documenten en materiaal over de v2 bestond. Net als Von Braun had hij al jong begrepen wat het enorme potentieel aan vloeibare brandstof betekende voor de aandrijving van motoren in de ruimte. Hij had bijna direct de verantwoordelijkheid voor het centrum voor raketonderzoek gekregen. Ten gevolge van de politieke zuiveringen was al zijn werk vernietigd. Koroljov had net zeven jaar gevangenschap achter de rug, was pas achtendertig, maar leek tien jaar ouder. Het was een breedgeschouderde man met een innemend gezicht, zonder dat hij ooit lachte. Hij miste zijn voortanden als gevolg van het feit dat zijn kaak was gebroken tijdens een verhoor. De scheurbuik in Kolyma, de ergste strafkolonie van de Sovjet-Unie, had de rest van zijn gebit verwoest. Hoewel Koroljov officieel als volksvijand werd beschouwd, was hij toch weer in dienst genomen. Stalin was net begonnen met een ambitieus programma voor de ontwikkeling van ballistische raketten met atoomkop en kon zijn waardevolle expertise niet missen. De Duitsers lagen tien jaar voor op de Sovjet-Unie. De v2's waren bijzonder interessant voor wetenschappers en militairen over de hele wereld. Stalin wilde deze technologie tot elke prijs terugwinnen. Tot nu toe had hij bot gevangen bij Sergej. De ontdekking dat Johann Zilch, een naaste medewerker van Von Braun, zich in het gebied bevond dat nu in handen van het Rode Leger was, vormde een ongelooflijke buitenkans. Zilch was er al bij toen de Duitse groep zijn allereerste raketten afschoot. Deze speeltjes, liefkozend Max en Moritz genoemd, met een hoogte van één meter zestig en een gewicht van tweeënzeventig kilo, waren dan wel niet hoger dan drieënhalve kilometer gekomen, maar ze leken de toekomst te hebben. Johann was betrokken geweest bij iedere fase en bij alle typen raketten die voldoende presteerden om Londen vanaf het vasteland te bombarderen. Hij werd zeer gewaardeerd en Koroljov, die net als Von Braun gefascineerd was door de sterren, had hem een voorstel gedaan dat de gevangene niet had kunnen weigeren. Toen Johann de opdracht aannam, klonken in zijn hoofd de woorden van Ernst, zijn communistische kameraad: 'Met hen kan het altijd nog slechter.' Hij was er niet zo zeker van dat hij in andere handen een beter lot tegemoet zou gaan.

MANHATTAN, 1971

Aan de psychologische val waarin ik verstrikt was geraakt moest zo snel mogelijk een einde komen. Donna benaderde de beste privédetectivebureaus van het land. Ik huurde vijf agenten in die werkten onder een zesde, Tom Exley, een gepensioneerd rechercheur die zijn eigen kantoor begonnen was en die me was aangeraden door de hoofdcommissaris van politie in New York. Ook Dane zag ik weer. Rebecca wist me ervan te overtuigen dat hij met zijn netwerk de aangewezen persoon was om het onmogelijke raadsel van mijn afkomst op te lossen. Onze ontmoeting was koeltjes maar doelmatig. Het kon me niet schelen of hij me waardeerde en ik deed niets om aardig over te komen, behalve dat ik een cheque van honderdduizend dollar uitschreef ten gunste van zijn vereniging voor nabestaanden van gedeporteerden. Hij nam het papiertje met twee vingers en een vies gezicht aan en stak het zonder bedankje in zijn zak. Rebecca zag het bloed uit mijn gezicht trekken en haastte zich om haar vriend uitgeleide te doen, terwijl Marcus een scotch voor me inschonk. Mijn compagnon was helemaal niet gecharmeerd van de methodes die Dane gebruikte. Hij was geschokt door alle misdaden die er tijdens de oorlog waren begaan en de medeplichtigheid van de Amerikaanse staat bij het uitwissen ervan, maar dat iemand, of het nou een neef, zoon, broer of echtgenoot van een holocaustslachtoffer was, het recht in eigen hand nam om een ander te berechten en te straffen, vond hij een gevaarlijke ontwikkeling. Ik begreep Dane en Rebecca wel. Wraak is de meest zekere vorm van gerechtigheid. Tot dan toe was ik er alleen toe overgegaan in het kader van ons werk, en ik was nooit zo gekrenkt geweest om een grens te overschrijden, maar ik weet niet hoe ik gereageerd zou hebben als iemand het op Rebecca, Lauren, Marcus of mijn ouders gemunt had.

'Je wekt de indruk dat je de klap te boven bent, en dan kom je een paar dagen later met zo'n typische Werner-oplossing voor het probleem. Ze zeggen vaak dat een directe woede-uitbarsting beter werkt,' zei Marcus tegen me.

Tien dagen na Rebecca's onthullingen werd ik midden in de nacht wakker door een gedachte die zo voor de hand leek te liggen dat ik mijn verloofde zachtjes heen en weer schudde. Ik dwong haar rechtop te zitten en kuste haar rond haar ogen en over haar hele gezicht om haar wakker te krijgen, maar die liefdesbetuigingen weerde ze af. Ze vroeg met schorre stem: 'Wat is er aan de hand? Het is nog niet eens licht. Heb je een nachtmerrie gehad?'

Opgetogen zei ik: 'Schat, ik wil een kind van je.'

Rebecca was met stomheid geslagen en ik herhaalde mijn zin.

'Ik wil een kind van je.'

'Maar het is nog veel te vroeg om het over die dingen te hebben! Ik weet sowieso niet of het een goed idee is.'

Ze geeuwde, liet zich weer neervallen en keerde zich op haar zij.

Ik trok haar opnieuw overeind en draaide haar naar me toe.

'Natuurlijk is dat een goed idee. Het is zelfs het beste idee dat er bestaat.'

'Luister, dit is niet het juiste moment,' zei ze.

'Het is belangrijk, Rebecca! Ik heb het over een kind, ons kind!'

Rebecca begreep dat haar nachtrust voorbij was. Ik was te monomaan om het onderwerp nu te laten rusten om het pas de volgende dag bij het ontbijt nuchter te bespreken. Stuurs hoorde ze mijn ambitieuze theorie aan, die begon bij de verzoening van volkeren en het vergeven van schuld, verder ging met het versmelten van twee wezens tot een als de mooiste daad van liefde, en eindigde met 'ik wil een baby van jou met kleine zachte plooitjes en zulke grote handjes en voetjes. Een meisje met jouw ogen en jouw schattige gezichtje.'

'Wern, ik maak me zorgen. Voel je je wel goed?' onderbrak Rebecca me terwijl ze me onderzoekend aankeek.

'Ik voel me heel goed. Beter dan ooit. Ik wil een kind van je.'

'Maar waar komt die behoefte opeens vandaan? Waarom nu een kind?'

'Omdat ik van je hou en omdat ons kind niet alleen heel mooi zal zijn, maar ook buitengewoon intelligent.'

'Is het toevallig niet een manier om me aan je te binden?'

'Zeker niet, ik weet toch wel dat je nooit bij me weg zult gaan,' zei ik met mijn gebruikelijke bravoure. 'Maar het is het positiefste en mooiste wat we kunnen doen in deze verschrikkelijke situatie waarvoor wij niet verantwoordelijk zijn. Dus. Nou? Wat vind je ervan?' vroeg ik dwingend, klaar om dat kind stante pede te maken.

'Ik moet schilderen. Kunst en een kind gaan nooit goed samen. Als we nu een kind krijgen, betekent dat het einde van mijn schilderscarrière en zit ik voor de rest van mijn leven aan je vast.'

'Niet waar! Ik denk niet aan mezelf, maar aan jou. Kijk nou toch hoe mooi je heupen zijn,' zei ik terwijl ik haar streelde, 'en je borsten, en je buik… Je bent gemaakt om leven te schenken, en zolang je dat niet gedaan hebt, zul je nooit een complete vrouw zijn, en ook geen echte kunstenaar.'

'Ik weet niet hoe ik moet reageren op de macho-onzin die je uitkraamt.'

'En jouw feministische ideeën zijn zo wereldvreemd dat je de essentiële dingen uit het oog verliest.'

De rest van de nacht maakten we ruzie. Rebecca was woest, en ik ook. Uiteindelijk pakte ze haar kussen en een deken en verdween naar haar atelier. Ik wilde achter haar aan gaan, maar ze sloeg de deur voor mijn neus dicht en draaide hem op slot. Ik ging weer in bed liggen, maar kon de slaap niet vatten. Het idee van een kind had bezit van me genomen. Een week lang beheerste het mijn gedachten. Ik zei wel vijftig keer per dag tegen Rebecca dat ik een kind van haar wilde. Ik legde onbewust mijn handen op haar platte buik, alsof ik er de trotse eigenaar van was. Ze duwde me zonder pardon weg. Zwangere vrouwen hadden opeens iets charmants en ik bekeek ze met stralende ogen, alsof het de Maagd Maria betrof. Dat gedrag wekte Rebecca's jaloezie. Marcus wilde geen partij kiezen. Lauren durfde zich er ook niet mee te bemoeien, maar begreep niet waarom mijn verloofde bedenkingen had. Mijn zus had maar wat graag een man gewild die genoeg van haar hield om haar een kind te schenken! Maar geen man was lang genoeg gebleven om het onderwerp aan te snijden. Lauren had de ene scharrel na de andere, maar nooit iets blijvends. In het beste geval waren haar minnaars bereid om haar ook genot te geven, en het niet alleen te halen. Lauren was berekenend noch uitgekookt. Hoe vaak had ik haar niet gezegd dat ze wel wat beters kon krijgen, en dat ze kieskeuriger moest zijn om een leuke man aan de haak te slaan, en zich niet zomaar moest geven zonder er iets voor terug te krijgen, maar mijn zus was vrijgevig. Ik had mijn investeringstheorie uiteengezet: hoe meer tijd of geld een man in een vrouw steekt, hoe meer hij te verliezen heeft als hij bij haar weggaat. Lauren vond dat een walgelijke kijk op de liefde, en Marcus ook. Uit haar verhalen maakte ik op dat de mannen die Lauren ontmoette allemaal losers waren die haar niet verdienden, maar geen enkele vriend die ik aandroeg als mogelijke partner kon haar goedkeuring wegdragen.

Laurens oprechtheid kwam haar weer duur te staan toen Rebecca steun bij haar zocht en haar om advies vroeg. Mijn zus liet haar enthousiasme blijken: een kind was geweldig! Hoe kon ze daar ook maar een seconde over twijfelen? Lauren zou peettante worden, en Marcus peetoom. Natuurlijk zou mijn zus op het kind passen! Rebecca kon gewoon blijven schilderen. En het zou zo schattig, zo lief, zo snoezig zijn. Met ons als ouders zou het hoe dan ook een fantastische baby worden. Kortom, het was een droom voor haar. Hij zou leven en vrolijkheid in huis brengen. We zouden hem overal mee naartoe nemen en hij kon met Shakespeare spelen. Bij Laurens woorden, en haar verrukte gezicht, betrok dat van Rebecca. Ze had het gevoel dat de hele wereld zich tegen haar keerde. Ze voelde zich onbegrepen, vluchtte in haar werk en begon aan een serie schilderijen van vrouwen die in gevecht waren met vampiers. Een paar dagen later barstte de kunstenares in woede uit toen Lauren zo stom was om haar, bij het zien van de doeken, te vragen of zij kinderen als bloedzuigers zag. Rebecca stormde razend de deur uit, bleef de hele dag weg en zei tijdens het avondeten geen woord. De maat was vol toen Miguel trappelend van ongeduld een abecedarium aan Rebecca gaf dat hij die week geborduurd had, met de woorden: 'Meneer Zilch heeft me het grote nieuws verteld. Gefeliciteerd, mevrouw Rebecca!'

Ze gaf hem de merklap met een bruusk gebaar terug en zei dat er helemaal geen sprake was van een kind. Ik had, verduidelijkte ze, de vervelende neiging om mijn verlangens als realiteit te zien, desnoods door te ontkennen dat er twee mensen nodig waren om een kind te maken, en dat het dus ook door twee mensen gewenst moest zijn, wat bij de huidige stand van zaken niet het geval was. Diezelfde dag kwam ik triomfantelijk thuis van kantoor met in mijn armen een stuk of tien knuffels voor de blijde gebeurtenis die Rebecca nog niet eens in overweging had genomen. Ze keek me met een ijzige blik aan, legde zonder iets te zeggen haar penseel neer, deed haar schort af, ging beneden in bed liggen en was de daaropvolgende twee weken niet langer dan een uur per dag wakker. Van teleurstelling maakte ik dubbele werkdagen. Ik kwam na het eten thuis en vertrok voor het ontbijt, waardoor Lauren en Marcus twee weken lang zonder ons tegenover elkaar zaten. Ik vatte Rebecca's houding niet op als een weigering om überhaupt een kind te maken, maar als een weigering om met míj een kind te maken, waardoor ik me heel ongelukkig voelde. Ik was vol argwaan, alsof er ergens in mijn ogenschijnlijk gezonde lijf een ernstige ziekte of een gevaarlijke gekte schuilging. De laatste jaren had ik mezelf wijs weten te maken dat ik een onbeschreven blad was, dat de onwetendheid over mijn afkomst me in staat stelde om in alle vrijheid een nieuw verhaal te beginnen. Maar een verleden waar ik niet om had gevraagd had dit geduldig opgebouwde beeld in een paar uur tijd vernietigd. En de vrouw van wie ik hield had de eerste klap uitgedeeld. Sindsdien bleef ze hardnekkig bezig om ook mijn laatste restjes zelfvertrouwen te vernietigen.

MANHATTAN, 1972

Shakespeare was totaal van slag door het vertrek van Rebecca. De moeder van mijn verloofde was eindelijk uit het instituut van dokter Nars ontslagen. Om Judith bij te staan bij haar herstel, had Nathan Lynch zijn dochter gevraagd enkele weken 'naar huis' te komen, een uitdrukking die me kwetste uit de mond van Rebecca. Ze verzekerde me dat het maar voor tijdelijk was. Ze beloofde iedere avond te bellen en deed dat ook, maar deze scheiding deed me te veel denken aan haar verdwijning om me erin te schikken. Haar afwezigheid plus onze recente conflicten maakten de geleidelijk toenemende kloof tussen ons steeds dieper. Ook mijn hond voelde dat de beslissing van Becca minder onschuldig was dan ze beweerde. Op een morgen vertrok ze, met achterlating van haar spullen, maar ik wist dat het weinige dat ze hier achterliet niet genoeg was om haar terug te laten komen als het fout ging. Bij de deur keerde Shakespeare haar zijn rug toe en wilde zich niet laten aaien. Ook Lauren en Marcus maakten zich ongerust. Ons viertal lag uit elkaar en we konden wel beweren dat er niets was veranderd, het evenwicht in huis was verstoord. Shakespeare wilde niet meer eten. Hij joeg niet meer achter de duiven aan op het terras. Hij blafte niet meer tegen de kat van de buren als hij op de binnenplaats bij het souterrain onbevoegd gebruikmaakte van het recht op overpad. Hij liet zich niet meer door de eerste de beste over zijn buik aaien. Tot dan was hij er dol op geweest samen met ons lange wandelingen te maken, maar nu liet hij zijn kop hangen en bleef liever binnen. Op een dag merk-

te Miguel dat hij een trui van Rebecca had gepikt, die hij had meegenomen naar zijn mand. De majordomus probeerde hem af te
pakken, maar mijn hond reageerde zo dreigend dat hij het opgaf.
Als Marcus en Lauren thuiskwamen, kwispelde Shakespeare sloom
met zijn staart, zonder hen zoals gebruikelijk uitbundig te begroeten, en ging dan weer in zijn mand liggen. Zelf was ik helemaal uit
de gratie. Hij reageerde niet eens meer als ik hem riep. Als ik mijn
stem verhief, gehoorzaamde hij uiteindelijk, maar zijn ogen stonden vol verwijt. Ik probeerde me te verdedigen: 'Ik heb gedaan wat
ik kon, jongen! Ze wil niet bij ons zijn, meer kan ik er niet over
zeggen. Denk je dat het voor mij makkelijk is? Ik ben ook verdrietig,
maar ik kan haar niet opsluiten. Als ze niet genoeg van me houdt
om een kind te krijgen, wat moet ik dan nog?'

Shakespeare ging weer liggen en beëindigde daarmee het gesprek,
als een echtgenote die geen zin meer heeft in de uitleg van haar man.
In die tijd was ik bepaald niet geliefd. Aan de telefoon deed Becca
afstandelijk. Iedere avond vroeg ik haar naar huis te komen. Zij
kwam dan telkens met de gezondheidstoestand van Judith op de
proppen.

De nachtmerrie over mijn geboorte vergalde mijn nachten weer.
Na de onthulling van Von Braun dacht ik ervanaf te zijn, maar de
droom was aanwezIger dan ooit. Ik zie die jonge, mooie vrouw, van
wie ik nu weet dat ze mijn moeder is, rennen en vallen. Ze is ineens
terug. Haar ogen laten me niet los. De immense liefde die ik erin lees,
maakt me rustig en tegelijkertijd angstig omdat ik voel dat ik die ga
verliezen. Dan verandert het decor, de rode materie en het wervelende geluid zijn terug. Het lawaai en de kreten ook. Ik ben een van de
soldaten die haar proberen te redden. Ik huil. Ik weet niet hoe ik haar
moet helpen. Mijn moeder ligt op een tafel, met over haar dikke buik
een laken dat doordrenkt is van bloed. Ze kijkt naar de muur. Ik ga
naar haar toe om haar een laatste keer te omhelzen. Ik leg mijn vingers op haar voorhoofd, draai haar ijskoude gezicht naar me toe en
schreeuw het uit als ik zie dat het Rebecca is.

Rebecca verbleef al twee weken bij haar ouders toen we elkaar
terugzagen bij een lunch in de Tavern on the Green in Central Park.

Het was die dag zacht weer. Rebecca droeg een lange parelgrijze jas met een ceintuur die haar slanke taille goed deed uitkomen, een beige jurk en rode laarzen met hoge hakken. Haar blonde haar deinde mee bij iedere stap. Ze had een lijntje getrokken onder haar kattenogen. In lange tijd had ze er niet zo elegant en vrouwelijk uitgezien. Het leek wel of ze me terug wilde winnen, terwijl ik nog steeds in haar ban was. Ze zag er prachtig uit. Ze drukte zich tegen me aan en zei dat ze me miste, toonde op allerlei manieren dat ze van me hield, maar weigerde weer om naar huis te komen.

'Nieuw?' vroeg ik en ik opende haar jas om door de zachte, dunne wollen jurk heen haar taille en heupen te strelen.

'Ja, ik ben met mijn moeder gaan winkelen.'

Aan tafel spraken we over koetjes en kalfjes en vermeden zorgvuldig de heikele onderwerpen. We wilden graag gelukkig zijn, geen ruzie maken. We zagen Ernie, de rechterhand van Rebecca's vader, en moesten lachen, want we dachten terug aan onze eerste ontmoeting. Uit de verte keek hij vijandig naar me, in tegenstelling tot Donald Trump, die ons enthousiast aansprak: 'En daar hebben we het mooiste meisje van Manhattan! Wat ben jij een bofkont,' voegde hij eraan toe terwijl hij Rebecca een handkus gaf en haar met zijn ogen verslond.

Hij nodigde ons uit om de week erop samen te dineren. Rebecca antwoordde dat ze een paar dagen met haar moeder de stad uit ging. Ik kreeg meteen de pest in. Donald Trump merkte het niet en ging terug naar zijn tafel, waar een blonde beauty op hem wachtte.

'Het is niet leuk om op deze manier te horen dat je weggaat uit New York.'

Becca sloeg haar ogen ten hemel. 'Ik ga niet weg uit New York, ik ga voor een paar dagen de stad uit.'

'Hoeveel dagen?'

'Weet ik niet. Tien, misschien veertien, we hebben nog niets besloten,' antwoordde ze verveeld.

'Maar wanneer kom je dan terug?'

'Zodra het beter gaat met mijn moeder.'

'Het gaat al meer dan twintig jaar slecht met je moeder, waarom zou het nu ineens wel in orde komen?' gooide ik eruit. 'Waarom moet je nu zo veel met haar optrekken?'

Ze zei niets, de bedroefde, verveelde uitdrukking waar ik altijd razend van werd verscheen op haar gezicht. Ik had de indruk dat ze tegen me loog. Dat zei ik tegen haar.

'Je bent niet de enige op deze wereld, Wern! Mijn familie heeft me nodig. Dat zou toch geen probleem moeten zijn.'

Ik herinnerde haar er korzelig aan waarom dat wel een probleem was. Wist ze niet meer hoe ze mij behandeld hadden? Haar onverdraaglijke verdwijning? De onzekerheid over mijn verwekker? Het feit dat ze geen kind met me wilde?

'Daar gaan we weer!' zei ze boos.

Onze borden bleven onaangeroerd. Ik gooide een stapel bankbiljetten op de tafel om niet op de rekening te hoeven wachten. Ik wilde geen ruzie maken met Rebecca waar anderen bij waren, en al helemaal niet in het bijzijn van Donald Trump en Ernie. Buiten kregen we al snel ruzie. We gingen boos uit elkaar. Terwijl ik 5th Avenue af liep, wond ik me vreselijk op. Op kantoor deinsden de mensen opzij als ze me zagen aankomen en thuis meden Marcus, Lauren en Shakespeare me, ze hadden genoeg van mijn steeds terugkerende woedeaanvallen. 's Avonds ging ik in mijn eentje uit om met een stel nachtbrakers door te zakken tot het licht werd. Net als de vorige keer toen Rebecca me in de steek had gelaten, zocht ik troost in nieuwe veroveringen. Ik kon er niet tegen dat ik was gedumpt en alleen moest slapen. De daaropvolgende dagen zorgde ik dat mijn bed gevuld was. Deze dames, hoe charmant ook, waren niet welkom bij Lauren en Shakespeare. Mijn hond bleef onverbiddelijk. Hij gromde tegen iedere gast, en tegen een bruinharige uitgeefster met wie ik een poosje omging, toonde hij zich zo agressief dat ik hem moest opsluiten. Zelfs Marcus, die nog in staat zou zijn geweest om uit beleefdheid met een kamerplant te converseren, liet zich niet van zijn vriendelijke kant zien. Toen ik er een opmerking over maakte, antwoordde hij scherp: 'Je probeert haar zo hardnekkig te vervangen dat het ziekelijk is, en bovendien nutteloos. Heb op z'n minst het fatsoen om ons niet op te zadelen met je *ersatz*. Rebecca is niet alleen jouw ex, ze is ook onze vriendin.'

Ik vond hun houding onbegrijpelijk. Het was toch Rebecca die weg was gegaan! Voor die vrouw was het ook nooit goed. Als een van hen haar gebruiksaanwijzing had, zou ik dat graag horen. Intussen zocht ik een leuke vriendin met normale behoeften, zoals uit eten gaan, vrienden ontmoeten, een weekendje weg en sieraden kopen. Een vrouw die tijd voor me had, die niet hoefde te slaapwandelen om een ei voor me te bakken en die de mensen om me heen niet kwelde met haar ingewikkelde verleden, haar destructieve onthullingen, haar existentiële vragen en haar obsessie om kunstenaar te zijn.

'Dus eigenlijk wil je een kantoorjuffrouw?' sneerde Lauren. 'Een meisje dat je voor haar diensten betaalt?'

'Met vrouwen die van je houden om je geld weet je tenminste hoe je ze vast kunt houden,' zei ik verongelijkt.

Ik wachtte niet langer op de zegen van mijn zus en mijn beste vriend en besloot om mijn troostdames buitenshuis te ontmoeten. Dat ik buiten de deur sliep zonder Shakespeare mee te nemen, gaf de doorslag voor hem. Hij gaf zijn geweldloos verzet op en ging tot actie over. Toen ik op een ochtend thuiskwam, na een nacht met een schitterende Venezolaanse mannequin, vond ik in mijn kamer zijn oorlogsverklaring. Niet alleen had Shakespeare op mijn bed geplast, maar hij had ook, aangezien hij makkelijk mijn hangkast kon openkrijgen, systematisch al mijn schoenen kapotgebeten. De schuldige was onvindbaar en in mijn woede om hem te pakken te krijgen, maakte ik het hele huis wakker. Lauren, die een paar uur later een belangrijk acupunctuurexamen had, kwam als een furie haar kamer uit en gooide een boek naar mijn hoofd terwijl ze riep dat ik een grenzeloze egoïst was. 'Je bent niet de enige op deze wereld,' schreeuwde ze, een refrein dat ik ook al uit de mond van Rebecca had gehoord en dat me zeker niet koud liet. Marcus verscheen in zijn blauw-wit gestreepte pyjama. Met een opgetrokken wenkbrauw verklaarde hij zuinigjes dat 'dit voortdurende gekkenhuis inderdaad heel vervelend was'. Miguel, bij wie de rebel met zijn kop op zijn poten stil en onverzettelijk onder het ijzeren bed verstopt lag, durfde zijn appartement niet uit.

Deze hondse aanslag op mijn gezag zette me aan het denken. Shakespeare was vast zo depressief omdat hij geen vrouwtje had en graag vader wilde worden: 'Hij is vier jaar. Voor een mens zou dat dertig zijn. Hij heeft kinderen nodig.'

MANHATTAN, 1972

Rebecca's vertrek was al acht eindeloze weken geleden, toen Tom Exley, de privédetective die ik had ingehuurd, opbelde met goed nieuws. Met de hulp van zijn team was hij Marthe Engerer op het spoor gekomen. Mijn tante leefde nog en woonde in de Verenigde-Staten, om precies te zijn in Louisiana, op ongeveer veertig kilometer van New Orleans. Ze werkte in de thuiszorg en leefde samen met een vrouwelijke psychiater. Tom wist niet precies wat voor relatie ze hadden, en ik stelde me twee oude vrijsters voor die besloten hadden samen de eenzaamheid te verdrijven. Al die jaren waarin ik had geprobeerd mijn biologische ouders op te sporen kwamen terug in mijn herinnering. Indertijd dacht ik dat het geheim van mijn geboorte ergens in Duitsland lag, in een land waarvan ik de taal en de cultuur niet kende. En nu te bedenken dat de antwoorden op mijn vragen al die tijd helemaal niet verloren waren gegaan in een ver Europa, maar dat ze op een korte vliegreis hiervandaan op me hadden liggen wachten. Tom had het adres van Marthe Engerer gekregen. Hij was ernaartoe gegaan en had weten vast te stellen dat ze het inderdaad was. Hij had zonder mij geen contact met haar willen leggen, uit angst dat ze op de vlucht zou slaan. We hadden geen enkel idee welke rol ze tijdens de oorlog had gespeeld. Misschien had ze wel geen zin om weer aan die dingen herinnerd te worden. Ik zat te lunchen met Lauren en Marcus toen ik dit telefoontje kreeg. Ik vertelde hun het nieuws. Ze wilden Rebecca op de hoogte brengen. Ik verzette me daartegen. Er was geen sprake van dat ik haar op mijn knieën zou smeken om met ons mee te gaan. Het was aan haar om de eerste stap te zetten. Ik wilde geen duimbreed wijken.

'Marthe Engerer is niet van jou, Wern. Ze zal je informatie kunnen geven over je biologische vader, maar ze kan Rebecca ook het nodige vertellen over het verleden van haar moeder. Je kunt haar er niet buiten houden,' protesteerde Lauren.

'Mag ik je erop wijzen dat ze zichzelf buitenspel heeft gezet,' antwoordde ik terwijl ik een groot stuk kip aan Shakespeare voerde.

Ik vergaf het Rebecca niet dat ze weer voor haar familie gekozen had en niet voor mij. Ik begreep al helemaal niets van haar zwijgen. Hoe kon ze me dit aandoen, nadat ze een jaar lang was verdwenen, en na al haar beloftes van liefde en trouw? Na onze mislukte lunch had ik niets meer van haar gehoord, althans niet rechtstreeks. Marcus, Lauren en zelfs Miguel hadden haar aan de telefoon gehad voor allerlei praktische zaken, en dat maakte mijn wrok alleen maar groter. Ze praatte met alle bewoners van het huis behalve met mij. Mijn zus en mijn beste vriend waren toegeeflijker. Zij vergaven haar alles, en eerlijk gezegd vond ik hun partijdigheid onvergeeflijk. Ze zouden mijn kant moeten kiezen in plaats van zich zogenaamd neutraal op te stellen, en moeten weigeren met Rebecca te praten, ze moesten haar in de kou laten staan, en zorgen dat ze een gemis ging voelen waardoor ze terug zou willen komen. Het kwetste me dat ze niet loyaal waren. Toen ik me erover beklaagde, zat Lauren meteen op de kast.

'Je kunt niet van ons verwachten dat we Rebecca van de ene op de andere dag niet meer aardig vinden, omdat jullie je zo onvolwassen gedragen!'

'Lauren heeft gelijk, Wern. Onze genegenheid voor haar staat geheel los van onze gevoelens voor jou,' deed Marcus er nog een schepje bovenop.

Ze hadden achtenveertig uur nodig om me ervan te overtuigen dat Rebecca met ons mee moest gaan naar Louisiana. Omdat ik weigerde haar te bellen zou Lauren dat doen, terwijl Donna de expeditie zou organiseren. We moesten ons met ons vieren bij Tom

Exley vervoegen. Een week voordat we vertrokken belde de detective Marthe Engerer en deed of hij een verkoper van medische artikelen was. Hij maakte een afspraak met haar, zodat we zeker wisten dat ze thuis zou zijn op de dag dat we aankwamen. Tom, Marcus, Lauren en ik vertrokken samen. Rebecca ging op eigen gelegenheid naar het vliegveld. Bij aankomst zag ik aan haar blik dat ze woedend was. Ik begreep niet wat ze me kon verwijten. We begroetten elkaar afstandelijk en schudden elkaar even de hand zonder te kussen. Geergerd liep ik weg om een krant te kopen en ging in de winkels van het vliegveld op zoek naar een cadeau voor Marthe Engerer. Ik koos een groot blik koekjes. In het vliegtuig ging ik naast Marcus zitten. Ik zat verscholen achter de *Financial Times* en zei geen woord meer. Er leek geen eind te komen aan de drieënhalf uur die de vlucht duurde. Achter me zaten Rebecca en Lauren zo onbekommerd te babbelen dat ik nog kwader werd. Ik had gewild dat Rebecca tegen mij praatte, dat ze een verklaring gaf, me uit zou schelden, maar niet net deed of ik lucht was. Marcus probeerde me op te vrolijken. Ik beantwoordde zijn pogingen met een paar klanken en wat gegrom. Uiteindelijk gaf hij het op en verdiepte zich geconcentreerd in *Love Story* van Erich Segal. Het werd hoog tijd dat hij een vriendinnetje kreeg.

De stewardessen serveerden ons een maaltijd. Omdat ik honger had, bestelde ik er nog eentje bij de leukste. Blozend bracht ze me een tweede plateau, boog zich naar me toe en fluisterde: 'Ik heb er twee chocoladecakejes bij gedaan. Als u nog iets wilt hebben, dan vraagt u het maar.'

Achter mij stokte het gesprek van de meisjes. Rebecca's ergernis was voelbaar. Ik deed er nog een schepje bovenop tegen de stewardess, maar mijn ex zette haar geginnegap met Lauren voort en vergalde mijn kortstondige plezier omdat ik haar jaloers dacht te maken.

Toen we het vliegtuig uit liepen, kwam ons een klamme, bijna tropische hitte tegemoet. We hadden alleen handbagage en waren al na een paar minuten de luchthaven uit. Een helderrood busje stond ons op te wachten. Achter me barstten Marcus, Lauren en Rebecca in lachen uit om iets wat ik niet begreep. Hoe konden ze zo vrolijk en ontspannen zijn? Marthe Engerer zou antwoord geven op vragen die me al jaren kwelden. Mijn toekomst en ook mijn verleden hingen af van deze ontmoeting. Ik rammelde van de honger en mijn vrienden liepen grappen te maken. Ik viel uit: 'Ik begrijp niet wat er te lachen valt. Het is bepaald geen grappige dag.'

Mijn uitval had het gewenste effect. Tom Exley liep weg met het excuus dat hij nog even bij het kantoor naar het huurcontract van de bus moest kijken en liet het ons verder uitvechten.

'We lachen omdat we het leuk vinden om weer bij elkaar te zijn, Wern,' zei Rebecca.

'Dat we niet meer samen zijn, is jouw keuze.'

'Je weet ook wel dat het allemaal niet zo simpel is,' zei ze. 'En je hebt de tijd waarin ik weg was goed benut.'

Ik keek argwanend naar Lauren en Marcus om erachter te komen wie er uit de school had geklapt. Ze deden of hun neus bloedde.

'Wat had je dan gedacht? Dat ik rustig ging zitten wachten tot jij me zou uitleggen waarom je bent weggelopen?'

'Je ging al vreemd toen ik net een week weg was. Ik kan niet zeggen dat je veel moeite hebt gedaan om begrip of geduld op te brengen. En geef hun niet de schuld,' zei ze, omdat ik dreigend naar mijn zus en mijn zogenaamd beste vriend keek. 'Je wilde dat ik het wist, nou, ik heb het geweten.'

'Ik ben je knechtje niet, Rebecca. Ik hoef niet op je te gaan zitten wachten als een hond in zijn mand, met niet eens een bot om op te kauwen.' Ze wilde antwoorden, maar ik onderbrak haar: 'Ik heb geen zin meer in dit gesprek dat we voor de zoveelste keer voeren. En al helemaal niet met anderen erbij. Jij bent weggegaan, dan moet je ook de gevolgen dragen.'

Ik wendde me tot Lauren, Marcus en Tom en zei kwaad: 'En nu de bus in, we gaan.'

Ik ging voorin zitten. De anderen verdeelden zich over de twee rijen erachter. Tom reed. De hele reis hing er een doodse stilte. Het was snikheet. Toen ik de straten van New Orleans aan me voorbij zag trekken, leek het of ik in een vreemd land was. De luifels, de veranda's, de weelderige planten op de terrassen, de lage gebouwen, het had allemaal iets exotisch. Buiten de stad verdween de weg in een jungle en liep daarna langs een moerassig gebied. Er krioelde vast een hele fauna in dat modderige water. Het leek Zuid-Amerika of Brazilië wel. Alleen de radio met de reclames bracht ons terug in de Verenigde Staten. Het duurde een half uur voor we ter plekke waren. Marthe Engerer woonde in een dorp halverwege New Orleans en Baton Rouge. Haar huis had een witte houten gevel en een grote veranda met zuilen. Bij een lage gietijzeren tafel stonden twee rotanstoelen. Hangplanten in potten hingen van het dak naar beneden, roze en wit waren de overheersende kleuren. Het gazon zag er onberispelijk uit en droeg bij aan de gezellige indruk die het huis maakte. We waren precies op tijd. In de bus nam ik een paar minuten om moed te verzamelen. Mijn reisgenoten zwegen. Marcus merkte hoe ongemakkelijk ik me voelde.

'Kom, Wern, laten wij tweeën vooruitgaan.'

Ik moet hem radeloos hebben aangekeken, want hij voegde eraan toe: 'Maak je geen zorgen!' Hij legde een hand op mijn schouder: 'Kom op, we gaan.'

Ik raapte mijn moed bij elkaar en legde met Marcus de laatste meters af naar mijn bestemming.

Ik belde aan. Een vrouwenstem antwoordde: 'Ik kom eraan.'

Een dame van een jaar of zestig deed open. Ze had lange, lichtbruine krullen die al een beetje grijs werden, ze droeg een rode bril, en haar bruine ogen keken me nieuwsgierig aan.

'Wij hebben een afspraak met Marthe Engerer.'

'O, ja, de medische spullen? Bent u dat? Ik ben Abigail.' Ze gaf ons een hand. 'Marthe is boven. Komt u binnen. Ik zal vragen of ze beneden komt.'

Ze bracht ons naar de zitkamer en bood ons citroenlimonade aan.

Die wilden we wel.

'Marthe, je bezoek is er,' riep ze in de richting van de trap voordat ze in de keuken verdween.

Een paar minuten later verscheen Marthe in de deuropening. Ik herkende haar onmiddellijk. Ze was ouder geworden, dat wel, maar ze was nog steeds de vrouw die ik op de foto had gezien. Marthe richtte zich eerst tot Marcus, die recht tegenover haar zat, en daarna zag ze mij. Ik zag haar wankelen.

'Mijn god!' riep ze met een gesmoorde kreet terwijl ze steun zocht tegen de deurpost.

Ze legde haar hand op haar borst. Abigail, die binnenkwam met een blad met glazen, dacht dat ze onwel was geworden. Ze schoot haar vriendin te hulp.

'Schat, wat gebeurt er?'

Marthe zei: 'Dit is Werner, de zoon van Luisa.' Daarna wendde ze zich tot mij. 'Je kunt je niet voorstellen hoezeer je op haar lijkt. Echt in alles.'

'Op wie?' vroeg ik voor de zekerheid.

'Op je moeder.'

Ze kwam aarzelend dichterbij en ging naast me op de bank zitten. Haar knieën raakten de mijne. Die nabijheid verwarde me, en ook de intensiteit waarmee Marthe me in zich opnam. Ze streek met haar hand over mijn haar. Ik durfde me niet te bewegen.

'Ik ben zo blij dat je leeft. Je bent zo groot, zo mooi. Je lijkt sprekend op haar.'

'Op de foto's vond ik dat ik meer op Johann leek,' zei ik, alsof we elkaar al ons hele leven kenden.

'Ja, een beetje, je hele uitstraling, maar je neus, je ogen, je jukbeenderen, die heb je van haar.'

Ze nam mijn gezicht in haar handen en betastte het, als een blinde die de gelaatstrekken in zich op wilde nemen.

Ik huiverde bij deze aanraking.

'Ik dacht dat ik je nooit meer zou terugzien. Als je eens wist hoeveel tijd ik heb besteed om je te vinden. Maanden, jaren…'

'Ze sprak elke dag over je,' voegde Abigail eraan toe.

'Ik was bang dat hij je had gedood.'

'Dat wie me had gedood?'

'Kasper, je oom.'

'Waarom zou mijn oom me willen doden?'

'Dat is een lang verhaal, schat,' antwoordde Marthe, die de be- leefdheidsvormen allengs liet varen om een intimiteit tussen ons te scheppen die voor haar vanzelfsprekend was, maar voor mij een stuk minder. 'Ik zal je alles vertellen. Ik denk dat je daarvoor geko- men bent. Wat Kasper betreft, geloof me maar, die man is of was tot alles in staat.'

HOTEL HAUS INGEBORG, BEIERSE ALPEN, 1945

Von Braun en een paar collega's zaten in de salon van het hotel te kaarten. Sinds ze zich aan de Amerikanen hadden overgegeven, was er niets veranderd. Ze hadden alleen andere cipiers gekregen, de ss'ers waren vervangen door even stipte en gedisciplineerde GI's. Marthe was moe. Ze ging naar boven. Het was al donker. De gordijnen in haar kamer waren dicht, de lichten uit, maar toen ze binnenkwam, merkte ze onmiddellijk dat hij er was. Doodsbang wilde ze de kamer weer uit rennen. Hij had maar een fractie van een seconde nodig om haar arm beet te pakken en haar op het bed te gooien.

'Hou op met die aanstellerij, Marthe, ik wil met je praten.'

De snelheid waarmee hij bewoog, had Marthe altijd angst ingeboezemd. Zelfs met een enkel in het gips bleef hij gevaarlijk. De jonge vrouw kwam overeind, op de ene kant van het bed. Ze had kalm willen blijven, maar ze voelde een koude stroom langs de rechterkant van haar lichaam glijden. Ze dacht aan het mes dat ze op haar bovenbeen droeg. Je moest wel zeker zijn van jezelf. Zou ze het kunnen? Johann ging in een leunstoel tegenover haar zitten. Hij had zijn eigen stem weer terug, de stem die ze iedere nacht hoorde in haar nachtmerries.

'Kijk me aan, idioot.'

Marthe keek op. In twee weken tijd waren de opgezette oogleden van de zogenaamde Johann minder dik geworden, zijn haar, dat nu een centimeter lang was, begon de littekens op zijn schedel te bedekken.

'Luister goed naar me. Ik weet wat jij weet. We gaan niet tegen elkaar liegen. Niet tussen man en vrouw,' zei hij ironisch terwijl hij zijn goede been uitstak en met zijn voet de rok van Marthe optilde. Ze deinsde achteruit.

'Je bent nog steeds een wild teefje.'

Hij keek zo geil dat ze er bang van werd.

'Wat wil je, Kasper?'

'Zorg dat de mensen geen argwaan krijgen. Von Braun begint al vreemd naar me te kijken. Ik wil zo snel mogelijk uit Duitsland weg. De Amerikanen zijn mijn beste uitreisticket en Von Braun wordt het reisbureau.'

'En anders?'

'Anders pak ik Werner van je af en dan zie je hem nooit meer. Ik ben zijn oom en jij bent niemand voor hem. Zelfs Von Braun zal dat erkennen als het zover komt. Familie is heilig.'

Marthe incasseerde de klap. Kasper had door hoezeer ze aan Werner gehecht was. Hij wist dat hij haar daarmee in zijn macht had.

'En als ik ermee akkoord ga?' vroeg ze.

'Je hebt geen keuze. En als het je lukt om een beetje logisch te denken met dat lege hoofd van je, zul je inzien dat je er alleen maar bij te winnen hebt. Omdat ik officieel Johann Zilch ben, hoef jij alleen maar Luisa te worden. Je spreekt Engels. Je hebt er altijd van gedroomd om naar dat achterlijke land te gaan. Een verpleegster vindt overal werk. Anders scharrel je wel een ouwe vent op om jullie te onderhouden, jou en je kind. Werner interesseert me niet. Als je doet wat ik wil, laat ik je met rust.'

Omdat Marthe niet meteen antwoordde, sprak hij met opeengeklemde kaken en een valse stem waarbij hij dreigde met zijn vuist. 'Heb je het begrepen?'

'Ja, ik heb het begrepen,' antwoordde ze.

Kasper stond op. De verpleegster verkrampte nog meer. Hij liep om het bed in de richting van de deur. Marthe verplaatste zich tegelijk met haar man om te zorgen dat ze in die smalle ruimte zo ver mogelijk bij hem uit de buurt bleef. Toen hij zijn hand op de deurklink had, stelde ze de vraag die haar op de lippen brandde: 'Iedereen denkt dat je dood bent…'

'Dood zijn is voor mij de beste kans om te overleven.'

Marthes hart ging als een razende tekeer, maar ze vond de moed om aan te dringen: 'Wat heb je met Johann gedaan?'

'Ik heb hem teruggestuurd naar waar hij had moeten blijven.'

'Wat bedoel je?'

'Dat weet je best.'

Nauwelijks was hij weg of Marthe rende naar de deur om hem op slot te doen. Ze schoof de ladekast ervoor en liet zich uitgeput tegen de muur zakken. Ze wist niet hoe ze aan Kaspers kwaadaardigheid kon ontkomen. Ze had de grootste moeite om niet in paniek te raken, terwijl ze vanaf nu heel zorgvuldig met alles rekening moest houden om zichzelf en het kind te beschermen. Na eindeloos wikken en wegen schoof ze de ladekast weer op zijn plaats en liep de gang op om Werner uit de kamer van Anke te halen. Ze bleef de rest van de nacht wakker en keek naar het slapende kind. Vanaf dat moment speelde de bleke en vermagerde Marthe het spel van verzoening mee. Ze hield Werner zo ver mogelijk bij zijn 'vader' weg, maar ze deed aardig tegen hem als er iemand bij was. Von Braun leek blij dat het nu de goede kant op ging en deed geen moeite om de reden van deze verandering te begrijpen.

TUSSEN NEW ORLEANS EN BATON ROUGE, 1972

Rebecca en Lauren hadden zich bij ons gevoegd. In dit huis met vrolijke vogelgeluiden vanuit de tuin luisterden we zwijgend en gespannen naar het verhaal van Marthe. Ze vertelde over de dood van Luisa, mijn moeder, en hoe een jonge soldaat me had gered. Ze vertelde dat ze me had teruggevonden in de armen van een vreemde vrouw, op de oever van de Elbe, waar zich duizenden overlevenden hadden verzameld. Ze vertelde over haar wanhopige tocht door Duitsland, op zoek naar mijn vader Johann. Ze vertelde over Peenemünde, de kruidenierster die haar en mijn voedster had geholpen, en hun reis naar de Alpen. Haar ontboezemingen vulden de leemtes die Von Braun had achtergelaten bij onze lunch bij de NASA. Alle puzzelstukjes vielen ineens in elkaar. Ik hing aan haar lippen. Ik wachtte op het genadeschot. De fout die mijn voorouders zou brandmerken. Rebecca, Marcus en Lauren waren even nerveus als ik. Abigail, Marthes vriendin, probeerde de stemming wat op te vrolijken. Ze schonk citroenlimonade voor ons in, die we niet dronken, ze bood ons zandtaartjes met bosbessen aan, die we niet aten. Bij de droevigste passages van deze veelbewogen reis door Duitsland in oorlogstijd zette ze nerveus haar rode bril goed op haar neus en schudde haar krullen met een verdrietig gezicht. Ze hield Marthe zorgvuldig in de gaten, maar die had alleen oog voor mij. Ze was net aanbeland bij het weerzien met Von Braun, toen mijn geduld op was en ik haar ruw onderbrak: 'Is Johann in Auschwitz geweest?'

'In Auschwitz?' herhaalde Marthe. 'Maar wat zou hij daar hebben moeten doen?'

'Deel uitmaken van het kader, zich met de gevangenen bezighouden,' zei ik, om niet te hoeven beginnen over de gaskamers, martelingen, gewelddadigheden en andere misdaden die in me opkwamen.

'Weet je, schat, je vader zou nog geen vlieg kwaad hebben gedaan. Hij zou het niet hebben gekund. Hij was een intellectueel, een wetenschapper. Hij was niet geschikt voor de harde realiteit. Nog minder voor de strijd.'

'Hij is toch een groot deel van de oorlog onvindbaar geweest,' zei Rebecca.

Marthe keek naar de jonge vrouw alsof ze haar nu pas zag. Ze nam haar even onderzoekend op, met een effen gezicht, en antwoordde toen: 'Johann is gearresteerd door de Gestapo, en als hij in Auschwitz heeft gezeten – wat me sterk lijkt – dan moet het als gevangene zijn geweest. Ik kan u geen bewijsstukken overleggen, juffrouw, maar ik kan u wel zeggen wat ik denk. Johann is dood. Hij heeft de groep van Von Braun nooit bereikt aan het eind van de oorlog. Ik weet beter dan wie ook dat de man die met ons is meegekomen naar de Verenigde Staten Kasper was en niemand anders. Het is hem gelukt om voor zijn broer door te gaan en Duitsland te verlaten voordat de geallieerden hem aan de tand kwamen voelen. Dat is wat ik weet. En dat zeg ik u. En wat Johann betreft, moge zijn ziel rusten in vrede, van hem heb ik nooit meer iets vernomen.'

Het bleef stil na haar verklaring. Mijn biologische vader was dus niet het monster dat Rebecca me had beschreven. Het was heel vreemd dat de oplossing van het raadsel dat me al jaren kwelde zo eenvoudig was. Marcus doorbrak als eerste onze verbijstering. Hij stond op, gaf me een vrolijke por in mijn rug, en zei: 'Dat is verdomd goed nieuws, Wern.'

'Wat een opluchting!' riep Lauren uit en ze viel me om de hals met haar armen stevig om me heen. Ze liet me even los en omhelsde me opnieuw. Marthe en Abigail keken verbaasd toe. Ze konden de reden van al deze vreugde vast niet doorgronden. Ik keek naar Rebecca en wachtte op haar reactie. Ik kon haar blik niet duiden. Twijfelde ze nog? Ik wist niet wat ze dacht. Mijn schoonheid bleef onbereikbaar, mysterieus en gesloten. Ze maakte geen enkel gebaar. Ik voelde een diepe droefheid, die ik probeerde te verbergen. Ik had gehoopt dat die paar woorden mijn onschuld afdoende zouden bewijzen, de aardverschuiving zouden stoppen die Rebecca en mij steeds verder uit elkaar dreef. Ik begreep dat de dingen, zoals altijd bij haar, gecompliceerder waren. Marthe ging verder met haar verhaal.

'In januari 1946 kwamen we in Fort Bliss aan. Ik was er samen met een honderdtal nazigeleerden. Slechts weinig mannen hadden hun familieleden mee kunnen nemen, die zouden later komen. Omdat Von Braun zich als jouw peetoom beschouwde, had ik me bij de eerste groep aangesloten, die bijna alleen uit mannen bestond. Hij wilde je niet in Duitsland achterlaten. Hij had ermee ingestemd dat ik voor Luisa, je moeder, zou doorgaan, en dat ik jullie begeleidde. Je gedroeg je voorbeeldig tijdens de overtocht. De zee was onstuimig. Je was niet misselijk, integendeel, anders dan de meeste volwassenen at je zonder morren, sliep je als een roosje, ook als de golven huizenhoog waren en ik dacht dat ons laatste uur geslagen had. Toen we eenmaal in Texas waren, leek je geen last van de hitte te hebben. Je had een indrukwekkende weerstand voor zo'n klein jongetje. Op de basis van Fort Bliss werden we ondergebracht in tijdelijke barakken, die later permanent bleken te zijn. Ik sliep met jou in dezelfde bungalow als Von Braun, omdat daar twee kamers waren in plaats van één. Het dak was gewoon van golfplaat. Dat plaatijzer vormde de enige isolatie en werd zo heet als een broodrooster, waardoor de Texaanse zon de temperatuur deed oplopen tot vijfenveertig graden. Overdag zat jij in een badkuip onder een kreunende, traag werkende ventilator. We moesten onszelf bedruipen. We hadden geen legaal bestaan. De mannen, die geen werk hadden, voelden zich nutteloos. Net als in Beieren, toen ze op het eind van de oorlog wachtten, brachten ze de dagen, die allemaal hetzelfde waren, zo goed mogelijk door met kaarten, schaken, roken en naar muziek luisteren. Alleen Kasper schikte zich in de situatie. Zolang de groep geen bezigheid had en niet aan het werk kon, bleef zijn bedrog onopgemerkt. Maar als Von Braun op een dag zijn onderzoek hervatte, zou het duidelijk worden dat Kasper niets van aeronautiek en v2's wist. Zijn collega's zouden direct begrijpen dat hij niet Johann was. Kasper keek dus niet bepaald uit naar dat moment. Hij had meer dan een jaar respijt. Het ergerde hem dat hij het kamp niet uit kon, maar hij prees zich gelukkig dat hij veilig was voor represailles. In Europa werden de processen van Neurenberg gevoerd, die we volgden in de Amerikaanse kranten. Omdat de meeste wetenschappers geen Engels spraken, vroegen ze mij om ze te vertalen. Bij die verhalen stond Kaspers gezicht somber. Ik wist niet wat hij tijdens de oorlog had gedaan. We waren van elkaar gescheiden vanaf het allereerste begin van het conflict tot na de inval in Polen. Maar ik wist hoe sadistisch hij was, en toen ik zag hoe gekweld hij keek op de dag in oktober 1946 waarop de Amerikaanse pers verslag deed van de executie van de schuldigen, begreep ik dat hij zichzelf heel wat te verwijten had. Met het oog op de dag waarop ik eindelijk weer vrij zou zijn, gebruikte ik deze maanden van gedwongen stilstand om binnen het kader van het Amerikaanse leger mijn verpleegstersdiploma te halen. Mijn getuigschrift uit Duitsland werd helaas niet erkend in Texas.

In het begin van 1947 kreeg Von Braun toestemming om onder militaire begeleiding terug te gaan naar Duitsland om te trouwen met zijn nicht, Maria-Luise von Quistorp. Hij kwam terug in Fort Bliss met zijn jonge echtgenote en haar ouders. Ik moest verhuizen. Von Braun wist niet hoe hij bij de Amerikaanse leiding van de basis moest uitleggen dat ik niet samenwoonde met mijn 'echtgenoot'. Wij, je oom, jij en ik, kregen een appartement voor drie personen toegewezen in een van de administratiegebouwen. Het was er comfortabeler dan in de barakken, maar we waren niet meer beschermd tegen Kasper. Ik ging weer door een hel. Ik moest de sporen van zijn gewelddadigheden verbergen: de sneden, kneuzingen en verstuikingen. Ik gedroeg me net zoals in het begin van ons huwelijk. Ik deed alsof alles goed ging. Meer dan eens wilde ik vertrekken, en vroeg dan of ik met jou naar Duitsland terug mocht gaan, maar noch de

Amerikanen, noch Von Braun verleenden me deze gunst. Uiteindelijk kreeg ik hoop op een oplossing toen Von Braun toestemming kreeg om zijn werk aan de raketprojecten te hervatten. Hij had geen enkel budget om zijn droomraket te bouwen, maar hij kon verder met zijn theoretische concept. Kasper wilde niet betrapt worden op zijn incompetentie, en vroeg uit voorzorg toestemming het kamp te verlaten. Er was natuurlijk geen sprake van dat ik bij Von Braun achter zou blijven, en al helemaal niet dat ik jou bij me zou houden zonder je oom, dus ik zou me weer moeten schikken onder het juk van Kasper om te zorgen dat ik jou niet kwijtraakte. Hij rechtvaardigde zijn vertrek met de gevolgen van zijn geheugenverlies. Aan zijn collega's vertelde hij dat zijn wetenschappelijke geheugen was aangetast door de mishandelingen die hij had ondergaan. Met tranen in zijn ogen – hij kon goed toneelspelen – verklaarde hij tegen Von Braun dat hij een ondraaglijke schaamte en verdriet voelde omdat hij zo achteruit was gegaan. Hij vroeg toestemming om werk te zoeken en te vertrekken. Von Braun hielp hem bij het aanvragen van papieren voor ons drieën en bij het vinden van een baan bij Sanomoth, een firma die gespecialiseerd was in fytosanitaire producten. Eindelijk lachte het lot me doe, dacht ik. Ik zou een nieuw leven beginnen. Kasper zou zijn eigen weg gaan, en ik de mijne, samen met jou, zoals hij me in Duitsland had beloofd, een belofte die hij daarna nog vaak had herhaald. Ik had geen reden om eraan te twijfelen. Hij had een regelrechte hekel aan je – jij was de zoon van zijn broer, dus van zijn oudste aartsvijand – en voor mij voelde hij niets dan minachting. Toch bleef ik op mijn hoede. Ik was overal bang voor. Uit voorzorg had ik op alle kleertjes de laatste wens van Luisa geborduurd: "Dit kind heet Werner Zilch, verander zijn naam niet, hij is de laatste van ons". Ook had ik je levensverhaal opgeschreven op twee vellen papier, in tweevoud, die ik in de voering van je jassen had genaaid. Voor het geval dat het Kasper onverhoopt zou lukken ons van elkaar te scheiden, had ik mijn naam erbij geschreven en hoe ik te vinden was via mijn lerares verpleegkunde in Fort Bliss, en bovendien nog de contactgegevens van Von Braun en van de secretaresse van commandant Hamill, met wie ik bevriend was geraakt.

Ik weet niet uit welk voorgevoel ik deze voorzorgsmaatregelen had genomen, want ik was er in die tijd van overtuigd dat Kasper dolgraag wilde vertrekken en ons voorgoed achter zou laten. Ik moest nu alleen nog werk zoeken. Er waren genoeg banen in Texas. Het land maakte een snelle ontwikkeling door. Jij was al bijna op de leeftijd waarop je naar school moest. Eindelijk konden we samen een nieuw leven beginnen. Ik wist dat al het geregel af en toe moeilijk zou zijn, maar ik was ongeduldig. Helaas is het niet zo gegaan als ik het me had voorgesteld.'

Marthe laste een pauze in om een glas citroenlimonade te drinken, Rebecca doorbrak de stilte: 'Neemt u me niet kwalijk, mevrouw, dat ik dit vraag, maar waarom hebt u hem niet aangegeven? Toen u eenmaal in de Verenigde Staten was had u openlijk kunnen vertellen dat Kasper wederrechtelijk de identiteit van zijn broer Johann had aangenomen.'

Marthe wachtte even met antwoorden: 'Omdat ik bang was. Ik was bang voor Kasper in lichamelijk opzicht, bang voor Kasper in geestelijk opzicht, en ook bang voor de reactie van zijn collega's. De tijden zijn veranderd, weet u. Het is twintig jaar geleden, het was ongepast om je als vrouw tegen een man te verzetten. Het was mijn woord tegen het zijne, en mijn woord stelde niet veel voor. Het zou voor hem ook de beste manier zijn geweest om Werner weer van me af te pakken. Ik was hartstochtelijk aan je gehecht geraakt,' legde ze uit, 'en ook al had Luisa voor ze stierf aan mij de zorg voor jou toevertrouwd, dan nog kon ik geen enkele wettelijke aanspraak op je maken. Kasper kon ons zomaar van elkaar scheiden. Weet u,' ging Marthe verder en ze keek Rebecca aan, 'het is makkelijk om achteraf, jaren later, te weten hoe het had gemoeten, maar beslissingen worden in de mist van het moment genomen.'

Ik ging verder: 'Wanneer ben je uiteindelijk weggegaan uit Fort Bliss?'

'In mei 1948. Von Braun en zijn groep dachten dat ik met jou en Kasper dicht bij het hoofdkantoor van Sanomoth zou gaan wonen. In werkelijkheid zouden we diezelfde dag uit elkaar gaan. Ik had een baan gevonden in El Paso, in een protestants ziekenhuis. De directeur had me een kamer in het gebouw aangeboden van waaruit ik mijn leven met jou moest organiseren en onderdak moest vinden. Ik had hem verteld dat ik weduwe was en met mijn zoontje leefde. Hij was vol begrip. Omdat ik niet wilde dat Kasper wist waar we heen gingen, had ik de directeur gevraagd ons in te schrijven op een vals adres in het centrum van de stad, ver genoeg van het ziekenhuis om te zorgen dat hij ons niet kon vinden. Ik was op alles voorbereid, maar ik had ten onrechte gedacht dat hij alleen in zijn eigen belang zou handelen, terwijl hij in staat bleek dat belang ondergeschikt te maken aan zijn plezier in de ellende die hij mij bezorgde. Die diep-geworteld behoefte om me kapot te maken had ik onderschat. Het kwaad bestaat, sadisten ook. Probeer maar niet ze te verontschuldi-gen, ze hebben geen excuus. Het zit diep in hun karakter. Ze bele-ven plezier aan de wonden die ze slaan. Je moet voor ze op de vlucht gaan of ze doden, als je de mogelijkheid hebt, omdat je als gevoelig wezen grenzen hebt die dit soort mensen niet kennen. Ik wist dat ik die strijd niet aankon. Ik had besloten met jou te vertrekken, hij mocht niets in de gaten hebben. Daarom heb ik zijn uitnodiging om te gaan lunchen niet afgeslagen. 'Onze laatste maaltijd samen,' pleitte hij met die blik waarmee hij me in het begin van ons huwelijk zo wist te vertederen. We zijn naar Riviera gegaan, een Mexicaans restaurant op Doniphan Drive, dat net geopend was. Ik zei dat het eten misschien te scherp was voor een jongetje van drie, maar Kas-per wuifde mijn bezwaren weg. We gingen aan een van de ruwhou-ten tafels zitten, vlak bij de deur. Op de radio zongen mariachi's 'Aye Paloma', 'Viva Mexico' en 'Cielito Lindo'. We bestelden. Ik herinner me de serveerster nog die de borden bracht. Ik herinner me dat we een luchtig gesprek met haar hadden. Toen kreeg ik het warm en voelde me niet lekker. Ik zag de glimlach van Kasper, zijn dwaze hoofd. Hij keek aandachtig naar me, en had er duidelijk ple-zier in. Mijn slapen bonsden alsof mijn schedel in tweeën zou bre-ken. Ik dronk mijn glas sinaasappelsap in één teug leeg, en alles be-gon te draaien. Ik voelde dat ik geen enkele beheersing over mijn lichaam meer had. Ik zag dat mijn hand het vleesmes van de tafel naast ons greep. Ik herinner me mijn verbazing dat ik die hand zo zag handelen, onafhankelijk van mijn wil. Daarna, niets meer. Het zwarte gat. De leegte...'

Martha laste opnieuw een pauze in. Ze zag bleek. Haar vriendin kwam tussenbeide: 'Wil je dat ik het ze vertel?'

Abigail streek met haar hand over Marthes voorhoofd. Ik verbaasde me over de harmonie tussen deze twee vrouwen, over de zichtbare tederheid die ze voor elkaar voelden. De verpleegster glimlachte beverig en stond op.

'Nee, maak je geen zorgen,' antwoordde ze. 'Ik moet alleen even een frisse neus halen. Ik ben zo terug.'

We konden haar zien door het raam van de woonkamer. Ze liep naar de witte bank die rond de stam van een grote boom vol bloeiende witte bloemen stond. Ze ging zitten. Ik stond op om naar haar toe te gaan, maar Abigail hield me tegen.

'Laat haar maar even. Ze komt zo. Maar jullie hebben intussen misschien wel honger gekregen?' vroeg ze.

Dat hadden we inderdaad. Lauren bood aan te helpen en liep achter Abigail aan. Ook Marcus en Tom wilden hun diensten aanbieden, maar ze zei dat de keuken te klein was voor vier mensen. Rebecca stak uiteraard geen vinger uit. We bleven zwijgend achter. Ik keek, zonder dat ze er erg in had, naar haar spiegelbeeld in een van de ramen. Ze zag er dromerig uit. Ik vond haar mooi, vanzelfsprekend. Maar de betoverende indruk die ze nog steeds op me maakte kon de rest niet uitwissen. Ik nam het haar kwalijk. Ik wist niet zeker of ik er ooit in zou slagen haar te vergeven.

TUSSEN NEW ORLEANS EN BATON ROUGE, 1972

Marthe zat in haar tuin en probeerde haar emoties weer onder controle te krijgen. Natuurlijk voelde ze vreugde toen ze zag wat een prachtige jonge man Werner was geworden. Er was ook spijt. Het was zo lang geleden! Duitsland, Silezië, hun jonge jaren, de oorlog. Ze dacht terug aan de maaltijden met de familie in de grote eetkamer van de Zilchs, waar de twee broers na een gesprek over politiek altijd met elkaar op de vuist gingen. Kasper was een nazi van het eerste uur geweest. Ze herinnerde zich zijn felle woorden, zijn haat tegen Joden, zwarten, vrouwen, burgers, arme mensen en alles wat hij zelf niet was. Hij had kritiek op iedereen. Hij liet zich met een verbeten gezicht meeslepen door zijn ongenuanceerde geestdrift en had het gevoel dat zijn eigen hardheid hem sterk en scherpzinnig maakte. Hij ging er prat op dat hij hardop zei wat anderen alleen maar dachten, en spuwde zijn vernederende vergelijkingen en darwinistische tirades uit. Kasper genoot van zijn schandelijke opmerkingen. Hij mat zijn macht af aan zijn vermogen om dingen kapot te maken. Dat uitte zich zelfs in zijn vreemde trekjes: hij had de ergerlijke gewoonte om kurken in stukjes te snijden en papieren tot confetti te scheuren. Bij anderen zocht hij vanaf het eerste moment naar hun zwakke plek, of naar een kleinigheid waarmee hij de spot kon drijven. Voor Kasper was het leven een voortdurende krachtmeting. Als Johann sprak over altruïsme, haalde Kasper misprijzend zijn neus op en citeerde de enige uitspraak die hij van Nietzsche kende: 'Voor wie sterk is, is niets gevaarlijker dan medelijden.'

Op andere dagen haalde Kasper Hegel aan, die hij nooit gelezen had, en maakte de dialectiek van de meester en de slaaf belachelijk.

Iemand die minder gecompliceerd was dan Johann zou zich harder tegen het nazisysteem verzet hebben, maar hij ging volledig op in zijn wetenschappelijk onderzoek, en had weinig belangstelling voor de gebeurtenissen die het land op zijn grondvesten deden schudden. Zijn droom om een ruimteraket te ontwerpen had hem sinds hij klein was beschermd tegen Kasper en tegen de wereld. In de beschutte omgeving van de archiefkamer op de tweede verdieping van het huis probeerde hij de werkelijkheid in modellen te vangen om zo het gevoel te krijgen die te kunnen beheersen. In de periode dat Hitler aan zijn blitzkrieg begon, verzette Johann zich alleen tegen zijn broer. Luisa hield zich nog minder dan haar man met dit soort zaken bezig. Ze was verliefd en ging daar helemaal in op. Ze 'had geen verstand van politiek' en probeerde de broers af te leiden als ze erover begonnen. Kasper snoerde haar dan bruut de mond. Johann nam het op voor zijn vrouw en de maaltijd eindigde steevast in een handgemeen. Uiteindelijk was Marthe de enige geweest die vanaf het begin in opstand was gekomen tegen de excessen van Hitlers macht. Het was een primitieve verontwaardiging. Zoals ieder mens die voelt als hij steeds gekleineerd wordt en beperkt in zijn vrijheid. Er was in haar ook een intuïtief feminisme – ze kwam daar jaren later achter – dat zich verzette tegen de ontmoedigende voorstelling van de Duitse vrouw zoals die in de propaganda werd verheerlijkt. Niemand deelde haar mening, en de enige keer dat ze zich tijdens een familiemaaltijd in de discussie probeerde te mengen, gaf Kasper haar een harde klap, waardoor de hele familie Zilch geschokt was. Marthe was verbaasd over hun verontwaardiging. Wisten ze dan echt niet wat zij meemaakte als de deur van hun slaapkamer eenmaal dicht was? Waren de granieten muren van het landhuis dik genoeg om haar pijn en wanhoop binnen te houden? Ze schaamde zich natuurlijk zo dat ze niet klaagde of iemand in vertrouwen nam, en Kasper zorgde er wel voor dat hij haar met zijn klappen niet raakte op de zichtbare delen van haar lichaam, maar ze kon niet geloven dat haar schoonouders geen weet hadden van haar lijdensweg. Deze hechte, gefortuneerde familie, die stamde uit een oud geslacht van notabelen en industriëlen, had nooit eerder zo'n gekwelde ziel voortgebracht als Kasper. Zijn agressiviteit was zelfs voor zijn ouders een mysterie. Hoe viel het grote verschil tussen hun zonen te verklaren? Ze hadden beiden alles meegekregen: een goede opvoeding, een ijzersterke gezondheid, een knap uiterlijk en een buitengewone intelligentie, die Kasper aanwendde voor het kwaad. Hij ontleende een onthutsend gevoel van superioriteit aan zijn privileges. Iedere keer als hij in de spiegel keek, werd hij bevestigd in zijn overtuiging. Het Arische ras, waarvan hij zichzelf als prototype zag, was het grootste, sterkste, snelste en mooiste. Hij voelde zich een reus te midden van dwergen. Zijn arrogantie ging gepaard met een ziekelijke jaloezie jegens iedereen die hem in de schaduw kon stellen, in de eerste plaats jegens zijn broer. Deze gehate jongere broer, die hem al bij zijn geboorte had onttroond, riep meer dan wie ook zijn wraakzucht op. Kasper wilde heersen. Hij zou graag de enige mens op aarde zijn. Helaas bestond Johann het om een briljantere student te zijn. En hij was geliefder. Johann was een zachtaardig kind, dat van lezen hield, van spelen met blokken en later van wis- en natuurkunde. Kasper was een rusteloos jongetje. Omdat zijn vader, die weinig zin had in ruzie, hem ontliep, richtte Kasper zich op zijn moeder. Hij liet haar nooit met rust, waarschijnlijk omdat ze moeilijk kon verbergen dat ze meer van haar jongste zoon hield. Wie had Johann kunnen weerstaan? Hij had niet het narcisme van zijn oudere broer en ook niet zijn onrustige karakter. De tegenstellingen tussen de beide broers vielen vooral op omdat ze qua uiterlijk als twee druppels water op elkaar leken. Ze hadden hetzelfde postuur, ze bewogen zich even gracieus, ze hadden allebei lichte ogen en ze waren bijzonder charmant. Kasper had misschien iets rondere trekken, een gulziger mond en een nonchalantere houding, waardoor mensen die hen vaak zagen ze uit elkaar konden houden. Maar desondanks overheerste de gelijkenis, en dat ze vaak met elkaar werden vergeleken – wat begrijpelijk was bij zo'n wonderlijke speling van de natuur – maakte de wrok van de oudste broer tegenover de jongste alleen maar groter. Toen hij klein was, beschermde Johann zich zo veel mogelijk tegen Kasper, maar in zijn puberteit, toen hij even lang was als zijn broer, trainde hij intensief om tegen hem op te kunnen. Na al die jaren waarin hij gepest was, kwam hij nu in opstand. Kasper beschouwde Johann als een verlengstuk van zichzelf. Toen zijn broer zich onafhankelijk begon te gedragen was hij in alle staten. Het huis van de Zilchs werd de plek waar openlijk strijd werd gevoerd om een denkbeeldige troon die alleen in Kaspers hoofd bestond. Deze aanvaringen ontspoorden volledig toen hun ouders overleden. De buren bemoeiden zich ermee. Er werd over Luisa geroddeld, vooral over de verhouding die ze met Kasper zou hebben gehad voordat ze met zijn jongere broer trouwde. Marthe, die in die tijd in Berlijn woonde, vroeg Luisa ernaar. De jonge vrouw gaf toe dat Kasper haar het hof had gemaakt. Dat was een paar maanden voordat ze Johann had ontmoet. Ze ontkende in alle toonaarden dat ze lichamelijk contact met Marthes man had gehad. Hun verhouding was puur platonisch geweest, zo verklaarde ze. Marthe verbaasde zich over haar eigen reactie. Ze had jaloers moeten zijn omdat haar man Luisa had begeerd, en gekwetst omdat dit haar niet was verteld, maar wat ze voelde was een onverklaarbaar genoegen omdat Kasper en Luisa iets met elkaar hadden gehad. Dat ze een man deelde met Luisa gaf haar zelfs een vreemde voldoening. De omgeving reageerde minder grootmoedig. De geruchten en de vernederingen die eruit voortvloeiden, maakten de sfeer onleefbaar. Johann verliet het ouderlijk huis en nam Luisa mee naar de onderzoeksgroep van de jonge professor Von Braun, en met hun vertrek verdween voor Marthe de enige bron van vreugde waardoor ze het in dit vijandige, koude landhuis had kunnen uithouden.

Mijn god, wat waren deze herinneringen moeilijk te verdragen! De jaren hadden de nog open wond moeten helen. Er viel een magnoliabloem voor haar voeten. Ze raapte hem verstrooid op en beschutte de tere bloem in de palm van haar hand. Ze bleef nog even onder de boom staan voordat ze naar binnen ging. Werner wachtte op haar in de salon. Dit was niet het moment om het op te geven.

TUSSEN NEW ORLEANS EN BATON ROUGE, 1972

Marthe ging weer op de bank zitten en pakte de draad van haar verhaal op. 'Ik raakte bewusteloos in het Mexicaanse restaurant waar jij, ik en Kasper zaten te eten. Toen ik weer bijkwam, lag ik in een smetteloze kamer. Even dacht ik dat ik dood was. Ik probeerde helder te worden. Er leek licht uit de hemel te komen. Het kwam in werkelijkheid door een raampje hoog in de muur met tralies ervoor. Ik realiseerde me dat ik vastgebonden was op het bed. Ik kon niet overeind komen, ik kon me niet eens omdraaien. Ik raakte in paniek. Ik riep om hulp. Er kwamen twee verpleegsters. Ze zeiden bits dat ik me rustig moest houden. Ik vroeg waar ik was. Ik vroeg of ze me los wilden maken. Ik vroeg of ik jou kon zien. Wie had je meegenomen? Wie paste er op je? Waarom hadden ze me opgesloten? Omdat ze niet antwoordden op mijn vragen werd ik boos. Ze gaven me een injectie en ik zakte weer weg. Of ik uren, dagen of weken heb geslapen zou ik niet weten. Ik was suf door de medicijnen. De schaarse momenten dat ik bij bewustzijn was, vroeg ik om jou. De verpleegsters zeiden dat je bij je vader was en dat het goed met je ging. Ik wist dat je nergens groter gevaar liep dan bij Kasper, maar mijn protest leverde niets op. Erger nog, het versterkte de diagnose van het medische team, dat ervan overtuigd was dat ik aan paranoia leed. Ik had geen enkel houvast. Ik had nergens meer zin in. De tijd bestond niet langer en mijn hart was leeg.

Op een ochtend kondigde een van de verpleeghulpen aan dat professor Change me wilde zien. Vanaf dat moment paste ik goed op. Ik had begrepen dat ieder woord tegen me gebruikt kon worden. De professor gedroeg zich aardiger dan zijn personeel. Hij legde me eindelijk uit waaraan ik deze opsluiting te wijten had. Hij vertelde dat ik een aanval van krankzinnigheid had gekregen tijdens een etentje met mijn man in een Mexicaans restaurant. Ik had, waar het jongetje bij was, mijn echtgenoot bedreigd met een mes, en ook het personeel dat tussenbeide wilde komen. Ze hadden me met grote moeite kunnen overmeesteren en mijn man had besloten me te laten opnemen. Hij liet getuigenverklaringen zien die gasten van Riviera hadden geschreven om dit verhaal te ondersteunen. Toen ik ze las, begreep ik dat Kasper me had gedrogeerd. Al in het begin van ons huwelijk testte hij graag allerlei middelen uit, tot woede van zijn vader. Kasper had zijn experimenten pas gestaakt toen zijn vader had gedreigd hem te onterven. Ik hield mijn interpretatie van de feiten voor me. Openheid van zaken geven aan dokter Change zou mijn zaak er alleen maar erger op maken. Het enige wat ik deed was twijfel zaaien door vooral niet in bitterheid of ironie te vervallen. "Is mijn man me komen opzoeken sinds ik ben opgenomen op uw afdeling?"

De dokter glimlachte ongemakkelijk. "Nee," moest hij toegeven.

"Heeft hij gebeld om te vragen hoe het met me ging?"

"Nee," zei hij nog eens.

"Voor mijn geruststelling, hij betaalt de rekeningen van dit verblijf toch wel?"

"Jazeker, daar hoeft u zich geen zorgen over te maken," zei de professor.

"Ik maak me wel een beetje zorgen, professor. Ik wil graag weten wanneer ik mijn zoon weer kan zien."

Hij probeerde tijd te winnen, het was een vriendelijke man. Hij wilde er zeker van zijn dat mijn toestand stabiel was, dat ik geen gevaar meer vormde, niet alleen voor mijn man, maar ook voor mijn zoontje en andere mensen. Ik gedroeg me schuldbewust en bescheiden. Ik was tot alles bereid om ontslagen te worden. Hij schreef me een therapie voor bij een jonge, empathische en begaafde therapeute. Ze was de eerste vrouwelijke psychiater in deze kliniek. Hij hoopte dat we het goed met elkaar zouden kunnen vinden. Ik antwoordde ja, natuurlijk, het belangrijkste was immers dat ik vooruit zou gaan, zoals hij verwachtte. Hij leek heel tevreden over dit eerste onderhoud en vroeg meteen of ik een andere kamer kon krijgen. Ook mocht ik meedoen met de dagelijkse activiteiten van de andere patiënten: wandelen, knutselen, huishoudelijke taken en wat dies meer zij. De dag erna maakte ik kennis met de psychiater. Toen wist ik nog niet dat zij mijn leven zou redden,' besloot Marthe met een blik naar Abigail.

Haar vriendin vertelde verder.

'Die psychiater, dat was ik. Ik begreep meteen dat er iets niet klopte in Marthes verhaal. Ik heb de tijd genomen om haar vertrouwen te winnen. Ze vertelde wat iedere dokter in mijn plaats zou hebben willen horen, maar ze gaf zich niet bloot. Ik wist dat ze de waarheid achterhield. Ik voelde dat ze bang was. Uiteindelijk kregen we een goede band, en juist daardoor zijn we van elkaar gaan houden. We moesten voorzichtig zijn, behoedzaam. Het is me gelukt om te zorgen dat ze ontslagen werd, maar toen de staf, vraag me niet hoe, er een paar maanden later achter kwam dat we samenwoonden, hebben ze me ontslagen. Sommige collega's hebben geprobeerd Marthe opnieuw te laten opnemen, met als voorwendsel dat ik verleid was en niet professioneel gehandeld had. We zijn van de ene dag op de andere vertrokken uit El Paso om ons hier in Louisiana schuil te houden om te ontkomen aan een eventuele vervolging in Texas. We moesten helemaal opnieuw beginnen. Ik heb een praktijk geopend. Marthe heeft een baan gevonden bij een thuiszorgorganisatie. We hebben dit huis gekocht, deze tuin aangelegd, en een leven opgebouwd dat ons goed bevalt. Het zou allemaal perfect zijn geweest als we hadden geweten wat er van jou was geworden, Werner.'

'Ik heb je overal gezocht,' ging Marthe verder. Ze stond plotseling op en liep naar de zijkamer, waarschijnlijk haar werkkamer, en haalde uit een kast een dikke kartonnen ordner. 'Dit zijn de advertenties die ik in de kranten heb laten zetten, met je foto erbij, de brieven die ik gestuurd heb en de antwoorden. Het is allemaal op niets uitgelopen. Je was verdwenen in het luchtledige. Net als Kasper. Uiteindelijk dacht ik dat hij je had gedood en ergens had begraven alvorens naar Argentinië of Chili te vluchten, of naar een ander land dat types zoals hij opnam. De onzekerheid was afschuwelijk, maar op de dag van je vijftiende verjaardag heb ik het zoeken opgegeven. Abigail steunde me daar al heel lang in. Door jouw verdwijning kon ik niet verder en geen nieuw leven opbouwen. Ik moest het accepteren. Op de een of andere manier bleef ik me ertegen verzetten, maar ik heb het zoeken gestaakt.'

Abigail zag dat het Marthe te veel werd en stelde voor om aan tafel te gaan. Ze had een grote salade gemaakt van tomaten, mais, komkommer en gebraden vlees. Ze schonk ons koud bier in, dat bijzonder goed smaakte. Nu was de beurt aan mij. Ik vertelde Marthe en Abigail over mijn kindertijd, mijn adoptieouders, de geboorte van Lauren, mijn kennismaking met Marcus en onze eerste zaken in onroerend goed. Ook mijn zuster deed een duit in het zakje met haar herinneringen. Ze haalde grappige anekdotes op over mijn koppigheid en mijn kwajongensstreken, waar Marthe en Abigail hartelijk om lachten. Ze vertelde ook hoe Armande en Andrew mij 'aanbaden'. In mijn herinnering liep mijn moeder me juist dagenlang uit te kafferen. Daar wilde Lauren niets van horen. 'Hou op, je weet best dat ze alles voor je overhad.'

Rebecca zei niets. Ze zat ons met een sombere, aandachtige blik te observeren. Ze gaf de borden door. Ik kwam er niet achter wat er in haar blonde hoofd omging. Wat ze dacht, wist ze goed te verbergen achter het onbreekbare glas van haar violette ogen. Abigail bracht een kom slagroom en een schaal aardbeien binnen. Marthe at niet. Ze wilde alles van mij weten, van ons. Ze hield niet op met vragen.

'Waarom hebben je ouders je niet hun eigen achternaam gegeven? Hadden ze een van mijn brieven gevonden?'

'Nee. De enige brief die ze hadden kunnen vinden zat in de voering van een jasje, dat mijn moeder helaas had gewassen.'

'Met water? Wat dacht je moeder wel!' zei Marthe verontwaardigd alsof het om een stommiteit ging van een paar uur geleden.

'Ze realiseerde het zich toen ze de voering loshaalde. Ze nam het zichzelf hoogst kwalijk.' Ik wachtte even. 'Ook ik heb het haar erg kwalijk genomen, in al die jaren waarin ik probeerde te begrijpen wat er gebeurd was. Maar mijn ouders hebben de zin die je op mijn kleren had geborduurd wel serieus genomen. Waarom stond daar dat ik "de laatste van ons" was?'

Er trok een schaduw van verdriet over Marthes gezicht.

'Luisa was er – met reden – van overtuigd dat Johann dood was. Ze wist dat ze zelf ook opgegeven was. Jouw grootouders leefden niet meer. Sinds je moeder had begrepen hoe ik door Kasper behandeld was en hoe hij zijn eerstgeboorterecht had misbruikt om het familiebezit te verkopen zonder zijn broer op de hoogte te stellen, beschouwde ze hem als een monster, en onwaardig om tot de familie te behoren. En ik was ook weer een vrije vrouw. Jij bleef voor haar en voor ons de laatste Zilch.'

Ik zat in gedachten verzonken. Deze familie was kennelijk belangrijk in dat land waar ik niets van wist, maar de gedachte dat ik er een band mee had gaf me een dubbel gevoel. Tot nu toe had mijn naam steeds spottende opmerkingen opgeroepen en vragen waarop ik geen antwoorden kreeg, maar deze naam behoorde alleen mij toe. Door mijn wilskracht leefde hij verder, maakte hij indruk, kon ik mezelf bewijzen en bewonderd worden. Ineens moest ik die naam met anderen delen. Ik vond het onaangenaam om gelieerd te zijn aan deze familie, die in andere tijden had meegeteld. Eigenlijk wilde ik van niemand afstammen. Ik vond het vervelend dat de absolute vrijheid die ik tot nu toe had gehad om te worden wie ik wilde zijn, me zomaar werd afgenomen.

'Als u Kasper zou willen vinden, hoe zou u dat dan aanpakken?' vroeg Rebecca aan Marthe.

'Nu jij hier zit,' zei ze, terwijl ze zich tot mij richtte, 'en omdat het goed met je gaat, heb ik helemaal geen behoefte om Kasper te zoeken. En als ik ook maar het geringste aanknopingspunt had, dan zou ik daar allang achteraan zijn gegaan. In het begin van mijn zoektocht ben ik naar Sanomoth gegaan, waar Kasper zou werken, maar hij was overgeplaatst. Ik kwam daar niets aan de weet. Maar misschien, juffrouw, hebt u meer geluk dan ik,' zei ze een beetje ironisch.

'Dat hoop ik wel,' antwoordde Rebecca.

'Waarom interesseert Kasper u zo?' vroeg Marthe, terwijl ze aardbeien met slagroom opschepte. 'U kunt beter bij die man uit de buurt blijven.'

'ss-er Zilch is de beul van mijn moeder geweest in Auschwitz. U hebt misschien de gedachte aan wraak opgegeven, maar ik wil dat hij berecht wordt. Na alle misdaden die deze sadist heeft begaan kunnen we hem niet laten genieten van de zon in Chili, of in een ander Zuid-Amerikaans land. Ook al is de kans dat deze schurk nog leeft vrijwel nihil, ik geef het niet op,' bracht Rebecca trillend uit.

'Ik wist niet dat hij in Auschwitz had gezeten,' mompelde Marthe.

'Daarstraks zei u dat hij zich duidelijk het een en ander te verwijten had,' bracht Marcus haar in herinnering.

'Dat is zo. Ik moet er niet aan denken wat een vrouw die hij volledig in zijn macht had heeft moeten doorstaan. Ik vind het vreselijk voor uw moeder,' zei Marthe tegen Rebecca. 'Echt vreselijk,' herhaalde ze.

Rebecca gaf geen antwoord, maar knikte dankbaar.

VLIEGVELD JFK, 1972

Het was al donker toen we landden. De terugreis verliep beter dan de heenreis. De hitte, de tocht en de emotionele achtbaan die achter ons lagen, hadden al onze energie verbruikt. We hadden tijdens de hele vlucht geslapen. Toen ik uit het vliegtuig stapte, voelde ik de angst opkomen. Rebecca en ik hadden de hele dag niets tegen elkaar gezegd. We zouden allebei onze eigen weg gaan. Het leek me onmogelijk dat dit het was, maar toch liep ze met haar tas over haar schouder naast me alsof ik lucht was. Ik had gedacht dat onze verwijdering alleen te wijten was aan dat zwaard van Damocles dat al maanden boven ons hoofd hing. We wisten nu alles over mijn afkomst, en mijn verwekker was vrijgepleit, maar Rebecca deed alsof dat niets uitmaakte, alsof ik er nog altijd van verdacht werd schuldig te zijn omdat ik de zoon was van iemand van wie de schuld bewezen was. Waren onze gedeelde momenten van verzoening dan maar schijn? Was ik de enige die deze geschiedenis had beleefd terwijl zij, zonder dat ik het me realiseerde, al op een ander spoor zat? Haar zwijgen vrat aan me. Ik begon aan mezelf te twijfelen, aan mijn gevoel, mijn inzicht. Had ik dan niets begrepen? Had ze dan nooit van me gehouden, en was ik alleen een pleziertje voor haar geweest? Ineens vreesde ik dat ze zelfs op die intieme momenten waarin ik dacht dat ze helemaal van mij was alleen maar wilde ontsnappen. Ik liep drie stappen achter haar op de loopband van de terminal die ons extra snel naar ons afscheid voerde. We zagen onze weerkaatsing in de ruiten die door de duisternis buiten in spiegels waren veranderd. Geen moment hield ze in, geen moment dacht ze eraan om stil te staan, zich om te draaien en tegen me te zeggen dat het genoeg was zo, dat we voor elkaar waren gemaakt en dat het tussen haar en mij nooit voorbij zou gaan.

'Zullen we je thuisbrengen Rebecca?' opperde een vrolijke Lauren, die soms de subtiliteit had van een labrador die een bal krijgt toegeworpen in een winkel vol kristal.

'Nee hoor, maak je geen zorgen. Er wacht een auto op me,' antwoordde de ex-vrouw van mijn leven. 'Of wil jij met mij meerijden?' vroeg ze aan mijn zus.

Waarschijnlijk vervloekte Lauren zichzelf. Ze verstond de kunst om zich in de nesten te werken.

'Ga gerust mee als je wilt, Lauren,' zei ik zuur.

'Nee, blijf maar bij hen,' drong Rebecca aan met een glimlach waarmee ze wilde zeggen: als je me in de steek laat, ben ik niet langer je vriendin.

Intussen waren we bij de taxistandplaats aangekomen. Er was een moment van aarzeling dat Marcus oploste met een overwicht en gedecideerdheid die we niet van hem gewend waren. Hij pakte Lauren bij haar middel en riep uit: 'Lauren, jij gaat met mij mee. En jullie twee gaan samen naar huis, want wij zijn jullie gedoe spuugzat. Jullie hangen ons al maanden de keel uit!'

'De keel uit? Kom op, Marcus, hoe kom je zo grof?' zei ik sarcastisch, maar intussen was ik blij dat ik door dit ingrijpen van mijn beste vriend nog wat tijd kon winnen.

'Grof zijn past niet bij je!' viel Rebecca me bij.

'Als jullie het daar dan over eens zijn, ben ik al blij. Maar verder willen wij niet onder de druk van jullie geruzie leven. En daarmee uit! Genoeg zo! En ik wil het best in nog zes talen herhalen als dat nodig is. Kom, Lauren, wij gaan.'

Hij duwde mijn zus voortvarend in de eerste gereserveerde auto, nam zelf ook plaats, gaf de chauffeur opdracht om te vertrekken en liet ons gewoon staan. Ik deed het portier van de tweede auto open voor Rebecca, een galant gebaar dat ik niet vaak maakte. Ze stapte in en mompelde 'Dank je wel' op een toon die niet veel goeds voorspelde. Ik ging naast haar zitten en vroeg onze chauffeur om het scheidingsraampje dicht te doen zodat hij ons gesprek niet kon horen. Rebecca wilde de vijandigheden beëindigen: 'Dat is niet nodig. Er valt niets te zeggen.'

'Hoezo, er valt niets te zeggen?'

'We zijn uitgepraat met elkaar, dat weet je heel goed.'

'Dat weet ik niet! Ik ben in ieder geval nog niet uitgepraat. Je kunt niet zomaar weer in het niets verdwijnen, met al je geheimen en je esoterische verklaringen. Je bent me op zijn minst een verklaring schuldig.'

'Je weet heel goed waarom het niet werkt tussen ons.'

'Nou nee. Dat weet ik niet. Ik ben waarschijnlijk maar een bekrompen mannetje, maar begrijpen doe ik het niet. Mijn biologische vader treft geen blaam. Hij heeft je moeder helemaal niets aangedaan. Ik zie echt niet wat ons nog in de weg staat om samen gelukkig te worden.'

'Je bent gewoon niet eerlijk, en ik snap niet waarom!' zei Rebecca boos. 'Je verwekker, je oom of iets van vroeger waar je niet verantwoordelijk voor bent, is nooit het probleem geweest, maar wat je hebt gedaan wel. En dat temperament van je dat ik nooit zal kunnen veranderen. Het is je karakter. Daar kun je niets aan doen.'

'Lieve god, waar heb je het over?' reageerde ik kwaad.

'Je hebt me bedrogen. En opnieuw bedrogen. En nog eens bedrogen.'

'Maar ik heb je nooit bedrogen!' riep ik uit, stomverbaasd over deze uitval.

'Joan, dat zegt je niets meer? Vanessa Javel, de uitgever, ook niet? Eve Mankevitch, de psychiater? Annabel, mijn klasgenootje? En Sybil? Die trut! De stomste van mijn nichtjes Lynch. Een verwaande muts. Waag het niet te beweren dat het niets voorstelde of dat je verliefd was! En dan heb ik het nog niet over de serveersters, stewardessen en moeders! Jij zou nog de liefde bedrijven met een clubfauteuil als er een pruik op zat. Het is niet te verdragen!'

Ik was zo verbijsterd dat ik er even stil van was. Rebecca had me nooit het gevoel gegeven dat ze jaloers was. Integendeel. Ze leek zo onverschillig dat het me vaak wanhopig had gemaakt.

'Maar, Rebecca, waarom heb je niets tegen me gezegd?'

'Als je niet aardig en gevoelig genoeg bent om dat zelf te begrijpen, dan kan ik niet met je leven.'

'Hoe kan ik raden wat je dwarszit als je er niet over praat?'

'Ik heb het er gisteren met je over gehad.'

'Rebecca, je bent weken geleden weggegaan zonder enige uitleg en pas gisteren stelde je het probleem voor het eerst aan de orde! Ik had het niet begrepen,' protesteerde ik.

'Je wist het heel goed.'

'Ik had geen idee. Ik dacht dat je vertrokken was vanwege Kasper, vanwege Johann, vanwege alles waar we gek van werden.'

'Ik ben van je weggegaan omdat je me bedroog.'

'Nee, ik bedroog je omdat jij bij me wegging. Die namen die je opnoemde, die meisjes waar ik geen barst om geef, heb ik alleen maar opgezocht als ik alleen was, omdat jij me in de steek had gelaten. Zelfs Joan, een fantastische vrouw, een vrouw die echt mijn liefde en respect verdiende, heb ik à la minute in de steek gelaten toen jij terugkwam. Hoe had ik het kunnen weten? Je kwam zo onverschillig over.'

'Wat had je dan gewild? Dat ik over de grond zou rollen nadat ik met het servies had gesmeten? Dat genoegen gunde ik je niet.'

Haar ogen schitterden en ze had een blos op haar wangen. Haar borst ging op en neer onder haar witte jurk. In haar hals zag ik de ader kloppen waaraan ik tijdens het vrijen zo gehecht was geraakt. Door haar opgestoken haren was het zachte dons in haar nek zichtbaar. Haar handen speelden zenuwachtig met het hengsel van haar tas. Het duizelde me.

'Zelfs als je boos bent, lukt het me niet om niet van je te houden,' zei ik zachtjes.

Ik voelde haar week worden. Ze wierp me een blik toe waaruit de woede was verdwenen, maar op dat moment deed de chauffeur het scheidingsraampje open en stelde een stomme vraag: 'Zet ik mevrouw af op hetzelfde punt als meneer?'

'Voorlopig zet u niemand af. Doorrijden,' zei ik onvriendelijk.

Ik moest absoluut tijd winnen. Doorpraten, net zo lang tot ik haar terug had. Haar zien vast te houden met mijn woorden, haar overstelpen met mijn tederheid en inpalmen met mijn strelingen. Haar weer helemaal terugwinnen.

'Doorrijden tot?' wilde de chauffeur weten.

'U rijdt rechtdoor, u stopt niet en u valt ons ook niet meer lastig!' zei ik, terwijl ik het raampje omhoogdeed en het gordijntje dichttrok.

'Je hoeft je niet op hem af te reageren, hij kan er niets aan doen,' protesteerde Rebecca.

'Ik ook niet, ik kan er niets aan doen en daar ben ik blij om.'

'Je hoeft onze problemen niet op anderen af te schuiven. Je bent een terrorist!'

'Meteen van die grote woorden! Verander nou niet van onderwerp.'

Het was donker. We waren alleen, eindelijk, en vrij om het tegen elkaar op te nemen. We gingen op deze manier nog uren door. Er werd geschreeuwd. Er werd gelachen. Er werd gehuild. Er werd gekust. Er werd beschuldigd en vergeven. Er werd gestraft en genoten. Door ons allebei. We zaten weer in een auto, net als de eerste keer dat ik haar had bemind, de avond van ons etentje op het dak in Brooklyn. We reden door zonder ander doel dan door te rijden. De beweging was voldoende om verder geen vragen te stellen. We waren er voor elkaar, tegen elkaar, met elkaar. We hadden genoeg aan het moment. We waren verrukt dat we nog verrukt waren. De chemie die we dachten kwijt te zijn, de chemie die we gezocht hadden in alle hoeken van onze op de proef gestelde harten, en in de zwijgende lichamen van andere minnaressen en wie weet andere minnaars, had ons weer helemaal in haar bezit. We waren naakt, met over ons heen een stugge wollen plaid die we onder de armleuning hadden gevonden, we waren gelukkig, en we hadden net als de andere keren dat het geluk ons toelachte een enorme honger. Ik stond op het punt de chauffeur naar een 24/24-restaurant te sturen bij Rockefeller Center, toen de auto haperde en met een verdachte schok tot stilstand kwam. We wachtten tien minuten, stikkend van het lachen, en omdat er niets gebeurde, tilde ik het gordijntje op. De cabine was leeg. Ik trok mijn spijkerbroek en t-shirt aan en stapte uit de auto. We waren in the middle of nowhere. Het was een grijze ochtend en de lucht was vochtig en kil. De chauffeur stond tegen een boom aan de kant van de weg te roken. Hij was nauwelijks van de boom te onderscheiden. Hij gooide zijn sigaret weg toen hij me zag.

'Waar zijn we?' vroeg ik.

'Op Long Island.'

'In de Hamptons?'

'Ja,' antwoordde hij alsof het de gewoonste zaak van de wereld was.

'Maar waarom?'

'U zei dat ik moest doorrijden.'

Rebecca had zich ook weer aangekleed en kwam bij ons staan. Ze had mijn jasje aangetrokken. Ze vlijde zich tegen me aan en vroeg onschuldig: 'Hebben we pech?'

'Ja, mevrouw, geen benzine meer,' antwoordde de chauffeur.

Rebecca en ik wisselden een verbaasde blik. 'Maar waarom hebt u onderweg dan niet getankt?' vroeg ik zo vriendelijk mogelijk terwijl ik de woede in me voelde opkomen.

'U zei dat ik niet mocht stoppen.'

'Dus u bent doorgereden tot de tank leeg was?'

'Ja meneer,' antwoordde hij.

'Dat geloof je toch niet!' foeterde ik en ik draaide me om terwijl Rebecca me probeerde te kalmeren.

'Waarom hebt u niet gevraagd of u mocht stoppen?'

'Meneer had tegen me gezegd dat ik u niet mocht storen.'

Het was nog maar net licht en er was geen huis of telefooncel te bekennen. Ik ging op pad met Rebecca, die altijd huilde van het lachen als ik me opwond, en met de chauffeur mopperend achter me aan. Hij had gedaan wat ik hem had gevraagd. Zijn fout was het niet. Hij verdiende het niet om zo behandeld te worden. En verder had hij honger en was hij moe. Hij had de hele nacht doorgereden. Dat was niet de bedoeling. Hij had zelfs niet gepauzeerd en dan nu stank voor dank. Zijn gemopper maakte me weer woedend, ik draaide me om, bracht mijn gezicht tot op een paar centimeter van het zijne en zei dat hij moest omkeren en vertrekken. Ik wilde hem niet meer zien of horen. Ik gaf hem een stapel bankbiljetten, het dubbele van de kosten van de reis, en raadde hem aan nooit meer mijn pad te kruisen als hij gehecht was aan dat sneue leven van hem. Die kerel was twee keer zo zwaar als ik en hij had me best een flink pak slaag kunnen geven, maar hij maakte angstig rechtsomkeert en begon sjokkend aan de terugweg.

'En nu, wat doen we?' vroeg Rebecca, nog steeds lacherig.

'We gaan lopen,' zei ik zonder animo.

En dat deden we tot we het lege strand zagen. Rebecca trok haar schoenen uit en we liepen langs de kustlijn verder. De opkomende zon kleurde de zee, het zand en onze gezichten oker en roze. Het eerste huis dat we zagen was dicht. Gelukkig kwamen we driehonderd meter verder een man van een jaar of zestig tegen die zijn ochtendwandeling maakte. Hij was klein van stuk, slank, en hij zag er onberispelijk chic en ouderwets beschaafd uit. We vertelden hem wat ons was overkomen. Hij bekeek ons even peinzend, er kwam een schittering in zijn grijze ogen en in een opwelling nodigde hij ons uit om bij hem thuis wat uit te rusten. We hadden honger, waren moe en namen zijn aanbod gretig aan. Meneer Van der Guilt woonde in een prachtig huis dat Sandmanor heette. Hij was zo aardig ons een rondleiding te geven. Rebecca was onder de indruk. Het hoofdgebouw, van beige baksteen, zag eruit als een Engels kasteel. Het was gebouwd in de vorm van een hoefijzer met daarop een toren waarin de masterbedroom lag. De beide vleugels met galerijen verhoogden de statigheid van het huis. Het lag verscholen in een wirwar van struiken, watervallen, rozen en cipressen. Verderop in het park boden de perken, die aangelegd waren in de strenge Franse stijl, plaats aan grote bomen die in speelse groepen uitgroeiden.

'Mijn vrouw was dol op tuinen,' zei onze gastheer met een trieste glimlach.

Van der Guilt brak de rondleiding af en nodigde ons uit om samen met hem een stevig ontbijt te gebruiken, dat hij zelf onaangeroerd liet. Hij keek toegeeflijk hoe we onze honger stilden, als iemand die bezig is zich te onthechten van het leven, maar bewondering heeft voor de gezonde eetlust van jongeren. Hij leek het prettig te vinden om met ons te praten, want hij bood ons zijn 'tuinhuisje' aan, een mooie bungalow, zo bleek, vlak bij het zwembad met olympische afmetingen dat hij niet meer gebruikte. Hij zorgde uit esthetische overwegingen dat het altijd vol water stond en klaar voor gebruik was.

'Niets zo triest als een leeg zwembad,' zei hij.

Soms maakten de kinderen van het personeel er gebruik van. Het gaf hem nog enige vreugde om die kleine nieuwe levens te zien genieten van zo'n eenvoudig plezier.

Hij bracht ons naar ons 'tuinhuisje', waar we ons wat konden opfrissen, nodigde ons uit om met hem te lunchen en verdween. Aanvankelijk zouden we maar een dag blijven, maar er volgden nog een nacht en nog een dag, en uiteindelijk brachten we bijna een hele wittebroodsweek bij Van der Guilt door. We hadden kleren en tandenborstels gevonden in Wainscott, de dichtstbijzijnde stad. Omdat we niet uitgingen, hadden we niets nodig. Onze vuile kleren verdwenen en kwamen enkele uren later schoon en gestreken terug. Ze kregen de kans ook niet om weer vuil te worden, want we verbleven bijna de hele dag naakt in bed. Het leven in de Hamptons was ongelooflijk aangenaam. Ik dacht vroeger altijd dat de rijken daar met ingehouden adem in ontsmette villa's onder een glazen stolp leefden. Ik ontdekte een eenvoudig, bijna dorps bestaan. Als je je buiten het circus van de cocktails, diners en liefdadigheidsbals hield, kon je er dagen doorbrengen op blote voeten met als enig gezelschap hele vogelkolonies en het geluid van de oceaan. Wij trokken ons dolgelukkig terug in deze sprookjesbubbel. Ik had Marcus en Lauren gebeld om ze te vertellen dat we nog wegbleven. Klaarblijkelijk misten ze ons niet. Mijn compagnon hing na twee minuten op met het advies om 'goed uit te rusten'. Ik was wat ontstemd en vertelde dat aan Rebecca. Ze trok me tegen zich aan op de sofa voor het tuinhuis, van waar je uitzicht had op het zwembad en de zee. 'Ze zijn vast blij dat ze ook even alleen kunnen zijn,' stelde mijn vriendin me gerust.

'Waarom?' vroeg ik verbaasd en ik kuste haar in haar hals. 'Wij zijn heel aangenaam gezelschap.'

Rebecca peilde me met een schuine blik. 'Zeg niet dat je het niet doorhad.'

'Wat doorhad?'

'Je hebt het dus niet door!' stelde Rebecca vast en ze kwam met een spottende, ongelovige glimlach overeind. Ze keek me strak aan en zweeg nadrukkelijk zodat ik verplicht was het onvoorstelbare te zeggen. 'Lauren en Marcus? Onmogelijk!' zei ik uiteindelijk.

Ik keek Becca onderzoekend aan, in de overtuiging dat ze de draak met me stak, maar ze leek heel serieus en keek geamuseerd.

'Sinds wanneer dan?' vroeg ik fel.

'Ten minste vier maanden! Het wordt tijd dat je wakker wordt!' zei ze.

Er was achter mijn rug een echt complot gesmeed.

'O, die smeerlap! Met mijn zus naar bed gaan! En niets tegen mij zeggen! Zonder het me zelfs te vragen!'

Rebecca moest hard lachen om mijn verontwaardiging. Ze bleef me de rest van de dag plagen.

'Je zus is niet van jou en je reactie was zo voorspelbaar dat Marcus niets tegen je gezegd heeft. Ze zijn dol op elkaar. Alleen jij wilde dat niet zien.'

Marcus en Lauren! Ik had niet gezien dat er iets speelde tussen die twee. Hij was natuurlijk altijd al extreem discreet geweest. We hadden nooit van die opschepperige gesprekken die mannen met elkaar schijnen te hebben. Hij had het nooit met mij over zijn minnaressen, gaf nooit details, en deed geen mededelingen over wat iemand voor hem betekende. Over enkelen had ik wel eens iets gehoord. Sommigen hadden we zelfs samen ontmoet. Hij nam dan een paar dagen later weer contact met ze op zonder het mij te vertellen. Uiterst voorzichtig begon hij een verhouding en soms hoorde ik per ongeluk of via iemand anders dat hij al weken, of zelfs maanden, met een bepaald meisje uitging. Wij wisten alleen het hoogstnodige. Die tijdelijke vlammen werden nooit met ons samen uitgenodigd, zelfs niet voor een lunch. Mijn ijdelheid had me blind gemaakt. Ik dacht dat hij zijn veroveringen ver van ons viertal hield uit angst dat ze mij leuker zouden vinden. Ik besefte dat hij ze vooral weghield vanwege Lauren. Ik begreep nu ook beter de boosheid van Marcus wanneer iemand mijn zus vrijpostig benaderde.

'Dat had niets te maken met vrijpostigheid!' protesteerde Rebecca. 'Iedereen ging ervandoor vanwege jou! Jij bleef ze maar wegjagen. Iedere keer als zij een eventuele lover thuis uitnodigde begon jij hem stelselmatig af te breken. Marcus deed net zo hard mee, maar hij had een goede reden. Als je hem moest geloven was niemand goed genoeg voor Lauren. Nu kun je in ieder geval niet beweren dat haar nieuwe vrijer niet geschikt is…'

We zagen onze gastheer alleen bij de maaltijden en dan onderhield hij ons met veel humor en verteltalent over zijn kleurrijke leven. Van der Guilt was tien keer de wereld rond gereisd. Hij kende de meest afgelegen landen en de meest geïsoleerde volkeren. Hij sprak zes talen en had zo zijn eigen manier om geopolitieke kwesties te analyseren. Hij had geld geërfd en daarom nooit echt hoeven werken. Hij was een tijd diplomaat geweest, onder andere in Parijs, Istanbul en Wenen, maar ik verdacht hem ook van andere activiteiten, waarover hij ons niets kon vertellen. Van der Guilt was een charmante man. Duizendmaal ontwikkelder dan ik ooit zou worden, en even rijk als ik later hoopte te zijn. Zijn vrouw Kate had hij twee jaar geleden verloren aan een zeer zeldzame erfelijke ziekte, de zogenaamde 'glazenbottenziekte'. Ze was zijn grote liefde geweest en hij was nog steeds niet over haar dood heen. Hij zag waarschijnlijk in Rebecca en mij een spiegelbeeld van zijn eigen leven, want op de avond van de vijfde dag, terwijl we de volgende ochtend naar New York terug zouden gaan, vroeg hij out of the blue: 'Zouden jullie Sandmanor niet van me willen kopen?'

We zaten te eten op het terras van het huis. Er stonden brandende kaarsen in de frisse zomernacht.

'Gaat u deze magische plek verkopen?' riep Rebecca uit.

Het bleef even stil terwijl hij een paar slokken nam van de grappa die hij had ingeschonken.

'Dit huis herinnert me te veel aan Kate. Zij heeft alles hier uitge-kozen. De stoel waarop ik zit, het glas waaruit jullie drinken, dit bord, deze zilveren kandelaars die we uit India hebben meegebracht. Zodra ik 's morgens mijn ogen opendoe, zie ik haar kussen, dat nooit meer gekreukt is, haar klerenkast, die ik niet heb kunnen leeg-maken, haar toiletartikelen. Het is alsof ze even weg is, alsof ze zo weer terugkomt. Sandmanor was haar levenswerk, jullie hebben de verfijning en de schoonheid ervan kunnen zien. Ik kan hier niet meer leven, maar ik wil niet dat al haar werk verloren gaat, en ik kan het huis niet aan zomaar iemand overlaten. Ik heb geen kinderen. Kate en ik hielden ontzettend veel van elkaar. Hier liggen de beste jaren van mijn leven. Ik moet hier weg, maar ik wil graag dat Sand-manor ook in de toekomst een huis vol liefde blijft, en misschien met kinderen, die wij nooit hebben gehad. Het zal tussen jullie tweeën niet altijd even makkelijk zijn, maar jullie gevoelens zijn sterk en oprecht, dat is overduidelijk.'

Later, toen Rebecca al naar bed was en ik opstond om haar te volgen, legde Van der Guilt zijn hand op mijn schouder en ver-trouwde me toe: 'Ik heb altijd een zekere bewondering gehad voor mensen zoals jullie. Die zichzelf opvoeden, die vechten, die hun le-ven opbouwen. Ik zou jullie energie nooit hebben gehad. Kopers voor Sandmanor vind ik wel, daar twijfel ik niet aan, maar om de genoemde redenen zou ik graag willen dat jullie het zijn. Zo. Dit is een soort liefdesverklaring,' gekscheerde hij. 'En je verloofde zal zich hier goed voelen. Een vrouw zoals zij is in staat Kate op te vol-gen. Ze heeft dezelfde klasse en edelmoedigheid. Vooruit, ik dring niet verder aan,' besloot hij en hij liep het pad af. Voordat hij ver-dween achter de laurierstruiken langs de weg, kon hij toch niet na-laten te zeggen: 'Werner, ik reken op je! Je bent een gevoelsmens. Denk snel na, en denk goed na.'

MANHATTAN, 1972

Rebecca was een en al opwinding. Ze dacht 's morgens, 's middags en 's avonds aan Sandmanor. Ook ik was flink in de war. Door dit project konden we samen iets gemeenschappelijks opbouwen, zonder dat het om een kind ging. Rebecca was bang om moeder te worden. Door Sandmanor zou ik niet telkens hoeven terugdenken aan de duistere gebieden en de frustraties die Marthe Engerer niet had kunnen wegnemen. Ik had haar uitgenodigd in New York en bij mijn ouders. Ik genoot van haar bijna bruuske vrijmoedigheid en van haar genegenheid. Ik belde haar geregeld op om over koetjes en kalfjes te praten, of als Dane, die verder ging met zijn onderzoek, behoefte had aan nadere gegevens. Ik had het zoeken naar Kasper Zilch niet opgegeven. We moesten weten of hij nog leefde. Dat wilden we per se. Overdag leek het of mijn trauma over was, maar 's nachts deed ik geen oog dicht door alle onopgeloste problemen. Ik droomde van mijn moeder, en van mijn vader. Ze kregen steeds een ander gezicht, waarmee ze beurtelings leken op Armande, Andrew, Marthe, Luisa of op Johann en Kasper. Ik droomde dat ik in een plas bloed sliep, of dat er een zwarte, etterende vlek op mijn nagel verscheen, die mijn duim aantastte, mijn hand, en die langs mijn arm naar boven kroop, naar mijn schouder, mijn hals en mijn kaak. Die vlek vrat mijn vlees weg en ook mijn tanden, mijn huid en mijn ogen. Het was een ultrasterk gif dat mijn lichaam aantastte en waartegen geen tegengif bestond. Ik werd met een schreeuw wakker, badend in het zweet, zonder dat Rebecca erop reageerde, want zij was gevlucht in haar eigen, ondoorgrondelijke en onverstoorbare slaap. Dan stond ik op, en ging uit angst dat de nachtmerrie terug zou komen aan het werk tot het huis tot leven kwam. Deze situatie hielp me niet om mijn rust terug te vinden. De zoektocht naar Kasper stagneerde en de onroerendgoedprojecten van z&h liepen vertraging op door een belastingcontrole. Ik had het duistere vermoeden dat er een onzichtbare hand achter dit onderzoek zat. We hadden voortdurend een stuk of tien belastinginspecteurs over de vloer, wat een onprettige sfeer gaf. Toch liet ik me niet imponeren. We hadden onszelf niets te verwijten. Wat archiveren en organiseren betrof was Donna zo nauwgezet als geen ander; ik denk niet dat een inspecteur haar ook maar op de kleinste factuur zou kunnen pakken. Marcus leek een stuk onrustiger dan ik, en deze controle kwam slecht uit omdat we geld moesten reserveren om Sandmanor te kopen. Tot nu toe hadden mijn investeringen zichzelf meestal terugbetaald. Afgezien van mijn huis in de Village, werd alles wat ik kocht vanzelf meer waard. Ik was op papier heel rijk, maar ik had geen liquide middelen. Omdat Rebecca en Lauren niet naar uptown wilden verhuizen, probeerden Marcus en ik de twee bovenste verdiepingen van onze toren te verkopen, maar de cliënten die bemiddeld genoeg waren om zich zo'n penthouse te permitteren lagen niet voor het oprapen.

Sandmanor was een fortuin waard. Van der Guilt wilde vriendschap en zaken gescheiden houden. Hij stuurde ons zijn zaakwaarnemer. Toen deze de vraagprijs noemde, was ik niet verbaasd, maar ik bezat nauwelijks een derde van het bedrag. Hetzelfde gold voor Rebecca. Ze had geld verdiend met haar exposities en ooit zou ze een van de grootste vermogens in de Verenigde Staten erven, maar ze had een ingewikkelde verhouding met haar vader. Wel gaf hij haar een royale toelage, die ze zo min mogelijk aansprak, alleen als ze niet rondkwam van haar schilderkunst. Om hem nu ineens te vragen om een cheque te tekenen van een paar miljoen was een brug te ver. Niet dat ik denk dat Nathan Lynch zijn lieve dochtertje ook maar iets geweigerd zou hebben, maar hij zou het vast hebben gebruikt als chantagemiddel. In zijn ogen was ik op haar geld uit en moest hij haar daartegen beschermen. Al snel zou blijken dat ik gelijk had. Mijn schoonheid, een echte kunstenaar en een verwend meisje, beheerde haar geld niet zelf. Ze vroeg Ernie om een overzicht van haar rekeningen, en kreeg het. Deze nieuwsgierige snuffelaar maakte van de gelegenheid gebruik om haar wat vragen te stellen. Met een naïviteit die me verbaasde, vertelde ze hem over ons plan, en Ernie wist niet hoe gauw hij zijn werkgever moest vertellen wat er 'bekokstoofd' werd. Binnen twee uur had Donna de secretaresse van Nathan Lynch aan de lijn om een afspraak met mij te maken. Zijn toon beviel me niet en ik kreeg een bittere smaak in mijn mond als ik terugdacht aan onze enige ontmoeting. Ik vroeg Donna te zeggen dat ik de komende twee maanden geen ruimte in mijn agenda had. Als de secretaresse van Nathan Lynch voet bij stuk hield, moest mijn assistente de ene na de andere datum afwijzen totdat de man, die niet van plan was mijn schoonvader te worden, er genoeg van kreeg. Ik had bepaald geen behoefte hem tegemoet te komen. Volgens mij was het een verloren zaak. Donna volgde mijn instructies op. Lynch, die niet gewend was aan tegenspraak, moet razend zijn geweest, want al de volgende morgen stond Ernie bij z&h op de stoep. Ik liet hem twee uur wachten bij de deur van mijn kantoor. Nathan ging in die tijd langs bij Frank Howard, die weer met Marcus sprak, die mij op zijn beurt de les las, maar zonder overtuiging of succes. Ik dacht dat ik Rebecca's vader nu wel genoeg had gekrenkt om hem van me af te houden. Maar daarmee had ik zijn slechte karakter onderschat, of zijn grote liefde voor zijn dochter. Toen ik bij Phoenix zat te lunchen met Michael Wilmatt, een beroemde architect die aan een van onze nieuwe projecten werkte, zag ik Nathan Lynch aankomen met Ernie aan zijn zij. Hij zag er na anderhalf jaar een stuk ouder uit. Zijn gezicht was niet meer zo blozend als ik me herinnerde, het was bleek en leek wel gepoederd. Ik werd weer getroffen door zijn geringe lengte. Nathan merkte het, want hij strekte zijn nek, zette zijn borst op en vloog op me af. Zonder te groeten vroeg hij of hij me even alleen kon spreken. Ik wilde eerst weigeren, maar ik was benieuwd te horen wat hij van me wilde en ik had geen zin om een scène te maken in het bijzijn van Michael

Wilmatt. Ik verontschuldigde me tegenover hem en volgde Rebecca's vader naar een apart vertrek. Ernie wilde met ons meegaan, maar ik zei overduidelijk tegen Nathan: 'Hij gaat niet mee.'

'Natuurlijk ga ik wel mee!' protesteerde de jurist.

Ik deed geen moeite om hem te antwoorden en richtte me direct tot zijn werkgever: 'Hij of ik.'

Nathan Lynch gebaarde Ernie weg te gaan. Het kamertje was piepklein en overdadig ingericht. Hij nam plaats op de gecapitonneerde blauwfluwelen bank. Ik ging tegenover hem zitten op een van de drie stoelen, die bekleed waren met dezelfde stof.

'Wat ben je van plan met mijn dochter?' viel hij met de deur in huis.

'Ik doe niets met uw dochter zonder dat zij het wil.'

'Weet wel dat ik haar niet met jou zal laten trouwen zonder huwelijkse voorwaarden!'

'Dat treft, want we denken niet aan trouwen.'

'Maar je vermaakt je wel met haar?'

'Rebecca wil niet trouwen. Met mij niet en met niemand. Waarschijnlijk heeft het idyllische paar dat u met mevrouw Lynch vormt haar niet geïnspireerd tot navolging.'

'Je onbeschoftheid bevalt me niet.'

'En mij bevalt uw grofheid niet.'

Nathan Lynch laste een pauze in. Hij zou me in drie zinnen willen vermorzelen, maar wist niet of dat zou lukken.

'Dus je wilt een huis met haar kopen?'

'Inderdaad.'

'Reken er vooral niet op dat ik een blanco cheque voor je teken. Als ik deze aankoop voor mijn dochter financier, dan doe ik dat om haar te beschermen. Jij hebt de onzalige neiging, naar ik heb begrepen, om... je belangen te spreiden.'

'Ik weet niet op welke kletspraat uw toespelingen gebaseerd zijn, maar ik treed niet in details over ons privéleven. En aan die financiering van u heb ik geen behoefte.'

'Ik heb informatie ingewonnen over dat zandkasteel van je. Met dat gerommel in onroerend goed kun je nooit een dergelijk pand kopen.' Hij pauzeerde even. 'Maar ik zou niet willen dat mijn dochter iets misloopt wat ze zo graag wil hebben omdat ze de verkeerde man heeft gekozen. Laat ik duidelijk zijn,' ging hij door terwijl hij zich naar me toe boog met opeengeklemde kaken en een harde blik, 'jij hebt geen familie, geen opleiding en geen vermogen. Een doorsnee uiterlijk. Een middelmatige intelligentie en geen enkel fatsoen. Er is eigenlijk geen reden te bedenken waarom ze met je omgaat.'

Het beetje opvoeding dat ik genoten had viel in duigen. 'Ik denk dat het is omdat ik haar laat klaarkomen,' antwoordde ik met een glimlach.

Hij sprong op alsof ik hem een klap had gegeven. Hij moest even naar adem happen, maar daarna begon hij me de huid vol te schelden. Ik stond op.

'U begrijpt waarom ik geen prijs stelde op deze ontmoeting. Het zou het eenvoudigst zijn, voor het geluk van uw dochter, van u en van mij, dat we elkaar blijven negeren. Daar zijn we tot nu toe uitstekend in geslaagd.'

'Smerig onderkruipsel! Ik ga je helemaal niet negeren, ik zal de contracten die je probeert te krijgen stuk voor stuk dwarsbomen, ik zal er een eer in stellen je te ruïneren en je vrienden ook. Denk maar niet dat je de inspecteurs die op dit moment je boekhouding napluizen de deur uit kunt zetten. Vanaf morgenochtend heb je er twee keer zo veel. Je zult geen stap kunnen zetten zonder mij op je pad te vinden. Ik zal zorgen dat je niet meer kunt ademen.'

'Jammer dat u al die energie niet hebt gebruikt om uw echtgenote te wreken in plaats van haar te laten opsluiten. U hebt weinig gevoel voor prioriteit,' antwoordde ik scherp.

Hij dreigde met zijn vuist en schreeuwde. Ik was bang dat ik mijn kalmte niet veel langer kon bewaren en liep de deur uit. In de hal stond Ernie te wachten, zo bleek als het tafellinnen. Ik meende in zijn blik een vonkje angst of bewondering te ontwaren. Hij zag vast niet vaak iemand die het tegen Nathan Lynch durfde op te nemen. Ik liep door zonder een woord te zeggen, en toen ik terugkwam bij Michael Wilmatt stelde ik hem voor naar een ander restaurant te gaan om rustig verder te praten. Dat deden we. Ik was behoorlijk tevreden over de manier waarop ik de oude man op zijn nummer had gezet, ook al maakte ik me zorgen over de persoonlijke consequenties die mijn vertrek kon hebben. Ik kon het incident niet voor Rebecca verzwijgen; er zat een journalist van de *New York Gossips* in de eetzaal van Phoenix toen Nathan me had aangesproken. Hij was getuige geweest van het begin van de scène, hij had gezien dat we ons terugtrokken en dat ik in alle haast vertrokken was. Tegen betaling had hij met gemak wat vragen kunnen stellen aan het personeel om de kern van ons gesprek te reconstrueren. De volgende dag kopte de krant op de societypagina: *Nathan Lynch laat zich lynchen.*

De eerste regels schetsten de situatie: '*Ik hoef je miljoenen niet, ik heb liever je dochter… en zij wil dat ook,*' *verklaarde Werner Zilch tegen de miljardair tijdens een heftige woordenwisseling in restaurant Phoenix.*

Ik was verbijsterd. Rebecca las die krant nooit, maar behulpzame vriendinnen hadden haar direct gebeld om haar op de hoogte te stellen. Ik werkte die ochtend thuis. Ze kwam voor me staan met een exemplaar van het flutblad: 'Je gaat me toch niet vertellen dat jij die woorden hebt gebruikt…'

'Welke woorden?' vroeg ik schijnheilig.

'Ik heb liever je dochter en zij wil dat ook.'

'Nee, dat heb ik niet gezegd,' zei ik zonder een spier te vertrekken.

'En wanneer was je van plan het me te vertellen?'

'Ik wilde je niet ongelukkig maken.'

'Moest je hem echt zo nodig provoceren?'

'Maar ik heb hem niet geprovoceerd. Hij achtervolgt me sinds je Ernie hebt gebeld en hem over ons project hebt verteld. Je vader sprak me in het restaurant zeer onbeleefd aan.'

'Bullshit!' riep Rebecca uit.

Ik vertelde haar het hele verhaal, waarbij ik de zaken uiteraard in een voor mij iets gunstiger daglicht stelde. Ze liep rood aan van woede, smeet de *New York Gossips* weg en rende naar de telefoon: 'Dag Esther, ik wil mijn vader spreken. Nee, nu direct. Het kan me niet schelen dat hij bezig is, als hij zijn dochter ooit nog wil zien, dan komt hij nu uit die vergadering. Ja, precies… Ik wacht.'

Ze ging op mijn bureau zitten en liet haar benen bungelen. Ze vroeg me de kamer uit te gaan. Toen ik treuzelde, wierp ze me een dodelijke blik toe en voor het eerst zag ik enige gelijkenis met Nathan. Ik gunde mezelf het plezier om achter de deur te blijven staan en genoot een paar heerlijke minuten van haar krachttermen, totdat ik Rebecca van mijn bureau hoorde springen. Ik maakte dat ik wegkwam. Terwijl ze de scène met haar vader voortzette, kwam ze met het telefoonsnoer achter zich aan kijken of ik niet stond te luisteren. Ik kon nog net aan haar controle ontsnappen. De andere lijn ging over. Het was Van der Guilt. De eigenaar van Sandmanor nodigde me uit voor de lunch. 'Je hebt geloof ik moeite met de financiering van Sandmanor, dat ik je met alle geweld wil verkopen,' zei hij geamuseerd. 'Misschien heb ik een oplossing. Laten we erover praten.'

'Heel graag. Wanneer schikt het u?'

'Vandaag, kan dat wat jou betreft?'

'Prima.'

'Ik stel voor in het Mayfair Hotel. Maar kom liever niet met Rebecca. Ik zal het je uitleggen.'

Ik ontmoette hem om één uur. Hij wachtte me al op, en stond te praten met een elegant Italiaans echtpaar, dat van tafel was opgestaan om hem te begroeten. Ik dacht dat ik in een paar jaar een behoorlijk netwerk had opgebouwd, maar bij hem vergeleken was ik een totaal onbekende. Gedurende de lunch kwamen de meest uiteenlopende mensen hem begroeten. Iedere keer stond hij op om hartelijk en enthousiast met ze te praten, vaak in hun eigen taal. Zo hoorde ik dat hij Italiaans, Frans en zelfs Arabisch sprak. Hij was zo vriendelijk mij met een complimenteuze opmerking voor te stellen, en telkens als we weer gingen zitten legde hij uit hoe hij deze vrienden had ontmoet. Hij slaagde erin me zijn plan in grote lijnen uiteen te zetten. Zijn idee was simpel, maar ik had nooit gedacht dat hij er belang bij zou hebben: hij stelde me een ruil voor. Het vermogen dat ik bezat, te weten een derde van de prijs, plus de twee verdiepingen van onze z&h Tower, waarvoor we nog geen kopers hadden kunnen vinden.

'Als ik denk aan uw huidige huis, zou ik nooit gedacht hebben dat u zo'n modern gebouw aantrekkelijk vindt,' zei ik verbaasd.

'Je hebt me zelf op dat idee gebracht. Toen je in Sandmanor Rebecca ervan probeerde te overtuigen om in die duplex te gaan wonen, zei je dat je het aantrekkelijk vond om te slapen op een plek die nog nooit bewoond was geweest. Ik realiseerde me dat dat precies was waar ik behoefte aan had. Een nieuwe plek, waar ik geen herinneringen aan Kate heb. Ik heb de ruimte bekeken en ik ben ervoor gevallen. En ach, op mijn leeftijd kun je het beste vast wat gaan hemelen…' concludeerde hij met een klein lachje.

Ik moest Marcus spreken over dit voorstel. Hij was via z&h voor vijftig procent eigenaar. We zouden moeten bekijken of ons bedrijf mij een persoonlijk krediet zou kunnen verstrekken. Als Marcus daarmee akkoord ging, waar ik niet aan twijfelde, was dat de ideale oplossing. Van der Guilt liet bovendien een jaarsalaris voor vijf personeelsleden achter in de kas van Sandmanor, zodat ik in alle rust zou kunnen besluiten of ik ze wel of niet in dienst wilde houden. Maar het echtpaar dat zijn huishouden runde, wilde hij meenemen.

'Ze kennen me van haver tot gort en ze waren erg gehecht aan Kate, maar ik weet zeker dat jullie ze kunnen vervangen.'

Ik stelde hem gerust. Miguel, die hij nog niet had ontmoet, zou samen met ons gewetensvol voor Sandmanor zorgen. Toen we klaar waren met onze lunch deed Van der Guilt me een nog verrassender voorstel. Uit zijn attachékoffertje haalde hij een dikke, met groen linnen beklede ordner en gaf die aan mij.

'Ik heb geaarzeld of ik deze documenten voor jullie mee zou nemen. Ik ben niet iemand die zich in de zaken van anderen mengt, maar ik las toevallig een artikel over de moeilijke relatie die je hebt met de vader van je verloofde, en toen dacht ik zo dat deze papieren jullie misschien konden helpen. Ze hebben ook betrekking op Rebecca. Het lijkt me belangrijk dat ze ervan weet, maar het is niet aan mij, vind ik, om het haar te vertellen. Bekijk ze vanmiddag maar eens,' onderbrak hij me toen ik de inhoudsopgave op de omslag begon te lezen. 'En mocht je nog vragen hebben, aarzel niet…'

Toen ik terug was op kantoor nam ik even de tijd om het dossier door te lopen dat Van der Guilt me had toevertrouwd. Ik vond er bankafschriften van een postbusfirma op de Kaaimaneilanden, maar ook overboekingen van Rebecca, haar moeder Judith, en zelfs van haar vader naar deze onderneming. Er waren kolossale sommen overgemaakt. Eerst begreep ik de reden van deze transfers niet. Die werd duidelijk toen ik bij het laatste bundeltje documenten kwam. Via een list die ik niet kon doorgronden had Van der Guilt ontdekt wie de eigenaar was van deze postbusfirma. Dat was Ernie. Eigenlijk verbaasde het me niet eens dat hij al jarenlang Rebecca en haar ouders bestal. Vanaf het eerste begin mocht ik hem niet. Als rechterhand van Nathan Lynch moest hij gemachtigd zijn, en zo had hij stukje bij beetje miljoenen dollars kunnen verduisteren.

Ik belde naar huis. Miguel nam op en zei dat juffrouw Rebecca aan het werk was in haar atelier. Een uur later dronk ik een biertje met haar op het terras, met op tafel de documenten die Van der Guilt me had gegeven. Woedend verzekerde ze me dat zij nooit toestemming had gegeven voor deze overboekingen, en haar moeder evenmin. Ze was er bijna zeker van dat ook haar vader er niets mee te maken had. Rebecca had niet veel waardering voor Ernie, maar deze ontdekking trof haar zeer onaangenaam. In de eerste plaats omdat die haar gebrek aan waakzaamheid en haar naïviteit nog eens onderstreepte, maar ook omdat Ernies verraad haar vrouwelijke ijdelheid kwetste. Ook al ontkende ze het, Rebecca wist best dat Ernie verliefd op haar was. In haar onschuld had mijn schoonheid gedacht dat hij daardoor een toegewijd iemand zou zijn die zich nooit tegen haar zou durven keren, terwijl juist die gevoelens hem gedreven hadden tot zulke malversaties.

'En dat na alles wat mijn vader voor hem heeft gedaan! Weet je dat hij zijn rechtenstudie heeft betaald? En dat hij hem geholpen heeft toen hij zijn eigen kantoor begon? Stel je toch voor!'

Ik deed net of ook mijn sympathie een deuk had opgelopen.

'Waarom zeg je niets?' riep Rebecca uit. 'Ben jij dan niet woedend?'

'Natuurlijk wel, schat, maar we gaan het hem betaald zetten.'

Voor de tweede keer die dag kwam Rebecca mijn kantoor binnen, en zonder acht te slaan op de stoel die er uitnodigend bij stond, ging ze in kleermakerszit op mijn dossiers zitten en belde haar vader. Voor de tweede keer die dag ging ik achter de deur staan, met het advies van Lauren in gedachten, namelijk om intens te genieten van het moment.

ARIZONA, 1974

'Prettig weekend, professor!' riep de bewaker en hij maakte het hek open.

Professor Zilch groette kort terug door het raam van zijn bronskleurige Chevrolet en verliet het gebouwencomplex van Sanomoth. Hij zou, zoals iedere vrijdagavond, naar de Paradise gaan, maar hij wilde eerst bij zijn wapenhandelaars langs. Als zijn nieuwe geweer niet was aangekomen zou hij een tweede revolver kopen. Hij had thuis meer dan genoeg wapens, maar dat gaf hem een rustig gevoel. Ook het gebruik ervan: hij oefende twee keer per week op de schietschijven die hij in zijn kelder had opgehangen.

Sinds een paar dagen voelde hij zich bespied. Het was een vaag gevoel, maar hij had zijn veiligheidsprocedure meteen in werking gesteld. Hij nam andere routes. Hij zorgde dat hij niet steeds op dezelfde tijden werkte. Professor Zilch had geleerd naar zijn gevoel te luisteren. Hij had te veel te verliezen. Hij leidde al jaren een teruggetrokken leven. Hij was zo transparant geworden als zijn gestalte en uiterlijk het toelieten. Door zijn werk bij Sanomoth kon hij gemiddeld ieder anderhalf jaar worden overgeplaatst, en dat kwam hem goed uit. Hij had geen vrienden en wilde ze ook niet. Hij was beleefd tegen zijn buren, maar bij discussies haakte hij af. Hij lunchte niet met zijn collega's van kantoor, en als ze hem voorstelden om aan het einde van de dag iets te gaan drinken deed hij of hij een dringend dossier onder handen had. 's Morgens stond hij vroeg op om te zwemmen voordat hij naar zijn werk ging. 's Avonds keek hij televisie, luisterde naar muziek of loste cijferpuzzels op in de tijdschriften waarop hij was geabonneerd. Hij was aan deze regelmaat gewend geraakt.

De motorkap van een Pontiac Executive verscheen voor de derde keer in zijn achteruitkijkspiegel. Hij raakte gespannen. Vijf minuten later volgde de auto hem nog steeds. Toen het stoplicht op rood sprong, trok hij snel op en sloeg linksaf ondanks het verbodsbord. De Pontiac stopte: er was niets aan de hand. Uit voorzorg reed professor Zilch een paar kilometer om voordat hij op twee minuten van Dury's gunshop parkeerde. Hij bleef even zitten, maar de auto in kwestie kwam niet voorbij. Hij stapte uit, zijn geweer was niet aangekomen. De wapenhandelaar bood zijn verontschuldigingen aan en gaf hem een flinke korting op de revolver. Professor Zilch betaalde contant en vroeg of hij via de achterdeur naar buiten mocht. Voordat hij achter het stuur ging zitten, keek hij goed of hij buiten niet werd opgewacht.

Eenmaal bij zijn huis aangekomen parkeerde hij in de straat; in geval van nood moest hij snel kunnen vertrekken. Hij aarzelde. Als hij verstandig was, zou hij vanavond niet uitgaan, maar hij had zich al zo vaak opgesloten zonder dat er een duidelijke aanleiding was om bang te zijn. Er lag niet veel meer in zijn koelkast – hij deed zijn boodschappen altijd op zaterdag – maar hij vond nog wat paté, sneed een stuk brood af en schonk zich een whisky in. Hij zette de televisie aan, keek naar het nieuws en begon aan de vrijdagavondfilm. Het was een oninteressante feelgoodmovie, maar de hoofdrolspeelster, een kleine opwindende brunette, deed hem aan Barbra denken. Dat bracht hem tot zijn besluit. Hij nam een hete douche, waardoor zijn huid helemaal rood werd. Hij scheerde zich, vijlde zijn nagels met een garnituur uit zijn leren toilettasje. Hij spoelde twee keer zijn mond, wreef zijn handen in met alcohol en zijn bovenlichaam met eau de toilette. Hij hing drie overhemden terug in de kast omdat ze niet goed gestreken waren, tot hij er een vond om aan te trekken.

De parking van de Paradise stond vol auto's. Er stapten alleen mannen uit. Boven het uithangbord brandden neonlichten in de vorm van een naakte vrouw met haar armen omhoog en haar borsten vooruitgestoken. Vanuit een omheinde binnenplaats klonk ritmische muziek. Hij ging in de rij staan die exclusief voor clubleden was en de portier liet hem onmiddellijk door. Binnen kwam mevrouw Binson op hem af. 'De gebruikelijke tafel, meneer Zilch?'

De professor knikte. Ze opende de deur. Er hing een vochtige walm van transpiratie en tabak. Op de podia dansten meisjes rond messing palen. Ze droegen een badpak en hoge hakken. Hun lichamen glommen van de olie. Om hen heen hing een aureool van rood licht. Professor Zilch kreeg Sandy in de gaten. Met haar enkels stevig om de paal gekruist draaide ze rond, haar hoofd naar beneden, haar blonde haren raakten de grond. Hij bewonderde de welving van haar lichaam toen ze zich oprichtte, de paal boven haar voeten vastgreep en weer vaart maakte om met de knieën tegen elkaar rondjes te draaien. Zijn ogen zochten Barbra, maar hij zag haar niet. Ze bereidde zich waarschijnlijk voor op haar optreden. Hij bestelde een whisky en stak een sigaar op. Vanaf zijn tafel achterin kon hij het geheel bekijken zonder gezien te worden. Hij zag een nieuw meisje, maar dat was niet zijn smaak: ze maakte haar figuren krachtig maar niet sierlijk. Nadat hij icts gegeten had en een tijdlang naar de meisjes had gekeken, dronk hij zijn glas leeg en stond op. Mevrouw Binson kwam naar hem toe. 'Wie wilt u vanavond hebben? Sandy of Barbra?'

'Het wordt Barbra.'

De ogen van Sandy zochten de blik van mevrouw Binson. De bazin schudde nee. Sandy leek opgelucht. Een mooie vrouw met donker haar volgde de professor naar een van de privékamertjes. Ofschoon hij een goede klant was, zei mevrouw Binson met enige nadruk: 'Ik hoef de regels niet te herhalen toch, meneer Zilch? We hebben er vorige keer over gesproken.'

De professor duwde het meisje naar binnen en sloot de deur, zonder iets te zeggen.

Het was twee uur 's nachts toen de professor de Paradise verliet. Hij had veel gedronken. In zijn Chevrolet haalde hij een fles met negentig procent alcohol uit het handschoenenkastje en ontsmette zijn handen en gezicht. Hij startte. Het was een maanloze nacht. Hij reed snel. Na een scherpe bocht hoorde hij een vreemd geluid. Hij dacht dat de knalpot losgeraakt was, maar het bleek ernstiger: de motor haperde een paar keer en stopte ermee. Hij parkeerde in de berm. Toen hij de motorkap opende kwam er rook uit. Hij stak een aansteker aan om meer te kunnen zien, maar doofde hem snel toen hij een flinke plas benzine ontdekte. Hij deed de motorkap dicht en gaf er woedend een klap op. Hij was ongeveer veertig kilometer van huis en er was nergens licht in de omgeving. Hij pakte zijn jas, sloot de Chevrolet af en begon in de richting van de Paradise te lopen. Hij bedacht zich toen hij in de verte een paar koplampen zag verschijnen. Wat een geluk! Er was maar één weg, de auto moest hier wel langskomen. Hij reed snel, net als hijzelf een paar minuten geleden. Af en toe verdween hij achter een heuvel, maar even later kwam hij weer tevoorschijn. Hij ging midden op de weg staan om gezien te worden. De auto hield niet in toen hij hem zag. De professor zwaaide. De auto knipperde met zijn lichten. Professor Zilch dacht dat het een vriendelijke groet was, maar toen hij de Pontiac Executive herkende, sloeg zijn hart over. In een fractie van een seconde drong het tot hem door. Hij begon als een gek te rennen met in zijn oren het gebrul van de auto, die steeds harder ging rijden.

SANDMANOR, 1974

Het was fris en zonnig weer. We bevrijdden Shakespeare uit de Bentley. Hij ging onmiddellijk op onderzoek uit in de tuin. Voor de grap nam ik Rebecca in mijn armen om haar over de drempel van ons nieuwe huis te dragen. Helaas stootte ik haar scheenbeen tegen de deurpost.

'Het begint al goed,' grijnsde ze voordat ze naar me lachte en me kuste.

In de hal wachtte ons een bos bloemen ter grootte van een stoel met een kaartje erbij: *Welkom in jullie nieuwe huis. Marcus en Lauren.* Rebecca belde kort met haar vader over Ernie, wiens proces net was begonnen. De vroegere rechterhand van Nathan Lynch was ontslagen en moest voor de rechter verschijnen. Omdat hem de toegang tot alle rijke huizen in New York ontzegd was, had hij zijn advocatenpraktijk moeten sluiten en zijn huis moeten verkopen. Hij bracht nu het grootste deel van zijn tijd door met zijn eigen verdediging. Ik had geen medelijden met de man. Direct na deze zaak was de belastingcontrole van z&h wonderbaarlijk goed afgewikkeld. Ik vatte dit gunstige nieuws op als een soort excuus van Nathans kant, maar we hadden elkaar niet meer gezien sinds onze woordenwisseling in Phoenix. Rebecca hield deze twee kanten van haar leven strikt gescheiden en leek helemaal geen haast te hebben om ons bij elkaar te brengen. En ik evenmin. Ik wist welke gevoelens ik opwekte bij Judith en Nathan. Ik leed eronder, maar zag geen mogelijkheid er iets aan te veranderen. Over een huwelijk en kinderen krijgen hadden we het niet meer. Op die voorwaarde bleven we bij elkaar. Het deed me verdriet, maar ik wilde geen ruzie meer.

We bleven een week samen in Sandmanor zonder dat er iemand was. Ik had het personeel een paar dagen vrijaf gegeven om het huis te kunnen ontdekken. Van der Guilt had zijn persoonlijke dingen weggehaald, en nog een paar zeldzame voorwerpen die hij mee wilde nemen. Het meeste meubilair had hij laten staan, en ook een aantal kunstwerken die door zijn vrouw met zorg waren gekozen. We maakten lange wandelingen met Shakespeare en hielden siësta's in de vroege lentezon. Mijn schoonheid installeerde zich met haar atelier in de bungalow die we hadden gebruikt tijdens ons eerste verblijf. Ze was druk bezig voor haar eerste expositie in Londen. In deze week kregen we heuglijk nieuws: een van haar werken, een beeld dat *De stad* heette en bestond uit honderden figuurtjes in honderden bronzen vakjes, was aangekocht door een Fransman. Hij had de opdracht gekregen een collectie samen te stellen voor een centrum voor moderne kunst, dat gebouwd zou worden in het hartje van Parijs: het project Beaubourg.

Miguel was de eerste die bij ons introk. Hij was diep onder de indruk van Sandmanor. Hij vond het huis waar hij voortaan de scepter zou zwaaien zo schitterend dat hij tijdens de rondleiding tranen in zijn ogen kreeg. Miguel begon meteen de rommel op te ruimen die wij hadden laten rondslingeren om er ons huis van te maken. In de weken daarna stelde hij een zorgvuldige inventaris op van wat er zich in Sandmanor bevond: schilderijen, meubels, tapijten, snuisterijen en boeken, maar ook linnengoed, vaatwerk, glazen en zilver. Zelfs van het kleinste mokkalepeltje maakte hij een beschrijving, en daarna besteedde hij nog een jaar aan het zoeken naar de herkomst van de belangrijkste stukken van wat hij hoogdravend 'de collectie' noemde. Het jaar erna schreef hij een korte biografie over Kate van der Guilt, die dit huis had gemaakt tot wat het nu was en van wie een portret in de grote hal hing. Hij voorzag die tekst van adviezen voor het onderhoud van een huis. Ik stuurde een kopie naar Van der Guilt, die me een bijzonder aardig briefje terugstuurde, waarin hij benadrukte dat de analyses juist waren en dat hij blij was dat wij zo gelukkig waren in Sandmanor. Het boek van Miguel zat zo goed in elkaar dat ik het aanbeval bij mijn vriendin, de uitgeefster Vanessa Javel.

'Je vriendin, je ex zul je bedoelen,' merkte Rebecca zuur op toen ik haar vertelde dat de commissie die manuscripten beoordeelde een positieve aanbeveling had gedaan voor de uitgave van Miguels tekst.

Ik vond het heerlijk dat mijn schoonheid jaloers was. Ik had te veel geleden onder haar afwezigheid en onverschilligheid. Ik zag haar graag grommen en krabben.

Intussen straalde Lauren van geluk. Marcus' liefde had haar vleugels gegeven en om haar welzijnscentrum kon niemand meer heen sinds een beroemde televisieproducent er vaste klant was. Hij had een paar maanden daarvoor een hartaanval gehad en wilde weer gaan sporten. Lauren, die niets liever deed dan mensen helpen bij een natuurlijk genezingsproces, zou hem begeleiden. Acupunctuur, hypnose, yoga, voedingsadviezen, ze stelde een programma op maat voor hem samen waardoor deze gestreste, agressieve, obese roker veranderde in een man die net niet te mager was, die vriendelijk glimlachend zijn wandelingen maakte, en met iedereen het beste voorhad. Omdat hij ervan overtuigd was dat zijn karma er alleen maar op vooruit zou gaan (hij had ondanks alles nog steeds een boekhoudkundige kijk op zijn astronomische schuld), verkocht hij het concept voor een uitzending aan *ABC News*. De zender had het geheel kort geleden in kleur uitgezonden en de studio van de 'Lauren Show' deed denken aan een bonbonnière. Mijn zus stopte er al haar toverkunsten in die in de mode waren geraakt, want een visionaire blik kon je haar niet ontzeggen. Het publiek was zo enthousiast dat een voedingsmiddelenbedrijf contact met haar zocht. Samen met deze industriëlen ontwikkelde ze het eerste merk dieetproducten in de Verenigde Staten, dolenthousiast bij de gedachte dat ze de blijde boodschap geïntroduceerd had bij de supermarkten. Hierna lanceerde ze een sportkledinglijn, en later een assortiment natuurlijke cosmetica. Uiteraard bleef ik mijn zus plagen. Zij die altijd kritiek had gehad op ons materialisme en de wereld van het grote geld stond nu aan het hoofd van een onderneming die alleen maar groeide, dankzij de financiële steun van z&h en het verstandige beleid van Marcus. Lauren schaamde zich er nog steeds voor, iets wat ik zowel grappig als charmant vond, en ik dreigde dat ik met pensioen zou gaan, zodat zij mij eens een keer kon onderhouden.

Marcus en ik maakten een moeilijke tijd door. De markt voor onroerend goed was ingezakt door een serie hinderlijke wetten die het bemoeilijkten om leningen te krijgen en winst te maken. Door deze stagnatie richtten we ons op Europa, waar we ons hoofd boven water konden houden door te investeren in verschillende basisproducten: melkpoeder, biscuits en babyluiers. We gokten ook op een serie riskantere producten, namelijk in een groeisector: de informatica. Ik had een fonds gecreëerd dat aan een vijftigtal jonge ondernemers een kans bood. Deze jongens waren tien jaar jonger dan wij en ze beloofden ons gouden bergen met de verzekering dat binnenkort iedere Amerikaanse burger zijn eigen computer zou hebben, of een eigen telefoon die niet groter was dan een agenda en waarmee je draadloos verbinding kon maken. Ze waren een beetje geschift, maar ik werd enthousiast van hun dromen en ze hadden niet veel nodig. Ik trok zo dikwijls mijn chequeboek dat ik een van de belangrijkste investeerders in de sector werd.

We hadden het geluk gevonden, maar wisten dat het broos was, en dat de gezondheidstoestand van Judith ons blijvend zorgen zou baren. Ondanks alle pogingen van Nathan, Rebecca en mij om Kasper Zilch te vinden, vorderde het onderzoek niet. Dane deed wat hij kon en zijn pogingen hadden mijn antipathie tegen hem doen afnemen. We hadden Marthe en Abigail een paar keer uitgenodigd in New York. De twee vrouwen hadden Judith ontmoet. Nu ze definitief de banden met dokter Nars had doorgesneden, begon ze aan een intensieve behandeling bij Abigail. Ze belde de psychiater drie keer per week. Die gesprekken deden haar goed, maar haar angstaanvallen waren nog te frequent. Het slikken van antipsychotica, waarvan de dosis moeilijk te bepalen was, was slecht voor haar gezondheid. Periodes van apathie waarin ze bijna niet sprak werden afgewisseld met fases van een beangstigende hyperactiviteit. Ze deed twee zelfmoordpogingen, en iedere keer dat de telefoon ging op een ongebruikelijk tijdstip, hield Rebecca haar adem in. Judith leed. Haar dochter en haar man waren niet in staat haar rustig te krijgen. We waren er zeker van dat alleen de opheldering van het mysterie Kasper Zilch haar zou kunnen verlossen van haar kwellingen.

De gebouwen op dit verlaten industrieterrein waren in ochtendmist gehuld. De ijskoude wind slaagde er niet in die te verdrijven.
Achter de kades was de vuile, donkere rivier nauwelijks te zien.
Met mijn ene hand hield ik mijn sjaal omhoog, met de andere had
ik Rebecca's hand vast. Ze keek me angstig aan. Haar moeder had
erop gestaan met ons mee te gaan, net als Marthe. Eindelijk was
hun wraak binnen handbereik en ik voelde een zorgwekkende on-
rust bij hen, een gemeenschappelijke bloeddorstigheid. De twee
vrouwen verschilden als dag en nacht van elkaar. De verpleegster
had kort haar en droeg geen make-up. Judith was behangen met
juwelen, uit haar wrong ontsnapten weerbarstige lokken en ze
straalde iets theatraals uit in haar bontjas die ze over een lange
groene rok en een rode blouse droeg. Ze was beangstigend bleek.
Rebecca was even wit als haar moeder en zelf had ik waarschijnlijk
nog minder kleur. Ondanks zijn bedenkingen – of misschien wel
dankzij – was Marcus ook meegegaan. Ik had Lauren verboden om
te komen. Ik wilde niet dat zij bij deze geschiedenis betrokken
werd. We gingen de verlaten fabriek binnen waar Dane met ons
had afgesproken. Een van zijn handlangers – een rossige, forse vijf-
tiger – wachtte ons op om de weg te wijzen. We liepen achter hem
aan om een smerige plas heen, stapten over metalen pijpen, en kropen onder plastic zeilen door die de lege hangars van elkaar scheid-
den. Onze stappen weerkaatsten op de betonnen vloer. Overal hing
een vage geur van roest, bederf en schimmel. We kwamen uit bij

een ronde gietijzeren deur, waarschijnlijk een oude brandkast. De vriend van Dane gebaarde ons naar binnen te gaan. 'Ze zijn daar. Ik ga weer naar buiten.'

Hij liep weg. Door de open deur zagen we een kale ruimte, waar achterin een lamp hing. Er druppelde water van het plafond. Dane wachtte ons op met de gevangene. De man zat vastgebonden op een ijzeren stoel, met zijn rug naar ons toe. Hij droeg een bordeauxrode trui en een gescheurde grijze broek. Waarschijnlijk had hij zich verzet toen Dane en zijn team hem hadden aangehouden. Zijn mond en ogen waren gekneveld. Marthe en Judith wisselden een blik, daarop zag ik hoe Judith in elkaar zakte. Ze viel op haar knieën. Ze kruiste haar armen, pakte haar schouders vast, haar hoofd zakte op haar borst en ze kromp in elkaar. Rebecca ging naast haar zitten. Judith wiegde heen en weer. Ze herhaalde steeds dezelfde woorden, die ik niet begreep. Rebecca leek radeloos. Samen met Dane dwong ze haar moeder overeind te komen.

'Kom, mama. Jij hoeft dat niet te doen, wij doen het voor jou. Je hoeft die man niet te zien.'

Rebecca leidde haar moeder de ruimte uit. Ze droeg haar bijna. Dane wilde meelopen, maar Rebecca hield hem met een zenuwachtig gebaar tegen. Ik durfde mijn hulp niet aan te bieden. Judith vond mijn aanwezigheid onverdraaglijk, dat wist ik. Ik draaide me om naar onze gijzelaar. Mijn hart bonkte. Mijn handen waren klam. Marcus stond vol weerzin achter ons. Het meubilair ter plaatse bestond uit twee wankele tafels en de stoel van de gevangene. Ik kon mijn ogen niet afhouden van zijn bouw en zijn lengte. Zijn dikke haar leek op dat van mij, alleen was het door de jaren grijs geworden. Hij was mager, en enigszins krom. Ik wilde zijn gezicht zien. Een gezicht waarvan ze hadden gezegd dat het als twee druppels water op dat van mij leek, en op dat van mijn biologische vader. Ik wilde hem in de ogen kijken. Ik wilde zijn stem horen, zodat hij me kon vertellen over hen, mijn verwekkers, en die kleine vreemdeling die ik geweest was. Dat kon ik beter niet doen. Als hij een menselijk gezicht kreeg, zou ik niet de moed hebben om tot het uiterste te gaan. Ik was niet uit dat hout gesneden. In een opwelling zou ik te ver kunnen gaan, maar ik wist niet zeker of ik in koelen bloede kon meewerken aan de executie van een vastgebonden, weerloze man. Ik kende de wandaden van deze misdadiger, zijn wreedheid, maar we waren bloedverwanten en hij vormde de enige link tussen mij en mijn echte ouders.

De man was gespannen. Hij voelde zich bekeken. We hadden besloten om gezamenlijk te handelen, met uitzondering van Marcus, die niet wilde meedoen aan wat hij een moord noemde. Op een van de tafels had Dane vijf revolvers neergelegd. We zouden de executie samen uitvoeren om ook samen de last ervan te dragen. Niemand van ons zou in zijn eentje verantwoordelijk zijn. En niemand van ons zou onschuldig zijn. Het zou onduidelijk blijven van wie de kogel kwam die het sluitstuk zou zijn van deze helse cirkel.

Dane zag mijn blik.

'Ze zijn geladen,' zei hij.

De gevangene hoorde deze zin. Hij bewoog heftig op zijn stoel en schreeuwde woest, dwars door zijn knevel heen. Dane riep dat hij zijn mond moest houden. De haat klonk door in zijn stem. We werden koud van zijn gewelddadigheid. De gevangene stopte met bewegen. Hij beefde. Door deze aanblik sprong Marcus uit zijn vel: 'Jullie hebben het recht niet om dat te doen. Wie denken jullie wel dat jullie zijn?'

'Dat recht heeft hij ons gegeven, aan Judith en mij op de eerste dag dat hij ons verkracht heeft,' gromde Marthe woedend.

Bij die woorden verstarde onze gijzelaar. Waarschijnlijk had hij de stem van Marthe herkend. Maar Marcus gaf niet op. Met een verhit gezicht liep hij voor me langs en ging tussen de gevangene en ons in staan.

'Marthe, u kunt nog zo zeker van uzelf zijn, maar u hebt geen enkel bewijs. Hij heeft het recht om zich te verdedigen. Hij heeft het recht om zijn rechters in de ogen te kijken. Om te weten waarom hij sterft.'

'Wat wilt u? Een proces?' zei Marthe boos.

'Precies, een proces. Ik wil zijn bekentenis horen. Ik laat niet toe dat jullie deze man executeren zonder bewijs.'

Marthe deed een stap naar voren.

'Ik heb het bewijs van zijn stem, zijn huid en zijn geur. Ik heb het bewijs van mijn herinnering en mijn littekens. Ik heb het bewijs van zijn angst, vandaag, die hem doet beven omdat hij weet dat het afgelopen is. De waarheid zal zich in zijn hoofd nestelen. Hij weet dat hier en nu al die leugens hem niet meer kunnen beschermen.'

'Maar hebt u dan geen enkele twijfel, geen centimetertje grijs in dat zwart en wit waarin de onschuld van deze man zou kunnen liggen? Hoe kunt u zo zeker zijn? Het is meer dan dertig jaar geleden gebeurd, Marthe. U hebt het over zijn stem? Die heeft u nog niet gehoord. Over zijn geur? U bent nog niet dicht bij hem geweest.'

'Als ik naar zijn postuur en zijn haar kijk, dan weet ik genoeg. Hij is het.'

'Maar ik ben advocaat, en aangezien jullie deze man zijn wettige recht op een proces willen ontnemen…'

'Recht!' zei Dane met verwrongen stem. 'Vind jij het rechtvaardig dat onze regering deze varkens, die in Neurenberg hadden moeten worden opgehangen, heeft binnengehaald en in de watten gelegd? Als er in ons land recht bestond, als het recht niet die hoer was die voor de macht van de staat op haar knieën valt omdat ze gelooft in de redelijkheid ervan, dan zouden we hier niet zijn, want dan zou deze man al jaren dood zijn.'

'Hebben jullie in de gaten dat jullie je net zo gedragen?' antwoordde Marcus. 'En zelfs nog erger? De nazi's hielden zich aan de wetten van hun land, hoe weerzinwekkend die ook waren. Jullie willen het recht in eigen hand nemen.'

'En nu verdedigt hij die zieke geesten ook nog!' schreeuwde Dane woedend tegen Marthe en mij om ons tot getuige te nemen. 'Je bent gek, Marcus! Je principes hebben je hersens aangetast. Je doet je voor als een soort heilige, net als al die anderen die nooit ergens onder hebben geleden, maar weet je wel in wat voor wereld we leven? Heb je enige voorstelling van de smerigheden waartoe de mens in staat is? En hij misschien nog meer dan de rest?' voegde hij eraan toe en hij schopte tegen de stoel van de gijzelaar, die zich ineengekrompen in zijn boeien probeerde te verweren.

Dane liep op Marcus af met gebalde vuisten en een dreigende blik: 'Of je bent met ons, of je bent tegen ons.'

'Ik ben met jullie, Dane. Met Wern, Rebecca, Judith en Marthe, maar ik wil weten wat deze man te zeggen heeft.'

Toen hij onze namen hoorde, ging er een schok door de gevangene. Ik keek naar hem, en werd opnieuw getroffen door onze fysieke gelijkenis. Het leek of ik verdubbeld was. Ik kon mezelf wel vertellen dat we deze man onmiddellijk moesten executeren voordat we het niet meer durfden, maar mijn nieuwsgierigheid en de argumenten van Marcus gaven de doorslag.

'Ik wil hem ook horen,' zei ik.

Dane deed een stap achteruit alsof ik hem een klap had gegeven.

'Trek je je terug? Dat zal Rebecca leuk vinden.'

Ik gaf niet toe. 'Ik wil zekerheid hebben.'

Dane stak zijn armen in de lucht en keek naar boven alsof hij tegen de Schepper wilde uitvaren en ging woedend een paar meter van ons af staan. Ik liep naar de gevangene. Ik tilde de achterkant van de stoel op waaraan hij was vastgebonden. Met een akelig gepiep draaide ik hem naar ons toe. Ik haalde de knevels van zijn mond en zijn ogen. Het was mijn gezicht waar de tijd overheen was gegaan. Hij was verblind door het licht van de lamp en knipperde een paar seconden met zijn ogen, toen keek hij me aan, net zo van slag als ikzelf.

'Mijn zoon, je bent mijn zoon,' zei hij. Hij had een zware stem. Zijn Engels had een sterk Duits accent.

'Ik ben uw zoon niet,' antwoordde ik agressief. 'Ik ben de zoon van Armande en Andrew Goodman, de grootmoedigste en beste ouders die ooit hebben bestaan.'

'Jij bent Werner, ik weet het. Je hebt haar ogen. Je hebt alles van haar,' ging hij verder. 'Het is alsof ze hier is.'

'Probeer hem niet te vermurwen, rotzak,' schreeuwde Dane en hij stompte hem tegen zijn schouder. 'We weten wie jij bent, Kasper Zilch, de beul van deze vrouw,' zei hij en hij wees naar Marthe, 'de beul van Judith Sokolovsky en al die anderen in het kamp.'

De gevangene maakte zijn blik van mij los en keek naar Dane.

'Jullie vergissen je. Ik ben niet de man die jullie zoeken. Marthe, jij weet dat. Ik ben Johann. Jij moet mij toch herkennen.'

'Johann leeft niet meer. We weten wat jij met hem hebt gedaan.'

Het voorhoofd van de gevangene was nat van het zweet. Hij wilde zich verdedigen. 'Ik heb er jaren over gedaan om hierheen te komen, maar ik ben wel in leven. Kijk me aan, Marthe. Luister naar me. Luister naar mijn stem. Jij kunt ons niet door elkaar halen! Jij niet! Ik spreek de waarheid. Ik ben Johann. Ik ben de man van Luisa van wie je zo veel hield. Ik ben de vader van Werner. Dit is een nachtmerrie zonder einde.'

'Maak je geen zorgen, het zit er bijna op,' zei Dane.

'Marthe, ik heb je in mijn huis opgenomen toen je dat nodig had. Ik heb je verdedigd toen Kasper je bedreigde. Ik kan je dingen vertellen over Luisa die mijn broer nooit zou kunnen weten. Vraag me wat.'

Ik zag dat Marthe onzeker werd. Ze leek in verlegenheid gebracht. Ook Marcus zag dat sprankje twijfel. Hij maakte er dankbaar gebruik van. 'Stel hem vragen, Marthe. Ik zie dat u niet meer zo zeker bent. Bewijs ons dat hij liegt, of juist niet liegt.'

Marthe keek de gevangene aan alsof ze in het diepst van zijn ziel wilde doordringen. Haar ogen zochten in dit ouder geworden lijf naar bewijzen van een bekende en voorbije jeugd. Ze ging voorzichtig naar hem toe, onderzocht in stilte de aanzet van zijn oren, de gelijkmatigheid van zijn ogen. Hij was zo veranderd, ze wist het niet meer. Wat zijn stem betrof, hoe kon ze er zeker van zijn? Kasper kon zijn broer perfect imiteren, een talent dat hij aanvankelijk had ontwikkeld om hem te bespotten, maar waarmee hij later de verantwoordelijkheid van zijn eigen jeugdfouten op hem afschoof. De stem leek die van Johann, maar dat was dus geen criterium. Marthe bestudeerde de littekens op de schedel van de gevangene, maar hoe kon ze weten of het die van Kasper waren? Door zijn haar waren ze niet meer te zien. Ze tastte rond in haar onzekerheid. Ze werd verscheurd door twee stemmen. De eerste wilde haar tot een beslissing dwingen: Genoeg! Trap er niet in! Daar zit hij. Hij is aan je overgeleverd. Ik heb geen twijfel. Geen enkele. Ik herken zijn trekken. Ik herken zijn geslepenheid. Kijk eens hoe hij je probeert te manipuleren. Tot zo'n krachttoer is alleen Kasper in staat. Stop met denken. Hij is het, kom op. De andere stem, zwakker, fluisterde dat er iets niets klopte. Hoe welsprekend Kasper ook was, hij zou die woorden niet gebruikt hebben. Hij kon goed toneelspelen, maar zo onschuldig en oprecht zou hij er niet hebben uitgezien.

'Ik weet het niet meer,' bekende Marthe verslagen.

Toen piepte de ijzeren deur. Eerst kwam Rebecca binnen, daarna Judith. De angst was van haar gezicht verdwenen en had plaatsgemaakt voor een woede die haar lichaam deed trillen. 'Is hij nog niet dood?' vroeg Judith. 'Fijn dat jullie op me gewacht hebben. Je moet volop genieten van de mooie dingen... Weet je nog dat je dat tegen me zei, Kasper?' schreeuwde ze. 'We gaan samen genieten, jij en ik.'

Met een snelle beweging was ze bij de tafel en greep een van de pistolen. Marcus ging tussen hen in staan. 'Wacht, Judith, we weten niet zeker of het Kasper is. Zelfs Marthe...'

'Hij is het!' viel Judith hem in de rede, haar lichaam trilde van verontwaardiging. 'Kasper, Johann, Arnold, wat kan het me schelen? Welke naam hij heeft, of hoe jullie hem ook noemen, deze man heeft me dit aangedaan,' riep ze en ze rukte de knopen van haar blouse los. De littekens die ze mij al eerder had laten zien waren nu zichtbaar voor iedereen. 'Wie denkt u wel dat u bent, Marcus, een nobele ridder die een slachtoffer verdedigt?'

Rebecca liep naar haar moeder toe en bedekte haar borsten met haar sjaal. Ze wierp Marcus een boze blik toe. Hij liet zich niet van zijn stuk brengen. 'Ik wil u graag geloven, Judith, maar op dit moment zie ik vijf vrije mensen staan tegenover een zittende man die is vastgebonden. Als jullie niet bewijzen dat deze man schuldig is, sta ik niet toe dat jullie hem executeren.'

'Jou hebben we niet om je mening gevraagd, man,' bromde Dane. 'En het zal je niet lukken om ons tegen te houden.'

De gevangene voelde dat de situatie er voor hem niet beter op werd en keek Judith recht in de ogen. 'Ik heb het niet gedaan. U verwart me met mijn broer. Mijn hele leven lang ben ik al verward met mijn broer. En ik vind het afgrijselijk, alles wat hij u heeft aangedaan.'

Judiths gezicht werd rood van woede, zachtjes zei ze: 'Wat je me hebt aangedaan, dat weet je nog heel goed. Waarom verdedig je je, Kasper? Dat is niet nodig. Je weet dat ik jouw identiteit kan bewijzen. Maar laten we de dingen volgens de regels doen. Ik wacht al drieëndertig jaar, we kijken niet op een uurtje. U wilt de punten van aanklacht weten, Marcus? Heel goed. Ik beschuldig Kasper Zilch hier aanwezig ervan dat hij actief heeft deelgenomen aan de systematische vernietiging van duizenden personen in Auschwitz, waar hij de functie van *Schutzhaftlagerführer* bekleedde. Ik beschuldig deze man ervan dat hij direct of indirect mijn vader Mendel Sokolovsky heeft vermoord. Ik beschuldig deze man ervan dat hij me heeft geslagen, sigaretten op mijn lichaam heeft uitgedrukt en me maandenlang heeft verkracht in Blok 24 van kamp Auschwitz, de zogenoemde *Freudenabteilung*.' Ze deed een stap naar voren. 'Ik beschuldig deze man ervan dat hij me heeft gedwongen tot handelingen die je nog niet van een dier zou vragen. Ik beschuldig deze man ervan dat hij me heeft overgeleverd aan alle verschrikkingen die zijn ondergeschikten met hun perverse geest konden bedenken als dank voor hun goede en loyale diensten. Ik beschuldig deze man…' Haar stem brak.

'Stop, mama, je doet jezelf pijn,' onderbrak Rebecca haar aangeslagen.

'Nee hoor, helemaal niet. Het doet me juist goed. Onverhoopt. Ik had nooit gedacht dat ik hem terug zou zien. U hebt gelijk, Marcus, ik wil hem niet alleen laten boeten, ik wil dat hij spreekt, ik wil dat hij erkent wat hij mij, Marthe, de andere meisjes, de andere doden heeft aangedaan. Hoor je mij, Kasper? Ik wil dat je bekent,' zei ze en ze richtte het pistool op het voorhoofd van de gevangene.

'Judith, hij zit vastgebonden. Leg dat wapen neer, u gaat uzelf verwonden,' drong Marcus aan terwijl hij zijn hand naar haar uitstak.

'Achteruit, Marcus. Achteruit, nu!' zei ze dreigend en ze richtte het wapen op mijn vriend.

'Stop, mama!' riep Rebecca.

'Bemoei je er niet mee, meisje. Je hoort hier niet bij te zijn. Ga weg.'

Rebecca bewoog niet.

'Het is iets tussen jou en mij, Kasper. Omdat Marthe twijfelt en Werner nergens van weet, moeten wij tweeën de rekening vereffenen. Kijk me dus aan,' zei ze en ze liep nog dichter naar hem toe. 'Ook al hebben de jaren me niet gespaard, je kunt het niet vergeten zijn.' Ze was bij de gevangene aangekomen en ging schrijlings op zijn schoot zitten. Ze zette de revolver tegen zijn kin.

'Dus, Kasper, wil je dat ik je herinner aan wat je destijds met me deed? Je zult zien hoe prettig dat is,' zei ze en ze drukte de revolver hard op de onderlip van de gevangene om zijn mond open te krijgen.

Ze duwde de loop naar binnen, hij probeerde zijn hoofd weg te draaien om los te komen.

'Geen plotse beweging! Een ongeluk is zo gebeurd. Dat zei jij altijd, weet je nog? Een ongeluk is zo gebeurd, toen ik probeerde te ontsnappen, toen je me dít aandeed,' legde Judith uit en ze liet de witte lijn onder aan haar hals zien. 'Niet bewegen, teefje,' zei je, 'je gaat jezelf bezeren...'

We stonden als versteend. Alleen Dane, vlak bij de tafel, bleef kalm. Hij had een pistool in zijn hand, klaar om in te grijpen. Judith leek ons vergeten te zijn. We waren verbijsterd door de beestachtige scène die deze vrouw weer oprakelde. Zelfs Marcus protesteerde niet meer. Toen Marthe haar stem verhief, leek het op een ontploffing. 'Judith, ik geloof niet dat het Kasper is. Het spijt me, ik denk niet meer dat hij het is.'

'U gelooft, u denkt... Wat voor spelletje speelt u, Marthe?' viel Judith uit, die het wapen terugtrok uit de mond van de gevangene.

'Marthe heeft gelijk, mevrouw,' mompelde hij uitgeput. 'De man die u zoekt is al dood.'

'Waag het niet om me mevrouw te noemen!' zei Judith boos en ze gaf een klap met de kolf op zijn jukbeen. 'Mevrouw! Alsof je mij respecteert. Alsof je me nooit ontmoet hebt!'

'Het is de waarheid, Kasper is dood!' zei hij opnieuw. Een straaltje bloed liep uit zijn mond. Zijn gezicht vertrok toen hij de rest inslikte en eraan toevoegde: 'Ik weet het, want ik heb hem gedood.'

Er viel een stilte na deze bekentenis.

'En voordat jullie mij hetzelfde lot laten ondergaan, moeten jullie goed nadenken. Mijn broer mag dan een van de laatste schurken zijn geweest, hij mag me alles hebben afgepakt, de mensen die het belangrijkst voor me waren en de jaren die ik bij ze had kunnen doorbrengen, maar ik ben er nog altijd niet zeker van of ik hem had moeten doden. Als jullie mij doodschieten, zullen jullie niet vrij zijn. De opluchting waarop jullie hopen zal minder groot zijn, omdat ik jullie niets heb aangedaan.'

'Niets aangedaan?' schreeuwde Judith.

Ze pakte het gerimpelde gezicht van de gevangene tussen haar handen en drukte haar roodbruin gelakte nagels in zijn wangen.

'Heb je mij echt niets aangedaan?'

'Niets,' zei de gijzelaar verontwaardigd. 'Ik heb u nooit aangeraakt, want ik heb u zelfs nooit eerder gezien,' schreeuwde hij. 'Schiet maar een kogel door mijn hoofd, hang me op, scheur me aan stukken als het u oplucht, maar beweer niet dat u recht doet. En ga van mijn schoot af,' voegde hij eraan toe.

Hij trok met een krachtige beweging zijn hoofd terug waardoor hij bijna met stoel en al omviel, en dwong Judith op te staan. Voor het eerst twijfelde ze. Ze deed een stap achteruit en bekeek onze gijzelaar als een wetenschapper die zich over een nieuwe bacterie buigt. Ze schaamde zich voor haar aarzeling, en dat wakkerde haar woede weer aan.

'Nu is het genoeg! Uw proces dient nergens toe,' zei Judith minachtend tegen Marcus. Ze draaide zich om naar Dane en beval: 'Laat hem opstaan.'

Dane maakte de touwen los waarmee de gevangene aan zijn stoel zat vastgebonden en liet hem opstaan. Judith leek onder de indruk van het postuur van onze gijzelaar, dat haar aan haar zwakke conditie van destijds deed denken. Ze hernam zich en wendde zich tot mij. 'Werner, help ons.'

Ik schoot Dane te hulp en pakte de gijzelaar bij zijn arm. Hij wierp een tedere en tegelijkertijd verwijtende blik op me die me verwarde. Ook dat ik zijn schouder tegen mijn schouder voelde en mijn arm onder zijn arm. We waren bijna even groot. Judith haalde uit de zak van haar bontjas een groot roodleren etui tevoorschijn dat er oud uitzag. Ze deed langzaam de ritssluiting open, er bleken chirurgische instrumenten in te zitten. 'Herken je het geluid, Kasper? Dat geluidje dat je me zo graag liet horen als ik vastgebonden was. Het zijn jouw instrumenten, weet je nog?' zei ze, terwijl ze hem de inhoud van het rode etui liet zien.

'Dat etui is niet van mij,' antwoordde onze gijzelaar.

'Kijk nou. Ik heb het meegenomen op de dag van mijn vlucht. Ik was in tijdnood, zie je, en ik dacht dat het van pas zou komen op de dag waarop ik je terug zou zien. Daarom heb ik het bewaard. Ik heb lang gedacht dat die dag niet meer zou komen, maar nu is het zover.'

'Ik ben niet de man die u zoekt,' herhaalde de gijzelaar met hernieuwde kracht.

Judith negeerde zijn antwoord en richtte zich tot ons. 'Hou hem vast.'

Ze pakte een van de scalpels en zwaaide ermee.

'Dit is het moment van de waarheid, Kasper.'

Judith liep naar hem toe. Met een onhandig gebaar maakte ze zijn riem los, knoopte zijn grijze pantalon open en trok de rits van de gulp naar beneden. Hij verzette zich.

Ik pakte haar pols.

'Wat doet u?'

Ze trok zich los met een kracht die me verbaasde, waardoor het mesje op een paar centimeter na mijn oog raakte.

'Ik heb een doodeenvoudige manier om erachter te komen,' antwoordde ze. 'Ik zal afmaken waarmee ik begonnen ben op de dag waarop ik ben gevlucht.'

'Leg dat mes neer. Ik wil dat je je recht haalt, niet dat je een man castreert waar ik bij sta,' protesteerde ik.

'Ik heb het volste recht op deze man,' zei Judith verontwaardigd. Marcus herhaalde wanhopig: 'Dit is waanzin. Pure waanzin.'

Rebecca, die tot dan toe als een marmeren beeld had toegekeken, liep naar haar moeder. Voorzichtig pakte ze haar bij de arm.

'Geef mij dat mes, mama, en kijk goed waarnaar je moet kijken. We moeten het nu weten.'

Judith keek haar dochter strak aan, en na een korte aarzeling smeet ze het metalen voorwerp naar het andere eind van de ruimte. Daarop trok ze met dezelfde woede de grijze pantalon van de gevangene en zijn onderbroek naar beneden. Hij bereidde zich voor op de pijn, klemde zijn tanden op elkaar en trok zijn schouders naar achteren. Zij pakte abrupt zijn geslacht vast en liet het direct weer los alsof ze een gloeiend kooltje had aangeraakt. Ze leek zo aangedaan dat we niet wisten hoe we wat ze gezien had, moesten interpreteren. Zonder iets te zeggen draaide Judith zich om en verliet hijgend het vertrek, met de panden van haar jas wapperend achter zich aan. Rebecca en Marthe renden haar achterna. Sprakeloos bleven Marcus, Dane en ik bij de gevangene. Ik bracht snel zijn kleren weer in orde en zette hem neer. Dane ijsbeerde door het vertrek. Hij stak een sigaret op. Ik nam er een van hem en daarna nog een. Ik was op van de zenuwen.

Toen er een half uur was verstreken en ik op zoek wilde gaan naar de drie vrouwen, verscheen Marthe weer. Ze was erg emotioneel en stortte zich op de gevangene om hem te bevrijden.

'Het is Johann, echt, mijn god, het is Johann, wat een wonder!'

Van ongeloof en daarna van opluchting klaarde het gezicht van onze gijzelaar op. Ineens ontspande hij zich terwijl de tranen over zijn wangen stroomden. Dane was niet iemand die gauw opgaf. Terwijl Marthe onze gevangene wilde losmaken, duwde hij haar opzij. 'Wie bewijst dat?'

'Vraag het aan Judith. De dag waarop ze uit Auschwitz is gevlucht heeft ze tijd gehad... Hoe moet ik het zeggen...' Marthe zocht naar woorden.

'Zeg het gewoon, Marthe,' drong ik aan.

'Kasper was neergeslagen door een bewaker terwijl hij boven op Judith lag. Ze hebben hem vastgebonden. Hij was naakt en zij heeft hem... Nou ja, ze wilde hem...'

'Ga door,' schreeuwde Dane.

'Ze heeft hem besneden. Met dit mesje,' zei de verpleegster terwijl ze het scalpel opraapte dat Judith op de grond had gegooid. 'Maar deze man is niet besneden, het is echt Johann.'

Ik voelde een soort verdoving. Marthes woorden maalden door mijn hoofd. De gevangene keek naar haar op, en daarna naar mij. Hij wilde waarschijnlijk iets zeggen, maar hij was te emotioneel om te spreken. Dane wilde nagaan of het waar was. Hij trok opnieuw de pantalon en de onderbroek van de gevangene naar beneden om zijn geslacht te inspecteren. Dat was inderdaad ongeschonden. Danes teleurstelling stond op zijn gezicht te lezen. Jaren van onderzoek gingen ineens in rook op. Deze tegenslag trof hem diep. Er waren nog zo veel andere slachtoffers vernederd. Het deed me pijn. Voor het eerst realiseerde ik me hoe diep zijn trauma was en welke titanische pogingen hij had ondernomen om de zijnen te wreken. Uit machteloze woede gaf Dane een harde schop tegen de houten tafel waarop netjes naast elkaar nog vier pistolen lagen. Hij draaide zich om en ging met een kwaad gezicht voor Johann staan. 'En waar zat u in de oorlog?'

'Ik zat op de militaire basis Peenemünde, en daarna ben ik gearresteerd door de Gestapo en naar Oranienburg-Sachsenhausen overgebracht.'

Dane leek geschokt door die naam, die mij niet veel zei. Hij vroeg: 'Hebben jullie gelopen?'

'Ja,' antwoordde Johann kort.

Dane was even stil. Ik begreep niet wat ze tegen elkaar zeiden. Hij ging door: 'En daarna?'

'Daarna ben ik in handen van de Russen gevallen, en later meegevoerd naar Moskou, waar ik gedwongen was te werken onder Sergej Koroljov.'

'Sergej Koroljov?' riep Dane, die er nu eens net zo weinig van wist als ik.

'De spoetnik, Joeri Gagarin, de eerste mens in de ruimte, dat was allemaal het werk van Sergej Koroljov en zijn groep, en ik maakte daar deel van uit,' legde Johann uit met een sprankje trots in zijn ogen.

Hij draaide zich naar mij om te kijken of deze onthulling indruk op me maakte. En dat was zo. Dane bracht het gesprek abrupt op een ander onderwerp.

'En je hebt dus die ellendeling van een broer van je gedood?'

'Ja, en ik heb er spijt van.'

'Hoe kun je er spijt van hebben dat je de wereld hebt verlost van zo'n gore smeerlap?' zei Dane knarsetandend.

'Omdat het niet aan mij was om het te doen, en omdat ik, zonder het te weten, hem heb onttrokken aan het recht van Marthe en aan dat van deze vrouw, die jullie Judith noemen. Ik dacht dat ik zijn enige slachtoffer was. Nu hoor ik dat het er tallozen zijn geweest. Het was niet aan mij hem te doden.'

'Hoe heb je hem teruggevonden?'

'Ik dacht dat ik hem nooit meer zou zien. Ik had gehoord dat mijn vrouw dood was. Ik wist niet wat er van jou geworden was,' zei Johann en hij richtte zich tot mij. 'Ik zat in Moskou, onder permanente bewaking, en toen, twaalf jaar geleden, is Koroljov gestorven. Ik was gehecht aan hem en aan de grootse prestaties die we samen hadden geleverd. Toen hij dood was, vond ik dat ik weer recht op mijn vrijheid had. De Engelsen hebben me geholpen. Ik heb ze gezegd dat ik bereid was naar het Westen te komen op voorwaarde dat ze mijn zoon en mijn broer zouden vinden. Wat betreft die laatste, dat is ze gelukt.'

'Hoe heb je hem gedood? Wie zegt dat je niet hebt geprobeerd om hem te beschermen?' onderbrak Dane hem.

'Ik heb hem drie weken in de gaten gehouden. Ik leerde zijn vaste routes kennen. Hij ging elke dag van zijn huis naar Sanomoth, het bedrijf waar hij werkte, en van Sanomoth weer terug. 's Avonds bleef hij thuis. Ik denk dat hij bang was om herkend te worden. Maar op vrijdag ging hij naar een stripteaseclub, een eind buiten de stad. Ik heb geknoeid met zijn benzinetank zodat hij op het juiste moment stil zou komen te staan. Op tien kilometer van de club en veertig van zijn huis. In de omgeving waren alleen een boerderij en akkers. Hij probeerde opnieuw te starten. Tevergeefs. Hij kwam uit zijn pick-up. Hij opende de motorkap. Hij zag de plas benzine die over het asfalt stroomde. Hij sloeg hard met zijn vuist op de motorkap, hij sloot de auto af en begon te lopen. Ik wachtte tot hij de tweehonderd meter had afgelegd tot de dode hoek die ik had bepaald. Vandaar kon je ons vanuit de boerderij niet zien. Ik heb snelheid gemaakt en ik ben in volle vaart op hem af gereden.'

'En hoe weet je zo zeker dat je hem niet hebt gemist?'

'Omdat ik ben uitgestapt. Omdat ik ben gaan kijken of hij dood was. Omdat ik hem in de laadbak heb gelegd en omdat ik hem begraven heb.'

'Waar?'

'In de woestijn.'

'De woestijn, die is wel groot,' zei Dane ironisch. 'En als ik wil gaan kijken?'

Johann keek hem ijzig aan. 'U gaat naar San Luis Potosí in Mexico. U rijdt dertig kilometer naar het westen, de woestijn van Chihuahua in, en precies op 22°8' lengtegraad en 100°59' breedtegraad kunt u graven.'

'Dat ga ik doen, hoor. Het is in jouw belang dat ik hem vind.'

'U zult hem daar vinden. Dan hoef ik u niet nog eens tegen te komen. Intussen heb ik er genoeg van om hier in mijn blote kont te zitten,' zei Johann kortaf.

Met een autoritair gebaar gaf Dane Marthe een teken dat ze hem weer kon aankleden. Dat deed ze, en toen ze hem had losgemaakt nam ze hem in haar armen. Na een lange omhelzing liet hij Marthe los en wendde zich tot mij. Mijn keel was droog en mijn hoofd was leeg. Wat zeg je tegen je verwekker als je hem op je drieëndertigste voor het eerst spreekt? Hij haalde een blauwe zakdoek uit zijn zak waarmee hij het ergste zweet en bloed van zijn gezicht veegde. Hij richtte zich eerst tot Marcus en wees naar hem. 'Dank u, meneer. Zonder uw gevoel voor rechtvaardigheid en uw overtuigingskracht zou ik er niet meer zijn.'

Met eenzelfde plechtigheid drukte mijn compagnon Johanns hand en antwoordde met een warme blik: 'Het is voor mij een eer om kennis met u te maken.'

Ik hoorde Dane misprijzend snuiven. Johann deed of hij het niet merkte. Ik wilde een opmerking maken, maar hij hield me tegen en keek me recht aan.

'Zeg maar niets, Werner. Laten we eerst deze ongure plek verlaten.'

Ik knikte. Marthe liep voorop. We klommen de metalen trap op. We kropen onder de plastic zeilen door, stapten over de metalen buizen, liepen om de weerzinwekkende plas vloeistof heen en verlieten de fabriek. De ochtendmist was opgetrokken. Een bleek winterzonnetje scheen ons tegemoet. Twee eksters vochten om een stuk blinkend aluminium tussen het onkruid. De schaduw van de wolken gleed over het grijsgroene oppervlak van de rivier, die rustig klotste tegen de lege kades. Judith en Rebecca zaten op een paar betonblokken op ons te wachten. De vrouw van mijn leven stond op. Ze vlijde zich tegen me aan en we hielden elkaar een hele tijd vast. Judith, die zo veel te verduren had gehad, gaf me een teken met haar hand.

'Het spijt me, Judith,' zei ik tegen haar.

Ze keek me aan en ze zag eruit of alle moed haar in de schoenen was gezakt.

'Het spijt me dat u zo veel hebt geleden,' herhaalde ik.

'Dank je,' antwoordde ze.

Ik had haar willen troosten, de juiste woorden willen vinden, maar ik was bang dat mijn aanwezigheid eerder pijnlijk dan heilzaam voor haar was. Ik groette haar en liep een stukje door terwijl ik Rebecca tegen me aan hield. Judith riep me terug: 'Jij kunt er niets aan doen, Werner.'

Met een schok draaide ik me om. Ze zei nu tegen haar dochter: 'Werner kan er niets aan doen.'

Ik zag hoeveel inspanning deze woorden haar kostten. Ik voelde dat ze me goeddeden en ook hoe ze Rebecca goeddeden. Mijn schoonheid liep terug om haar moeder teder te omhelzen. Ik bedankte haar, en ook Dane, die zich bij ons had gevoegd en die ik de hand drukte. Marcus ging achter het stuur zitten. Judith ging liever terug met Dane. Marthe wilde haar niet alleen laten en stapte bij hen in. Ik voelde een grote vreugde toen ik zag dat Rebecca bij mij bleef. Ze installeerde zich elegant voorin, terwijl ik achterin ging zitten tegenover Johann.

De limousine trok op. We reden een poosje zonder te praten terwijl we de kades en de rivier achter ons lieten. Toen we bij het landweggetje kwamen waarlangs we waren gekomen had ik een opkikkertje nodig. Ik deed de armleuning omhoog die als deksel diende voor de bar en haalde er zes kleine flesjes wodka uit. Ik schonk Johann een glas in en reikte het hem aan. Rebecca zei dat ze nu niet kon drinken. Marcus sloeg mijn aanbod ook af. Ik sloeg mijn glas in één teug achterover en vulde het opnieuw. Ik wist niet hoe ik moest beginnen. Johann deed het voor mij. 'Ik ben blij je te leren kennen, Werner. Het leven heeft me een heel mooi cadeau geschonken, nadat het me drie decennia alles heeft onthouden. Ik weet dat ik nooit meer je vader kan worden. Ik weet dat je op jouw leeftijd geen behoefte hebt aan een gids of beschermer, maar ik zou op z'n minst graag een vriend voor je zijn. Een vriend die je ziet als je het wilt. Een vriend die je vertelt waar je vandaan komt, wie wij zijn en wat we zijn geweest. Ik kan je vertellen over je moeder, van wie ik zielsveel heb gehouden en die jou niet heeft zien opgroeien. Ik kan je vertellen over je grootouders, die dol op je zouden zijn geweest. Ik kan je vertellen over die grond die jouw land was, over ons huis dat zo veel geluk voor jou in petto had, en ik kan een beetje over mezelf vertellen, als je wilt. Ik zal je zeggen wat ik heb gedaan en wat ik niet heb gedaan, waar je trots op kunt zijn en wat je naast je neer kunt leggen. Als onze ontmoetingen je rust en blijdschap geven, als je goede eigenschappen in me ziet, dan zou ik je ouders graag ontmoeten. Ik heb begrepen uit wat je daarstraks zei dat ze goed voor je zijn geweest. Als ze me willen ontvangen, dan wil ik ze bedanken.

Bedanken omdat ze je hebben opgevoed. Bedanken omdat ze je hebben beschermd. Bedanken omdat ze van je hebben gehouden. Bedanken omdat ze van mijn baby, die ik niet heb gekend, van mijn zoon, die ik als verloren beschouwde, de sterke en oprechte man hebben gemaakt die ik hier voor me zie.'

Mijn ogen brandden. Er viel een korte stilte. Met een stem die niet van mij was, zei ik: 'Ja, dat zullen we doen en misschien nog wel meer.'

Ik stak mijn hand uit. Hij pakte hem en kneep erin. In onze blik legden we bijna onze hele ziel. Op die dag werd er iets bezegeld wat ik niet zou kunnen benoemen. Een hechte verbintenis die geen enkele afbreuk deed aan de band die ik had met de mensen van wie ik hield, maar die me juist zou helpen om nog meer van ze te houden. Tussen deze man en mij werd zonder woorden een volmaakt en eeuwigdurend verbond gesloten, een verbond waardoor ik eindelijk een vorm van vrede vond.

DANKWOORD

———◆———

Dank aan Gilone, Renaud en Hadrien de Clermont-Tonnerre, Laure Boulay de la Meurthe, Zachary Parsa, Adrien Goetz, Susanna Lea, Christophe Bataille, Olivier Nora, Ulysse Korolitski, Marieke Liebaert, Sophie Aurenche, Elodie Deglaire, Malene Rydahl en Maurizio Cabona.

Aan de lezers die mijn pad hebben gekruist en die me hebben aangemoedigd.

De boekhandelaren die het avontuur van *Fourrure* mogelijk hebben gemaakt.

Aan Alfred Boulay de la Meurthe en Claude Delpech, die in mijn gedachten bij me zijn geweest in de tijd dat ik dit boek schreef. Ik had zo graag gewild dat jullie het nog hadden kunnen lezen.

Aan Andrew Parsa, een verlichte geest, die te vroeg van ons is heengegaan.

En aan Jean-Marc Roberts, die mij een unieke kans heeft gegeven.